Un pase al corazón

Un pase al corazón

Ella Maise

TITANIA

Argentina • Chile • Colombia • España
Estados Unidos • México • Perú • Uruguay

Título original: *The Hardest Fall*
Editor original: Simon & Schuster UK
Traducción: Eva Pérez Muñoz

1.ª edición Agosto 2024

ISBN: 978-84-19131-76-8
E-ISBN: 978-84-10159-74-7
Depósito legal: M-14.898-2024

Fotocomposición: Urano World Spain, S.A.U.

Impreso por Romanyà Valls, S.A. – Verdaguer, 1 – 08786 Capellades (Barcelona)

Impreso en España – *Printed in Spain*

*Este libro está dedicado a todos los que somos algo tímidos
y un poco raros (en el buen sentido de la palabra).
Espero que tengáis un Dylan en vuestra vida.*

1

Dylan

La primera vez que Zoe Clarke me vio, tenía la mano alrededor del pene.

Por desgracia, no me estaba masturbando. De haberlo estado, puede que hasta le hubiera parecido sexi, y hago énfasis en el *puede*, porque no es algo que excite a todas las chicas, por no hablar de lo incómodo que habría sido que me hubieran pillado masturbándome en un baño durante una fiesta.

Ojalá pudiera contaros lo que estáis deseando escuchar, algo emocionante, como que fue amor a primera vista en lugar de un encuentro inesperado y bizarro con un pene en una fiesta universitaria. O una de esas típicas escenas románticas, en las que chocamos en el campus mientras íbamos corriendo a nuestras respectivas clases, a ella se le cayeron los libros, y cuando me agaché para ayudarla, nuestras cabezas se encontraron, nos miramos a los ojos y el resto ya es historia.

Supongo que sabéis a lo que me refiero, a una de esas secuencias de una película romántica, pero... joder, no. Aunque eso habría sonado adorable y haría suspirar a cualquiera cuando se lo contásemos, insisto, no tuvo nada que ver con eso. Como os acabo de decir, la primera vez que vi a Zoe Clarke, y ella a mi pene, yo estaba orinando en el baño mientras hablaba con un amigo.

—¿Qué interés tienes en verme mear de nuevo? —le pregunté a JP, intentando entender, sin mucho éxito, por qué tenía un espectador.

Esbozó una media sonrisa perezosa y desvió la mirada mientras me desabrochaba el pantalón.

—Ya te la veo lo suficiente en el vestuario, colega, no me estoy perdiendo nada. Te estaba hablando de Isaac y has sido tú el que no ha podido aguantar hasta que terminara. —Lo miré de reojo mientras seguía ignorándome y continuaba—. Tenías que haber estado allí. Menuda bronca le echó el entrenador después de que os marcharais, no creo que vuelva a entrenar. Joder, si ni siquiera sé si quiero volver yo, y eso que no hecho una mierda. —Se detuvo durante uno o dos segundos—. ¿Nos apostamos cincuenta pavos? ¿Crees que aparecerá?

Lo miré. Estaba apoyado en la pared, con los ojos cerrados y la cara hacia el techo, pareciendo completamente inofensivo y relajado. Aunque lo cierto era que JP nunca era inofensivo, ni en el campo ni mucho menos en una fiesta.

Teniendo en cuenta cómo nos estaba machacando el entrenador últimamente, no creía que ninguno de los chicos quisiera estar allí; al menos ninguno que estuviera en sus cabales. Pero si te gustaba el fútbol americano lo suficiente, aguantabas todo lo que hiciera falta para llegar a donde querías estar algún día. En definitiva, o lo dabas todo, o te ibas a casa. Siempre había que estar al cien por cien.

—Nada de apuestas. Si de verdad le interesa, estará allí.

Justo cuando pronuncié esas palabras, alguien abrió y cerró la puerta. Durante un instante, la música atronadora y los gritos de la fiesta de abajo llenaron el baño. Que alguien entrase de golpe no era para nada alarmante; sería absurdo esperar algún tipo de privacidad en una fiesta universitaria. Pero cuando me giré para comprobar quién era el impaciente que no podía esperar unos minutos, descubrí que se trataba de una chica apoyada en la puerta y la observé detenidamente.

—Tranquila. Tranquila. No es para tanto. No pienso volver a hacer nuevos amigos en la vida. Puedes hacerlo, solo abre los ojos y date la vuelta de una vez —murmuró la chica de pelo castaño para sí misma, todavía de espaldas a nosotros.

JP y yo, que nos habíamos quedado paralizados tras su entrada, nos miramos. Él se encogió de hombros y esbozó una sonrisa lenta y presuntuosa, como si fuera un niño con un juguete nuevo y deslumbrante. Después, con su habitual expresión burlona, me hizo un gesto con la barbilla, se apartó de la pared y se dirigió hacia la pobre chica.

—Claro que sí, nena, puedes hacer cualquier cosa que te propongas —soltó, logrando que se asustara de verdad.

En cuanto JP habló, ella dejó de murmurar, se dio la vuelta para mirarnos y nos ofreció una excelente imitación de un ciervo sorprendido por los faros de un coche.

—Yo…

—Tú… —la animó JP al ver que no salía nada más de su boca.

Me apresuré a ajustarme los pantalones mientras ella nos miraba a JP y a mí alternativamente, desconcertada, como si acabara de aterrizar en otro planeta y no tuviera ni idea de lo que hacía allí. Luego su mirada se posó en mi mano, aún sobre mi pene, después en mis ojos y de nuevo en mi mano.

El temblor de sus labios me dijo que estaba haciendo todo lo posible por contener una sonrisa.

—¡Mierda! Ah… eso es… un pene… tu pene. Mierda. —Hablaba tan bajo que apenas se la oía por encima de la música amortiguada, mientras seguía con su juego de miradas y su cara palidecía por momentos.

—¿Algún problema? —pregunté, divertido por la forma en que abría cada vez más los ojos.

—No… yo… —empezó, pero cerró la boca al mirarme—. Tu pene… No era mi intención… ¿Tu pene? Acabo de verte el pene. Sigo viéndolo. Esta justo ahí, delante de mí…

Intercambié una mirada con JP, que parecía estar pasándoselo en grande, y volví a prestar atención a la chica.

—No me digas que es la primera vez que ves uno. —Me di la vuelta para subirme la cremallera y evitar que tuviera un ataque de nervios.

Detrás de mí, oí un sonoro quejido, seguido de un golpe sordo, como si alguien se estuviera dando cabezazos contra la puerta; lo que me arrancó una sonrisa.

—No recuerdo haberte visto antes. Supongo que estás en primero, ¿no? Has captado mi atención, pequeña novata. ¿Ahora me toca a mí? —preguntó JP, rompiendo el silencio—. Si balbuceas por el pene de mi amigo, estoy deseando ver cómo reaccionas al ver el mío. Pero te advierto que es mucho más bonito que el suyo, y más grande, y si te apetece probarl...

El quejido aumentó de volumen y sonó más como un gruñido.

—¡Ni se te ocurra terminar esa frase!

Me reí.

JP no era precisamente el más elegante del mundo, pero a las universitarias eso les daba igual. Era uno de esos tipos que, con independencia de lo que dijera o hiciera, siempre estaba rodeado de mujeres. Yo, sin embargo, era todo lo contrario, y no porque no atrajera a las chicas, sino porque prefería concentrarme en otros asuntos en lugar de buscar su atención sin cesar. JP podía soltarles el mayor disparate y, aun así, las seguía teniendo embelesadas. Si les decía «salta» ellas respondían «¿a qué cama?». Que además fuera un corredor excepcional, sin duda ayudaba a sus conquistas nocturnas.

No me malinterpretéis, he tenido mi buena cuota de chicas interesadas en llamar mi atención, pero desde que iba a la guardería me di cuenta de que soy de los que prefieren estar con una sola mujer. Y por extraño que pueda parecer, esto es lo que más les atrae a las chicas. No estoy siendo un creído ni nada por el estilo, es algo que simplemente ocurre cuando eres jugador de fútbol americano con posibilidades de dedicarte a ello de forma profesional. Y no tiene nada que ver con mi físico; de hecho, Chris, nuestro *quarterback* titular, era el tío bueno del equipo, no yo.

Los jugadores de fútbol somos como un imán para las universitarias.

Abrí el grifo para lavarme las manos y miré de reojo a la chica para ver cómo reaccionaba. Todavía nos daba la espalda, pero al menos había dejado de darse cabezazos contra la puerta. Si JP estaba pensando en sacarse el pene y dar la nota, me iba a largar de allí de inmediato. Sacarse el miembro delante de chicas con mis compañeros de equipo era un límite que no estaba dispuesto a traspasar.

JP esbozó una sonrisa rápida y me guiñó un ojo, antes de juntar las manos detrás de su espalda, inclinarse hacia el oído de la chica y soltarle:

—¡Buuu!

Ella se sobresaltó, se dio la vuelta para mirarlo y retrocedió un poco al darse cuenta de que lo tenía mucho más cerca de lo que se imaginaba.

—Gracias por la oferta, pero paso de ver penes —afirmó con decisión. Luego empezó a alejarse mientras mi amigo no apartaba los ojos de su nueva presa.

—Ay, pero el mío te iba a encantar.

Al no encontrar nada con que secarme las manos, me las limpié en los vaqueros, observando su incómoda conversación, hasta que su espalda chochó contra mi pecho y lanzó un pequeño grito de sorpresa.

—Hora de actuar. —Bajé la vista y noté que tenía la cabeza echada atrás con la mirada hacia arriba, observándome fijamente. A pesar de lo cerca que estábamos, me costó discernir el color exacto de sus ojos. Puede que verdes, con un toque de avellana cerca de las pupilas.

Al darme cuenta de que la estaba mirando directamente a los ojos y de que estaba asustada, fruncí el ceño, retrocedí un paso y miré a JP.

—No vayas tan a saco, colega. Venga, vámonos de aquí.

Pero antes de que me diera tiempo a apartarme, la chica se volvió hacia mí y me agarró del brazo con decisión.

—No… no puedes irte —espetó, dejándonos atónitos a JP y a mí—. He venido aquí por ti.

Alcé ambas cejas y le lancé a JP una mirada desconcertada. Él se limitó a encogerse de hombros, todavía con esa sonrisa de curiosidad en los labios, mientras examinaba con descaro el trasero de la chica.

—A ver, no he venido aquí por ti —se apresuró a aclarar ella. Volví a mirarla—. Pero sí he entrado aquí por ti. —Entrecerró un poco los ojos, haciendo que su nariz se arrugara en el proceso—. ¿Me entiendes? No, seguro que no. Te he seguido hasta aquí porque tengo que preguntarte algo. —Aunque su voz se tornó más aguda por el pánico, no se detuvo—. No es que te haya seguido en plan acosadora, ni nada por el estilo, porque eso sería una locura. Ni siquiera te conozco, ¿verdad? —Soltó una risita nerviosa y me dio unas palmaditas en el brazo de manera incómoda, pero luego pareció darse cuenta de que me estaba tocando, retiró la mano a toda prisa y la colocó detrás de su espalda mientras daba un paso atrás—. Aunque tampoco te acosaría si te conociera, pero eso ahora no importa. El caso es que… tengo que hacerte una pregunta antes de hacer el ridículo ahí fuera y pensé que la mejor manera de hacerlo era cuando estuvieses solo… y supuse que te encontraría aquí… solo… y…

No entendí nada de lo que estaba diciendo, pero antes de que tuviera oportunidad de hablar, JP se me adelantó.

—Entonces, me estás echando, ¿eh? Y yo que pensaba que había surgido algo especial entre nosotros.

Ella lo miró por encima del hombro.

—Lo siento. No te vi entrar aquí con él y tampoco pensaba que esto era el baño. Si te hubiese visto, habría esperado fuera. No tenía ni idea de que los chicos hacíais eso de ir juntos al baño. Aunque me parece algo entrañable. —Nuestras miradas se encontraron un instante antes de que ella apartara la vista y se dirigiera de nuevo a JP—. Solo será un minuto, de verdad, luego puedes volver y quedártelo solo para ti.

JP enarcó una ceja, pero se quedó callado.

La chica me miró y debió de ver algo en mi expresión que hizo que se estremeciera.

—Lo siento, eso ha sonado fatal, ¿verdad? No hay nada malo en ser gay. No tendría que haber supuesto nada. Tengo un amigo que es gay y sé lo duro que es cuando la gente dice tonterías y cómo le afectan...

JP se rio y negó con la cabeza, incrédulo.

—Será mejor que pares antes de empeorarlo, guapa. Si aún te interesa, mi propuesta sigue en pie cuando termines aquí con mi colega.

Acto seguido, se marchó, dejándome a solas con ella. Me crucé de brazos, y me apoyé en el lavabo.

Ella se volvió hacía mí, soltó un prolongado suspiro y sonrió con nerviosismo.

—Ha sido un desastre, ¿verdad?

—¿Te refieres a todo o solo a la última parte? —No pude evitar sonreírle. Algunas chicas habían hecho auténticas locuras para llamar mi atención y terminar en mi cama, pero no me parecía que este fuera el caso.

Hizo una mueca de disgusto y sacudió la cabeza, bajando la vista al suelo.

—Pensé que era tu habitación y que estarías solo. Y entonces, cuando he entrado, tenías tu... mmm... y tu amigo estaba aquí, contigo. —Levantó la vista hacia mí, pero enseguida la apartó—. Y tu... cosa estaba al aire... y a partir de ahí todo ha ido de mal en peor.

No, estaba claro que no era de las que iban detrás de los jugadores de fútbol.

Soltó otra risa nerviosa y empezó a retroceder hacia la puerta.

—Así que ¿lo siento? ¿Y... gracias?

Mi sonrisa se ensanchó.

—¿Por qué?

Se frotó las manos en los vaqueros, negó con la cabeza, y se quedó allí, con una expresión desdichada, mirando a cualquier parte menos a mí.

—¿A estas alturas? Si te digo la verdad, no lo sé. ¿Gracias por hablarme? ¿Por no echarme? ¿Por dejarme verte el pene? —Cerró los ojos, sacudió la cabeza, retrocedió otro par de pasos, y levantó las manos con las palmas hacia delante, deteniéndose cuando tocó la puerta con la espalda—. No quería decir eso, no estaba intentando verte el pene ni nada parecido. Ya te he dicho que ni siquiera sabía que esto era el baño. Supongo que tampoco ha sido tu mejor momento, así que, ¿por qué iba a querer ver...

—Hizo un gesto hacia mi entrepierna—... tu... eso? Aunque por lo visto eres de los que no necesitan entrar en acción para impresionar, así que... ¿bien por ti? ¿Felicidades? Dudo que necesites los cumplidos de una desconocida por una cosa así, pero como eres jugador de fútbol, tal vez disfrutes de los halagos.

Nos quedamos en silencio durante unos segundos y no pude evitar sonreír. Ahora que ya no tenía el pene a la vista y sin JP alrededor, intentando ligar con ella, me fijé bien en su aspecto: pelo castaño y liso que le enmarcaba el rostro y le llegaba justo por debajo de los hombros; piel clara, ojos grandes y expresivos de un tono entre avellana y verde (todavía no había decidido cuál de los dos); el labio inferior un poco más grueso, mejillas sonrojadas, probablemente por la vergüenza, y otros detalles que captaron mi atención, como unos pechos de la talla C, que parecían querer escaparse de su camiseta ajustada (sí, no soy ciego); una figura curvilínea, tipo reloj de arena, y unas piernas increíbles: ni demasiado delgadas, ni demasiado llenas, justo como me gustaban.

Me aseguré de mirarla a los ojos (y solo a los ojos), mientras me pasaba una mano por el pelo corto. Teniendo en cuenta la dirección que estaban tomando mis pensamientos, no me parecía sensato pasar más tiempo con ella en el baño.

—Me recuerdas a mi hermana —solté de repente, sorprendiéndonos a ambos—. Eres un poco tímida, ¿verdad?

Era cierto que me recordaba a Amelia. Cuando se ponía nerviosa, también hablaba sin parar. Aunque era consciente de que lo que decía no tenía mucho sentido, no podía detenerse. Sí, que fuera tímida era la única explicación lógica.

Ella se rio y pareció desplomarse contra la puerta.

—Que me veas como a tu hermana no me beneficia en absoluto, sobre todo si supieras lo que intento pedirte. Tampoco hace falta que me veas como alguien con quien querrías o podrías... Vale, olvídalo. ¿Por qué crees que soy tímida? Espera. Espera. —Levantó una mano—. Olvídate también de esto último. No respondas.

Nos sumimos en otro silencio incómodo mientras yo la observaba y ella mantenía la vista clavada en mi pecho. Pero entonces alguien empujó la puerta, haciendo que perdiera el equilibrio.

Un segundo después, una cabeza asomó por la rendija.

—¡Ay, lo siento, tío! No sabía que estaba ocupado. —El chico abrió la puerta unos centímetros más para poder mirar dentro—. Volveremos cuando hayáis terminado. —Después de hacerme un gesto con el pulgar hacia arriba, desapareció.

Tan pronto como se cerró la puerta, mi chica de pelo castaño... No, la chica de pelo castaño, soltó un sonoro suspiro y me miró. Parecía estar más relajada, pero por la forma en que tiraba de su camiseta (una en la que podía leerse: Sonríe para mí, escrito en letras grandes y en negrita) no lo tenía tan claro. Esperé a que continuara, muriéndome de curiosidad.

—¿Sabes qué? Ya he metido la pata hasta el fondo, así que a estas alturas, no creo que preguntarte esto vaya a empeorar las cosas.

Le indiqué que siguiera, intrigado.

—Soy todo oídos.

Ella tomó una profunda bocanada de aire mientras yo intentaba ocultar una sonrisa lo mejor que podía.

—Necesito besarte —dijo de sopetón. Luego cerró los ojos y soltó un gemido—. No, esa no ha sido la mejor manera de explicártelo. Déjame intentarlo de nuevo.

Enarqué una ceja.

—Necesitas besarme.

—Necesitar, tener que... Bueno, es lo mismo, ¿no? —Asintió rápidamente con la cabeza—. A ver, en realidad no quiero besarte. No te he elegido yo.

—No me has elegido.

—No. Y no porque no seas atractivo, que lo eres, en plan rudo, algo que tiene su punto. Te besaría si tuviera que hacerlo, pero no fuiste mi primera opción.

—Vaya forma de mejorar mi autoestima. Continúa, por favor.

—Está bien, reconozco que no he empezado con buen pie. Lo vuelvo a intentar, a ver si esta vez se me da mejor. Digamos que mi compañera de habitación, Lindsay, me ha arrastrado, o más bien me ha obligado a venir aquí esta noche. Me refiero a la fiesta. Cree que no estoy sacándole el máximo partido a la «vida universitaria», así que hemos venido y nos hemos encontrado con sus amigas… Es mi primer año y estoy conociendo a gente nueva, eso está bien, ¿verdad? —Respiró hondo otra vez y continuó sin esperar a que respondiera—. Pues no, no está bien. Sus amigas se han dado cuenta de que no soy una de esas chicas extrovertidas, porque no suelo hablar mucho cuando hay mucha gente y prefiero quedarme al margen. Al principio, me gusta observar, ¿me entiendes? Pero bueno, supongo que esto te importa poco, así que aquí estoy divagando y sintiéndome aún más avergonzada.

Cerró los ojos y negó con la cabeza. Y yo me quedé allí, observándola, escuchándola, esperando a que terminara su relato. En realidad, no habría podido moverme ni aunque hubiera querido: esa chica era tan… Todo lo que me estaba contando era tan… *fascinante*, sí, esa era la palabra que buscaba. A pesar de lo caótica que parecía, por alguna razón había algo en ella que me tenía cautivado, como si fuera un soplo de aire fresco.

—Entonces han hecho una apuesta, o más bien me han retado, diciendo que no sería capaz de besar a un desconocido. Les he dicho que lo haría solo para que cerraran el pico, porque ¿qué esperaban? ¿Que lo hiciera de verdad? ¿Qué somos, niños de primaria? Y, bueno, sí, me molestó un poco, pero tenían algo de razón. No soy una de esas chicas atrevidas y espontáneas. Ni tampoco soy de las que van besando a desconocidos. No lo he hecho nunca, pero pensaba que sería fácil. El caso es que al final me han retado a besar al chico que ellas quisieran, porque, por lo visto, eso es lo que se hace en la universidad: desafiar, apostar, besar a gente al azar…

—¡Vaya! —exclamé antes de que pudiera decir más. Ella me miró. Fue mi patético intento de asegurarme de que respirara y no se desmayara—. Está claro que hay muchas cosas que no conozco de la universidad, y eso que ya no soy un novato. Yo tampoco he besado a ninguna desconocida…, ni siquiera sabía que fuera un requisito para estar aquí.

En realidad, sí lo había hecho, pero no hacía falta que ella lo supiera. A veces, después de un buen partido, cuando la adrenalina de todos estaba por las nubes, se me acercaban chicas que no conocía y me besaban, pero nunca había sentido el impulso de besar a una desconocida porque sí. Quizá porque todavía no había encontrado a la desconocida adecuada, porque justo en ese momento entendí que podía tener su encanto.

—¡Ves! —exclamó, relajándose un poco más—. Justo lo que decía. Pero bueno, llegamos a la parte complicada, así que será mejor que continúe. Mi compañera de cuarto, Lindsay, ha agarrado a un pobre chico que pasaba por allí con sus amigos y me ha dicho que lo besara, así que lo he hecho, solo un piquito rápido, nada importante, ¿verdad? Ni siquiera lo he tocado, solo me he acercado y he pegado mis labios a los suyos. Lo cierto es que ha sido bastante decepcionante, y como ya había bebido un poco de cerveza… —Levantó tres dedos; seguramente para indicar cuántas cervezas se había tomado, y luego se metió un mechón de pelo detrás de la oreja derecha. Me fijé en sus labios. Me estaba soltando toda esa charla sobre besos y tenía esos preciosos labios rosas y brillantes…—. No he sentido absolutamente nada —continuó—. Ni mariposas en el estómago, ni nada parecido. Al chico no ha parecido molestarle mucho, ya que ha intentado darme un segundo beso, esta vez más largo.

«Sí, claro, seguro que ese cabrón afortunado no estaba para nada molesto».

Entonces ella empezó a hablar aún más deprisa, haciendo que me fuera prácticamente imposible seguirle el hilo.

—Pero luego, la amiga de Lindsay, Molly, te ha señalado de repente. Estabas hablando con unos chicos en el otro extremo de la estancia y me ha retado a besarte. No sé qué tienes de especial. —Abrí la boca, pero ella levantó una mano y continuó sin detenerse—. Así que he tenido que decir que lo haría porque no se me da bien esto de los retos y las apuestas. Me vuelvo un poco competitiva. Y como con el anterior chico me he salido con la mía dándole solo un pico, esta vez me han retado a ir a por todas contigo. Insisto, no sé si eres alguien importante o qué, pero debe haber algo que te haga especial para que insistieran tanto. Quizá seas su tipo, no tengo ni la más remota idea. Les he pedido que me dieran unos minutos y te he seguido hasta aquí para pedirte permiso antes de abalanzarme sobre ti delante de todos y meterte la lengua hasta la garganta, o al menos intentarlo. Pero ahora, después de lo que he visto... y solo para estar segura... no eres gay, ¿verdad? Porque si esa es la razón por la que han insistido tanto me parecería muy... cruel.

Al ver que me miraba esperando una respuesta, me enderecé y me froté la nuca.

—Puede que esto te parezca una excusa, pero... —«¿Cómo se lo explico?»—. Aunque me encantaría ayudarte con el reto, tengo novia. —Solo habíamos salido una vez, pero aun así...—. Se ha retrasado, aunque lo más seguro es que ya esté aquí, así que creo que debería...

—Ah. Oh. Claro. Está bien. —Vi cómo sus ojos se movían en todas las direcciones, posándome en mí una o dos veces como mucho, y solo durante un segundo. Luego, buscó a tientas el pomo, abrió la puerta y salió—. Lo siento mucho —empezó, elevando un poco la voz para hacerse oír por encima del barullo que había fuera. Bajó la vista hacia mis pantalones y después volvió a mirarme a los ojos—. Por eso... y por todo lo demás. Esta noche está siendo muy rara..., rara y absurda. Me voy ya y... —Otro paso hacia atrás—. Bueno, lo siento —repitió mientras seguía retrocediendo, con la vista clavada en mi hombro en vez de en mi cara.

Ahí fue cuando me di cuenta de que tenía los ojos húmedos. Tener una hermana te enseña un par de cosas sobre las chicas, y sabía que estaba a punto de romper a llorar.

—¡Espera! ¡Eh, espera! —grité, corriendo tras ella antes de que se esfumara.

Volvió la cabeza para mirarme sin detenerse.

—¿Cómo te llamas? —grité más fuerte.

Justo cuando le caía la primera lágrima, esbozó una pequeña sonrisa, una mezcla de tristeza y consternación. Y luego se perdió en la multitud sin que pudiera alcanzarla.

¿Por qué quería saber su nombre? ¿Por qué la estuve buscando toda la noche con la mirada?

En aquel momento, no tenía ni idea.

2

Zoe

Un año después

La segunda vez que Dylan Reed me vio, estaba intentando hacerme invisible. Si no hacíamos contacto visual, si evitaba mirarlo, entonces él tampoco podría verme, ¿verdad?

Por desgracia para mí, la cosa no funciona así.

Un año antes, cuando había hecho el ridículo más absoluto de mi vida, ni siquiera sabía cómo se llamaba; un detalle que, en principio, facilitó que me olvidara de aquel bochornoso momento. Si solo hubiera sido un desconocido con el que me había topado en una fiesta universitaria (un desconocido que, reconozcámoslo, estaba cañón), no habría tenido mayor importancia. Pero la realidad fue otra. La vida no solía ponérmelo tan fácil. Al final, resultó que el chico al que esas estudiantes con muy mala leche me habían desafiado a besar era una de las estrellas del equipo de fútbol americano, el receptor principal que, según todo el mundo, era uno de los pocos jugadores al que se esperaba que seleccionaran en la NFL, la mayor liga de fútbol americano profesional en Estados Unidos, y *eso* lo convertía en una de las celebridades de la universidad. Así que, aunque nuestro campus era grande, pensar que jamás me lo volvería a encontrar habría sido una utopía.

Tras un largo día de clases, iba de camino a mi apartamento cuando lo vi; bueno, más bien los vi. Iba con tres amigos, y sabía que al menos uno de ellos era un compañero de equipo: el *quarterback*, Christopher Wilson. Los otros dos no tenía ni idea de quiénes eran, pero Christopher Wilson era el chico de oro del campus, como suele ocurrir con casi todos los *quarterbacks*. De él sabía eso y quizás un poco más. De todos modos, en ese momento el hecho de ver a Chris ni siquiera se registró en mi mente, pues la persona que iba a su lado fue la única que acaparó toda mi atención.

Dylan Reed, con su imponente metro noventa y dos de estatura.

Se estaba riendo por algo que le habían dicho sus amigos y debía de estar a unos trece o catorce metros de distancia, caminando en mi dirección.

Me detuve y me quedé petrificada, observándolo. Una chica chocó conmigo por accidente y me pidió perdón, pero yo fui incapaz de articular palabra. Estaba paralizada, en medio del campus, con un nudo en el estómago y palideciendo por momentos.

«No».

No quería que me viera justo en ese momento: sin maquillaje y habiendo dormido apenas tres horas. Llevaba el pelo recogido en una trenza tan deshecha que, más que una trenza, parecía el resultado de haber perdido una pelea con un cuervo furioso. En cuanto a mi ropa… Ni siquiera recordaba qué narices me había puesto y no encontré el valor necesario para bajar la vista y descubrirlo, aunque seguro que nada espectacular. En serio, no quería que me viera, punto.

«Nueve metros».

Al mirarlo, había perdido unos segundos preciosos que podría haber empleado para escapar; algo que sabía porque lo había logrado antes. Ese día, sin embargo, estaba tan pasmada, que lo único que pude hacer fue quedarme clavada en el lugar y observar cómo se acercaba. Quizá fue la falta de sueño, o su forma de andar, o el vaivén de sus hombros, o…

«¡Reacciona!».

Aún no me había visto, pues estaba con la cabeza inclinada, mirando a sus amigos.

«Ocho metros».

Pensé que, si simplemente me quedaba donde estaba, cerraba los ojos y no hacía ningún movimiento brusco, tal vez pasaría de largo y todo terminaría en unos segundos. Sí, otra de mis magníficas ideas.

O mejor aún, que no me reconocería. A decir verdad, eso habría sido bastante factible. Al fin y al cabo, ¿cuántas chicas se lanzaban a sus pies a diario? Seguro que se había olvidado de la chica tan rara que había conocido en el baño de aquella fiesta (es decir, yo) al día siguiente.

«Seis metros».

Llevaba una camiseta Henley gris de manga larga que realzaba sus *espectaculares* brazos; y cuando digo «espectaculares», lo digo en serio. Ese era uno de los detalles que mejor recordaba de aquella noche; quizá porque siempre he tenido debilidad por los brazos fuertes y musculosos. A esos brazos poderosos les seguían unos hombros aún más formidables. Tenía el pelo castaño y corto, un estilo que no le sentaba bien a cualquiera, pero a Dylan Reed le quedaba de maravilla. Poseía unas facciones varoniles. No podía verle los ojos, pero sabía que eran azules; del mismo tono azul que el océano, para ser más exactos. Un año antes, me perdí en esos ojos durante varios segundos. Tenía una mandíbula marcada, unos pómulos definidos y unos labios carnosos que hacían que una se preguntara qué se sentiría al besarlos.

«Cuatro metros».

En algún momento se le debía de haber roto la nariz, pues lo recordaba como un rasgo que le daba un toque distintivo. Desde lejos no se notaba, pero como os acabo de decir, había tenido la oportunidad de estar más cerca de él, de levantar la vista para encontrarme con sus ojos un momento antes de apartar la mirada. Y esa nariz ligeramente torcida añadía aún más carácter a su aspecto ya de por sí perfecto.

Supuse que, siendo jugador de fútbol, no era tan extraño que se hubiera roto la nariz, incluso en más de una ocasión. No era guapo; nunca habría elegido esa palabra en concreto para definirlo. Ni siquiera podía considerárselo atractivo en el sentido tradicional, pero sin duda tenía algo que te impactaba. Se veía que era alguien con carisma, seguro de sí mismo. De complexión fuerte, grande, tal vez un poco rudo, pero sobre todo imponente. Sí, esa era una buena forma de describir a Dylan Reed. Y no me refiero únicamente a su aspecto físico, que también. En definitiva, no era un chico del que te pudieras olvidar con facilidad.

Justo en ese momento, Dylan alzó la cabeza y nuestras miradas se encontraron. La amplia sonrisa que lucía su boca empezó a esfumarse poco a poco.

«Mierda».

Como si no hubiera tenido suficientes ideas brillantes ese día, emití un pequeño jadeo ahogado, me di la vuelta y empecé a andar, casi corriendo, maldiciéndome a mí misma (como podéis imaginar, no fue mi mejor momento). Sin levantar la vista del suelo, sentí otro vuelco en el corazón.

«Tranquila, reina del drama».

—¡Eh! ¡Tú! ¡Espera un momento! ¡Oye!

«No. Ni de coña».

Por si acaso era a mí a quien estaba llamando a gritos (y estaba casi segura de que sí), cerré los ojos con todas mis fuerzas, como si con eso pudiera volverme invisible, y aceleré el paso, que fue lo que llevó a chocarme con... gente. Sí, varias personas. Cómo no. ¿Qué más podía pasar con la suerte que tenía?

Por fortuna, no acabé en el suelo, lo que consideré un pequeño triunfo. Sin embargo, cuando vi que el grupo con el que me había... mmm... estrellado, me observaba con los ojos desorbitados, me tragué mi apresurada disculpa.

—¿Qué has hecho? —murmuró uno de ellos, antes de bajar la vista al suelo.

En un primer momento, pensé que estaban exagerando un poco, pero al seguir la dirección de su mirada descubrí que en el suelo no solo estaban mis libros dispersos por todos lados, sino una maqueta arquitectónica, volcada de lado. Y no una simple maqueta de cartón; una de madera, inmensa... lo suficientemente grande para que no pudiera trasladarla una sola persona, de ahí el grupo de cuatro.

Me olvidé por completo de la razón por la que me había metido en ese lío, me arrodillé y extendí el brazo hacia el modelo a escala.

—Lo siento muchísimo. En serio, ¿hay algo que pueda...?

—¡No lo toques! —gritó el mismo chico que me había hablado antes, dándome un manotazo. Sí, tal cual. Me llevé la mano al pecho, sorprendida. No me había dolido, pero ni siquiera recordaba cuándo había sido la última vez que mi madre me había apartado la mano de esa forma por intentar coger algo de comida de la mesa.

Mientras los otros chicos se agachaban para ayudar a su amigo (refunfuñando por lo bajo, he de añadir), eché un rápido vistazo a mi alrededor y vi que teníamos espectadores. Estupendo. Justo lo que necesitaba; siempre había creído que el rubor hacía maravillas en mi tono de piel. La única ventaja era que Dylan Reed no estaba por ningún lado, así que respiré aliviada.

—¡Dios! ¡Has roto la puerta!

—Lo siento mucho —repetí, con un tono un poco más bajo esta vez, pero los chicos continuaron mirándome mal. Por lo que alcancé a ver, no había daños graves; salvo la puerta, claro estaba. Cuando decidieron ignorarme, intenté concentrarme en recoger mis apuntes y libros esparcidos por el suelo. Menos mal que ese día me había dejado la cámara en el laboratorio de fotografía, porque seguro que no habría tenido tanta suerte como la maqueta.

—Espero que no se haya... —empecé, mientras veía cómo los cuatro chicos se ponían de pie, sosteniendo la maqueta con suma delicadeza. Pero antes de que me diera tiempo a terminar la frase, me fulminaron con la mirada una última vez, antes de rodearme y alejarse a toda prisa.

Todavía de rodillas, solté un suspiro. Vaya un final más adecuado para el día de mierda que estaba teniendo.

—Eh, no te olvides de este —dijo alguien a mi derecha.

Volví a quedarme paralizada, con el corazón desbocado.

Poco a poco, seguí la mano enorme que sostenía mi libro de Historia del Arte del revés, y mi mirada ascendió por el largo brazo y los impresionantes hombros, hasta que finalmente me encontré con la expresión divertida de Dylan Reed.

El murmullo de los estudiantes que pasaban junto a nosotros quedó en segundo plano. Cerré los ojos, reconociendo la derrota, y bajé la cabeza. «Eso te pasa por intentar huir».

—Hola —dijo sin más, con total naturalidad.

Intenté ponerme de pie, con el corazón ejecutando extrañas piruetas en mi interior, pero perdí el equilibrio. Dylan me sujetó del codo y me enderezó antes de que pudiera caerme.

—Gracias —respondí en un susurro, evitando mirarlo a la cara, mientras él me soltaba el brazo y daba un paso atrás que agradecí inmensamente. Me aclaré la garganta, como si eso pudiera marcar alguna diferencia—. Hola.

Dios, qué vergüenza sentía. No solo le había preguntado si podía besarlo como si fuera una adolescente de secundaria —cuando tenía una novia esperándolo fuera— porque era incapaz de evitar un reto, sino que también le había visto el… pene, aunque ver un pene tampoco era nada malo. Más bien todo lo contrario. Me gustaba ver un buen pene, ¿a qué chica no? Y como si no tuviera suficiente con eso, ahora él también había sido testigo de cómo arrollaba a unos estudiantes de arquitectura.

¿Cuántas veces más iba a ponerme en ridículo delante de este chico?

—Hola —repitió, tendiéndome de nuevo el libro.

Le di las gracias con un susurro, agarré el volumen y, al alzar la vista, me encontré con su sonrisa contagiosa. Era una sonrisa que transformaba por completo su rostro, suavizando sus rasgos duros y definidos, y que hacía que deseara ser el motivo de su alegría, volviéndolo aún más irresistible si cabía. Antes de darme cuenta, yo también estaba esbozando una sonrisa y sentí cómo mis mejillas se teñían de rojo ante su mirada penetrante.

—Ah, hola.

—No me dijiste cómo te llamabas —comentó él, sin perder la sonrisa.

Desvíe la vista de sus ojos, rebosantes de curiosidad.

—¿Mmm? —Me giré un poco, optando por fingir que no tenía ni idea de lo que me estaba hablando, y comencé a andar otra vez.

—Te acuerdas de mí, ¿verdad?

Me pareció que ese era un buen momento para incrementar el ritmo de mi caminata, quemar unas cuantas calorías y distanciarme del tumulto. Pero mi huida no iba a ser tan fácil; él me siguió, caminando hacia atrás, manteniendo mi paso y sin perderme de vista.

—¿El año pasado? Al final del primer semestre, en la fiesta de una hermandad, no recuerdo cuál. —Le lancé una mirada rápida llena de pánico, pero enseguida aparté la vista al darme cuenta de que me estaba observando con atención—. Ya sabes, cuando estaba en el baño, y entraste tú y me preguntaste si…

—Ahhh, sí, ahora me acuerdo. —«Mentirosa»—. Sí, sí, claro. Hola —respondí con voz ronca, antes de soltar una risa incómoda—. Hubo tantas fiestas el año pasado que, al principio, no he caído. —En mi cabeza, puse los ojos en blanco por lo exagerada que había sido. Habría ido a tres de ellas, y eso ya era decir mucho—. ¿Qué tal?

—Bien. De hecho, genial, ahora que te he vuelto a encontrar.

«¿Se está riendo de mí?». Aceleré el paso, pero él se puso a la par conmigo al instante.

—Soy Dylan —mencionó en cuanto se dio cuenta de que no iba a decir nada más—. Aquella noche, intenté alcanzarte, pero de repente ya no estabas. Estabas justo allí y, en un instante, desapareciste.

Volví a mirarlo. Me planteé acelerar todavía más el paso, pero luego pensé que ponerme a correr podría resultar más extraño y embarazoso. Además, visto lo visto, él podría alcanzarme sin ningún esfuerzo.

Solté un sonido a medio camino entre una carcajada y un resoplido.

—Sí, esa soy yo —declaré con una alegría impostada—. Estoy y luego ya no. Existo, pero como si no. —«Madre mía. No puedo ser más torpe»—. Y sé cómo te llamas. Todo el mundo lo sabe. —Hice una pausa para respirar—. Como te puedes imaginar, aquel día estaba un poco avergonzada... Muy avergonzada, en realidad.

—Si a mí no me dio vergüenza después de que me vieras...

Le lancé otra mirada llena de pánico.

—... tú tampoco tienes que sentir ninguna vergüenza por lo de aquella noche —continuó a toda prisa. Después sonrió—. Y ahora tampoco la siento, por si te lo estás preguntando.

Su pene... Había tenido el privilegio de ver su pene; un pene que aún podía visualizar si cerraba los ojos, aunque tampoco era que me pasara todo el día fantaseando con penes ni nada por el estilo. Si hubiera querido ver uno, simplemente le habría pedido a mi novio que me lo enseñara, aunque, hasta ese momento, no lo había hecho.

El tono con el que me había hablado hizo que lo mirara de reojo. ¿Era necesario que sacara ese tema? ¿Por qué se había acercado a mí? ¿Para que me sintiera aún peor? ¿Y dónde narices se habían metido sus amigos? ¿Dónde estaba Chris?

Le brindé lo que esperaba que se pareciera más a una sonrisa que a una mueca, y seguí callada.

—Vas a decirme tu nombre, ¿verdad, Flash? —Echó un vistazo a su alrededor antes de volver a centrarse en mí—. Es que, esto está lleno de gente, y has demostrado ser rápida, lo reconozco, pero a mí también se me da muy bien moverme y ahora que sé lo que tengo que buscar, te atraparé sin problema.

«Hola Dylan, soy la vergüenza personificada».

—¿Flash? —pregunté, confundida.

Él sonrió.

—Sí, ya sabes, estás y luego ya no.

Estaba repitiendo mis palabras anteriores.

Me aclaré la garganta, haciendo caso omiso del brinco que me dio el corazón. Tenía un apodo. Me había puesto un apodo.

—Me llamo Zoe.

Y ahí estaba esa sonrisa de nuevo.

—Zoe —repitió él. Y yo le observé decirlo fascinada—. Mmm. De acuerdo, Zoe.

Otra sonrisa.

«Estupendo».

—Llego tarde a… un lugar… así que…

Una mentira piadosa no hacía daño a nadie.

—Sigues siendo un poco tímida, ¿eh? —comentó en voz baja, con una sonrisa más contenida, más íntima.

Desplacé mi enmarañada trenza del hombro izquierdo al derecho, pensando que no era mala idea poner una barrera entre ambos.

—Me temo que es una característica permanente.

Debió de adivinar que estaba intentado esconderme detrás de mi pelo, porque se rio entre dientes y dijo:

—Bueno, te dejo ganar esta ronda. Tengo que volver al entrenamiento. El entrenador me matará si llego tarde.

Entonces nuestras miradas se encontraron y, de pronto, se me olvidó por qué narices quería salir corriendo de allí. ¿En serio estaba un poco decepcionada porque se fuera? Qué tontería.

«Aparta la mirada, Zoe. No se te ocurra fijarte en sus ojos».

Él levantó una mano para frotarse la nuca y miró hacia otro lado.

—Sí. Pues nada. Ha sido un placer encontrarme de nuevo contigo, Zoe. Puede que volvamos a hacerlo un día de estos, ¿no crees?

Le ofrecí una sonrisa un tanto desdichada, pero no dije nada. No me gusta mentirle a nadie si no es necesario, ni siquiera a los desconocidos.

Toda nuestra interacción, desde el principio hasta el final, había sido como una tortura para mí. Seguro que pensaríais lo mismo si lo hubierais visto con vuestros propios ojos.

Entonces Dylan dejó de caminar a mi lado y yo seguí andando. Habíamos llegado al final de nuestro trayecto juntos, donde nuestros caminos se separaban. Cerré los ojos y tomé una profunda bocanada de aire para calmarme. Pasé por delante de la pequeña cafetería, por lo que el aire olía a *pizza* barata y café. El corazón me seguía latiendo desbocado. Qué vergüenza. ¿Por qué tenía que ser tan tímida?

—¿Zoe?

Solté un sonoro quejido y un grupo de estudiantes que pasaba a mi lado me miró extrañado. Me detuve y me di la vuelta, movida por la curiosidad de escuchar lo que iba a decir.

Estaba a unos tres metros de mí, parado en medio de la concurrida calle, en plena rutina universitaria: todo el mundo intentando llegar a algún sitio. ¿Por qué no se chocaba con nadie y la gente simplemente se apartaba para esquivarlo? En cuanto se percató de que tenía mi atención, su sonrisa se ensanchó lentamente.

—¿Qué me dices de ese beso?

Lo miré con el ceño fruncido y pregunté:

—¿Qué pasa con él?

—¿Y si nos lo damos ahora?

Abrí un poco los ojos y la boca, o quizá me atraganté; no recuerdo muy bien todos los detalles. Lo que sí sé es que no debí de poner mi mejor cara.

Noté que la gente me miraba, oí murmullos bajos y empecé a ruborizarme de nuevo. Me aferré a los libros con más fuerza, como si fueran una especie de escudo protector o pudieran evitar que me acercara a él, y le respondí casi gritando:

—Lo siento… pero… tengo novio.

—¿No crees que estaría bien? —Avanzó un paso hacia mí.

Menudo caradura.

—¡He dicho que tengo novio! —Y lo tenía; realmente lo tenía. Se llamaba Zack. Zoe y Zack; él creía que era cosa del destino. Yo, no tanto. No era el amor de mi vida ni nada por el estilo, pero sí, habíamos tenido unas cuantas citas, y estaba convencida de que no le habría hecho ninguna gracia enterarse de que me había besado con un desconocido en medio del campus.

Alguien gritó: «¡Bien por ti!». Se oyeron unas cuantas risas entre la gente y yo me sonrojé aún más.

«¿Hola, Dios? ¿Estás ahí? Por favor, haz algo. Manda un rayo y destrúyeme aquí mismo».

—Ah... entiendo —repuso él, bajando un poco la voz. Se metió las manos en los bolsillos y comenzó a balancearse sobre sus pies de delante atrás. Yo tuve que hacer un esfuerzo enorme para no bajar la mirada hacia lo que ya sabía era un paquete considerable—. Parece que nunca acertamos con el momento, ¿eh, Flash?

¿Qué podía decir? Asentí y traté de sonreír. ¿Era decepción lo que veía en sus ojos? Y eso que sentía en el estómago, ¿eran mariposas?

Sin dejar de mirarme, empezó a caminar hacia atrás, con pasos ligeros y seguros.

—Bueno, Zoe, ya nos veremos por ahí. Dicen que a la tercera va la vencida; a ver si la próxima vez lo logramos.

Yo no lo veía tan claro, pero me abstuve de decir algo. Me limité a levantar la mano y a ofrecerle un pequeño gesto de despedida.

Dylan volvió a regalarme esa sonrisa —esa amplia, despreocupada y hermosa sonrisa—, se despidió con un rápido saludo militar y luego se dio la vuelta y se marchó al trote. Sí, había hecho bien en no salir corriendo, me habría alcanzado en un abrir y cerrar de ojos.

La primera vez que nos despedimos, lo hice con lágrimas en los ojos por la humillación y la vergüenza. En ese momento, sin embargo, tenía una sonrisa de oreja a oreja.

3

Dylan

Un año después

Eran las diez de la noche de un viernes y estaba muerto de cansancio, como casi todos los días. Pero me gustaba sentirme así; vivía para eso.

Me había levantado a las seis, como todas las mañanas, para realizar mi primera sesión de entrenamiento antes de desayunar rápido e ir a una reunión con el equipo. Después de la reunión, me había ido corriendo a mi primera clase. Sobre las doce y media, solía tener una hora libre para comer algo y ser un estudiante universitario más en vez de un deportista. Después del almuerzo, dependiendo del día, asistía a otra clase o me iba directamente al gimnasio para la segunda sesión de ejercicios en la sala de pesas. A continuación, tenía tres horas de entrenamiento con el equipo, que a veces se convertían en cuatro. Ese día, después de un descanso de media hora que había aprovechado para tomarme un batido y un sándwich, había ido a la biblioteca para terminar un trabajo que tenía que entregar al día siguiente. De camino allí, con el ajetreo del día empezando a pasarme factura, le había enviado un mensaje de texto a mi novia, Victoria, para saber qué íbamos a hacer esa noche. Y antes de darme cuenta, habían pasado tres horas y aún no había recibido respuesta.

Vivía en una casa a unos minutos del campus con cuatro compañeros de equipo: Kyle, Maxwell, Benji y Rip. Si no se les hubiera ocurrido organizar una fiesta de última hora por el cumpleaños de Maxwell, podría haber pasado una noche tranquila en mi habitación con Vicky, posiblemente viendo Netflix y divirtiéndonos en la cama. Después de todo un día preparándome para la temporada, no me quedaban fuerzas para nada más. Pero como sabía que eso no iba a ser posible, decidí ir primero a la residencia de Vicky para ver si podíamos ahorrarnos la fiesta y relajarnos juntos en su habitación, aunque seguro que se enfadaría conmigo.

A diferencia de mí, ella siempre tenía ganas y energía suficiente para salir de fiesta, aunque yo sabía cómo persuadirla para que se quedara en la habitación conmigo. Por mucho que le gustara beber y bailar, prefería lo que yo podía hacerle a su cuerpo.

Llevábamos saliendo cinco meses, dos de los cuales los habíamos pasado separados, manteniéndonos en contacto a través de FaceTime y enviándonos mensajes durante las vacaciones de verano, y parecía que todo iba bien. No le importaba que tuviera que pasarme casi todo el tiempo en el campo o en el gimnasio porque ella también estaba muy ocupada con sus clases, las reuniones de la hermandad y una pasantía. Era una chica comprensiva, cariñosa y, si os soy sincero, nunca esperé que se convirtiera en parte de mi día a día.

Mi idea inicial había sido no salir con nadie durante el último curso.

Concentrarme en el fútbol.

Mejorar mis habilidades.

Ser el mejor en el terreno de juego.

Sacar tiempo para estudiar.

Esos eran solo algunos de los objetivos que me había propuesto en mi lista de prioridades, y una novia no estaba entre ellos. Tenía la agenda completa; más bien desbordada. Con todo lo que tenía que hacer (y era mucho) no tenía tiempo para afrontar un compromiso de ese tipo. Sin embargo, Vicky había logrado hacerse un hueco en mi vida y, para mi absoluta sorpresa, disfrutaba de su compañía. Verla después de un día largo y agotador no me resultaba tan complicado y, por lo que sabía, a ella le gustaba aún más estar conmigo.

Antes, cuando llegaba tarde a nuestras citas porque el entrenamiento se había alargado o no podía ir a alguna fiesta porque tenía que estudiar, no se quejaba. Ella me aportaba la tranquilidad (no siempre) y la estabilidad (de nuevo, no siempre) que necesitaba, y yo intentaba ofrecerle lo que quedaba de mí al final del día. Para ser justos, puede que eso no pareciera mucho, pero ella no dejaba de decirme que con eso le bastaba, que la hacía feliz y que no se imaginaba estando con otro chico que no fuera yo. Le creía, ¿por qué no iba a hacerlo? Desde luego no le desagradaba la idea de tener un novio que estaba en la quiniela para ser elegido entre los veinte primeros del *draft*, el proceso anual de selección de jugadores universitarios por parte de la NFL, y mentiría si os dijera que no me gustaba ver cómo se le iluminaba la cara de alegría cada vez que me mencionaban los medios. No había contemplado seriamente la idea de pedirle que se viniera conmigo si al final me seleccionaban, pero ella había insinuado en varias ocasiones, y de forma bastante clara, que estaba dispuesta a mudarse a donde fuera después de graduarse. Así que, si todo seguía como hasta ese momento, quizá no sería tan mala idea proponérselo.

Después de hablar con la compañera de habitación de Vicky y enterarme de que ya se había ido a la fiesta (supuse que esperando encontrarme allí), salí del campus e intenté prepararme mentalmente para el caos que me esperaba en casa.

Para mi sorpresa, la casa no estaba tan llena como me había temido. En lugar de invitar a toda la universidad, se habían limitado a llevar al equipo al completo a nuestra casa de tres plantas. Estaban los jugadores, las novias de aquellos que tenían una y, para equilibrar un poco las cosas, algunas de las animadoras. Así que seguía siendo un caos, pero un poco más reducido. Seguro que la única razón por la que habían decidido limitar la magnitud del evento era porque tenían pavor a que el entrenador se enterara.

Me encontré a JP en la cocina, en plena labor de seducción de una chica.

—¿Has visto a Vicky por aquí? —le pregunté en cuanto llegué a su lado.

—Aún no. Seguro que está por aquí, en algún lado. Oye, ¿dónde te habías metido? Te has perdido el torneo de Madden. —Sin darme tiempo a que me escapara, me dio una palmada en el hombro—. Antes de que desaparezcas, déjame que te presente a Leila. Es la chica de mis sueños. Chica de mis sueños, te presento a mi mejor amigo.

Negué con la cabeza y observé a la chica soltar una risita mientras sostenía su vaso.

—Hola, Dylan.

JP tiró de ella hacia su pecho y le rodeó la clavícula con el brazo. Luego bajó la cabeza y frotó la nariz contra su cuello.

—Permíteme un adelanto. Después podrás contarme todo lo que tienes pensado hacerme. —Me pasó el vaso de la chica sin apenas mirarme y empezó a besarla con entusiasmo.

Los dejé solos y me fui a echar un vistazo al salón, esquivé parejas que se estaban enrollando en el pasillo y después bajé al sótano, donde las cosas se estaban poniendo más calientes aún si cabía, para terminar saliendo al jardín trasero. Como no encontré a Vicky por ningún lado, le envié otro mensaje mientras me unía a Chris y a algunos otros compañeros de equipo antes de regresar a la casa.

—¿Chris? ¿Has visto a Vicky? Se supone que debería estar por aquí, pero no consigo encontrarla.

—Acabo de llegar hace unos minutos. ¿Has mirado dentro?

Solté un suspiro, frustrado.

—Sí, no está. No te he visto hoy en ninguno de los entrenamientos, ¿va todo bien? —inquirí mientras los demás chicos se ponían a hablar del próximo partido.

—Sí, he estado en la sala de pesas, pero me he ido antes de que terminarais. —Al ver mi expresión, añadió—: No preguntes. Luego te cuento.

Chris era uno de mis mejores amigos.

—¿El entrenador? —Me imaginé que se trataba de otra discusión. Chris era hijo de Mark Wilson, uno de los *quarterbacks* más famosos de todos los tiempos, y también nuestro entrenador. Padre e hijo se pasaban todo el día discutiendo. Cualquiera habría pensado que, tener a su padre como entrenador, le allanaría el camino a Chris, pero nada más lejos de la realidad. Mi amigo se esforzaba tanto o más que cualquiera de nosotros. Nos pasábamos muchas horas extra entrenando juntos, perfeccionando nuestra técnica y juego.

Soltó un prolongado suspiro.

—Exacto. Hablamos después, ¿vale? He tenido un día agotador, así que prefiero irme a casa. No quiero que me caiga una bronca. Nos vemos mañana.

Antes de que pudiera indagar más, se despidió del pequeño grupo y se marchó.

Miré de nuevo el móvil. Seguía sin saber nada de Vicky. Quizá no estaba recibiendo los mensajes, así que decidí llamarla, pero no respondió.

Estaba empezando a preocuparme de verdad, así que me disculpé con mis compañeros y empecé a subir despacio las escaleras. Mi habitación estaba al final del pasillo de la segunda planta. Como la fiesta se había organizado de improviso, no la había cerrado con llave cuando me había ido esa mañana. Al pasar por la primera puerta cerca de la escalera, me detuve. La segunda y la tercera planta eran zonas prohibidas durante las fiestas. De no ser por el tiempo que llevaba conociendo a Kyle, nuestra ala cerrada estrella, habría irrumpido en la habitación y echado a todo el mundo. Pero como se trataba de su dormitorio, decidí no meterme.

A juzgar por los sonidos que salían de su puerta, todo apuntaba a que allí dentro se estaba celebrando una orgía y él era el protagonista indiscutible. Lo que no auguraba nada bueno para mi habitación. Ver un montón de cuerpos desnudos me enseñaría a cerrar la puerta con llave la próxima vez. Dudando, agucé el oído para ver si también escuchaba algún sonido sospechoso, pero no percibí nada. Abrí la puerta y sentí un alivio enorme al comprobar que la situación no se había extendido a mi cuarto.

La mala noticia era que Vicky tampoco estaba allí. Volví a llamarla; no hubo respuesta.

Entonces decidí llamar a su compañera de habitación, que contestó al segundo tono.

—¿Dylan?

—Jesse, Vicky no está aquí. ¿Ha vuelto allí?

—No. Ya te lo he dicho, me comentó que había quedado contigo en tu casa.

Me senté en el borde de la cama y me froté la sien. Que la música no estuviera a todo volumen no significaba que los invitados no estuvieran armando suficiente jaleo por su cuenta.

—Pues no consigo encontrarla. Sabía que me iba a quedar estudiando en la biblioteca después del entrenamiento, ¿por qué iba a quedar conmigo en mi casa?

—No sé qué quieres que te diga, Dylan. Tuvimos una reunión de la hermandad a las ocho, y cuando terminó, se cambió y dijo que iba a tu casa. Eso es todo lo que sé. Tendrá el móvil en silencio. Intenta llamarla otra vez.

Me levanté y empecé a deambular por el reducido espacio de mi habitación.

—La he llamado como unas diez veces y no responde. No es propio de ella ignorar mis mensajes, ni los de nadie. Sabes mejor que yo que siempre está pegada al teléfono. Estoy empezando a preocuparme.

Oí a Jessie soltar un suspiro profundo. Me la imaginé poniendo los ojos en blanco, su reacción habitual cuando tenía que interactuar con alguien durante más de un minuto.

—¿Quieres que llame a alguna de las chicas para ver si la han visto por allí?

—Te lo agradecería un montón, Jessie.

Colgó sin decir nada más. Aunque mi cuerpo me pedía una ducha a gritos, estaba lo suficientemente preocupado como para plantearme echar un segundo vistazo por toda la casa y volver a preguntar a los chicos si la habían visto. Si había llegado a la fiesta, alguien tenía que haberla visto; y si no, estaba listo para salir a buscarla.

Mientras pasaba por delante de la habitación de Kyle, noté que la orgía estaba llegando a su fin, porque los gemidos y gruñidos ya casi no se escuchaban. Puse la mano en el pomo de la puerta y esta se abrió.

Como no tenía ni idea de quién estaba dentro con él, mantuve la vista en el suelo y pregunté:

—Oye, Kyle, ¿has visto a Vicky abajo esta noche? Su compañera de habitación me ha dicho que ha venido aquí.

Aunque había oído a Kyle susurrarle algo a alguien justo unos segundos antes de que abriera la puerta, el repentino silencio que siguió a mi pregunta me hizo alzar la vista.

Lo último que recuerdo ver fue a Vicky… en medio de la cama… entre dos penes (el de Maxwell y el de Kyle, para ser más exactos), a cuatro patas. Estoy seguro de que ya os imagináis la escena que tenía delante.

Luego recuerdo a Vicky gritándonos que parásemos. También tengo un vago recuerdo de Maxwell intentando darme explicaciones. Después vienen varios minutos en blanco, porque lo siguiente que supe fue que tenía a JP y a Benjamin (nuestro guardia derecho) apartándome de Kyle.

Jadeando, hice todo lo posible para quitármelos de encima, pero no se movían.

—Tranquilo, ya está. ¡Tranquilo! —me gritó JP a la cara, sujetándome la cabeza entre las manos e intentando que lo mirara. Benji, un auténtico coloso y otro de mis mejores amigos, me retuvo los brazos por detrás mientras trataba de sacarnos de la habitación. Aunque hubiera podido deshacerme de JP, nunca habría podido liberarme de Benji. JP continuaba agarrándome de los hombros para impedir que me lanzara a por Kyle—. Vamos a tomar un poco de aire fresco, ¿vale, Dylan? Tranquilízate, colega. No vale la pena arriesgar tu futuro. Contrólate.

Antes de que pudieran arrastrarme fuera, eché un vistazo al cuarto. Maxwell se estaba cubriendo la nariz ensangrentada, pero, por lo demás, parecía estar bien. En algún momento, se había vuelto a meter el pene dentro de los vaqueros después de sacarlo de la boca de Victoria, aunque todavía tenía la bragueta desabrochada y seguía sin camiseta. En cuanto a Kyle... Kyle estaba desnudo y retorciéndose en el suelo, llenando la estancia con un tipo de gemidos diferentes.

Victoria, mi adorada novia, seguía de rodillas en la cama, con los ojos abiertos por el miedo y la respiración entrecortada mientras sostenía una camiseta contra su pecho para taparse. Me fijé en el número de la camiseta, el doce... Estaba agarrando *mi* número, *mi* camiseta. Había dejado que la follaran llevando mi número.

Nuestras miradas se encontraron y vi cómo sus labios pronunciaban mi nombre. Cuando empezó a bajarse de la cama, dejé de intentar ir a por Kyle y de forcejear con mis amigos, que por fin me soltaron. Luego salí de la habitación y de la casa sin mirar atrás.

❦

—Entrenador, sé lo que va a decir, y no es necesario. Estoy bien.

—Entra y siéntate.

Hice lo que me pidió.

—Déjate de tonterías. Por lo que acabo de ver en el campo, ni estás bien, ni mucho menos eres tú mismo. Te he dado una semana y no ha cambiado nada. Se acabó el tiempo. A partir de ahora, vas a hacer lo que te digo y vas a dejar de comportarte como si su coño fuera el último en la tierra. Mira a tu alrededor, por el amor de Dios, tienes un montón de vaginas esperándote en la banda, si eso es lo que quieres.

Apreté los puños y me levanté de la silla de un salto.

—¿Cree que estoy así por ella? ¿Que por eso me cuesta concentrarme? Ella no es la que está afectando a mi rendimiento en el campo. Eso me trae sin cuidado, pero ¿cómo espera que me entregue por completo al juego si no confío en mis compañeros de equipo? Se supone que deberían cubrirme las espaldas, apoyarme, tanto dentro del campo como fuera. ¿Cómo pudieron...?

El entrenador se levantó de su silla, me silenció con una sencilla pero gélida mirada, y se puso delante de mí.

—De acuerdo, Dylan, hagámoslo a tu manera. Dime qué esperas de mí. Ya he hablado con todo el equipo. Estabas presente, sabes que no lo apruebo. Siempre os insisto en que, si queréis jugar en las grandes ligas, no podéis permitiros ningún tipo de distracción. Te has enfrentado a Kyle en pleno gimnasio y le has dado un puñetazo en la cara, otra vez, y lo he pasado por alto. Pero no puedo permitir que mis jugadores se peleen delante de todos. ¿Qué más quieres que haga? ¿Que los eche del equipo solo porque se acostaron con tu novia, que estuvo más que dispuesta a hacerlo con ellos?

Traté de contener una mueca, pero fue inútil. Cansado de todo, volví a sentarme y apoyé los antebrazos en las rodillas. Por más que me dolieran sus palabras, el entrenador tenía razón: no podía hacer nada más. Ni Kyle ni Maxwell parecían tener problemas en el campo. Me evitaban, sí, pero eso no parecía influir en su juego. Tal vez era yo el que no se estaba mostrando lo suficientemente flexible. De todos modos, ninguno de ellos, ni siquiera Victoria, merecía que renunciara a mi objetivo final: quería oír mi nombre el día del *draft*. Era como si toda mi vida hubiera trabajado para conseguir esa meta. Por la noche, en la cama, después de un largo día de ejercicio, entrenamientos y reuniones, además de las clases, cuando cerraba los ojos, podía verlo, sentirlo en cada fibra de mi ser. Sabía que era lo suficientemente bueno, que si llegaba a las ligas profesionales, me esforzaría aún más. Había dedicado todo el tiempo, el sudor y el esfuerzo necesarios. Era hora de seguir adelante. Oí al entrenador soltar un sonoro suspiro y volví a prestarle atención.

—Te estás mostrando demasiado agresivo en el terreno de juego, te estás exigiendo demasiado y no estás conectado con Chris como siempre. No te voy a decir cuántos pases fallidos he contado hoy. Estás hecho un desastre, Dylan. Lo sabes tú, lo sé yo y lo sabe todo el equipo. ¿Crees que te puedes permitir este tipo de descuidos esta temporada? Estás arriesgando tu futuro, muchacho, ¿y todo por qué? ¿Por una chica que ni siquiera recordarás en un mes, y mucho menos dentro de un año?

Con cada palabra que salía de su boca, la tensión en mis hombros se incrementaba. El fútbol lo era todo para mí. Era un jugador excepcional, el mejor receptor que había. Me había esforzado mucho para conseguirlo.

—¿Crees que la NFL será un camino de rosas? ¿Que les va a importar una mierda que montes un numerito por algo que hayan hecho tus compañeros? La NFL es otro nivel. Si no puedes dejar de lado las diferencias con algunos de tus compañeros, si no puedes olvidarte de los problemas y jugar como un equipo aquí, en la universidad, será mejor que te olvides de la NFL. Eres bueno. Ambos sabemos que lo lograrás, pero no todos tienen lo necesario para mantenerse. No importará para quién juegues si lo único que haces es calentar el banquillo porque no puedes llevarte bien con tus compañeros de equipo. A menos que estés en el campo, dándolo todo...

—Señor, con todo el...

—Cállate, Dylan. Cállate y escucha. Esto es crucial. Es tu último año. ¿Lo entiendes? O lo consigues, o no. Tienes a todo el mundo pendiente de ti. Y no me refiero solo a los medios. Te han estado observando desde tu segundo año, y no olvides que fuiste tú quien eligió terminar la universidad antes de dar el salto a la liga profesional. La temporada comienza la semana que viene. Tienes una oportunidad, pero cada partido cuenta. No lo eches todo a perder por una tontería como esta.

—Señor, no tengo intención de echar a perder nada. Estoy trabajando en ello. Le prometo que la próxima vez que me vea en el campo...

Se enderezó y volvió a sentarse detrás del escritorio.

—La próxima vez que te vea en el campo, más te vale que lo tengas todo controlado. De lo contrario, asumiré que estás deseando que te deje en el banquillo. —Se sacó una llave pequeña del bolsillo trasero de sus vaqueros, abrió el primer cajón del escritorio, sacó otra llave y me la lanzó.

Levanté la mano y la atrapé antes de que me golpeara en la cara.

—Sé que aceptas trabajos a tiempo parcial siempre que puedes, sobre todo cuando no estamos en temporada. Supongo que envías lo que ahorras a tu familia y que harás lo mismo este año, ¿verdad? —Apreté la llave en el puño, notando cómo los bordes se me clavaban en la piel y asentí en silencio antes de que continuara—: Entonces, no puedes permitirte tener tu propia casa y ya es demasiado tarde para solicitar una habitación en el campus. Tampoco voy a permitir que uno de mis jugadores estrella duerma en el suelo de la habitación de uno de sus compañeros de equipo. —Se apoyó en el respaldo de la silla y me observó detenidamente—. Tengo un apartamento cerca del campus. Estaba ocupado... pero ahora está vacío. Te quedarás allí. Necesito que vuelvas a centrarte en el juego. Esta temporada nos haces mucha falta.

Y yo necesitaba el fútbol en mi vida. No habría llevado nada bien que hubiera decidido que la solución era sentarme en el banquillo.

—Tendré todo bajo control para el partido.

—Así me gusta. Hemos terminado. Ahora, levántate y sal de mi oficina. Te enviaré un mensaje con la dirección al final del día.

Abrí la palma y miré la llave. No quería la caridad de nadie. Joder, hasta detestaba el hecho de estar considerando la idea, pero no tenía otra opción; todos mis conocidos ya habían resuelto el tema del alojamiento desde hacía meses. Y aunque seguro que algún compañero de equipo o de clase me habría hecho hueco en su habitación, no tenía claro si eso terminaría afectando a mi rendimiento en el terreno de juego o en mis estudios. Si quería hacer realidad mi sueño y el de mi familia, necesitaba pasar mi último año en la universidad libre de fiestas y de distracciones femeninas. Con la decisión ya tomada, me levanté para salir.

—Gracias, entrenador —murmuré, lo suficientemente alto para que pudiera oírme.

—Dylan.

Tenía la mano en el pomo de la puerta, pero me detuve y me volví para mirarlo.

—No quiero que Chris sepa nada de este apartamento ni cómo lo has encontrado. A veces, cuando es demasiado tarde para volver a casa, me quedo a dormir allí, y su madre no sabe de su existencia. Quiero que las cosas sigan así. ¿Entendido? Me quedaré allí de vez en cuando, así que asegúrate de no llevar a ninguno de tus compañeros de equipo. Ya he cubierto el cupo de ver esas horribles caras que tenéis para toda una vida.

Que mi entrenador fuera a ser mi compañero de piso durante mi último curso no me suponía ningún problema. De hecho, cuanto más lo pensaba mientras salía del edificio para ir a mi clase de las dos y media, más me convencía la idea. Lo veía como un motivo más para centrarme en lo importante y evitar cualquier distracción.

4

Zoe

Como había sido tan tonta de olvidarme la toalla en mi habitación, no tuve más remedio que salir del baño con nada más que el móvil sin batería. Y ahí fue cuando oí el chirrido característico que hacía la puerta de entrada al apartamento al abrirse. El sonido me pilló por sorpresa y me quedé paralizada a mitad de camino. En un primer momento, barajé la posibilidad de que se tratara de Mark, pero enseguida me invadió la duda. A menos que hubiera viajado en el tiempo mientras cantaba a pleno pulmón en la ducha, seguía siendo lunes, no jueves, el día en el que solía venir o me llamaba. Además, Mark no tenía ni idea de que todavía seguía viviendo allí, y no en otro piso, con Kayla. Por otro lado, hasta donde yo sabía, los únicos que teníamos llave de esa vivienda éramos Mark y yo, y él jamás le habría dado a nadie las llaves del apartamento que había alquilado para mí. Al fin y al cabo, yo era su oscuro secreto.

Me quedé allí de pie, conteniendo la respiración, completamente desnuda e inmóvil durante al menos cinco segundos (esperando a Dios sabía qué), mientras el corazón me latía cada vez más fuerte. Tenía la boca seca como un desierto, y cuando terminé mi cuenta atrás mental desde diez, el pánico se adueñó de mí. A esas alturas, si hubiera sido Mark, ya habría dicho algo. Pensé en romper el silencio yo misma, pero luego me acordé de todas las películas de terror que solía ver con mi padre y decidí que ese día no quería acabar en las garras de un payaso psicópata.

No era mi momento, ni mi día, y mucho menos el asesino que habría elegido. Y, sobre todo, no quería que un payaso acabara conmigo estando desnuda, con la piel y el pelo todavía húmedos por la reciente ducha. Al oír unas pisadas, me di cuenta de que quienquiera que hubiera entrado no se había movido en esos primeros instantes. Cuando por fin empezó a caminar, lo hizo con ese tipo de pasos lentos que no presagian nada bueno. Sabéis a lo que me refiero, ¿verdad? Si algo había aprendido de todas esas películas de terror era que, si alguien se acercaba a ti despacio y de forma deliberada, lo mejor que podías hacer era darte la vuelta y salir pitando de allí. Sí, correr como alma que lleva el diablo, porque esos aterradores bastardos que caminan tomándose su tiempo siempre terminan matando a las chicas que gritan.

El problema era que yo no tenía ningún sitio al que huir. El apartamento tenía forma de «L» y yo me encontraba justo al doblar la esquina, a escasos metros de mi potencial asesino.

¿Os he contado ya que he dejado de ver películas de terror o de cualquier otro tipo que me impidan dormir?

Empecé a alejarme en silencio, miré el móvil y me maldije por haber agotado la batería escuchando Spotify. Luego me percaté de lo mucho que me estaban temblando las manos y el pánico se intensificó. Me agarré a la pared, en busca del apoyo que tanto necesitaba, y conseguí volver al baño sin hacer ruido. Allí, me hice con una toalla con la que me envolví, aunque no logró cubrirme del todo. Tenía al aire la mitad del trasero y otras zonas, pero aquel trozo de tela, por pequeño que fuera, me proporcionó una sensación extra de seguridad.

Oí más pasos provenientes de la zona del salón abierto, seguidos de un fuerte golpe y el siseo de una palabrota. Estaba tan asustada que me costaba incluso tragar saliva o realizar la acción más sencilla. Aun así, conseguí taparme la boca con ambas manos para sofocar un grito y me agazapé detrás de la puerta. Si me las apañaba para hacerme lo más pequeña posible, pasaría desapercibida, estaría a salvo y, en unos minutos, todo habría terminado. Al fin y al cabo, ¿qué ladrón entraría a un baño donde no hay nada que robar? A menos que quisiera comprobar por qué las luces estaban encendidas... En ese caso, estaba jodida.

Se produjo otro estruendo, y esta vez solté un pequeño chillido. Estaba respirando de forma entrecortada, haciendo más ruido de lo que me habría gustado. Como sentía que mis rodillas estaban a punto de ceder, apoyé una palma en la pared y me levanté con cuidado, solo para descubrir que mis piernas eran como dos flanes temblorosos.

Entonces vi un rodillo de cocina apoyado en la pared, debajo del lavabo (no me preguntéis qué hacía allí), lo agarré, por si necesitaba usarlo, y cerré los ojos.

Tenía claro que iba a morir en un baño en Los Ángeles, ya fuera por un infarto o a manos de un desconocido, lo primero que sucediera. Por desgracia, ninguna de las dos opciones me atraía lo más mínimo.

Mientras me resignaba a mi trágico destino, no supe si habían transcurrido unos minutos o una hora, pero sí que dejé de oír ruidos. Cuando estuve segura de que todo estaba tranquilo, empecé a evaluar las posibilidades que tenía, que no eran muchas.

Podía armarme de valor y salir del baño, o quedarme allí dentro hasta Dios sabía cuándo. Pero entonces recordé que todo mi equipo fotográfico estaba en el salón, a plena vista: unas cuantas lentes que me había dejado un profesor, mi adorada cámara Sony que me había regalado mi padre, mi portátil y otros elementos igual de caros que no podría volver a reemplazar a corto plazo. Temblando, decidí salir del baño y asomarme al menos por la esquina para echar un vistazo. Si todavía había alguien en la casa, y esperaba que no con todas mis fuerzas, intentaría escapar o simplemente me desplomaría allí mismo, porque tenía la sensación de que mi corazón no aguantaría mucho más tiempo.

Estaba tan asustada que olvidé cómo respirar. Obligué a mi cuerpo a moverse, tragué saliva y abrí la puerta para poder asomarme por el rincón de la pared.

Sí, estaba claro que había alguien en la casa. Aunque la vivienda no estaba sumida en una oscuridad total, gracias a la luz de las farolas de la calle que proyectaban un suave resplandor en el interior, ninguna de las luces del apartamento —salvo la del baño— estaba encendida. En el salón no había muchos muebles: un sofá grande y cómodo, un sillón lo suficientemente amplio para albergar a dos personas y una mesa baja. Ver a aquel desconocido agachado tras el sofá, buscando algo en la bolsa enorme que había en el suelo, me heló la sangre.

Me iba a robar mi equipo.

Sujeté con firmeza el rodillo de amasar, me alejé del rincón y me pegué a la pared. La puerta de entrada estaba cerrada. No tenía escapatoria. Si intentaba correr hacia ella, me oiría y me atraparía antes de que consiguiera salir. Teniendo en cuenta su tamaño, no quería que eso sucediera. La única oportunidad que tenía (o mejor dicho, la única solución viable) era golpearlo en la cabeza con el rodillo mientras seguía dándome la espalda, hacerme con la llave que estaba un ochenta por ciento segura que había dejado en la isla de la cocina, e intentar huir… después de coger la bolsa con mi equipo, por supuesto. Como no llevaba ropa, mi objetivo era llegar hasta la señora Hilda, que vivía al final del pasillo y que siempre estaba en casa, así que no me preocupaba no encontrarla allí, pero ¿lograría siquiera salir por la puerta?

Cuando me percaté de las lágrimas que caían por mis mejillas por culpa del miedo y la ansiedad que me estaba provocando todo aquello, tomé una entrecortada y silenciosa bocanada de aire y me dije a mí misma que podía conseguirlo. De hecho, me lo repetí varias veces.

Antes de que pudiera convencerme de lo contrario, di un paso al frente, con el rodillo en alto.

«Ahora o nunca».

Respiré hondo y empecé a avanzar de puntillas con las piernas débiles y temblorosas, hacia la figura oscura que seguía dándome la espalda.

Cuando apenas me faltaban unos pasos, empecé a temblar de verdad, así que decidí correr el último tramo y alcé aún más el rodillo para infligir el máximo dolor. Luego, lo golpeé directamente en la espalda, soltando lo que para mis oídos sonó como un grito de guerra, aunque lo más seguro es que solo fuera un chillido agudo. En realidad, mi objetivo había sido su cabeza, así que no debí de hacerlo tan bien. Estaba claro que no había sido una guerrera vikinga en mis vidas anteriores.

—Pero ¿qué cojones...? —murmuró mi asesino.

En el tiempo en que tardé en volver a levantar ese maldito utensilio, él ya se había dado la vuelta y me sujetaba las muñecas en un agarre doloroso que hizo que se me resbalara el rodillo de los dedos, mientras me ponía a gritar.

Pero enseguida empecé a respirar con dificultad y sollocé porque no podía llenar mis pulmones con el aire suficiente. Aunque era incapaz de comprender del todo lo que estaba pasando, forcejeé con él como la guerrera vikinga que jamás había sido hasta que me fallaron las piernas.

—¡Mierda! —exclamó el hombre, apretándome con más fuerzas las muñecas mientras empezaba a deslizarme de su agarre y a caer de rodillas. Intenté zafarme de él con todas mis fuerzas.

Pero no lo conseguí.

Se me empezó a nublar la vista. Me faltaba el aire.

El hombre estaba hablando, y creí que lo que escuchaba era su voz, pero me resultaba tremendamente complicado distinguir cualquier sonido por la presión que se acumulaba en mi cabeza; por no hablar de mi pobre y desbocado corazón, que latía a mil por hora.

—¡Eh! Respira. Por favor, respira. ¡Respira, joder! —gritó mi enfurecido agresor, y yo me sobresalté.

Me sujetó la cara con sus manos cálidas y, prácticamente, me enseñó a respirar de nuevo mientras me desplomaba sobre el suelo.

Con los ojos cerrados.

Y el corazón desbocado.

—Lo estás haciendo genial. Solo respira. Sí, justo así. Despacio. Inspira, espira. Inspira, espira. Perfecto. Muy bien.

—¿Quién narices eres? —logré decir entre jadeos cuando pude hablar. Pero acto seguido recordé que, si me decía su nombre, tendría que matarme. Primera regla del oscuro mundo de los criminales: «Si me ves la cara, mueres»—. No, no, no me lo digas. Olvida la pregunta. —Me costaba imaginarme a un ladrón parándose a ayudar a respirar y a calmarse a su víctima, pero no quería tentar a la suerte—. Llévate lo que quieras, pero no me hagas daño, por favor.

—¿Cómo? ¿De qué coño hablas? Yo también puedo hacerte la misma pregunta: ¿quién narices eres? —inquirió con impaciencia—. Espera. —Apartó las manos de mi cara y sentí cómo se alejaba. Me sequé las lágrimas justo a tiempo para ver cómo se encendía la luz.

Cuando volvió a estar delante de mí, casi pierdo la cabeza. Estaba aterrorizada y desconcertada, además de muy desnuda bajo la diminuta toalla. No sabía si estaba sufriendo una alucinación provocada por la falta de aire, así que opté por mirarlo desde mi posición en el suelo.

—Tú... pero... ¿Qué está pasando aquí? —balbuceé, puede que en un tono un poco más alto que un susurro.

La estrella del equipo de fútbol, el receptor Dylan Reed en carne y hueso, me observaba desde su elevada altura con el ceño fruncido mientras me tendía la mano derecha.

Atónita, contemplé su mano durante un buen rato, antes de volver a mirarlo a la cara.

—¿Qué está pasando aquí? —repetí con el mismo tono. Se comprende que era incapaz de recordar cualquier otra palabra que pudiera ayudarme en esa situación. Era lo único que sabía decir.

Usé una mano para sujetar la toalla y, con la otra, intenté ponerme de pie por mi cuenta. Debió de compadecerse de mi intento fallido porque me agarró del brazo y me ayudó a levantarme.

—Te conozco... —murmuró cuando por fin estuve erguida como una persona normal, tal vez un poco tambaleante, pero de pie.

Me di cuenta de que empezaba a reconocerme y no supe si eso era bueno o muy malo.

—Te conozco, ¿verdad? —continuó él. Pero antes de que pudiera responderle, su expresión se suavizó y esbozó una sonrisa enorme; la misma que había encontrado tan atractiva un año antes—. Aquí estas —dijo, poniendo fin al incómodo silencio.

No estaba muy segura de a qué se refería exactamente con eso, así que me aclaré la garganta y dije:

—Eh, ¿sí? —Con cautela, intenté que me soltara la mano, pero fue en vano.

Él sonrió aún más y me agarró con un poco más de fuerza durante un instante; un gesto efímero, pero evidente.

—Sabía que volvería verte... y que tendría otra oportunidad.

«¿Otra oportunidad?».

Traté de mover los labios y articular palabras; quería preguntarle a qué se refería con eso, pero justo en ese momento, la toalla decidió resbalarse por mi piel y caer al suelo. El tiempo pareció detenerse, dejé de respirar y volví a quedarme paralizada por enésima vez ese día. Si alguna vez hubo un momento oportuno para que me tragara la tierra, sin duda era aquel. No pude hacer otra cosa que continuar inmóvil, de pie, con la mano en la suya, mientras nos mirábamos durante unos interminables y angustiosos segundos, sin saber qué hacer a continuación. Intenté suplicarle con la miraba que no bajara la vista, pero no tuve claro si había captado mi mensaje.

Él eligió seguir adelante y su miraba empezó a descender.

Creo que me vio el pecho. No, no lo creo, lo vio. Y aunque todavía tenía la adrenalina por las nubes, me invadió el pánico.

Antes de que terminara de bajar la mirada para completar el recorrido, le apreté la mano —que no entendía por qué seguía sujetando la mía— y me arrojé sobre él, pegando mi cuerpo al suyo y obligándolo a dar un paso atrás para no perder el equilibrio. Fue un intento de placaje bastante mediocre, pero conseguí lo que quería: esconderme de su vista. Chocó con el sofá de cuero con la parte trasera de los muslos y me rodeó la cintura con un brazo para que ambos siguiéramos de pie.

—¡No! —le grité justo en la cara—. ¿Qué haces? —Empezaba a sentir el calor ascendiendo por mis mejillas; y cuando digo calor, no me refiero a ese tipo de rubor encantador y sutil de «Oh, mira cómo me sonrojo», sino más bien a «Ahora mismo tengo la cara como un tomate».

Era la tercera vez que me encontraba cara a cara con este chico, y en cada ocasión, mis cotas de vergüenza habían superado con creces lo que podía considerarse como encantador. Sí, era cierto que en esos últimos años me había vuelto menos tímida, pasando de una timidez extrema a ser simplemente tímida, por lo que ya no le daba tanta importancia a lo que había sucedido en nuestro primer encuentro, pero... que me viera desnuda era demasiado, la gota que colmaba el vaso.

Se aclaró la garganta y me miró.

—Hola.

«¿Hola?», eso no era lo que esperaba oír.

—Desde luego, este no es el recibimiento que tenía en mente —continuó él—, sobre todo porque no esperaba encontrarme con nadie.

Yo también me aclaré la garganta; más que nada, para ganar tiempo. Intenté sostenerle la mirada, aunque por dentro me moría de ganas de salir corriendo.

—Bueno, yo tampoco esperaba tener que recibir a nadie —conseguí decir con voz aguda tras unos segundos. Tragué saliva y suavicé el tono—. No me mires, por favor.

Apretó el brazo derecho alrededor de mi cintura desnuda y nos levantó hasta que ya no estuve recostada sobre él. Pero que quede claro que seguía pegada a su cuerpo y no contemplaba la idea de soltarlo tan pronto. Con el corazón a punto de estallar, nuestras miradas se encontraron durante un brevísimo instante.

Vi como un lado de su boca se elevaba en una media sonrisa.

—Si te soy sincero, no sé si voy a ser capaz de hacer eso.

Deseé ser el tipo de chica que responde con una sonrisa cómplice, y quizás hasta con una suave palmada en el pecho, para luego darse la vuelta y alejarse, enviándole un guiño seductor, antes de entrar con elegancia en mi cuarto mientras él observa mi trasero desnudo balanceándose para su deleite. Ser el tipo de persona a la que no le importa estar desnuda frente a un extraño. Pero no hace falta que os diga que yo no soy así; nunca lo he sido. Así que, en lugar de eso, lo miré desconcertada.

—¿Te estás quedando conmigo? —musité, sin saber qué más añadir. Iba a necesitar al menos una semana para asimilar lo que había ocurrido en los últimos diez minutos.

Dylan me ofreció otra vez su media sonrisa.

—Lo siento, no pretendía darte esa impresión… Lo que quería decir es que no sé si voy a ser capaz de dejar de mirarte la cara… Da igual, no lo entenderías. No voy a mirar hacia abajo. —Como no podía sostenerle la mirada, me concentré en sus labios mientras se movían—. Te lo prometo.

Movió la palma de la mano, que descansaba en la parte baja de mi espalda, unos centímetros hacia arriba, y yo me arqueé hacia él sin querer. Un escalofrío me recorrió por completo, y las gotas de agua que resbalaban de mi pelo mojado, cayendo sobre mis hombros y espalda, no hicieron más que acentuar la sensación. Él irradiaba calor y yo me estaba congelando.

—Voy a necesitar esa toalla —comenté, apartando la vista mientras trataba de no prestar atención al hecho de que se me estaban empezando a endurecer los pezones. Y no porque pudiera sentir el roce de sus abdominales contra mi piel o por el efecto que su brazo rodeándome estaba teniendo en mí, sino porque tenía frío. ¿Podía él también sentirlo?—. ¿Puedes agacharte conmigo para que pueda cogerla? ¿O mirar hacia otro lado para que…?

Dylan retiró la mano de mi espalda, y la repentina pérdida de su calor provocó un temblor en mi cuerpo. Luego miró hacia el techo y se agarró al borde del sofá de cuero. Lo miré fijamente, sobre todo a sus brazos musculosos, y me fui soltando poco a poco de su camiseta. Cuando me aparté de él, tuve que abrir y cerrar las manos varias veces para aliviar el hormigueo que sentía en los dedos. Volví a asegurarme de que no me estaba mirando, y me agaché a toda prisa para recoger la toalla del suelo. Pero en lugar de envolverme con ella de nuevo, ya que iba a cubrirme muy poco, decidí sostenerla de manera horizontal para proteger más zonas de mi cuerpo. De esta forma, en lugar de correr el riesgo de enseñarle mis partes íntimas, solo vería mi trasero, confiando en que no aparecieran más visitas inesperadas.

Ahora que estaba mirando al techo y no a mí, aproveché el momento para contemplarlo a mi antojo. «Ay, Dios, tengo a Dylan Reed justo delante de mí». Me fijé en sus vaqueros, en la camiseta húmeda que le quedaba demasiado bien, en sus hombros anchos. Sus brazos parecían más grandes de lo que recordaba, así que me entretuve un poco más con esa parte de cuerpo. No es que antes me hubieran parecido palillos, que conste. Era pura masa muscular, nada exagerado, solo pura perfección tonificada y definida. Incluso sus antebrazos se veían firmes e impecables, con una fina capa de vello.

—Tienes la camiseta mojada —solté, sin saber qué más decir.

Se miró a sí mismo, pasándose una mano por el pecho.

—Da igual. —Después, centro su atención en mí.

Di un paso hacia atrás.

—¿Vas a decirme qué haces aquí? —pregunté, mientras empezaba a retroceder y a poner algo de distancia entre nosotros.

Clavó su mirada en mí y, antes de darme cuenta, toqué la pared con la espalda.

—¿Vas a volver a huir?

¿Estaba reprimiendo una sonrisa? Porque yo no le veía la gracia a nada de lo que estaba pasando. Me sostuvo la mirada, como si estuviera intentando encontrar la respuesta a mi pregunta. Desvié la mirada hacia su cuello y seguí moviéndome… hasta chocar con el trípode que había montado antes.

«Genial, Zoe. No podrías haber actuado de una forma más ridícula ni aunque lo intentaras».

Podía salvar el trípode o seguir aferrándome a la toalla como si me fuera la vida en ello. Al final, opté por la segunda opción y dejé que el trípode cayera al suelo, estremeciéndome por dentro cuando el sonido resonó en la habitación. Menos mal que la cámara ya no estaba acoplada a él.

Entonces tropecé y perdí el equilibrio un instante. Dylan se acercó a mí.

—¡No! —le grité, puede que un poco más alto de lo necesario—. No... ¡Ay! No te muevas. Solo dime qué estás haciendo aquí.

—¿Qué haces *tú* aquí? —contraatacó él en lugar de responderme. Bajó la vista hacia el trípode en el suelo y después nuestras miradas volvieron a encontrarse.

«¿Cómo?». Su pregunta me detuvo en seco.

—¿No podrías, no sé, darme una respuesta en vez de hacer más preguntas? Yo vivo aquí. El que no debería estar aquí eres tú, colega.

Otra sonrisa despreocupada.

—Creo que no.

—¿Crees que no? ¿Qué es exactamente lo que no crees?

—No creo que sea yo el que no debería estar aquí.

—Pues *yo* sí lo creo.

Se cruzó de brazos y se quedó ahí plantado... completamente vestido, a diferencia de mí.

—Creo que no —repitió, antes de meterse una mano en el bolsillo y sacar una llave que agitó delante de mí.

Tenía una llave.

«Mierda, Zoe, ¡piensa! ¿Cómo, si no, iba a haber entrado?».

—Eh, mira... —Eché un vistazo hacia atrás. Estaba a unos diez o doce pasos de la esquina que me llevaría a mi cuarto. Si conseguía ponerme algo de ropa y detener ese temblor incontrolable, estaba segura de que mi cerebro volvería a funcionar—. Dame un minuto para vestirme y regresar para que podamos...

Dylan asintió.

—No tengo intención de moverme de aquí.

En vez de decirle: «Sí, claro que te vas a mover y a largarte de aquí», le lancé una mirada exasperada, a duras penas logré contener un resoplido y me alejé por el pasillo.

En menos de dos minutos estaba de vuelta en el salón, completamente vestida. Había tardado treinta segundos exactos en vestirme; el otro minuto y medio lo había dedicado a mejorar mi aspecto… en la medida de lo posible. Al verlo de nuevo, mi corazón volvió a hacer esa extraña voltereta. Adrenalina… Seguro que lo que hacía que tuviera las manos heladas y un nudo en el estómago era la adrenalina que todavía corría por mi organismo. Estaba en el mismo punto donde lo había dejado; la única diferencia era que, en lugar de mirarme directamente a los ojos, se estaba mirando las zapatillas mientras hablaba por teléfono.

—Sí, claro, entrenador. Por supuesto. Vale, lo haré. Sí. Gracias de nuevo.

«Entrenador…, claro. ¿Cómo no lo había pensado?».

Me habría encantado llamarlo y hablar directamente con él, pero si estaba con su mujer, sabía que no respondería a mi llamada, así que, ¿para qué molestarme?

Me agaché y recogí mi trípode maltrecho. Tras asegurarme de que no se había roto, lo coloqué más cerca de la pared para no volver a tropezar con él y me dirigí hacia el sofá, con la intención de alejarme un poco más de Dylan Reed. Antes de que mi trasero, ya cubierto, rozara los cojines, había colgado el teléfono y volvíamos a estar solos.

—Así que… por lo que parece, supongo que ambos estamos donde deberíamos estar, ¿verdad? —dije, hablándole a su espalda. Aunque estaba sorprendida, empezaba a sospechar lo que había ocurrido.

Se volvió para mirarme, y sus ojos me recorrieron de arriba abajo.

—Sí, eso parece.

Me sentí como si estuviera encogiéndome bajo su mirada, así que agarré el cojín más cercano y lo abracé contra mi estómago. La forma en que me miraba… Me entraron ganas de bajar la vista para comprobar qué encontraba tan interesante, aunque sabía que llevaba puestos unos *leggings* negros y una vieja camiseta con las palabras «Fiesta del pizzama»; nada del otro mundo, la verdad.

—Entonces… —¿Qué narices se suponía que tenía que decir?—. ¿Has venido a recoger algo para Mark? —Cabía la posibilidad de que se tratara de eso.

La sutil sonrisa que había en sus labios se esfumó.

—No.

Justo lo que me temía.

—Entonces, no has venido solo de paso, ¿no?

—Creo que soy tu nuevo compañero de piso —anunció, directo al grano.

Y así, de golpe, empecé a sentirme mal otra vez. Me había estado aferrando a la esperanza de que su presencia allí fuera algo temporal, pero *compañero de piso* no tenía nada de temporal.

—¿El entrenador no te ha dicho que iba a venir? —preguntó, interrumpiendo mi pequeño ataque de nervios.

Intenté actuar como si no hubiera pasado nada. Al fin y al cabo, el apartamento no era mío. Era Mark quien pagaba el alquiler, no yo.

—No. Y supongo que tampoco te mencionó que yo estaba aquí.

—No. —Suspiró y se pasó una mano por el pelo; lo que llamó mi atención. Seguía llevándolo corto, prácticamente igual que la última vez que lo había visto; al menos eso no había cambiado. Me gustaba con el pelo corto. Lo vi rodear el sofá, sentarse frente a mí y lanzar el móvil sobre la cara mesa baja de mármol, con un estrépito que me hico estremecer—. Me dijo que no sabía si estarías aquí, pero que no sería ningún problema porque apenas estás en el apartamento. No te preocupes, con la temporada de fútbol y todo lo demás, yo tampoco estaré mucho por aquí. No te voy a molestar.

Solté un suspiro y me froté la sien.

—Siento decepcionarte, pero siempre estoy aquí.

Esbozó una sonrisa; no una de esas amplias y espontáneas que me llegaban directamente al corazón, sino un destello de ella.

—No me decepcionas.

Sin saber qué decir —o mejor dicho, cómo decirlo—, me puse a juguetear con el cojín que tenía en el regazo en lugar de mirarlo a los ojos. Había algo en su forma de mirarme que me desconcertaba.

—¿Te ha dicho quién soy? —Seguro que no, pero por si acaso…

—Me dijo que eras la hija de una amiga de la familia. —Hizo una pausa, así que levanté la vista—. ¿No es así?

Quise reírme.

—Sí, eso es. Amiga de la familia. ¿Y a ti qué te ha pasado?

Se le endureció un poco la mirada. Luego se recostó en el respaldo.

—En estos últimos días se me ha complicado el asunto del alojamiento, y resulta que necesito encontrar un nuevo sitio. El entrenador me aseguró que esta opción no supondría ningún problema, pero si no vas a estar cómoda conmigo aquí… si no te parece bien, Zoe…

Levanté la vista tan rápido que casi me hice daño en el cuello. Me estaba mirando fijamente. «¿Se acuerda de mi nombre?». Por supuesto que sabía quién era, ¿quién se habría olvidado de la novata que se puso en ridículo de esa forma?, pero ¿mi nombre? Había pasado un año desde la última vez que no había podido esquivarlo, y un año era mucho tiempo para acordarse del nombre de una desconocida.

—¿Te acuerdas de mi nombre? —pregunté, sinceramente sorprendida.

Volvió a sonreírme y su expresión se suavizó de forma notable, tornándose tan sincera, divertida y tentadora que hasta se me olvidó lo que me había preguntado.

—Como te dije en ese momento, tenía el presentimiento de que volvería a verte. Que tendríamos otra oportunidad. No imaginé que tardaríamos un año en conseguirla… pero aquí estamos.

Otra vez esa palabra.

Dejé el cojín a un lado, coloqué las piernas debajo de mí y aparté la vista. ¿Por qué nunca tenía el móvil a mano cuando necesitaba esconderme detrás de algo? Opté por sentarme más derecha y me agarré al reposabrazos con una mano.

—¿Qué quieres decir con «otra oportunidad»?

—Ya sabes a lo que me refiero.

—En realidad, estoy bastante segura de que no.

—Al beso. —Ladeó la cabeza y enarcó una ceja de una manera que lo hizo aún más atractivo—. La última vez que nos vimos, dijimos que quizás lo haríamos la próxima vez. ¿Te suena?

Sí, claro que me sonaba. Al final, resultó que sí sabía a lo que se refería.

—Verás, por lo que recuerdo, fuiste tú el que lo dijo; estoy segura de que yo estaba intentando irme de allí lo más rápido posible.

—¿Por qué? —preguntó de inmediato.

Dejé de aferrarme al reposabrazos y me froté las manos en los muslos. ¿De verdad íbamos a hablar de eso de nuevo?

—¿Por qué, qué?

—¿Por qué intentas siempre alejarte de mí lo más rápido posible?

—Tal vez, ¿porque no te conozco?

—Me dijiste que me ibas a besar la noche en que nos conocimos.

Mantuve la vista en su cara, pero evitando mirarlo a los ojos.

—En primer lugar, esa noche no nos «conocimos» realmente —Hice el gesto de las comillas con los dedos—. Ninguno de los dos nos dijimos cómo nos llamábamos. Así que no, no nos cocimos en sentido estricto. Y en segundo lugar, lo que te dije fue que mis amigas… bueno, no eran mis amigas, eran mi compañera de habitación y *sus* amigas, me retaron a que te besara. Por cierto, ellas ya sabían que estabas saliendo con alguien desde hacía tiempo, por eso me desafiaron a que te besara delante de todo el mundo para que yo quedara en ridículo y tú te cabrearas conmigo. Pensaron que sería entretenido, que necesitaba relajarme un poco. Tu novia les caía mal y querían ver la cara que ponía.

«Menos palabras, Zoe. Intenta ser más concisa, por favor».

Dylan pareció tomarse un momento para asimilar lo que acababa de decirle y, justo cuando se dispuso a abrir la boca para responder, me puse de pie de un salto, deseando poner fin a la conversación.

—¿Sabes qué? Eso ya da igual. Sucedió hace dos años. Si no lo hubieras mencionado, ni siquiera me habría acordado. —Dejé de hablar. Me estaba mirando y se notaba que se había dado cuenta de que estaba mintiendo. Cerré los ojos y me froté el puente de la nariz—. Vale, estoy mintiendo. Me acuerdo de todo, pero teniendo en cuenta que no fue uno de mis mejores momentos, me gustaría olvidarlo, si no te importa. Creo que es lo mejor, ahora que vamos a ser compañeros de piso. Te enseñaré tu cuarto.

Pasé a su lado, sin mirarlo a la cara, y me dirigí hacia el pasillo que conducía a la habitación extra en la que se alojaría, situada justo enfrente de la mía (a dos pasos de distancia, para ser más exactos).

Mi nuevo compañero de piso.

¿Qué se supone que tienes que hacer cuando la vida te sorprende con un receptor de fútbol americano? ¿Intentar no comértelo con los ojos demasiado? Sí, era una regla sensata.

Oí sus pasos detrás de mí, así que supe que me estaba siguiendo. Abrí la puerta y esperé a que entrara, con cuidado de no mirarlo a los ojos. Necesitaba tiempo; tiempo a solas. Un momento para tranquilizarme y asimilar todo lo que estaba pasando.

La habitación no tenía muchos muebles, al igual que la mía. Contaba con una cama individual bastante cómoda, un armario pequeño, una mesita de noche, una ventana que daba a la calle... y poco más. Solo lo esencial, aunque ya era más de lo que ofrecían la mayoría de los alojamientos para estudiantes.

Cruzó delante de mí y dejó caer una bolsa de lona junto a la cama; la misma bolsa en la que pensé que estaba intentando guardar mi equipo. Vi cómo echaba un vistazo rápido a su alrededor y asentía.

—¿No hay ningún escritorio?

—¿Un escritorio?

—Sí, ya sabes, una mesa para estudiar.

—Ah, ¿pero estudiáis? Me refiero a los jugadores. Es algo que siempre me he preguntado. Creía que teníais a otros estudiantes que lo hacían por vosotros.

«Por Dios, qué tonta».

Se volvió hacia mí y me miró sorprendido, pero esta vez no esbozó ninguna sonrisa pícara.

—No pensaba que fueras de las que se dejan llevar por los clichés.

Sus palabras dieron en el clavo y noté cómo volvía a ponerme roja. Dylan estaba en lo cierto: yo odiaba a la gente que juzgaba a las personas antes de conocerlas, basándose en ideas preconcebidas. Con ese comentario había vuelto a hacer el ridículo. ¿Sería porque había algo en él que me descolocaba? ¿Que hacía que me entrara diarrea verbal? Era más fácil culparlo a él en lugar de reconocer que estaba actuando como una imbécil.

Solté el pomo de la puerta, negué con la cabeza y retrocedí.

—Lo siento. Tienes razón. Ni siquiera sé por qué he dicho algo así. No te conozco. Conozco a algunos deportistas que preferirían morirse antes que abrir un libro o tomar apuntes, pero eso no implica que tú tengas que ser igual. Perdóname. —Estiré el brazo hacia mi puerta y rompí nuestro breve contacto visual, centrándome en su oreja y en la ventana que había detrás de él (en cualquier parte menos en sus ojos)—. Este es mi cuarto. —Señalé hacia atrás—. Te dejo que te instales. Nos vemos luego. —Abrí la puerta, pero antes de entrar, me volví hacia él—. Ah, en cuanto a lo del escritorio, en mi habitación tampoco había, así que compré uno en Craigslist el año pasado. Está en el salón. Seguro que no lo has visto con todo lo que ha pasado, pero ahí encima está todo mi equipo de fotografía. Es bastante pequeño, aunque hace su función. Apenas lo uso; prefiero la mesa baja. Quitaré mis cosas para que lo puedas utilizar cuando quieras.

Cerré la puerta sin esperar una respuesta.

Por fin estaba sola.

Apoyé la frente en la puerta unos instantes, antes de darme un pequeño cabezazo contra ella, sin importarme que pudiera oírlo.

5

Dylan

Habían pasado dos horas desde que me había instalado en mi nueva habitación y Zoe había desaparecido en la suya. Hasta ese momento, me habían atacado con un rodillo (nada más y nada menos), había sido testigo de un destape involuntario y me habían juzgado basándose en ideas preconcebidas. Todo cortesía de la misma chica que tanto me había intrigado en las dos ocasiones en las que nos habíamos encontrado antes. Todavía me intrigaba, tal vez incluso más, aunque sabía que no debería ser así. Incluso la había confundido con otras chicas un par de veces, lo que significaba que la había estado buscando de forma inconsciente desde la última vez que nos habíamos visto. Y ahora, esa misma chica era mi nueva compañera de piso.

Sí, la vida tiene sus giros inesperados.

Llamé suavemente a su puerta tres veces. Luego me apoyé en el marco y esperé.

Zoe la abrió un poco y asomó la cabeza por la rendija.

—¿Sí?

—Creo que deberíamos hablar.

—¿Sobre qué?

—Sobre todo esto. Si vamos a vivir juntos, deberíamos conocernos un poco mejor. Al menos debería saber algo más de ti que tu nombre. No sé, ¿tu apellido, tal vez?

—¿Para qué necesitas saber mi apellido? —Miró hacia atrás—. Son las once y media; es un poco tarde. ¿Podemos dejarlo para mañana?

Estaba seguro de que le habría encantado poder ignorarme por completo. Por desgracia para ella, no tenía intención de irme a ninguna parte.

—¿Ya te vas a la cama?

La vi morderse el labio inferior. Por primera vez desde que abrió la puerta, alzó la vista hacia mí y me respondió con reticencia.

—Aún no.

Me saqué las manos de los bolsillos y me enderecé.

—Venga. Te hago algunas preguntas, tú me haces otras y luego ambos nos podremos ir a dormir un poco más tranquilos. —Me alejé de ella, no sin antes comentar por encima del hombro—: Y de paso me aseguro de que no vas a intentar atacarme con un rodillo mientras duermo.

La oí murmurar algo entre dientes y la dejé seguirme a su propio ritmo. Cuando eché un vistazo hacia atrás, estaba tirando del dobladillo de su camiseta, con la vista clavada en el suelo.

—Clarke —murmuró, con los ojos aún fijos en el suelo de parqué mientras se detenía en el centro del salón. Esta vez, elevó la voz lo suficiente para que pudiera oírla.

Me di la vuelta.

—¿Perdona?

—Mi apellido… es Clarke.

—¿Lo ves? No ha sido tan difícil, ¿verdad? —Le ofrecí una sonrisa fugaz que ella decidió no devolverme—. El mío es Reed.

—Lo sé. Todo el mundo sabe cómo te llamas.

—¿Ah, sí? Recuerdo que me dijiste eso la segunda vez que nos vimos. ¿Te gusta el fútbol americano? ¿Has ido a alguno de nuestros partidos? —Como parecía que su familia y ella tenían una relación estrecha con el entrenador (o al menos lo suficientemente estrecha como para compartir apartamento), supuse que quizás había acudido a algún partido con ellos.

—No mucho.

Nuestras miradas se encontraron durante un instante, pero ella la apartó enseguida y se puso a pensar dónde sentarse.

Tenía que actuar rápido antes de que ella rodeara el sofá y se topara con el objeto sobre el que iba a versar mi primera pregunta oficial de «conoce a tu compañera de piso».

—La primera pregunta que tengo es… —Bajé la mano para recoger el hallazgo inesperado y me volví hacia ella—… ¿debería prepararme para encontrar más cosas como esta tiradas por ahí? ¿O esta será la única? —La vi abrir la boca poco a poco y, aunque intenté mantenerme lo más serio posible, el pánico en su cara fue demasiado. No pude evitarlo y me eché a reír—. Ahora mismo tu cara es un poema, Zoe Clarke.

Tenía la mirada clavada en el vibrador rosa de veinticinco centímetros que sostenía en mi mano, y al que no le faltaba detalle alguno.

—Ay, Dios mío —logró decir, prácticamente sin aire—. Joder.

—Sí, creo que se usa para eso. —Esa primera noche con ella estaba siendo más divertida de lo que me había imaginado—. Entonces, voy a suponer que se te olvidó que se te había caído entre los cojines del sofá y que este no es el sitio habitual donde lo guardas, ¿verdad?

—No es mío —masculló con voz ronca, acercándose a mí a toda prisa. Sus mejillas volvían a estar teñidas de ese rubor familiar. Le tendí el objeto embarazoso antes de que pudiera iniciar un forcejeo y observé cómo me lo quitaba de la mano usando solo dos dedos.

Mi sonrisa se ensanchó.

—No hay nada de qué avergonzarse. Masturbarse es sano.

El ligero rubor en sus mejillas se intensificó por momentos. Me fulminó con la mirada y se marchó sin mirar atrás.

Me reí para mis adentros. No me habría sorprendido que hubiera decidido atrincherarse en su habitación y no volver a salir. Era algo completamente factible, teniendo en cuenta que se había convertido en una especie de costumbre entre nosotros: se ponía roja y salía corriendo. Daba igual que lo único que hubiera conseguido averiguar fuera su nombre completo. Cuando por fin salió de su cuarto (algo que no esperaba que hiciera), no había ningún vibrador a la vista, pero el rubor permanecía en su piel clara, resaltando aún más el verde deslumbrante de sus ojos.

—No es mío —repitió mientras se sentaba y se metía las manos bajo los muslos—. Estudio Bellas Artes y me estoy especializando en fotografía. Hago fotos para sacarme un dinero extra. Y ese era uno de los cinco vibradores que tuve que fotografiar para una chica que tiene un blog. No tengo idea de cómo ha acabado ahí olvidado. —Mi mirada debió de revelar mi incredulidad, porque entrecerró los ojos y me dijo—: No me mires así. Fíjate bien, aquí no hay cortinas. Si hubiera sido mío, tendría que haberlo usado justo donde estás. No soy ninguna exhibicionista. Jamás lo haría frente a una ventana abierta, y tampoco es asunto tuyo si lo hago o dónde lo hago... —Suspiró y se frotó los ojos con los dedos—. Mejor me voy a callar para que puedas preguntarme lo que quieras y puedas dormir tranquilo esta noche. Después, correré a mi habitación para ahogar mis gritos en la almohada y fingir que esta noche nunca ha ocurrido.

Delante de las ventanas estaba el gran sofá marrón donde había encontrado el vibrador, después de que se me clavara en el muslo. A la derecha, había otro sofá más pequeño de dos plazas de color mostaza oscuro, donde ella se había sentado, tensa y prácticamente lista para huir. Me tomé mi tiempo para sentarme en el extremo del sofá marrón.

—No quiero que hagas eso —dije con suavidad. Cuando Zoe reunió el coraje suficiente para mirarme, esbocé una pequeña sonrisa—. Me refiero a que no quiero que corras de vuelta a tu habitación. Hablaba en serio cuando te he dicho que quiero que nos conozcamos mejor. —Nuestros ojos se encontraron durante un instante, antes de que ella fijara su atención en algo detrás de mí. Era muy tímida, pero eso solo la hacía más atractiva e interesante.

Me aclaré la garganta.

—Bueno, esto va bien. Ya he empezado a saber más cosas de ti. Te llamas Zoe Clarke y no eres exhibicionista, tomo nota. Dormiré más tranquilo sabiendo que no corro el riesgo de salir de mi habitación y encontrarte haciendo Dios sabe qué. No está tan mal, ¿verdad?

—Tal vez para ti.

—Voy a pasar por alto ese comentario porque ahora te toca a ti. Pregúntame lo que quieras.

Soltó un prolongado suspiro y volvió a esconder las manos bajo los muslos.

—Ahora mismo no se me ocurre ninguna pregunta.

—Vamos, puede ser algo sencillo, como cuál es mi película favorita.

Me lanzó una mirada exasperada. Su expresión lo decía todo. Pero no iba a rendirme; todavía no.

—Muy bien, ¿cuál es tu película favorita?

Me recosté en el respaldo del sofá y me puse cómodo.

—En realidad, no puedo responder a eso. Tengo demasiadas para elegir solo una. Me toca.

Alzó las cejas y abrió la boca sorprendida.

—Pero si acabas de decirme que te pregunte…

La interrumpí antes de que pudiera terminar.

—No, ahora tienes que esperar tu turno. No vale hacer trampas. ¿Sigues con ese chico?

—¿Qué? —respondió con tono estridente.

—Ya sabes, el novio que impidió que nos besáramos la última vez. ¿Sigues con él?

Frunció el ceño y se giró hacia mí, sacando las manos de debajo de los muslos. Eso era justo lo que quería que hiciera: dejar a un lado la timidez y ser ella misma. Si íbamos a vivir juntos durante Dios sabía cuánto tiempo, eso nos facilitaría mucho las cosas. Si además lograba que me mirara a los ojos mientras hablábamos, sería un plus. Y si para alcanzar esa meta tenía que hacerla enfadar, estaba dispuesto a ello.

—No creo que eso sea un dato que tengas que saber para dormir tranquilo en tu cama.

—Pues yo creo que sí. Aunque ha quedado claro que no eres ninguna exhibicionista, todavía podría ir a tu habitación a pedirte azúcar y terminar viendo algo que no quiero y que me traumatizaría de por vida. Si sé que sigues con él y que puede venir a verte, haré todo lo posible por no llamar a tu puerta para pedirte azúcar.

Apretó los labios.

—No te preocupes, no vas a ver nada que no debas. Tus frágiles sentimientos están a salvo. Mark no quiere que invite a amigos aquí, así que no te vas a encontrar con nadie.

Aquello despertó mi curiosidad, así que me incliné hacia delante y centré toda mi atención en ella.

—¿Mark?

Miró hacia otro lado, agarró un cojín de muchos colores y empezó a estrujarlo.

—Tu entrenador… Mark. No es mi entrenador, así que puedo llamarlo por su nombre.

—Claro que puedes. Aunque no has respondido a mi pregunta: ¿tienes novio o no?

—No.

Mientras intentaba decidir si eso era bueno o malo para mí, inclinándome más hacia lo segundo, la oí soltar gruñido, seguido de un suspiro.

—Vale, he mentido. Digamos que tengo novio y es complicado.

—¿Has mentido? —¿Estaba diciendo la verdad ahora? Era difícil saberlo, pero si era así, supuse que no era muy buena guardando secretos y que, tarde o temprano, acabaría enterándome de todos los detalles de su complicada relación—. Bueno, eso está bien, creo. Hace que las cosas sean más fáciles. —Volví a recostarme en el sofá—. Ahora mismo no tengo novia, pero sé cómo comportarme.

Entrecerró los ojos y ladeó ligeramente la cabeza, mirándome con escepticismo.

—Te he pillado, sé que estás mintiendo. Puede que tuvieras razón y esto de conocernos no sea tan mala idea.

—¿Yo, el mentiroso? —Me señalé a mí mismo y fruncí el ceño—. Creo que has sido tú la que ha reconocido haber mentido, y ya van dos veces. ¿Por qué crees que estoy mintiendo? ¿Y sobre qué?

Imitó mi gesto y se inclinó hacia delante.

—Porque resulta que sé que tienes novia, y antes de que pienses que te estoy acosando, que quede claro que no es el caso. Vi tu historia en el Snapchat de la universidad, y por cómo la besabas, está claro que esa chica entra dentro de la definición de «novia», aunque con tantas mujeres lanzándose a tus pies, supongo que prefieres no etiquetar a alguien como tu novia y comprometerte solo con una persona. ¿Para qué limitarse a una cuando puedes tener a muchas?

—No tengo redes sociales.

—Entonces supongo que sería la cuenta de ella.

—Mmm. —Seguía mirándome expectante, convencida de haberme acorralado—. ¿Eres así con todo el mundo, o soy el único que saca ese lado tuyo? Primero me sueltas ese comentario cuando lo del escritorio y ahora esto... ¿Tienes algo contra los deportistas?

Su expresión cambió.

—¿Cómo?

Me froté el cuello y suspiré. Había sido yo el que había insistido en hacer esta sesión improvisada de preguntas y respuestas, aunque no había esperado que comenzara con las peguntas más complicadas.

—Es verdad, hace una semana tenía novia... o quizás hace más, no llevo la cuenta, pero eso ya no importa. La sorprendí en la cama con dos compañeros de equipo, así que eso puso fin a nuestra relación, y también explica por qué necesito un sitio nuevo donde vivir. Por cierto, no todos los deportistas hacen lo que hacen solo para estar con chicas. No es así como funciona. No puedes generalizar. Algunos evitan las distracciones a toda costa, y a otros les gusta llamar la atención. No puedes decidir a qué categoría pertenezco sin intentar conocerme primero. No soy un mentiroso, y me cuesta mucho tratar con ellos. Que sea deportista no me hace menos que cualquier otro chico por el que puedas sentir algo. —¿Por qué lo había expresado de esa forma? «Mierda… Aquí nadie se va a enamorar de nadie»—. Me siento un poco decepcionado… otra vez. No pensaba que tuvieras tantos prejuicios. Está claro que me equivoqué.

Puede que eso de conocernos mejor no hubiera sido una de mis mejores ideas. Quizá debería haber mantenido un perfil bajo y limitarme a convivir sin más.

Me puse de pie.

—Esto no ha sido una buena idea. Buenas noches, Zoe…

—¡No! —exclamó ella, levantándose de un salto—. No, por favor, no te vayas. Lo siento, Dylan. Tienes razón. Yo no soy así. Te estoy juzgando como una imbécil y ese no es mi estilo, te lo juro. No sé qué me está pasando esta noche. Creo que después del susto que me he llevado antes, pensando que iba a morir a manos de un payaso asesino y luego el impacto al descubrir que eras tú… En fin, el motivo es lo de menos. El caso es que, a veces, cuando estoy nerviosa, hablo demasiado y termino diciendo tonterías. —Se señaló a sí misma con la mano—. Mira, todavía estoy hablando, ¿lo ves? Debería callarme, lo sé, pero sigo oyéndome hablar. Pero ¿sabes qué? Tienes razón, si vamos a compartir piso, deberíamos, al menos, conocernos un poco. —Se acercó hasta mí, se puso de puntillas para alcanzar mis hombros y me empujó hacia abajo para que volviera a sentarme en el sofá.

Luego se dirigió hacia la zona de la cocina que daba al salón.

—Voy a hacer café y hablaremos hasta que te convenzas de que estás en un lugar seguro y no vas a vivir con una lunática que podría atacarte mientras duermes. —Se giró para mirarme—. Aunque debo señalar que me diste un susto de muerte entrando sin avisar y de esa forma tan sigilosa, así que quiero dejar claro que lo del rodillo no fue culpa mía. Eso fue cosa tuya.

Dejó de hablar y se quedó parada detrás de la isla que separaba la cocina del salón. Al ver que solo la miraba en lugar de responder, se metió el pelo detrás de la oreja y me miró expectante.

Me relajé en el sofá y extendí el brazo sobre el respaldo para poder observarla mientras hacía el café.

—No puedo tomar café tan tarde porque mañana tengo entrenamiento temprano, pero tomaré leche, si tienes.

—¿Solo leche?

Asentí con la cabeza.

—Vale, mira, no me voy a burlar de ti por beber leche, aunque teniendo en cuenta tu tamaño, es evidente que ya no necesitas crecer más. Pero, qué narices, yo también tomaré un poco.

Aquello consiguió arrancarme una carcajada, y ella me respondió con una sonrisa. Así fue como me di cuenta de que Zoe destacaría en cualquier lugar donde estuviera y que había sido un idiota por haberla podido confundir con otra. Ambos nos sonreímos durante unos segundos.

—De acuerdo… leche. —Levantó un dedo y miró dentro de la nevera. Su cabeza desapareció por completo de mi vista y se fue inclinando hasta que solo pude verle el trasero.

—No te preocupes si no tienes, no necesito beber nada para charlar contigo.

—¡Aquí está! —gritó, antes de emerger con un cartón de leche en mano—. Déjame comprobar la fecha de caducidad. Y… sí, todo bien.

Después de servir dos vasos, me ofreció uno y volvió a su asiento. Apoyó su vaso en el reposabrazos, se sentó con las piernas cruzadas y bebió un sorbo de leche con una sonrisa tímida en los labios. Yo no hacía más que observarla.

—Lo siento, solo tengo leche normal, no de esas modernas como la de soja, almendras, avena, o cualquier otro tipo que ni siquiera conozco. Gano algo de dinero extra para mis gastos, pero no mucho. —Hizo un gesto hacia mi vaso intacto—. Si no estás acostumbrado a la leche de vaca o algo por el estilo, no tienes por qué beberla.

Me recosté y me bebí la mitad del vaso.

—¿Por qué piensas eso? —pregunté lo más calmado posible.

—He supuesto que, al ser jugador de fútbol, beberías cosas más saludables, como esos batidos de verduras o alguna de esas leches de moda… —Tomó una profunda bocanada de aire y suspiró, mirando a algún punto por encima de mi hombro—. Lo estoy haciendo otra vez, ¿verdad?

Sonreí y bebí otro sorbo.

Soltó un gemido y se cubrió la cara con la mano.

—Será mejor que ahora hables tú un rato. Me estoy comportando como una idiota. Así que, por favor, pregúntame algo…

Me bebí el resto de la leche y dejé el vaso en la mesa baja, frente a mí. Ella tomó su vaso con ambas manos y dio otro sorbo. La observé mientras se pasaba la lengua con disimulo por el labio superior para asegurarse de que no quedaran restos de leche.

—Vamos a empezar con algo sencillo: ¿tienes hermanos? —pregunté. Decidí no pensar en el hecho de que ella era la primera persona que había conseguido que sonriera desde aquella fatídica noche.

—¿Hermanos, dices? Ninguno. ¿Y tú?

Mi sonrisa se hizo más grande y me relajé.

—Tengo dos, un hermano y una hermana. Dos terremotos. Amelia es la mediana. Acaba de cumplir quince años este verano y es la princesa de la familia, la niña de papá en todos los sentidos, tímida y dulce. —Vi a Zoe bajar la cabeza y dar otro sorbo a su leche—. Y luego está Mason. Tiene siete años, y es el auténtico terremoto, el niño más curioso del mundo. Si crees que hablas demasiado, espera a conocerlo.

No es que fuera probable que fuera a conocer a mi hermano, pero… nunca se sabía.

—¿Siete años? Es una diferencia de edad considerable.

—Fue el hijo sorpresa. Pero no me puedo imaginar la vida sin él. Me resultó bastante raro cuando mi padre me dijo que iba a tener un hermano y, si te soy sincero, siendo adolescente, hasta me dio un poco de vergüenza saber que mis padres todavía lo hacían, pero lo han hecho bastante bien con él. Como te he dicho, ya no nos imaginamos nuestras vidas sin ese niño. Es el mejor.

Sonreí de oreja a oreja y observé cómo sus labios se curvaban ligeramente mientras me miraba con atención. No quería estropear ese instante, y más cuando no parecía querer encerrarse en sí misma, pero había algo que necesitaba saber y me pareció que ese era el mejor momento para preguntar.

—Aquella primera noche…

Soltó un resoplido y dejó caer la cabeza en el respaldo del sofá.

—¿Quieres torturarme?

Me eché a reír.

—No, escucha, solo una pregunta. Es algo que necesito saber.

No pude descifrar su expresión, pero era evidente que lo último que quería hacer era hablar de aquella noche. No obstante, decidí continuar.

—¿Lloraste? Me pareció verte llorar mientras intentabas huir, pero no estaba seguro. —Al ver que no levantaba la cabeza, seguí hablando—: ¿Sabes? Aquella noche te estuve buscando. Sí, salía con alguien, y era algo reciente… pero después de la forma en la que te marchaste, quería asegurarme de que estabas bien. Créeme, no tuvo nada que ver contigo. Cualquier otro habría aceptado tu oferta encantado, pero…

—Ay, por favor, olvidémonos ya de aquello, ¿de acuerdo? Sí, empecé a llorar un poco al final, pero era más por la vergüenza y a veces me pasa. Sin embargo, no fue por ti. Siempre lloro. Bueno, quizá no siempre, pero soy de lágrima fácil. Ponme un vídeo de un perro reencontrándose con su dueño y estoy perdida. Me convierto en un mar de lágrimas. Además, tampoco es que me pusiera a llorar desconsolada porque no querías que una desconocida te besara en medio de una fiesta. Solo estaba avergonzada. Si no lo has notado, soy extremadamente tímida. Es algo que pasa. Por ejemplo, hoy he llorado cuando me has asustado tanto que creí que iba a morir. —Se encogió los hombros—. Si te digo la verdad, no lo hice porque me rechazaras. Estaba enfadada con mi compañera de piso por ponerme en esa situación y conmigo misma por seguirle el juego. Pero estaba bien… más o menos.

Era divertido verla divagar.

—Define «más o menos».

Se hundió en su asiento.

—Bueno, pues... después de aquello puede que caminara en sentido contrario cada vez que te veía por el campus. No sucedió a menudo, solo unas pocas veces, pero lo hice de todos modos. Como te he dicho, era porque me daba vergüenza. Pero ahora estás aquí y no puedo huir a ninguna parte, así que no volveré a hacerlo. —Se bebió de un trago lo que quedaba de leche y se inclinó hacia delante para dejar el vaso en la mesa que nos separaba, sin darse cuenta de que me estaba ofreciendo una vista rápida de su escote. Aparté la vista, porque estaba prohibida. Cualquier chica estaba prohibida, pero Zoe Clarke todavía más. Iba a mantenerme firme en mi decisión de evitar distracciones ese último año.

Era el peor momento para reencontrarme con ella.

—Déjame ayudarte y volvamos a preguntas más sencillas —dije con suavidad. Exhaló y vi cómo sus labios articulaban un «gracias» silencioso—. ¿Cuál es tu película preferida?

—No voy a ser tan vaga como tú, aunque hay un montón de películas que me encantan. *La conspiración del pánico*, con Shia LaBeouf, ni siquiera sé las veces que he podido verla. *Speed*, adoro a Keanu Reeves, tanto en la pantalla como en la vida real. Qué más... *Transformers*, *El Señor de los Anillos*, *Chicas Malas*, *2012* y *The Holiday*, por Jude Law, Cameron Diaz y Kate Winslet... solo por nombrar algunas.

Abrí la boca, listo para pasar a la siguiente pregunta, pero ella levantó la cabeza a toda prisa y me detuvo.

—¡Ah! Y también casi todas las películas de dibujos animados.

—De todo un poco, ¿eh? Eso está bien. A mí me pasa lo mismo. Las películas románticas no me van mucho, pero si es una de acción, no te diré que no.

—Tomo nota.

¿Por qué tenía la sensación de que no sería su primera opción para ver películas?

—Me toca. ¿A qué se dedican tus padres? —preguntó, interrumpiendo mis pensamientos—. Supongo que tu padre era... ¿deportista profesional, tal vez?

—Mmm —titubeé, pellizcándome el labio inferior entre el pulgar y el índice—. Que yo sepa, mi padre nunca ha jugado al fútbol, al menos no en el instituto, así que no es el deportista que imaginas. De hecho, es fontanero, y mi madre trabaja en una guardería.

—¡Vaya! —exclamó, soltando un suspiro tras unos instantes de un silencio incómodo—. Soy una auténtica idiota, ¿verdad?

—Yo no lo diría con esas mismas palabras.

Se rio y tuve que agarrarme con más fuerza al respaldo del sofá.

—Yo sí. Entonces, ¿no eres rico? No es que haya nada malo en ser rico, solo supuse que lo eras, porque, ya sabes… ¿quién narices lo sabe a estas alturas? Está claro que yo no.

Ese ligero rubor volvió a extenderse por sus mejillas, y ahora fui yo el que se rio.

—No, no soy rico. Ni mi familia tampoco, aunque no nos va tan mal. Al igual que tú, intento ganar algo de dinero extra siempre que puedo. Y luego tengo una beca deportiva, lo que es una gran ayuda.

Volvió a meterse el pelo detrás de la oreja y bajó la vista hacia su regazo.

—¿Y los tuyos a qué se dedican? —inquirí, intentando retomar la dinámica que habíamos tenido hacía unos minutos, antes de que empezara a retraerse.

—Mi padre es periodista de investigación. Trabajaba para *The New York Times*, pero después de casarse con mi madre se mudaron a Phoenix. Ahora escribe para un periódico local. Mi madre… —Se aclaró la garganta y apartó la mirada—. Mi madre falleció unos meses antes de que empezara la universidad. Además de todo lo que conllevó su enfermedad, tuvimos otros problemas. No estábamos muy unidas, pero era mi madre. Así que puede que mi tendencia a llorar por cualquier cosa cuando era novata se debiera a eso. Ciudad nueva, gente nueva y, si le sumas todo lo demás, no estaba en mi mejor momento.

Eso me borró la sonrisa de la cara. Me enderecé, cambiando de posición en el asiento.

—Siento tu pérdida, Flash.

Después de mirarme un instante, esbozó una pequeña sonrisa y asintió.

—Tenía cáncer de mama. Lo descubrimos demasiado tarde.

—Mi abuelo murió cuando estaba en mi último año de instituto —comencé tras un breve silencio—. Somos una familia bastante unida, a veces un poco ruidosa, y siempre nos estamos metiendo en los asuntos de los demás. Vivía al final de nuestra calle, así que siempre estuvo presente en nuestras vidas, como un canguro permanente. Todas las tardes, iba corriendo a su casa para practicar lanzamientos con él mientras me contaba historias de su juventud... cosas sin importancia. —Desvié la mirada y sonreí—. Te lo juro, iba allí todos los días. En cuanto el reloj daba las cinco, corría a casa de mi abuelo, y cada vez que abría la puerta, lo primero que me decía era: «¿Otra vez tú, muchacho? ¿Qué tiene que hacer un hombre para tener un poco de paz y tranquilidad aquí?». —Al recordar su sonrisa despreocupada, me reí para mis adentros—. Y luego, antes de que me diera tiempo a abrir la boca, se iba a buscar la pelota. No se lo digas a nadie, pero creo que era su nieto favorito. Le encantaba que estuviera tanto tiempo por allí. El impacto que su presencia tuvo en mi vida... —Sacudí la cabeza y levanté la vista hacia Zoe, que escuchaba atenta, con ojos tristes y comprensivos a la vez—. Perdiste a tu madre... Sé que es distinto, más duro, y que nada de lo que diga podrá aliviar tu dolor, pero entiendo lo difícil que es superar la muerte de un ser querido. Decir esto puede parecer tan inútil y egoísta, porque es imposible... pero daría lo que fuera por tenerlo aquí de nuevo, para que viera lo que estoy consiguiendo, o simplemente para estar juntos un rato y hablar... ya sabes.

Volví a mirar a Zoe y la vi secándose rápidamente una lágrima que corría por su rostro.

—Sí, lo sé. —Ladeó la cabeza—. Esto se está poniendo muy intenso. Iba en serio eso de conocernos mejor, ¿eh?

En realidad, no había sido esa mi intención. Solo había querido preguntarle algunas cosas, hacerme una idea de qué podía esperar de ella, pero no había planeado profundizar tanto, ni tan pronto (en absoluto en realidad). La conversación simplemente nos había llevado a ese punto. Para aligerar un poco el ambiente, intenté cambiar de tema.

—Hagamos una ronda rápida de preguntas y respuestas.

—Ay, soy un desastre para eso. No se me dan nada bien las respuestas cortas, pero intentémoslo.

—¿Eres más de gatos o de perros?

—Perros. Los gatos... me dan un poco de miedo, no los cachorros ni los que son muy cariñosos, pero no me gusta que algunos te miren como si estuvieran planeando cómo matarte. ¿Sabes a lo que me refiero? No todos lo hacen, pero aun así. Sí, soy del equipo perros total. ¿Y tú?

No pude evitar sonreír. Tenía razón, no se le daban bien las respuestas concisas, pero no me molestaba.

—También prefiero los perros. Entonces, arte y fotografía, ¿no?

—Sí. ¿Y tú qué estudias?

—Ciencias políticas. ¿Qué te gusta picar mientras ves una película?

Comenzó a esbozar una sonrisa mientras jugueteaba con el dobladillo de su camiseta.

—Pasamos a las preguntas complicadas, ¿eh? M&M's de mantequilla de cacahuete sin dudarlo, pero no los compro, sería peligroso. Lo mismo me pasa con las patatas fritas. No tengo autocontrol con la comida. ¿Y tú?

—Palomitas. Cuando ves una película debes tener palomitas sí o sí. En cuanto a lo de que no compras M&M's... no sé cómo tomármelo. ¿Cuál es tu mayor debilidad?

—Pensaba que me tocaba, pero de acuerdo, te voy a responder. —Soltó un suspiro y bajó la mirada antes de contestar—. La *pizza*. Es la *pizza*.

—¿Por qué pones esa cara? —pregunté, riendo.

—Porque es grave —respondió, alzando la vista hacia mí—. Muy grave. Puedo comerme una de tamaño familiar yo sola aunque luego me sienta fatal y me cueste dormir por estar tan llena, pero soy incapaz de resistirme. Nunca puedo resistirme a la *pizza*. Ni tampoco tengo pensado empezar a hacerlo a corto plazo. Pregúntame qué único alimento elegiría comer el resto de mi vida o qué escogería si estuviera atrapada en una isla desierta y solo pudiera tener una cosa...

—Déjame adivinar: *pizza*.

—Sí. Es mi debilidad. Carbohidratos a tope. Sé que no es saludable y todo lo demás, pero está tan buena. Todo ese queso fundido... y la salsa, que es igual de importante. Y también la masa, y los ingredientes que lleva encima... Dios, los ingredientes. Cada capa cuenta. Hay tantas opciones... Es pura magia, un círculo de amor. ¿Cuál es tu ingrediente favorito?

Cuanto más hablaba, más ancha se hacía mi sonrisa.

—*Pepperoni* o, en general, cualquier tipo de carne. —Estuve seguro de oírla gemir suavemente mientras se relamía los labios.

—¿Cuál es tu mayor debilidad? —preguntó ella.

—No quiero que parezca que te estoy copiando, pero si estamos hablando de comida, diría las hamburguesas con queso. La *pizza* es la segunda opción por poco. Muy bien, siguiente pregunta. ¿Qué es lo que más te pone de los nervios?

—No debería sorprenderte, pero hay varias cosas. Me fascinan las personas, por eso me encanta la fotografía de retratos, pero... odio a las personas falsas. No las soporto, no me gusta tenerlas cerca. La gente que te interrumpe constantemente como si tu opinión no importara; no, gracias. Me saca de quicio. La gente que se cree superior. La gente que no tira de la cadena. Los chicos que llevan los pantalones caídos. La gente que se piensa que todo lo hace bien (no suele ser verdad, pero aunque lo fuera, prefiero ser yo la que lo comente, no oírlo de su boca). Y podría seguir y seguir durante horas... así que, por favor, dime que me calle.

—No tirar de la cadena y pantalones caídos. Tomo nota.

Había algo en ella. Tal vez su naturalidad, tan sincera y auténtica, o quizá la rapidez con la que hablaba, como si las palabras no pudieran seguir el ritmo de sus pensamientos, o la forma en que apartaba la vista cada vez que nuestras miradas se encontraban, o cómo siempre tenía las manos ocupadas en algo: el cojín, el reloj verde oliva de su muñeca, el dobladillo de su camiseta... No podía precisar exactamente qué era, pero tenía algo que me hacía sentir cómodo a su lado, como si no fuera la primera vez que nos sentábamos a disfrutar de una conversación trivial y sencilla.

—No quiero que te calles. Me gusta escucharte —reconocí sin pensármelo dos veces. ¿Por qué mentir cuando me sentía tan a gusto a su lado?—. Estoy de acuerdo con lo de la gente que se cree superior, pero lo que más me molesta son las personas que mastican haciendo mucho ruido, sobre todo chicle. He llegado a pelearme con algunos compañeros de equipo solo por eso. Ahora, cuando quieren cabrearme, mascan chicle de esa forma. Ese sonido... Uf, no puedo con él. Espero que no seas una de esas personas. Si lo eres, será mejor que pares, o no puedo garantizar que las cosas no se vayan a poner tensas.

—Señor, sí, señor —respondió ella con expresión seria, pero con un brillo de diversión en los ojos.

—Otra cosa que no soporto es la gente que no suelta el móvil ni un segundo, como si fuera una extensión de su mano.

—A mi padre le pasa lo mismo. Incluso tenemos una regla al respecto. Cuando estamos cenando, y siempre insiste en que lo hagamos juntos, ya sea en la mesa o frente al televisor, no puedo mirar el móvil. Y lo mismo sucede cuando estamos hablando. Odia que mire el móvil mientras hablo con él.

—No me gusta la gente que miente —dije.

—A mí tampoco.

—Las personas que no quieren a los animales.

—Oh, sí. No confío en ellas para nada. Entonces parece que, en general, no nos gustan mucho las personas.

—Bueno, pues ya tenemos algo en común. Eso es bueno.

Apoyó las muñecas sobre las piernas cruzadas y cambió de posición en su asiento.

—Creo que me toca preguntar.

—Adelante.

—¿A qué te quieres dedicar en la vida?

—Quiero ser jugador profesional de fútbol americano. ¿Y tú?

—Fotógrafa profesional.

Ambos nos sonreímos. Me gustaba que tuviéramos tan claro nuestro futuro.

—¿Cuál es tu lugar favorito? —pregunté.

—¿A qué te refieres, a mi lugar favorito al que ir?

—Sí, y no me vengas con que es la biblioteca o cualquier lugar del campus.

Me miró, enarcando una ceja y sonrió.

—Y ahora, ¿quién está juzgando a quién? No es la biblioteca. De hecho, es la playa. No es que tenga muchos sitios preferidos, pero la playa es una de las pocas cosas que me encanta de Los Ángeles, sobre todo cuando no hay mucha gente. No me importan unas pocas personas, pero odio cuando está llena. Santa Mónica a veces puede ser agobiante. Prefiero ir al atardecer. Y sí, la biblioteca también me gusta. ¿Y el tuyo?

—El campo de juego.

Puso los ojos en blanco.

—Seguro que casi siempre estás allí.

—Y no lo cambiaría por nada. Entonces, ¿eres de Phoenix?

—Sí. ¿Y tú? ¿De Los Ángeles?

—No, de San Francisco.

—¿Sabes? Ninguna de estas preguntas tiene que ver con el hecho de que vamos a vivir juntos. Si me hubieras preguntado sobre mi horario, si hago mucho ruido, si soy sonámbula, o... no sé, cualquier cosa relacionada con la convivencia, lo habría entendido, pero... —Señaló con el dedo hacia un punto detrás de mí, así que me giré y vi que estaba apuntando hacia el gran reloj que había en la pared—. Son más de las doce, y algo que quizás deberías saber sobre mí es que casi nunca me quedo despierta hasta tan tarde, así que será mejor que... me las pire. Esto ha sido... —Hizo una pausa y pareció sorprendida de lo que estaba a punto de decir—. Ha sido divertido, y tal vez no tan malo. Espero que ya no tengas miedo de irte a la cama. No tengo intención de hacerte daño con mis habilidades secretas de ninja ni nada por el estilo. Mañana tengo clase temprano, así que... —Descruzó las piernas y se levantó.

Yo también me puse de pie y me coloqué frente a ella. La vi frotarse los antebrazos, como si le picaran por lo cerca que estaba de ella. A esa distancia, podía oler el sutil aroma de su perfume, algo fresco y dulce, pero sin ser excesivo. Le pegaba.

Le tendí la mano y me miró como si me hubiera crecido una segunda cabeza.

—¿Y eso a qué viene? —preguntó, un tanto desconcertada.

—Nos vamos a dar la mano.

—¿Por qué?

Le agarré la muñeca con suavidad y puse su mano en la mía.

—Ahora nos damos un apretón.

Con mi ayuda, procedió a estrecharme la mano.

—Sabes que ya nadie hace esto, ¿no?

—No sé a qué te refieres, pero me alegro de que por fin nos hayamos presentado oficialmente, después de dos años evitándonos.

—¿Te ves capaz de pasar la noche solo?

No se dio cuenta de lo que había dicho hasta que enarqué una ceja y le sonreí de oreja a oreja.

—Mierda. No quería decir eso. Vas a pasar la noche solo de todos modos, no estaba insinuando que me gustaría acostarme contigo si no pudieras dormir solo, ni que lo fuera a hacer. Y no hablo de acostarse en el sentido de mantener relaciones sexuales, sino simplemente dormir el uno al lado del otro... y ¿por qué no me matas ya y terminas con esto de una vez, por favor?

Intentó retirar la mano, pero seguí sujetándola.

—Por ser tú, Flash, haré como que no he oído nada. Ha sido un placer conocerte, Zoe Clarke. Ha estado bien. Deberíamos repetirlo algún otro día.

—Claro —aceptó ella, aunque más bien sonó a lo contrario. Le solté la mano—. Eso de Flash, el apodo... vas a seguir con ello, ¿verdad?

Asentí, con una sonrisa.

Apenas se había alejado unos pasos cuando la llamé.

—Una última pregunta. —Me miró por encima del hombro a regañadientes—. ¿Un año sin sexo o un año sin móvil?

—Y... buenas noches para ti también.

—Vamos. Es la última pregunta, tienes que responder.

—Repito, ¿esto qué tiene que ver con que vayamos a ser compañeros de piso?

Me volví a sentar.

—Me dirá cosas sobre ti. Vamos.

Se quedó callada unos segundos, me miró y luego apartó la vista, como si estuviera intentando entenderme. No podía culparla.

—Tendría que elegir un año sin móvil, pero no porque esté desesperada por tener sexo. No es algo que haga tan a menudo... —Abrió los ojos un poco, sabiendo que acababa de revelar más de lo debido. Me recosté en el respaldo del sofá y observé cómo intentaba solucionarlo—. No he querido decir eso. No estoy desesperada por tener sexo, y podría estar un año sin hacerlo, porque sería fácil. Lo que sucede es que creo que un año sin móvil me resultaría más beneficioso. Puede que lo tenga pegado a la mano desde que me levantó hasta que me acuesto, y creo que sería bueno usarlo solo para su propósito original, solo para ver cómo me va, ya sabes. Puede que socializar más tuviera un impacto positivo en mi vida, quién sabe. Sin duda me vendría bien para la vista. —Soltó otro suspiro—. Estoy divagando de nuevo. Lo que quiero decir es que no elegiría el sexo porque no podría prescindir de él durante un año.

Me levanté de nuevo y fui hacia ella mientras me fijaba en cómo escondía las manos detrás de la espalda.

—No hace falta que me expliques tus razones, aunque eso no significa que no lo valore. Tu respuesta dice mucho de ti. Gracias por seguirme el juego y responder a mis preguntas. Parece que, si no encuentro otro lugar, vamos a vivir juntos durante los próximos meses, y tengo que decirte que me ha sorprendido muchísimo que seas tú mi nueva compañera de piso. Joder, Zoe, no me lo habría imaginado ni en un millón de años.

Asintió, manteniendo la mirada fija en algún lugar de mi pecho.

—Buenas noches, entonces, Dylan.

Después de meterse un mechón de pelo detrás de la oreja y esbozar otra sonrisa, reanudó la marcha.

La dejé avanzar algunos pasos más hacia su habitación mientras yo permanecía en el mismo sitio.

—Flash. —Se volvió para mirarme, pero continuó retrocediendo poco a poco.

—¿Sí?

Me metí las manos en los bolsillos delanteros.

—Es curioso, pero creo que te vas a convertir en mi mejor amiga, Zoe Clarke.

Cuando corrió a su habitación y ya no la tenía delante de mí, me senté y me recosté en el respaldo del sofá. Ahora que estaba solo, miré al techo y sonreí. Ella no tenía idea del lío en el que se había metido conmigo.

6

Zoe

—Creo que en algún momento dije que era mejor que «me las pirase». ¿Quién usa esa expresión hoy en día? —Solté un suspiro y me llevé la mano a la frente por enésima vez desde que había despertado a Jared y a Kayla a una hora indecente para tomar un café y repasar los eventos del día anterior. Como nunca les había hablado de mi primer encuentro con Dylan hacía dos años, tuve que pasarme casi media hora contándoles todos los detalles. ¿Me convertía eso en una mala amiga? No lo creía. Simplemente se me daba muy bien guardar secretos. A los nueve años, conseguí guardar mi primer secreto a mi padre durante una semana entera antes de confesarle que Nathaniel, un chico de mi clase, me había besado en el recreo y luego me había pedido que no dijera nada. Por supuesto, había mejorado con los años.

Después de que Jared me echara la bronca durante unos cinco minutos y Kayla sacudiera la cabeza como si la hubiera decepcionado, por fin me dieron un respiro.

—Te voy a dar mi opinión al respecto, cariño, y no me mires así, pero creo que lo de «pirarse» es el menor de tus problemas. ¿De verdad lo atacaste con un rodillo? ¿Y por qué coño tenías un rodillo escondido en el baño? Eso es algo que todavía no logro comprender. Ojalá hubieras sacado una foto del ataque, o un selfi mientras te abalanzabas sobre él. Habría sido una obra de arte. Parece como si lo estuviera viendo ahora mismo. —Para remarcar sus palabras, cerró los ojos y tarareó suavemente—. Haré un boceto y te lo daré. No hay de qué.

Le di una palmadita ligera en el hombro con el dorso de la mano y negué con la cabeza.

—Ni se te ocurra. No lo tenía escondido en el baño, y eso ni siquiera es la peor parte de la historia, así que ¿podemos centrarnos en lo importante? —Había conocido a Jared al final de mi primer año de universidad, después de coincidir constantemente en las mismas clases, ya que ambos estudiábamos la misma especialidad de Arte. Él siempre decía que el destino nos había unido. No sé qué habría hecho si no se hubiera sentado a mi lado en aquella clase de Historia del Arte, porque cada vez que lo había necesitado como amigo, siempre había estado ahí.

Se sentó junto a mí, frotándose el hombro mientras se reía por lo bajo. Llevaba el pelo negro alborotado, con un estilo de recién levantado que siempre le funcionaba cuando estaba en modo de hacer nuevos amigos. Yo los habría llamado «rollos», pero a él no le gustaba la carga que conllevaba esa palabra. Y como no buscaba tener una relación seria en la universidad, le bastaba con tener solo amigos. Era un poco más alto que yo, no llegaba al metro ochenta. El marrón oscuro de sus ojos y sus labios carnosos añadían un plus a su aspecto de chico malo roquero. Si le hubieran interesado las chicas, estoy convencida de que habría sido un desastre balbuceante en su presencia, igual que me sucedía con Dylan. El día en que el profesor nos echó de clase por hablar demasiado marcó el comienzo de nuestra amistad.

—No lo ataqué por gusto. Creí que era un ladrón. ¿Qué se supone que tenía que hacer, recibirlo con los brazos abiertos? ¿Mientras estaba desnuda? Estaba intentando aturdirlo para poder escapar. De todos modos, ni siquiera recuerdo la mitad de las cosas que le dije luego, pero sí lo de «pirarse». Preguntadme cuántas veces he usado esa palabra en mi vida: ninguna. No sé si entendéis lo horrible y vergonzoso que fue toda la situación.

—Creo que nos hacemos una idea —dijo Jared con tono neutro, antes de mirar a Kayla y poner los ojos en blanco.

Hice caso omiso de sus expresiones y continué:

—Cada vez que abría la boca, lo empeoraba. A partir de ahora, cuando esté cerca de él, voy a intentar guardar silencio. Me limitaré a asentir y a usar el menor número de palabras posibles.

—Dudo que lo consigas, pero tener fe es importante —señaló Kayla con ironía.

Esbocé la sonrisa más falsa que pude.

—Ja, ja. Pero qué majísimos estáis hoy. No me canso nunca de estar con vosotros.

Jared simplemente sonrió y continuó desmenuzando su tostada y llevándose los trozos a la boca.

—Como debe ser. Además, ya sabes que siempre estoy de mal humor antes del mediodía, así que siéntete libre de ignorarme y presta atención a tu segunda mejor amiga.

Vi cómo un trozo de *brownie* volaba hacia Jared, que lo atrapó sin problema con la boca.

—Eres lo peor —masculló Kayla antes de volver a mirarme.

—¿Entonces? ¿Algún consejo? ¿Un consejo de verdad? ¿De esos que se dan a los amigos? —le pregunté a Kayla—. ¿Qué hago? ¿Cómo voy a volver allí esta noche?

Kayla enarco sus cejas perfectamente delineadas y me lanzó una mirada inocente.

—¿Andando, quizá?

Le respondí con la mirada más hastiada que pude.

—Vale, está bien. Guárdate esa expresión para otro. Sí, creo que lo mejor es intentar estar más callada en vez de lanzarte a un monólogo interminable. Estoy contigo en eso.

Mientras que Jared era el más desenfadado y seguro de los tres, Kayla, a quien Jared había apodado KayKay, era nuestra protectora; el tipo de persona a la que le confías todos tus problemas, cariñosa, dulce, tranquila y todo lo que yo no era cuando estaba cerca de los chicos. Eso sí, las elecciones que hacía en su vida amorosa dejaban mucho que desear. Un claro ejemplo era Keith, su novio con el que lo dejaba y volvía cada dos por tres, y un tío que me daba auténticos escalofríos cada vez que lo veía.

Estaba deseando… bueno, tanto Jared como yo lo estábamos deseando, que la próxima vez que cortaran fuera la definitiva. Sí, la esperanza es lo último que se pierde.

—¿Alguna otra idea? Vamos a vivir en el mismo apartamento y, en mi fuero interno, ya estoy teniendo un ataque de pánico. No puedo encerrarme en mi habitación y no salir nunca, e intentar actuar como si nada cuando está a mi alrededor no va a funcionar porque ya sabemos todos cómo me comporto cuando estoy cerca de chicos que me parecen atractivos.

—¿Y si solo intentas ser natural en lugar de fingir?

—Me pongo demasiado nerviosa y tensa cuando lo tengo cerca, Kayla. Si me hubieras visto anoche, habrías hecho una mueca cada vez que abría la boca. Fue muy amable conmigo y creo que me va a encantar ser su amiga. Quizá pueda lograrlo.

—Claro que sí. Lo único que tienes que hacer es imaginar que tiene novia. Eso debería hacerlo más sencillo.

—En realidad, acaba de romper con su novia.

—Ay, qué pena, no me digas —intervino Jared—. Tal vez debería pasarme por allí uno de estos días. Solo para ver cómo os va todo, ya me entiendes.

Con la sensación de tener algún tipo de estrategia que seguir cuando regresara al apartamento, me recosté sobre la silla y solté un prolongado suspiro. Estaba muy agradecida de tener a Kayla y a Jared como amigos, más de lo que ellos podían imaginar. Ellos habían conseguido que mudarme a Los Ángeles (el mayor riesgo de mi vida) hubiera merecido la pena. Dios sabía que nada más había salido como esperaba.

Kayla se aclaró la garganta y se removió en su silla antes de mirarnos alternativamente a mí y a Jared, mientras hacía trizas su vaso de papel.

—Bueno, basándome en el nuevo giro de los acontecimientos, tengo algo que contaros. —Antes de que pudiéramos abrir la boca, continuó—: Puede que haya salido un par de veces con Dylan.

—¿Mi Dyla…? Quiero decir, ¿Dylan, el que vive en mi apartamento? ¿El receptor? ¿Dylan Reed?

—Ese mismo.

Jared dejó de masticar.

Sentí algo raro en el estómago.

—¿Qué?

—Solo fueron dos citas, Zoe —se apresuró a decir, levantando dos dedos para recalcar sus palabras—. Solo pasó dos veces.

Un chico chocó con mi silla por detrás, y me moví un poco hacia delante mientras bebía algunos sorbos de mi café, ya frío, con la vista clavada en la mesa. No pasaba nada. Me había sorprendido, sí, pero no me suponía ningún problema. Dylan no me interesaba de esa forma. No habría pasado nada incluso si hubieran salido más de un par de veces. Al fin y al cabo, Dylan no era una opción para mí, ¿verdad? No solo porque era mi nuevo compañero de piso y no estaba a mi alcance, sino porque era uno de los jugadores de Mark.

—Fue en primero, antes de que os conociera; creo que unos meses antes. Keith y yo nos habíamos tomado un descanso de dos meses... —Lo que significaba que él la había dejado por alguna tontería—... y mi compañera de habitación en la residencia iba a salir con un jugador de fútbol. Prácticamente me obligó a acompañarla porque yo estaba cabreada con Keith, y su chico iba a llevar a un amigo, así que debía entretenerlo mientras también me entretenía a mí misma. Ya sabéis que, aparte de Keith, apenas tenía amigos en primero, así que acepté. —Hizo una mueca y continuó destrozando el vaso—. Fue muy dulce conmigo, pero ya me conocéis. Estoy enamorada de Keith y no tenía interés en conocer a nadie más. Apenas hablé en toda la noche. La segunda cita fue también por culpa de mi compañera. En esa ocasión, logré hablar con él un poco, sobre nuestras familias, de lo grandes y ruidosas que eran y cosas por el estilo, pero ninguno de los dos dio muestras de querer que se convirtiera en algo más; fue más bien como una salida en plan amigos. Creo que mi compañera de habitación empezó a salir en serio con el otro chico, se llamaba Rap o Rip o algo parecido, así que ya no necesitó que la acompañara. Además, siempre fueron citas dobles, nunca nosotros dos solos.

Unas semanas después, volví con Keith, y desde entonces apenas he vuelto a ver a Dylan. Eso sí, las pocas veces que nos hemos encontrado en el campus siempre me ha saludado, aunque creo que llevamos sin coincidir un año.

—Mmm —canturreó Jared, captando de nuevo mi atención hacia él—. Eso no cuenta como citas, KayKay, al menos desde mi punto de vista.

—Estoy de acuerdo, pero puede que en aquel momento se las describiera a Keith como unas increíbles citas con un jugador de fútbol, solo para darle celos. Os lo he querido contar ahora, por si Dylan me ve con Zoe, lo recuerda y menciona algo. No quería que os pillara por sorpresa.

—Ojalá yo también hubiera tenido un encuentro con Dylan. Ambas ya habéis interactuado con él, una en circunstancias bastante más extrañas, por supuesto. —Miró a Kayla con los ojos muy abiertos y me señaló con la barbilla.

Lo que le valió otro golpe en el hombro, que apenas logró esquivar.

—Ja, qué gracioso.

—Y aquí estoy yo, el chico que solo se dedica a... oh, no sé, ir a todos sus partidos, y nunca ha tenido la oportunidad de conocerlo. Tienes que solucionar este terrible error, Zoe.

El impacto de una bola de papel en mi cara me sacó de mis pensamientos. Se la lancé de vuelta a Jared y me volví hacia Kayla.

—No va a pasar nada entre nosotros, Kay. Está fuera de mi alcance, hazme caso. Aunque hubieras salido con él en serio, no habría pasado nada.

—Porque tienes que pensar en Mark, ¿verdad? Y claro, no nos olvidemos de lo feísima que eres —comentó Jared, con un tono más monótono que el de hacía un momento.

Sí, Mark siempre estaba en la ecuación.

—No estoy diciendo que sea fea. A veces hasta me veo guapa, pero él sigue estando fuera de mi alcance. Lo entenderías si lo vieras de cerca.

Jared suspiró y negó con la cabeza.

—¿Y qué hay de Mark?

—Sí, también está él —murmuré sin mirar a ninguno de los dos mientras me terminaba el café.

—¿Cuándo vas a librarte de él, Zoe? Mentiría si te dijera que entiendo lo que esperas que pase, pero lo que sí sé es que no va a suceder. Y también tienes que salir de su apartamento. Te está tratando como a una prostituta; solo te llama cuando le apetece y solo queda contigo en ese apartamento o en algún restaurante aleatorio al otro lado de la ciudad, nunca en un lugar público.

—Oye, modérate un poco, ¿vale? —le espetó Kayla mientras yo me atragantaba con el café—. Estas siendo demasiado duro, ¿no crees?

—Joder —exclamé tosiendo cuando logré respirar de nuevo. Agarré la botella de agua medio llena y los pañuelos que Kayla me tendió—. Gracias por hacerlo sonar tan sórdido. No es tan malo como lo pintas, y tampoco es que podamos ir juntos por el campus, al menos por ahora. Quería mudarme, ¿os acordáis? —No culpaba a Kayla por haberme dejado plantada, pero sí responsabilizaba a Keith por ser un capullo tan dependiente de ella.

Aunque mi plan para el tercer año había sido dejar el piso de Mark e irme a vivir con Kayla, las cosas no salieron como esperaba. Teníamos el apartamento localizado y faltaban pocos días para firmar el contrato de alquiler, pero entonces Keith empezó a montar un escándalo porque su novia se fuera a vivir conmigo.

Si se iba de la residencia, ¿por qué no se mudaba con él? ¿Por qué iban a querer vivir juntas dos chicas universitarias? ¿Acaso había alguien más? Y así erre que erre. Kayla jamás habría faltado a su palabra, pero al darme cuenta de cómo le estaba afectando su postura y lo crueles que eran sus comentarios, le dije que no me importaba si al final se iba a vivir con Keith en vez de conmigo. Si era ella feliz, yo también lo sería, aunque visto lo visto, dudaba que alguien pudiera ser feliz con Keith. Sin embargo, eso no me correspondía decirlo a mí, al menos no en ese momento.

Jared vivía cerca del campus, a solo un cuarto de hora andando, así que no buscaba ni necesitaba otro alojamiento. Además, como tenía que quedarse en casa para ayudar a su madre soltera a cuidar de su hermanastra de cinco años, mudarse no era una opción. Y esas pequeñas realidades eran las que me habían impedido irme a vivir con alguno de mis mejores amigos. A diferencia de Kayla, que se lo había pasado muy bien durante los dos años que estuvo en una residencia, a mí no me había gustado tanto la experiencia, así que volví al apartamento de Mark. Había pensado que las cosas podrían cambiar, que tendríamos una relación más estrecha y que, por una vez, él cumpliría sus promesas.

—Lo siento mucho, Zoe —dijo Kayla, interrumpiendo mis cavilaciones—. Tenía muchas ganas de…

Estiré la mano y la apoyé en su brazo.

—No te disculpes, por favor. No tienes nada de qué disculparte. No pretendía que sonara así. Sí, he ahorrado algo de dinero, pero aún no puedo permitirme vivir sola. Todavía necesito ahorrar para Nueva York, por absurdo que parezca, y sabes que volví a ese apartamento solo porque Mark seguía asegurándome que este año sería diferente. Si las cosas no mejoran y consigo juntar todo el dinero que necesito, saldré de allí en abril o mayo. Además, Jared, tú sabes lo que quiero de él. No seas así.

—¿Le vas a dar todo ese tiempo? ¿Casi un año completo? —Jared negó con la cabeza con expresión dura, mientras extendía la mano para cubrir la mía con sus dedos largos y delgados—. Mira, sé que esto te duele, pero él jamás le hablará de ti a su esposa, y mucho menos a su hijo. Es un cerdo. Te mereces algo mucho mejor que eso.

Pero Mark me lo había prometido, y yo quería creerle con todas mis fuerzas.

Cuando no le dije lo que esperaba oír, lo que quería oír, Jared suspiró y retiró la mano.

—Si consigo ese trabajo a tiempo parcial en la galería el año que viene, nos iremos a vivir juntos. Te irás de allí, ¿verdad?

Asentí en silencio.

—Va a ser estupendo.

—Aunque no pueda dejar al amor de mi vida para mudarme con vosotros, os visitaré tan a menudo que parecerá que vivo allí.

Lo cierto era que solo vendría si Keith se lo permitía, pero nunca lo reconocería. Llevaba con Keith desde que tenía dieciséis años y todavía lo quería lo suficiente como para creer que podría cambiar, y que lo haría. Tarde o temprano tendríamos que intervenir.

Como siempre que hablábamos de Mark, sentí un malestar en el estómago y en el corazón. Lo que Jared me había dicho no era ninguna novedad, pero, por desgracia, eso no ayudaba a aliviar el dolor. Con mucho esfuerzo, conseguí esbozar una sonrisa sincera.

—Gracias, chicos.

—¿Todavía quieres un consejo sobre qué hacer con el tío sexi de tu apartamento? —preguntó Jared tras unos segundos de un silencio opresivo.

Solté un suspiro y me recosté en la silla.

—Sí, dispara. Dios sabe que necesito toda la ayuda posible.

Sin embargo, su siguiente pregunta me hizo dudar de aquello.

—¿Te sientes atraída por él?

—A ver... no soy ciega, es guapo. Y reconozco que también me gusta mucho su sonrisa, pero no lo conozco lo suficiente como para decir si me atrae. No estoy colada por él... digámoslo así. Me atrae físicamente, pero no en plan de perder la cabeza. Parece un buen chico, así que me gusta como persona, eso suena incluso mejor. Pero aunque me gustara y por alguna casualidad yo también a él, que lo dudo...

—Claro que lo dudas, porque eres feísima —repitió Jared, sacudiendo lentamente la cabeza para enfatizar lo decepcionado que estaba conmigo por seguir diciendo lo mismo.

—Pero aun así... —Alargué la palabra, ignorando a Jared, y continué—: Vamos a vivir en el mismo apartamento, por el amor de Dios, y es imposible que Mark no se entere.

—Entonces, todo vuelve a girar en torno a Mark.

Fruncí el ceño, bajé la voz y me incliné hacia delante.

—No, no es así, Jared. He dicho que es atractivo, y sí, parece buena persona, pero solo porque tenga esas dos cualidades no significa que vaya a caer rendida a sus pies y confesarle mi amor, o lo mucho que me pone, que también. Solo me estoy comportando de forma extraña cuando estoy con él por lo que pasó el primer año y porque… sí, me gusta su físico, pero eso es todo. Sabes que esa combinación no es buena para mí. ¿O acaso no recuerdas cómo me puse la primera vez que hablaste conmigo en aquella clase de Historia del Arte? ¿Estaba enamorada de ti? No. Simplemente soy así hasta que cojo un poco de confianza con las personas. Además, todavía me siento un poco avergonzada con él. La primera vez que lo vi le pregunté si podía besarlo como una niña de preescolar; la segunda, me choqué con esos chicos, les tiré su maqueta y me echaron la bronca delante de él y de sus amigos, incluido Chris, lo que empeoró un poco las cosas. Y por si eso no fuera suficiente, pasa otro año y se me cae la toalla, le enseño las tetas y me pegó a él como una lapa. Y no voy a mencionar la parte en la que lo golpeé porque tenía todo el derecho del mundo a hacerlo.

—Entonces, lo mejor es que seáis amigos. Estamos todos de acuerdo en eso, ¿verdad? —preguntó Kayla, mirando primero a Jared y luego a mí—. Tienes que acostumbrarte a tenerlo cerca. Si te conozco tan bien como creo, si no haces algo al respecto, te esperan muchas risas nerviosas y mucho tiempo escondida en tu habitación. Así que, ya que insistes tanto en que no sientes nada por él, haz un esfuerzo por ser su amiga. Jared es un chico guapo y ya no te pones a divagar sin control en su presencia —comentó Kayla, señalando a nuestro amigo.

—Si me gustaran las chicas, esta ya estaría colada por mí, KayKay, así que no creo que sea un buen ejemplo en este caso —intervino Jared.

Solté un bufido.

—Ay, por favor. Ni en tus mejores sueños. Eso es todo lo que voy a decir: ni en tus mejores sueños. Más querrías tú, pero repito: ni en tus mejores sueños.

Así que, en lugar de actuar con naturalidad (como Kayla había sugerido tan amablemente) y esconderme en mi habitación siempre que pudiera, decidí intentar ser amiga de Dylan Reed. Parecía fácil.

Regresé al apartamento alrededor de las cinco de la tarde, después de pasar varias horas en el laboratorio de fotografía. Justo antes de girar la llave para entrar, la puerta al final del pasillo se entreabrió y la señora Hilda asomó la cabeza.

—¿Es usted, señorita Clarke?

A sus ochenta y cinco años, veía mejor que yo; sabía perfectamente quién era.

—Sí, señora Hilda, soy yo —grité por encima del hombro, moviéndome deprisa.

Giré la llave y abrí la puerta, esperando que no me pidiera ningún favor y poder desplomarme en el sofá un rato, antes de, con mucho esfuerzo, levantarme para hacerme un sándwich rápido para cenar antes de que Dyl...

—¿Sería tan amable de...?

Oh, no, «amable» no. No quería ser tan amable.

«Por favor, que no me pida colgar las cortinas. Por favor, que no me pida colgar las cortinas».

—... colgar las cortinas?

Bajé la cabeza por la desesperación y cerré la puerta, maldiciéndome por haberme olvidado de ella por completo y haber hecho suficiente ruido como para despertar a los muertos mientras subía las escaleras. Luego me dirigí hacia su puerta, ahora abierta de par en par.

—¿Ha vuelto a lavar las cortinas, señora Hilda?

Soltó un bufido y enarcó una ceja, como diciendo: «¿Y eso qué más da?».

—Solo lo pregunto porque ya las ha lavado cinco veces este mes. —Había sido elegida la abeja obrera encargada de colgarle las cortinas porque ella no podía hacerlo sola. No me importaba, porque era cierto que no podía, y solo tardaba diez minutos en colocarlas, pero siempre me preguntaba a quién acorralaba para que se las descolgara con tanta frecuencia.

—Me gusta tener la casa limpia, señorita Clarke.

Desde luego que le gustaba tener la casa limpia. Casi todas las semanas, me convencía para que le pasara la aspiradora, por no mencionar su lista interminable de otras tareas pequeñas. Si no ibas con cuidado y hacías ruido, esa puerta suya se abría y siempre tenía algo que quería que le hicieras. Si hubiera sido una de esas dulces abuelitas que te recompensaba con galletas de chocolate recién hechas por ayudarla, o te ofrecía un plato de comida casera de vez en cuando porque sabía que eras una estudiante que echaba de menos comer en su casa, habría sido realmente encantadora. Pero, no. Era... No sabía cómo decirlo de manera educada: era una bruja. Como os acabo de decir, si te pillaba por banda, siempre te embaucaba para que la ayudaras con algo, y mientras tanto, te absorbía toda tu energía vital. Por eso siempre iba de puntillas por el pasillo de nuestra planta.

—Estoy muy cansada y no he comido nada desde esta mañana. Me paso después de...

—Estos jóvenes... No deberíais dejar para mañana lo que podáis hacer hoy. —Terminó de abrir la puerta del todo y se apartó. Habría estado de acuerdo con ella si se tratara de mis propios asuntos. Ni siquiera le había dicho que lo fuera a dejar para el día siguiente. Lo único que quería era sentarme y comer algo antes de tener que lidiar con ella. Contuve un grito de frustración, apreté los dientes, le ofrecí una sonrisa tensa y entré.

En cuanto entré en su apartamento, cerró la puerta y se lanzó a hablar.

—¿Esta mañana ha salido un chico joven de su apartamento, señorita Clarke? En mis tiempos, no nos juntábamos con chicos. Ese tipo de cosas no estaban bien vistas; supongo que los tiempos han cambiado. Al menos este parece de su edad. ¿Sabía que la chica del 5B ha engañado a su novio? Los he oído discutir esta tarde...

Ni siquiera sabía quién vivía en el 5B. Me desconecté por completo de su charla e hice lo que me había pedido. En cuanto terminé, salí corriendo de su casa antes de que me pidiera que sacara a pasear a Billy. Billy era el gato infernal que se escondía cada vez que alguien que no fuera la señora Hilda entraba en su casa, y que, cuando se lo endosaban a alguien (es decir, a mí), lo único que hacía era arañarle los brazos por el mero hecho de haberse atrevido a tocarlo.

Mientras salía disparada hacia la puerta que me llevaría a la libertad, pude oír los rápidos pasos de la señora Hilda detrás de mí. Para tener ochenta y cinco años, se movía con una rapidez sorprendente cuando quería, y me alcanzó justo en el momento en que estaba abriendo su puerta.

—Que tenga una buena tarde, señorita Clarke, ya le contaré si descubro algo más sobre la chica del 5B. Seguro que pronto la veremos con un nuevo novio...

Nada más salir, en mi prisa por escapar, me choqué con el sólido cuerpo de un receptor. Dylan acababa de subir el último escalón y soltó un gruñido de sorpresa. Yo di un respingo y retrocedí un paso. Él me agarró justo por encima del codo y nos sostuvo a ambos antes de que pudiera caer sobre él y tirarlo por las escaleras, haciendo que se rompiera el cuello.

—¿Zoe?

—Ay, lo siento mucho —me disculpé a toda prisa antes de que me soltara el brazo.

Seguro que siempre me recordaría como la patosa con la que tuvo que vivir un año, a la que solo había visto un par de veces antes por el campus.

Antes de que pudiera explicarle algo o enviarle una advertencia telepática, la señora Hilda carraspeó detrás de mí. Apenas pude contener un gemido. Cerré los ojos y respiré hondo. Si no actuaba rápido, nos retendría durante Dios sabía cuánto.

«Allá vamos».

—Ah, Dylan, eres tú —exclamé un poco más alto de lo necesario para que la señora Hilda nos oyera con facilidad, aunque con los problemas de audición que tenía, uno nunca podía estar seguro. Me obligué a esbozar la sonrisa más amplia que pude e intenté pensar en algo durante los dos segundos que tardé en enderezarme y darme la vuelta para mirar a la entrometida de mi vecina—. Justo estábamos hablando de ti, ¿verdad, señora Hilda? —Antes de que el pobre pudiera entender lo que estaba pasando, lo agarré del brazo y tiré de él para que se pusiera a mi lado (o más bien lo convencí para que se pusiera a mi lado, porque con esos músculos, era imposible que alguien de mi tamaño pudiera moverlo un solo centímetro si él no quería hacerlo).

La siguiente idea brillante que tuve fue darle una palmadita en el brazo y un sutil apretón a modo de advertencia, pero entonces sentí cómo sus músculos se tensaban bajo mi mano y se me olvidó lo que iba a decir.

«Mierda…».

Alcé la vista hacia él y nuestras miradas se encontraron. No tenía ni idea de lo que estaba pensando, pero aparté los ojos de inmediato y le solté el brazo.

Si queríamos huir del incesante parloteo de la señora Hilda, iba a tener que concentrarme solo en una cosa. Y si para ello tenía que soltar una pequeña mentira inofensiva que nos permitiera escapar y cenar antes, tampoco le iba a hacer daño a nadie.

—Este debe de ser el chico que ha visto salir esta mañana de mi casa, señora Hilda. Se llama Dylan Reed y es mi nuevo compañero de piso.

Tanto Dylan como yo observamos cómo la señora Hilda lo miraba de arriba abajo. Yo también hice lo mismo sin ningún pudor. Llevaba unas Nike negras y grises, unos pantalones de chándal gris claro (algo que me volvía completamente loca, porque los chicos en pantalones de chándal grises son un regalo del cielo, sobre todo cuando los llevan por la mañana) y una camiseta blanca que se ajustaba a ese magnífico pecho, con unas mangas que se ceñían a esos brazos que acababa de tocar. También traía consigo una bolsa de deporte enorme colgada a modo de bandolera, con la correa cruzada sobre el torso.

La señora Hilda no pareció muy impresionada, ya que soltó un resoplido. Sin embargo, yo estaba dispuesta a dejar de comer *pizza* durante una semana (y era el sacrificio más grande que podía hacer), si alguna mujer viva en este mundo, salvo nuestra querida señora Hilda, no se quedaba boquiabierta en cuanto posaba sus ojos en Dylan Reed.

—Encantado de conocerla, señora... —Dylan dudó.

—Hilda —me adelanté antes de que ella pudiera intervenir—. No te he hablado de ella, ¿verdad? Qué despiste. Esta es la señora Hilda. Ahora mismo le estaba echando una mano y me ha mencionado que había visto salir a un chico de mi apartamento y que no sabía muy bien quién era.

—¿Ah, sí? —preguntó Dylan, mirándonos alternativamente a mí y a nuestra vecina.

—Sabía bien quién era, señorita Clarke. Le he dicho claramente lo que opino sobre otro chico viviendo con usted. Esta chica... —Se volvió hacia Dylan, señalándome—... debería haber sido malabarista en un circo en lugar de perder el tiempo con esa cámara de la que nunca se separa.

—Ay, señora Hilda, pero si aún no ha oído la mejor parte. —Me enganché del brazo de Dylan, me acerqué un poco más a él, casi pegando mi cuerpo al suyo, y tuve que reprimir con todas mis fuerzas el temblor que me recorrió por completo por estar tan cerca de él. Luego me incliné hacia la señora Hilda, como si estuviera a punto de confesarle el secreto más jugoso del mundo. Ella también se acercó a mí; le encantaba el cotilleo—. Me temo que las chicas no le interesamos —susurré lo suficientemente alto para que me oyera, lo que significaba que Dylan también podía oírlo.

La señora Hilda me miró perpleja y volvió a observar a Dylan con detenimiento.

—Esto... ¿perdón? —dijo Dylan, tras unos segundos de silencio.

Me volví hacia él y le di otra palmadita, pero esta vez en el pecho, ignorando su ceño fruncido y su mirada interrogante. No tenía ni idea de a dónde quería llegar con toda esa actitud cariñosa, pero era incapaz de dejar de tocarlo.

—No tiene que pedir perdón por nada —dijo la señora Hilda, confundiendo la pregunta de Dylan con una disculpa.

—Sí, es cierto, Dylan, no tienes que disculparte por nada —repetí.

Dylan no dejaba de mirar a la señora Hilda ni a mí.

—Pero si no…

Antes de que pudiera terminar la frase, le pisé disimuladamente el pie con el talón, aplicando toda la fuerza posible. A su favor, he de reconocer que no emitió sonido alguno. Solo se limitó a girar poco a poco la cabeza hacia mí y a enarcar una ceja. Le ofrecí la sonrisa más dulce que pude y retiré el pie.

—La señora Hilda es una mujer de mentalidad muy abierta —expliqué, señalándola con la cabeza—. Nada que ver con sus coetáneos, ¿verdad, señora Hilda?

Ella se irguió un poco más.

—Sí, sí, así es. Esos viejos decrépitos no se parecen en nada a mí. Mantenga la cabeza alta, joven. No hay nada malo en el amor. ¿Tiene novio?

—Pues…

—Puede contármelo.

—Vamos, Dylan —lo animé, sacudiéndole el brazo con suavidad. Cuanto antes me siguiera la corriente y la complaciera, antes podríamos irnos—. No seas tímido.

Se volvió de nuevo hacia mí con una mirada intensa que me borró la sonrisa de la cara; y no porque su expresión prometiera venganza, sino todo lo contrario. Parecía divertido, también un poco confundido, pero sin duda divertido, lo que me resultó extraño e inesperado.

Lo miré con el ceño fruncido y vi cómo curvaba levemente los labios.

—En realidad, sí tengo novio —dijo, sin dejar de mirarme.

—¿Es un buen chico?

Rompió nuestro contacto visual con una sonrisa relajada y se volvió hacia ella.

—Sí, es muy bueno. Tengo mucha suerte de tenerlo.

La señora Hilda ladeó la cabeza y lo miró con su típica expresión de ojos entrecerrados, uno más que el otro, lo que le hacía parecer de todo menos seria.

—¿Cuánto tiempo llevan juntos?

Dylan pareció ignorar su mirada peculiar; otro detalle que tenía que reconocerle. La primera vez que la vi hacerlo, estuve a punto de soltar una carcajada.

—Dos años.

—¿Lo ve, señorita Clarke? Podría aprender algo de su compañero de piso.

Exhalé profundamente por la nariz y conseguí mantener la sonrisa.

—Lo sé. Procuraré pedirle algunos consejos. Que tenga una buena…

—Señor Reed, su compañera de piso tiene un gusto terrible para los hombres. Por favor, enséñele algo, porque parece que no escucha nada de lo que le digo.

«No puedes cerrarle la puerta en las narices, Zoe. No puedes cerrarle la puerta en las narices a una anciana».

—Por favor, llámeme Dylan. Y sí, haré todo lo posible por enseñarle algo. Estoy de acuerdo con usted: debería estar con alguien mejor. Me encargaré de hacerla entrar en razón, no se preocupe.

—Bien. —Me lanzó una última mirada y empezó a cerrar la puerta, solo para detenerse a mitad de camino—. ¿Sabe una cosa, Dylan? Me cae bien. Es una pena que le gusten los chicos, un muchacho fuerte como usted habría sido perfecto para la señorita Clarke.

«¿Hola, hay alguien ahí arriba? ¿Dios? ¿Podrías acabar conmigo ya, por favor?».

La señora Hilda me miró y continuó:

—Me cae bien. Trátelo bien.

Apreté los dientes.

—De acuerdo. —Recordé que todavía estaba enganchada del brazo de Dylan y me solté mientras nos dábamos la vuelta para dirigirnos a nuestro apartamento.

—¿Señor Reed?

Ah… justo cuando estábamos tan cerca de la libertad.

Noté que Dylan se detenía y se giraba, pero yo seguí adelante. Sabía que le iba a endilgar alguna tarea y no tenía ningún interés en que volviera a pillarme por banda.

Abrí la puerta y me metí en casa. Me aseguré de dejarla entreabierta para Dylan, entré en el salón y me desplomé en el sofá. Me quité la bandolera y la arrojé a algún lugar detrás de mí. Justo cuando me tapaba la cara con las manos, la puerta se cerró con un suave *clic*.

Luego oí un golpe fuerte seguido de pasos, y después, nada más. Podía sentirlo parado justo encima de mí, así que no debería haber tenido el impulso de levantar la vista para ver su expresión, pero, solo para estar segura, eché un vistazo a través de los dedos y... sí, ahí estaba, con sus brazos grandes y fuertes cruzados y una ceja alzada, esperando. Tendría que haberme ido directamente a mi cuarto.

—Hola a ti también, Zoe —dijo cuando se dio cuenta de que no iba a hablar.

Solté un gemido y volví a taparme la cara.

—¿Te importaría explicarme qué acaba de pasar?

Cuando oí que de mi nariz salía una especie de bufido involuntario, no pude contenerme más. Primero comenzaron a temblarme los hombros y luego mi risa reprimida se fue haciendo más fuerte. Hasta que no conseguí controlarla y calmarme por dentro, no me atreví a volver a mirarlo.

Por suerte, tenía una sonrisa de oreja a oreja, lo que ayudó a que me sintiera un poco menos ridícula.

Eché la cabeza hacia atrás y miré al techo.

—No estás enfadado conmigo, ¿verdad? Espero que esa sonrisa signifique que te ha hecho gracia y no que estás loco.

Entonces sentí cómo su manos grandes me agarraban de los tobillos y me senté recta de inmediato, sorprendida por el gesto. Dylan, que no se inmutó por mi sobresalto, bajó mis pies al suelo con cuidado y se sentó a mi lado, en el centro del sofá. Retrocedí unos centímetros hasta que toqué el reposabrazos con la espalda, ganando así un poco más de espacio entre nosotros y, con suerte, un poco más de aire para respirar.

—Aún no lo tengo claro. Lo decidiré después de que me cuentes qué ha pasado.

—Sé que anoche dijiste que odias a los mentirosos, pero esto no cuenta, ¿de acuerdo? No deberías odiar a tu compañera de piso. —Me aclaré la garganta y le ofrecí una expresión a medio camino entre una sonrisa y una mueca—. Es la propietaria y la única persona mayor de veinticinco años que vive en este edificio. Es extremadamente cotilla y te aseguro que está al tanto de todo lo que pasa. Me estaba dando la tabarra antes de que me chocara contigo; algo que ocurrió porque estaba intentando escapar de ella. Se cree que soy una fresca y estaba intentando salvarme de mí misma. No es que me importe, pero como te acabo de decir, es muy cotilla y cuando empieza, parece que te está sometiendo a un interrogatorio. ¿Y qué se supone que tengo que hacer? Es una señora mayor, no puedo ser borde con ella. Tenía que decirle algo.

Dylan estiró el brazo sobre el respaldo del sofá y se inclinó un poco hacia mí, haciendo que me echara hacia atrás unos centímetros, por si las moscas.

—¿Y lo mejor que se te ha ocurrido ha sido decirle que soy gay?

No pude evitar que se me escapara otra risa y me sonrojé.

—No pasa nada, ¿verdad? En ese momento, me ha parecido la mejor solución. Al menos así evitaremos que monte guardia frente a nuestra puerta.

—¿No podías haberle dicho simplemente que somos amigos?

«Claro, como si fuera tan fácil ser solo su amiga».

—Su mente no concibe eso. Para ella, los chicos y las chicas no pueden ser amigos. Está convencida de que los hombres solo buscan una cosa, y como eres uno de ellos… cree que estás intentando colarte en mis…

—Tus… —me animó él, esperando a que terminara la frase, lo que no tenía intención de hacer.

—Ya me entiendes.

—Sí, creo que lo entiendo. —Esbozó una sonrisa—. Gracias, Zoe. Parece que nos vamos a reír mucho juntos.

Nos quedamos ahí sentados unos instantes, sonriéndonos el uno al otro como dos tontos, con su mirada clavada en la mía.

—¿Por qué sonríes así? —preguntó, alzando la barbilla. Dejé de hacerlo y me toqué los labios con la punta de los dedos. ¿Había algo malo en mi sonrisa?

—¿Y *tú*, por qué sonríes así? —repliqué.

Enarcó una ceja; y ese gesto, junto con esa maldita sonrisa, bastaron para que se me acelerara el corazón.

—Es mi forma de sonreír —respondió él.

—Bueno... es... demasiado amplia.

«Ay, Zoe, pobrecita Zoe».

Sus ojos azul oscuro brillaron divertidos y su sonrisa se ensanchó aún más. Entonces, un segundo se convirtió en dos, y esos dos segundos se transformaron en un concurso de miradas. ¿Qué narices estaría pensando? No lo conocía lo suficiente como para aventurarme a hacer una conjetura y, con cada segundo que pasaba, más me costaba sostenerle la mirada. Pero, como soy muy mala perdedora, no iba a ser yo la primera en apartar la vista.

Después de lo que me pareció una eternidad en el concurso de miradas más raro del mundo (que gané, por cierto), sacudió la cabeza y se pasó una mano por el pelo corto.

—¿Qué pasa? —pregunté en voz baja. Sentía mucha curiosidad por saber lo que estaba pensando.

Dylan soltó un suspiro y se levantó.

—Nada.

—No, dímelo. ¿Qué pasa?

Vaciló un instante.

—¿Te acuerdas de las personas de las que hablamos anoche? —insistí—, ¿esas que no nos gustan? —Asintió—. Pues tampoco me gustan las personas que no terminan sus frases.

—Pero si no he empezado ninguna frase.

Me toqué la sien con un dedo.

—Las has empezado aquí dentro.

Aquello le arrancó una cálida carcajada.

—No dejas de sorprenderme con tus acciones. Me desconciertas, eso es todo.

—¿Y eso es algo bueno o malo?

—Aún no lo he decidido.

—No pierdas más el tiempo: es algo bueno, ya está.

Noté el temblor de sus labios mientras se agachaba para agarrar su bolsa de deporte y colgársela al hombro.

—¿Tú crees?

—Oh, sí. Te mantengo en vilo. —Me levanté del sofá para ponerme a su lado—. Entonces, ¿todo bien entre nosotros? ¿Amigos? ¿No te importa que le haya dicho que eres gay?

—¿Amigos?

Si quería centrarse en eso…

—Claro, amigos, colegas, camaradas, compañeros… Tú eliges. —Le di una ligera palmada en el hombro, pero me arrepentí de inmediato.

Yo, Zoe Clarke, era oficialmente la chica más rara del mundo.

¿Por qué la tierra no se abría para tragarme cuando más lo necesitaba? No podía ser tan difícil.

Dylan bajó la vista a la zona donde le acababa de dar la palmada y luego me miró a los ojos y esbozó una de esas sonrisas contagiosas que siempre me paralizaban.

—Amigos, por supuesto.

7

Dylan

Unos días después de mudarme, comencé a retomar mi rutina, o mejor dicho, a adoptar una nueva. En dos días teníamos un partido en casa y estaba deseando jugar. Estaba en mi tercera serie de flexiones cuando alcé la vista y observé a Zoe frotándose los ojos mientras iba directamente hacia una pared, fallando la puerta del baño por unos veinticinco centímetros.

—¡Joder! —masculló en voz baja, frotándose el hombro.

Bajé la cabeza, intentando contener la risa. Al volver a mirarla, la vi echar un vistazo en dirección a mi habitación justo antes de entrar corriendo al baño y cerrar la puerta con cuidado.

«Doscientos veintitrés. Doscientos veinticuatro. Doscientos veinticinco».

Oí el *clic* de la puerta al abrirse, seguido de unos pasos cautelosos. Al escuchar un fuerte jadeo, levanté la mirada y recorrí lentamente sus largas y suaves piernas. Tenía la mano en el pecho y volvía a mostrar esa expresión de ciervo sorprendido por los faros de un coche. Sonreí.

—Buenos días, Zoe.

Retiró la mano del pecho, tiró del dobladillo de su camiseta hacia abajo y avanzó de lado hacia la cocina, sin apartar la vista de mi cuerpo.

—Hola. Me has dado un susto de muerte.

Agaché la cabeza y me reí por lo bajo.

—Sí, ya me he dado cuenta.

—¿Qué se supone que estás haciendo? —preguntó con la voz ronca, aún somnolienta.

—Mis flexiones.

Dio unos pasos más hacia la derecha hasta llegar a la isla. Con la vista todavía clavada en mí, se agarró al borde de la encimera, como si eso la ayudara a mantenerse erguida, pasó de largo por los dos taburetes y rodeó la isla hasta quedar frente al fregadero.

—¿No es un poco temprano para hacer flexiones?

«Doscientos treinta y seis».

—Siempre me levanto a las seis de la mañana y las hago.

—¿Todos los días?

—Sí. —Bajé la cabeza e ignoré el ligero temblor en los músculos de mis brazos.

—¿Incluso los fines de semana?

—Sí.

—Ah, vale. Es… bueno saberlo. —Sin dejar de mirarme, agarró un vaso que estaba junto al fregadero, abrió el frigorífico, sacó una botella de agua, desenroscó la tapa y vertió el agua en el vaso. Tras un momento de vacilación, lo cogió y bebió algunos sorbos.

Volví a bajar la vista para ocultar mi sonrisa y seguí contando.

«Doscientos cuarenta y cinco. Doscientos cuarenta y seis. Doscientos cuarenta y siete».

—Ah, y buenos días…, amigo.

—¿Cómo? —pregunté, levantando la vista.

—Me has dado los buenos días y no te he respondido. Aún no estoy despierta del todo… incluso puede que esté soñando, no lo sé. Pero por si acaso esto no es un sueño y es verdad que estás aquí haciendo flexiones… buenos días para ti también, amigo.

—Parece que te está gustando eso de ser amigos, ¿eh?

Levantó ligeramente un hombro, haciendo que su camiseta holgada se le deslizara un poco y me ofreciera una vista de la piel tersa que ocultaba tan inocentemente bajo la tela.

—Sí, cada vez me gusta más la idea.

«Sigue contando, Dylan. No pares. Doscientos sesenta y uno. Doscientos sesenta y dos. Doscientos sesenta y tres».

Al llegar a trescientos, exhalé con fuerza y me puse de pie de un salto. Luego me hice con la toalla que había dejado en el sofá y me sequé la cara.

—¿Y tú qué haces despierta tan temprano? Estos días no te he visto por las mañanas, solo por las tardes. —No coincidíamos mucho. En cuanto llegaba, siempre encontraba algún lugar donde esconderse.

Zoe seguía frente al fregadero, sosteniendo el vaso con ambas manos mientras daba pequeños sorbos y me observaba.

—¿Porque soy una persona normal? Ya sabes, una que no se levanta a una hora indecente. Hoy he quedado con una chica que me va a pagar por hacerle unas fotos para su blog de moda. Quería que las calles estuvieran vacías, porque cree que su piel se ve mejor bajo la luz del amanecer. Nadie en su sano juicio se levantaría tan temprano, pero… el trabajo es el trabajo.

—¿Ah, sí? ¿Una sesión de moda? Tiene pinta de ser entretenido.

—Visto lo visto, tú tampoco pareces estar muy cuerdo, así que puede que tu noción de lo que es entretenido esté un poco distorsionada.

Volví a dejar la toalla en el sofá, me senté en el suelo y empecé con la serie de abdominales.

—Vale, ¿y ahora qué haces?

—Abdominales.

Oí un pequeño gemido, pero en lugar de mirarla, mantuve la vista al frente y continué. Aun así, por el rabillo del ojo, pude ver cómo se movía, y aunque no hubiera sido capaz de hacerlo, los sonidos de los armarios abriéndose y cerrándose y el tintineo de los utensilios me llegaban claramente.

«Cuarenta y uno. Cuarenta y dos. Cuarenta y tres. Cuarenta y cuatro».

Tras un prolongado silencio, hablé sin perder la concentración.

—¿Qué pasa, amiga?

—¿Qué pasa? —replicó ella.

Podía sentir su mirada recorrer mi piel como el suave roce de una pluma. Lo que hizo que mi pene cobrara vida dentro de los pantalones de deporte.

—Me estás mirando.

—¿Cómo sabes que te estoy mirando si ni siquiera me estás viendo?

—Porque puedo sentir tus ojos sobre mí —respondí con un gruñido.

—Puedes sentir mi ojos… claro que sí. Bueno, no te estoy mirando porque haya algo que ver; simplemente te tengo enfrente y no sé dónde más mirar.

Intrigado, me giré para ver qué estaba haciendo. Intenté mantener el ritmo y seguir contando mentalmente al mismo tiempo, pero ella me lo estaba poniendo difícil. Estaba de pie en el mismo lugar de antes, solo que esta vez tenía un tazón azul en una mano y una cuchara en la otra. El tazón estaba lleno de lo que supuse eran cereales que llevaba hacia sus labios rosados. Traté de mirarla a los ojos, pero parecía estar concentrada en otra parte; más en concreto, en mi torso. Así que me había convertido en su distracción matutina. Por alguna razón que no podía explicar del todo, no me molestó que me mirara, y os aseguro que si se hubiera tratado de cualquier otra persona, me habría mosqueado. Que me observaran de esa forma solía distraerme y cabrearme. Sin embargo, jamás había sentido que una mirada sobre mi cuerpo fuera tan ligera como una pluma. Una oleada de calor me recorrió por completo, y sabía que no se debía solo al ejercicio.

—Estás desayunando y, sin embargo, no dejas de mirarme —murmuré, mientras el sudor empezaba a correr por mi frente. Cada abdominal se me hacía más difícil y mi excitación aumentaba por momentos.

Detuvo el movimiento de su cuchara en el aire y después continuó masticando.

—Sí, creo que sí. —El sonoro golpe de la cuchara contra el tazón hizo que se sobresaltara, pero siguió masticando un instante después—. Siempre dicen que el desayuno es la comida más importante del día, y creo que empiezo a estar de acuerdo.

«Cien».

Al terminar la primera serie, me tumbé en el suelo y sacudí los brazos para relajar los músculos mientras recuperaba el aliento poco a poco.

—Entonces, siempre haces esto... ¿medio desnudo?

Miré hacia el techo y sonreí.

—Si te incomoda, puedo hacerlo en mi habitación a partir de ahora. He venido aquí porque pensaba que todavía estabas durmiendo.

—No, no pasa nada. Solo quería confirmarlo. —Hizo una pausa de unos segundos y luego continuó—: ¿Siempre a la misma hora?

—¿Vas a venir todas las mañanas a hacerme compañía?

Respiré hondo y empecé con la segunda serie.

«Ciento uno. Ciento dos. Ciento tres».

—No.

—¿Estás segura? Me ha parecido que te lo has pensado un momento.

—Sí. No.

«Ciento diez. Ciento once».

Sintiendo ese placentero y adictivo ardor en el estómago, completé la segunda serie casi sin darme cuenta.

Entonces oí una tos fuerte y miré en su dirección.

—¿Más? —preguntó Zoe con tono agudo cuando empecé otra tanda de cien abdominales.

—Sí —resoplé.

Conseguí completar la última serie con un esfuerzo hercúleo y echando solo unas pocas miradas a mi curiosa espectadora. Al menos mi pene se mantuvo a raya. Y en las ocasiones en que la sorprendí mirando, apartó rápidamente la vista hacia su tazón de cereales o el fregadero.

Me levanté y me sequé la frente, el pecho y el abdomen. Me colgué la toalla al hombro y me acerqué a mi fascinante compañera de piso, que siguió cada uno de mis movimientos con la mirada.

Me detuve a solo un par de pasos de ella y me apoyé en la encimera de mármol.

—¿Cómo te está yendo la mañana?

Emitió unos sonidos indefinidos, tragó el cereal que tenía en la boca y se aclaró la garganta.

—Igual que cualquier otra mañana, la verdad. Nada especial. ¿Y a ti?

Como me estaba costando horrores disimular la sonrisa, decidí no hacerlo.

—Hasta ahora, me lo estoy pasando muy bien. Gracias por la compañía. —Se notaba que todavía le resultaba difícil sostenerme la mirada cuando estábamos cerca. Y sí, tenía que reconocer que lo intentaba, pero solo lo lograba unos segundos antes de que desviara la mirada hacia mi oreja... o hacia mi boca; algo que me había dado cuenta que hacía cuando sonreía o le hablaba.

—¿Quieres cereales? —Removió la cuchara en lo que ya debía de ser una papilla y luego sorbió un poco de leche del borde del tazón.

—No.

—¿Café?

—No.

—¿Cereales?

Me reí.

—Luego desayunaré algo con el equipo.

—Entonces, ¿agua?

—A eso no te voy a decir que no.

Retrocedió y se estiró para sacar un vaso limpio de un armario que había a mi izquierda. Entonces miré hacia abajo y tuve que agarrarme al borde de la encimera con todas mis fuerzas.

«Levanta la vista, Dylan. No te fijes en tu trasero, hombre».

Solo capté un atisbo de azul claro sobre su piel pálida antes de que se apoyara en los talones y me llenara el vaso de agua para luego ofrecérmelo.

—Gracias, Zoe.

El rubor tiñó de nuevo sus mejillas.

Me fijé en sus pies descalzos. Llevaba las uñas pintadas de un suave tono morado que me pareció encantador. Cuando se dio cuenta de dónde la estaba mirando, encogió los dedos y escondió el pie derecho detrás del izquierdo.

Sonreí.

Había conocido a chicas tímidas, pero ninguna me había afectado tanto como Zoe. También había conocido a chicas que conseguían que me sintiera un poco tímido, no muchas, puede que un par, pero sí, había ocurrido. Algunas cazajugadores podían ser más directas de lo que te imaginabas, y eso que esperabas que lo fueran, por eso se las llamaba así. Lo aprendí en mi primer año de universidad, mientras todavía me estaba adaptando a la facultad y a un nuevo equipo.

Salvo ese primer año, no era de los que tenían rollos de una noche. Me di cuenta de que eso no era lo mío después de ese curso. En comparación con algunos de mis compañeros de equipo, yo era un santo, aunque había tenido algunas citas de vez en cuando. Encontrar esa conexión especial con alguien era más complicado de lo que uno se imaginaba.

Esta situación tan extraña que estaba viviendo con Zoe era algo nuevo para mí. Había chicas de las que solo había sido amigo y otras con las que solo había compartido una fuerte atracción sexual. Y sin embargo, ahí estaba, de pie en una cocina, mirándole a una chica los pies y encontrando tremendamente adorable que intentara ocultarlos de mi vista. No tenía claro qué estaba pasando entre nosotros, o si pasaba algo en absoluto, pero tenía el presentimiento de que íbamos a tardar un tiempo en averiguarlo.

Zoe era tímida, de eso no cabía duda, pero de buenas a primeras, cambiaba de táctica. Soltaba algo inesperado (como reconocer que me estaba mirando) y eso me dejaba completamente descolocado, porque mi labor consistía, sobre todo, en anticipar las jugadas del adversario y adaptarse para ganar. Se me daba muy bien prever cuál sería el siguiente movimiento de un oponente, sin embargo, con Zoe, me costaba adivinar por dónde iba a venir el ataque.

Parecía que Zoe escondía un lado completamente diferente debajo de esa primera impresión. Y quizá eso era lo que me atraía de ella: las posibilidades que ofrecía. Porque sí, no era ningún imbécil, sabía que Zoe me atraía (mi pene había dado muestras de ello cada vez que la veía), pero no era solo por su belleza. Había hablado en serio cuando le había dicho que creía que podría convertirse en mi mejor amiga.

—¿Dónde te gustaría vivir después de graduarte? ¿Aquí? —pregunté de pronto, sorprendiéndome incluso a mí mismo.

Ella me sostuvo la mirada durante otro par de segundos (que parecía ser lo máximo que aguantaba, salvo que estuviéramos en un concurso de miradas) y luego bajó la vista hacia el tazón y continuó aplastando los cereales en la leche. Cualquier cosa con tal de no mirarme a los ojos.

¿Por qué le costaba tanto sostenerme la mirada cuando estábamos cerca, si hacía solo unos minutos no había tenido ningún problema en contemplar mis abdominales… y mis brazos y mis hombros?

—Nueva York. ¿Y tú?

—Lo sabré después del *draft*.

—Ah, claro, es lógico. —Asintió y esbozó una sonrisa tímida—. Admiro tu seguridad: estás seguro de que te seleccionarán. ¿Alguna idea de dónde acabarás?

Me encogí de hombros.

—Si no creo en mí mismo, ¿quién lo hará? Puede que no me elijan en la primera ronda, pero no me importa. Me esforzaré mucho más para demostrarle a todos el error que cometieron al descartarme. —Su sonrisa se ensanchó y fruncí el ceño al mirarle los labios—. Que conste que no soy ningún creído; simplemente sé de lo que soy capaz en el campo de juego. También es cierto que, en el próximo partido, podría lesionarme la rodilla, o incluso en un entrenamiento, y no poder jugar nunca más. Ser un jugador profesional es el plan, mi sueño, pero es demasiado pronto para saber dónde, o en realidad, cualquier cosa.

Zoe levantó la mano con la que sujetaba la cuchara en señal de paz.

—Un poco de seguridad en uno mismo nunca está de más. A mí no me vendría nada mal. —Hizo una pausa—. Y sé que no eres un creído, Dylan. Sí, has dicho que eres bueno en el campo, pero no de forma arrogante. Solo has asegurado que te esforzarás más para demostrar el error que cometerían si te descartan, no has esbozado una sonrisa de suficiencia para afirmar que tendrían suerte de contar contigo en su equipo. Eso sí que habría sido engreído. —Me miro con vacilación, entrecerrando los ojos—. ¿Sabes a lo que me refiero?

En lugar de sonreírle, acercarme un poco más a ella, o darle las gracias con voz áspera, le hice una simple pregunta. Y en esta ocasión no me tomó por sorpresa, pues sabía perfectamente lo que iba a preguntarle.

—¿Quieres hacer una apuesta conmigo, Zoe?

Su sonrisa se desvaneció un poco y por fin dejó la cuchara en el tazón, intentando entender a dónde quería llegar yo. Tras unos segundos de reflexión, apoyó una cadera en la encimera.

—¿Y eso a qué viene ahora? ¿Sobre qué vamos a apostar?

Mientras los primeros rayos de sol se iban filtrando a través de las ventanas, iluminando el rostro de Zoe, dejé el vaso de agua y me volví hacia ella. Noté cómo se movía incómoda cuando mi nueva posición acortó la distancia que había entre nosotros. Se notaba lo mucho que quería retroceder por la forma en que cambiaba el peso de un pie a otro. Si hubiera dado un paso más, nuestros alientos se habrían mezclado. Pero el brillo en sus ojos me indicó que no se iba a asustar con tanta facilidad.

—Vamos a apostar por un beso —propuse, decidiendo poner fin a su tensión—. Creo que uno de estos días vamos a acabar besándonos y apuesto a que serás tú la que me lo ruegue primero.

Se quedó paralizada. Como todavía sostenía el cuenco en el aire, se lo quité con cuidado de las manos. Al ver que no soltaba la cuchara, le aflojé los dedos con la otra mano y dejé su desayuno, ahora ya sí una papilla, en la encimera. Parecían cereales con miel. No era mala elección.

—Corrígeme si me equivoco, pero ¿acabas de decir que *yo* te voy a *rogar*?

—Sí, eso es lo que creo.

—Entonces, rectifico: sí, eres un creído —comentó, asombrada.

—¿No me crees? Perfecto, eso significa que ganarás tú. Hagamos la apuesta.

—¿Te has olvidado de la parte en la que te dije que tengo novio?

No, no lo había olvidado, y tampoco me hacía mucha gracia, pero todavía no tenía claro cuál era su situación sentimental. Joder, ni siquiera sabía si me había dicho la verdad. Había mencionado que era complicado, y eso nunca presagiaba nada bueno en una relación. Seguro que él era un imbécil.

—Dijiste que era complicado. Las cosas cambian y, en el peor de los casos, ganarías la apuesta. ¿Qué tienes que perder?

—No siempre. A veces no cambian.

—Pero en este caso, tengo un presentimiento.

—¿Ah, sí? —Se cruzó de brazos, haciendo que la camiseta holgada se le subiera un poco más por las suaves piernas. Si miraba lo suficiente, con atención, ¿podría volver a ver ese atisbo de azul?—. ¿Te importaría compartir cuál es ese presentimiento que tienes?

Alcé la vista de nuevo y elevé un hombro con indiferencia.

—¿Te da miedo perder? Si estás tan segura de ti misma, ¿por qué no aceptas la apuesta?

—No voy a caer rendida a tus pies —respondió ella, gesticulando hacia mí con vehemencia— solo porque te haya visto medio desnudo. Muchos chicos hacen ejercicio, he visto a un montón entrenar.

Esbocé una media sonrisa.

—Si crees que lo que me hace especial son mis músculos, te espera una sorpresa. Venga, ¿qué tienes que perder? No voy a intentar seducirte, lo prometo. De hecho, te juro que ni siquiera volveré a mencionar lo de esta apuesta. Solo es un juego inocente entre amigos. Seguiremos siendo colegas, como dijiste.

Empezó a tocarse el labio inferior con los dedos, reflexionando sobre lo que acababa de decir.

—Entonces, ¿por qué hacer la apuesta? No estoy diciendo que quiera que me seduzcas, ni nada parecido; además, dudo que pudieras hacerlo, ya que los cuerpos medio desnudos no me impresionan... —Movió las manos en el aire, señalando al mencionado cuerpo, antes de volver a llevarse los dedos a los labios—... y por supuesto no quiero que lo intentes...

—Por supuesto —repetí, justo después de ella.

—Entonces, ¿por qué? —insistió, haciendo caso omiso de mi tono burlón.

—¿Por qué no?

Soltó un bufido.

—Eso no responde a mi pregunta.

Me aparté de la encimera y ella retrocedió un paso.

—Tranquila. Entiendo que no confíes en ti misma cuando estoy cerca.

Alzó la barbilla y me miró impasible.

—Ay, qué mono. ¿Qué consigo si gano?

—Lo que quieras.

—Vaya, me estás dando carta blanca. ¿Y si te pido que...? No, mejor, no, no te voy a adelantar nada. Creo que me lo voy a pensar un poco más.

Asentí. Me pareció justo.

—¿Cuáles son las reglas? —preguntó, dejando de tocarse los labios—. ¿Y el plazo?

—Sin reglas. No cambiará nada. Es solo una apuesta inocente entre amigos, nada más, te lo prometo. Y en cuanto al plazo... pongamos que antes de mi graduación. No creo que tardes tanto, pero por si acaso.

Me lanzó una sonrisa exageradamente dulce, sacándome una sonrisa auténtica (medio había esperado que me hiciera una peineta), pero luego apretó los labios y se puso seria.

—¿Y qué obtienes tú si ganas?

Aunque ni siquiera me lo había planteado, ya que besarla era suficiente premio, me di cuenta de que no me hacía falta pensarlo.

—Si gano, tengo derecho a un segundo beso... y a un tercero. Al fin y al cabo, el tres parece ser nuestro número.

En lugar de volver a tocarse los labios, se puso a retorcer el pequeño colgante que pendía de su collar de plata, justo encima de su pecho. Si el color de las tiras de su sujetador indicaban algo, llevaba ropa interior a juego; algo que me excitaba. Un conjunto sexi de ropa interior siempre hacía que todo fuera más interesante.

Al verla enderezarse, me obligué a dejar de imaginarme qué tipo de ropa interior llevaba debajo de esa camiseta desgastada antes de que mi pene decidiera hacer acto de presencia.

—Que sepas que se me dan muy bien las apuestas —declaró por fin—. Y nunca le he rogado a nadie que me bese, Dylan.

—¿Se te dan tan bien las apuestas como los concursos de miradas espontáneos? —Levanté un hombro e intenté reprimir la sonrisa—. Da igual. Me gusta la idea de ser el primero, Zoe.

Torció el labio.

—Búrlate todo lo que quieras. Pero más te vale tener cuidado; no te digo más.

—¿Lo ves? Entonces no tienes nada de qué preocuparte. Estarás a salvo de mis labios.

De nuevo, y como ya empezaba a ser costumbre, nos miramos fijamente durante unos segundos; ambos con una leve sonrisa. En esta ocasión, fue ella la primera en apartar la mirada, aunque tuve el detalle de no hacer ningún comentario al respecto.

Agarré la toalla que tenía en el hombro.

—Será mejor que me vista. No quiero llegar tarde al entrenamiento.

—Sabes que si eres tú el que me ruega que lo bese, también pierdes, ¿verdad?

Me limité a sonreír. Podría haberla besado justo en ese momento, pero si me había dicho la verdad y era cierto que tenía novio, no habría estado bien, y yo no era de esos. No iba a hacer lo mismo que me habían hecho a mí. Estaba seguro de que no existía ese novio, pero el fútbol era una realidad muy presente. Ese año era crucial en mi carrera deportiva y tenía un calendario de lo más exigente por delante.

Zoe asintió, como si hubiéramos cerrado el trato. Y entonces, de pronto, me tendió el puño. Lo observé, confundido.

—¿Y esto?

—Choca.

Enarqué una ceja.

—¿Choca?

—Sí, vamos, no me dejes tirada. Los amigos suelen chocar los puños de vez en cuando.

Como no reaccioné con la suficiente rapidez, porque aún estaba tratando de asimilar cómo había irrumpido en mi vida de esa forma tan inesperada y cómo iba a resistirme a ella, Zoe agitó su pequeño puño y ladeó la cabeza, señalándolo con ella para instarme a responder a su gesto.

Así que, sin dejar de reír, choqué el puño con mi nueva amiga.

Porque ¿qué otra cosa podía hacer?

Después de salir del apartamento y reunirme con los chicos, nos enfrentamos a tres horas de entrenamiento. No a todos en el equipo les entusiasmaba el nivel de exigencia diario, pero yo no era uno de ellos. Por lo menos ya habíamos superado los duros entrenamientos de pretemporada (lo que se conocía como «campamento de otoño»); este año habían sido despiadados, por decirlo suavemente.

En varias ocasiones, me había encontrado cara a cara con Kyle y Maxwell, pero había logrado ignorarlos sin problemas. En el terreno de juego éramos compañeros de equipo; pero en cuanto dejábamos el césped, era como si no existieran. Estaba aprendiendo a separar mis emociones.

Justo cuando terminó el segundo entrenamiento y nos dirigíamos a las duchas, empapados en sudor, JP empezó con las preguntas. Un interrogatorio que duró diez minutos, incluso bajo la ducha, y que, al entrar al vestuario, todavía no había acabado.

—No intentes engañarme, amigo. ¿Dónde te has ido a vivir?

—Por enésima vez, he encontrado un nuevo compañero de piso. Estoy bien, tranquilo.

—¿Y dónde lo encontraste?

Miré al techo y solté un suspiro.

—Por internet. —No tenía sentido contarle que, en realidad, el compañero era una chica, no un chico.

—¿Así que te metiste en internet y te fuiste a vivir con un desconocido? ¿Por qué? ¿Acaso mi colchón hinchable no es lo suficientemente bueno para ti?

—No sé si estás hablando en serio o no, pero para que lo sepas… roncas, colega. No me importa cuando estamos en un hotel, cuando jugamos fuera de casa. Puedo soportarlo un par de noches, pero un año entero…

Se cruzó de brazos, me lanzó una de esas miradas asesinas que solía reservar para los árbitros, y continuó observándome de arriba abajo, intentando descifrar algo en mi expresión. Cuando vi que volvía a abrir la boca, negué con la cabeza.

—Será mejor que no sigas preguntando, o te vas a arrepentir.

—¿Qué pasa? —preguntó Chris, que acababa de salir de las duchas y se estaba acercando a nosotros.

Me subí el pantalón de deporte y me senté de nuevo en el banco.

JP dirigió toda su atención a nuestro *quarterback* titular.

—¿Lo sabes? Porque si lo sabes y no me lo dices, te juro por Dios, Chris…

Por lo visto, no había tenido suficiente con la paliza que le habíamos dado en el campo. Quería más.

Chris nos miró desconcertado; primero a mí y luego a JP.

—¿De qué coño estás hablando? Acabo de llegar.

—Aquí nuestro amigo, el luchador, tiene un nuevo compañero de piso misterioso y se está comportando de forma muy rara —anunció JP.

Agarré la camiseta sin molestarme siquiera en levantar la cabeza.

—Te aseguro que si hay alguien actuando raro, eres tú.

—¿No está contigo? —intervino Chris, obviando mis palabras—. Creía que estaba contigo. ¿Dónde te has ido a vivir, tío?

Solté un bufido, me levanté y me bajé la camiseta por el estómago.

—¿En serio? ¿Estáis de coña? Os juro que si alguno de vosotros me vuelve a preguntar dónde estoy viviendo o si estoy bien os pego una paliza.

—¿Ves cómo se pone a la defensiva? —preguntó JP a Chris—. Sigue...

Dejé de escucharlos y saqué el móvil, que me estaba vibrando en el bolsillo. Chris se fue a su taquilla, dos más allá a la derecha de la mía, y empezó a vestirse mientras continuaba hablando con JP sobre mi «situación».

Abrí el mensaje y vi que era de Victoria. Lo ignoré, como había hecho con todos sus mensajes de «Necesito hablar contigo», y volví a meterme el teléfono en el bolsillo. Me colgué la bolsa de deporte al hombro y me alejé de los chicos.

—Me voy. Si algún día os encontráis las pelotas, estoy en la cafetería. Me he saltado el desayuno y me muero de hambre. —Me di la vuelta y continué caminando hacia atrás, lanzando una mirada fulminante a JP—. Si vais a seguir con las preguntas, ni se os ocurra acercaros a mí.

—¿No te apetece mejor ir a una hamburguesería? —gritó Chris antes de que saliera.

Siempre era difícil cuidar la dieta, sobre todo decir que no a una hamburguesa con queso, pero como no quería faltar a clase, esta vez no me costó decidir. Además, si quería seguir enviando dinero a casa, tenía que ser prudente con mis gastos. Sin duda, no tener que pagar alquiler me iba a ayudar.

—Hoy no puedo. Tengo clase a las dos y luego una sesión de estudio a las cinco. Id vosotros sin mí.

—¿Nos vemos en casa de Jack esta noche? —gritó JP mientras yo abría la puerta. Jack era nuestro pateador.

—Si veo que puedo ir, te mando un mensaje.

Después de cerrar la puerta de golpe y doblar la esquina, todavía podía oír los gritos de JP.

Solo había dado unos pasos, cuando un sonoro golpe retumbó en el silencioso edificio.

Miré en la dirección del ruido y vi salir a una chica castaña de la sala de reuniones al otro extremo del pasillo. Solo me di cuenta de que era Zoe cuando se echó el pelo hacia atrás y sostuvo la puerta abierta para alguien. A continuación, salió el entrenador. A ambos se los veía rígidos y no parecían especialmente felices mientras se alejaban lo más rápido posible el uno del otro. Entonces el entrenador se volvió hacia ella y le dijo algo. Aunque me dirigía hacia ellos, era imposible que los alcanzara antes de que atravesaran el vestíbulo y salieran del edificio. No vi si Zoe respondía al entrenador, pero sí observé que su postura se tensaba aún más. Él se giró de nuevo y desapareció en la sala de visualización del equipo. Zoe aceleró el paso, pasó junto a la vitrina de trofeos sin levantar la vista del suelo, y salió... sin saber que yo me había quedado paralizado, lleno de preguntas.

8

Zoe

El fin de semana siguiente a que Dylan y yo hiciéramos la apuesta, pasó en un abrir y cerrar de ojos. Su equipo ganó el segundo partido, algo de lo que me enteré gracias a Jared, y todo el campus vibraba con el dulce sabor de la victoria. ¿Yo? No tanto.

Había visto la primera parte del partido antes de quedar con Jared, y aunque no entendía mucho de fútbol americano (me costaba seguir la posición del balón, quién lo tenía, quién derribaba a quién, quién lo perdía y quién lo interceptaba), me di cuenta enseguida de que Dylan se transformaba en el terreno de juego. Se movía con mayor decisión. Se lo veía increíblemente concentrado, atractivo, agresivo (pero de una forma irresistible, no estilo Hulk). ¿Os he dicho ya atractivo? Era tremendamente fuerte, rápido (corría lo suyo) y, por si todavía no os ha quedado claro, atractivo, *muy* atractivo. Como parte del público, apreciaba mucho el espectáculo que ofrecía. Seguro que ese aire a bestia sensual se lo daban el uniforme y las dichosas hombreras. Incluso la pintura negra bajo los ojos, que en teoría debería resultar ridícula, conseguía el efecto contrario. En el campo, parecía un auténtico guerrero.

Mentiría, y de forma descarada, si dijera que no me resultó de lo más excitante verlo jugar. Cuando logró su primer *touchdown* (una carrera de cuarenta y cinco yardas, según los comentaristas), me invadió la emoción y salté en mi asiento con una sonrisa de oreja a oreja. Me reí cuando todos sus compañeros se precipitaron hacia él, mientras él hacía un pequeño baile con las caderas y chocaban los pechos y los puños. (¿Lo veis? Los amigos siempre hacen eso). Entonces vi a Chris, el número cinco, correr hacia él y rodearle el cuello con el brazo a la vez que se daban pequeños empujones y el gesto me llegó al corazón. Cuando la cámara enfocó el rostro de su entrenador, caminando de un lado a otro por la banda, apagué la televisión.

Sí, empezaba a entender el efecto que la intensidad del juego, los uniformes, las hombreras, por supuesto, y quizá esos pantalones *tan* ceñidos tenían en las chicas del campus. Seguro que era cien veces peor si estabas en el estadio. No estaba dispuesta a rendirme por completo y convertirme en una de esas fanáticas chillonas, pero tampoco veía inconveniente en seguir sus partidos de vez en cuando. Al fin y al cabo, estábamos en proceso de convertirnos en mejores amigos y los mejores amigos siempre muestran interés en las aficiones del otro. De hecho, un día que iba a toda prisa, incluso me había pedido mi número de teléfono y luego me había enviado un mensaje que decía: «Hola, compañera de piso». Para mí, eso era un indicio de que nuestra amistad se estaba consolidando.

Que era exactamente lo que quería.

Justo eso.

Hablando de amigos, cuando llegaron las ocho de la tarde, cogí el teléfono y llamé a Kayla.

Contestó al quinto tono.

—Hola, Zoe.

—Hola. Me muero de hambre. ¿Cuándo nos vemos? ¿Has terminado ya de estudiar?

La idea era suplicarle que fuéramos a por *pizza*, pero no sabía si se encontraba en medio de una de sus dietas por los comentarios que Keith hacía de tanto en tanto sobre su peso. Si ese era el caso, seguro que se negaría, pero al oírla suspirar al otro lado del teléfono, me olvidé de todo lo relacionado con la comida al instante.

—¿Qué ocurre? —pregunté con cautela, aunque ya me imaginaba la respuesta.

—Esta noche no puedo. Lo siento, Zoe. Hace días que no os veo ni a ti ni a Jared y me apetecía mucho quedar con vosotros, pero creo que Keith no se encuentra bien y tengo que ir a casa a ver cómo está.

Estaba a punto de responderle, pero ella se adelantó.

—Y antes de que digas nada, él sí quería que quedáramos, pero cuando me ha llamado tenía la voz tan mal que, si hubiera salido con vosotros, habría estado todo el rato preocupada por él.

Me senté en el sofá y me quité los zapatos. Solo unos minutos antes, había estado lista y emocionada por nuestra salida.

—No iba a decir nada —murmuré—. Y lo entiendo, por supuesto. Tienes que ocuparte de él. Yo haría lo mismo. No te preocupes por nosotros. Podemos quedar mañana, ¿qué te parece? Creo que Jared no tiene que cuidar de su hermana, así que también podría venir. Hasta podría venirnos mejor a todos. ¿Comemos juntos? No tengo clase hasta las cuatro.

Mientras esperaba su respuesta, podía oír sus pasos apresurados.

—Mañana tengo dos clases, una por la mañana y otra sobre las dos. Si Keith se encuentra mejor, podemos tomarnos un café. ¿Te parece bien?

—Me viene bien lo que sea. Dinos dónde y cuándo y allí estaremos. Solo queremos ver tu cara bonita, KayKay.

Casi podía percibir su cálida sonrisa a través del teléfono. Al menos así sonó su voz cuando respondió.

—Dios, yo también os echo de menos. No te estoy preguntando por Dylan porque necesito todos los detalles de cada día y eso no podemos hablarlo por teléfono. No le cuentes todo a Jared sin mí, me sentiría bastante excluida y él no dejaría de restregármelo.

—De acuerdo. Mis labios estarán sellados hasta que nos veamos en persona, pero tranquila, no te has perdido mucho, aunque el sábado, cuando él llegó…

—No, no. Mañana me lo cuentas todo. Esta no es una conversación para tener por teléfono. Necesitamos café y carbohidratos en forma de bollería.

—En realidad, no iba por ahí la cosa…

—Ay, Zoe, lo siento, Keith me está llamando. Tengo que colgar. Te mando un mensaje mañana, ¿vale? Te quiero.

—¡Vale! Yo también te quiero…

Ya había colgado. Dejé escapar un gemido y me desplomé en el sofá. Pues claro que Keith la estaba llamando. Si ella lo hubiera ignorado y hubiera quedado conmigo, la habría bombardeado a llamadas hasta hacerla sentir tan incómoda y culpable que no habría tenido más remedio que volver a casa. Deseé que estuviera enfermo de verdad y que, además, le doliera.

Solté un suspiro y le envié un mensaje a Jared.

> Yo: Kayla no puede venir. Por lo visto, Keith no se encuentra bien.

> Jared: ¡Gilipollas!

> Jared: Me refiero a Keith, no a KayKay.

> Jared: Si quieres, puedes venir y dejar que Becky te haga un cambio de imagen.

> Yo: ¿Tu madre trabaja otra vez de noche?

> Jared: Sí. ¿Te apuntas? Te prometo que está vez no compartiré el resultado en las redes sociales.

> Yo: No, gracias. Ya he tachado de mi lista de cosas pendientes que una niña de cinco años me haga un cambio de imagen. Jamás volveré a cometer el error de quedarme dormida con ella en la misma habitación.

Jared: Vaya, con lo mucho que nos esforzamos para dejarte estupenda.

Yo: Sí, vi vuestro esfuerzo, al igual que todos los demás.

Jared: ¿Entonces, vienes?

Yo: Sí, claro, ya mismo. Anda, cambia de tema. Mejor me quedo en casa y aprovecho para estudiar un poco. ¿Quedamos mañana para un café?

Jared: Sí al café. Dale a Dylan un besito de buenas noches de mi parte.

Sonreí. «¡Qué tonto!».

Alcé el móvil y me hice una foto, sonriendo con dulzura mientras le enseñaba el dedo corazón. Unos segundos después, recibí una de él y su hermana pequeña, con Jared frunciendo el ceño a la cámara y tapándole los ojos a Becky con la mano.

Becky iba a acabar con él. No solo era hiperactiva, sino que no entendía que el resto de los mortales necesitábamos dormir para vivir. También era un diablillo con cara de ángel. Sí, a Jared le esperaba una buena; al menos eso me daba cierta satisfacción.

«Un besito de buenas noches para Dylan...». Ja. Yo era mucho más dura que eso.

Sabía que Dylan tenía una cena con el equipo y una sesión de estudio en grupo porque lo había oído hablar con un amigo por teléfono. No estaba segura de si era Chris o no, y tampoco podía preguntárselo, pero al saber que no volvería a casa pronto, me puse cómoda en el salón y abrí el portátil para estudiar un poco. Si encima me daba tiempo a retocar algunas de las fotos del último reportaje que había hecho para el blog de moda de Leah, mucho mejor. Viendo cómo me estaban yendo las cosas con los trabajos que hacía de fotografía, tenía la sensación de que ahorrar para poder mudarme a finales de año no me iba a resultar tan difícil como pensaba.

Me senté en el suelo, de cara a las ventanas, con todo lo que necesitaba sobre la mesa de café, y me puse a trabajar. Solo me tomé un descanso para comerme un plátano y una tostada algo quemada que había sobrado del desayuno; toda una decepción después de haberme imaginado comiendo una deliciosa *pizza* con mucho queso, pero ¿qué le íbamos a hacer?

Eran casi las nueve cuando los ojos se me empezaron a cerrar por el cansancio del estudio, así que me puse los auriculares y cambié a Photoshop para trabajar en la edición de las fotografías. La música a todo volumen me espabiló de inmediato y me permitió concentrarme solo en las imágenes de Leah en la pantalla, olvidándome de todo lo demás.

Eso era lo que más me gustaba hacer. Sí, era cierto que a veces me pasaba más horas frente al portátil que detrás de la cámara, pero eso formaba parte del proceso. Si todo salía según lo planeado, esperaba hacer de la fotografía mi profesión. No tenía que ser necesariamente en el ámbito de la moda, siempre que pudiera usar una cámara para capturar rostros, emociones, recuerdos, momentos…, latidos, estaría contenta.

De pronto, en mi lista de Spotify empezó a sonar *Gorilla G-Mix* de Pharrell y, sin darme cuenta, me encontré cantando la letra a pleno pulmón porque era una de mis canciones favoritas para el sexo. Todo el mundo tiene alguna, ¿verdad? Aunque nunca lo había hecho con esa canción de fondo (sería raro), cada vez que la escuchaba, si cerraba los ojos, podía imaginármelo.

Como mínimo, siempre sacaba a relucir a la *stripper* que llevaba dentro. Tenía un atractivo extraño, o quizá solo me lo parecía a mí porque yo también era algo peculiar. Sí, seguro que se trataba de eso; sin embargo, me daba igual. Los únicos que conocían mi obsesión sexual con el R&B-hip-hop eran Jared y Kayla. Cantando y todavía sentada en el suelo, eché la cabeza hacia atrás sobre los cojines del sofá, estiré los brazos y cerré los ojos.

Canté todo el tema moviendo las caderas. Incluso hice los sonidos del gorila, como si la letra no fuera suficiente. Con la suerte que tengo, ya os podéis imaginar por dónde van a ir los tiros, ¿verdad?

Cuando abrí los ojos poco a poco, me encontré a Dylan Reed observándome desde arriba. Parpadeé varias veces para asegurarme de que no estaba soñando, pero él seguía allí. La primera vez que lo vi mirándome así, pensé, y esperé, que solo lo hubiera imaginado porque me sentía... de una forma particular. Al fin y al cabo, ver a Dylan Reed hacer flexiones y abdominales no era algo que pudiera olvidarse fácilmente. Contemplar esos músculos tensarse bajo esa piel suave que pedía a gritos que la tocaras, la lamieras, la saborearas... le hicieras todas esas cosas que no podías, no debías y no le harías nunca a un amigo...

Clavé la vista en el techo y solté un prolongado suspiro. Todavía no había dicho ni una palabra. Me quité los auriculares y el sonido de la siguiente canción se fue desvaneciendo poco a poco, llevándose consigo la voz de Drake. El apartamento estaba sumido en un silencio sepulcral. Podría haber caído un alfiler en mi habitación y lo habría oído desde el salón.

Un zumbido comenzó a resonar en mis oídos hasta eclipsar cualquier otro sonido. Era como si el corazón me latiera en el cerebro, al ritmo de un potente bajo. Sentía tal vergüenza, que hasta me mareé un poco. Pero en cuanto me incorporé, el mundo a mi alrededor se estabilizó. A esas alturas, mi cara debía de haber pasado por todos los colores del arcoíris.

—Dilo ya —murmuré con voz baja y ronca.

Por fin apareció en mi campo de visión y se detuvo justo al lado del enorme sofá de cuero, perfecto para acurrucarse. Seguí mirando al frente, hacia la ventana, pero por el rabillo del ojo pude vislumbrar cómo le temblaban los labios.

Se aclaró la garganta y yo me mordí el labio con más fuerza.

¿Es que nunca iba a poder ganarle?

Se sentó en el brazo ancho del sofá y yo cambié de posición y puse las piernas debajo, sintiéndome vulnerable.

—Te he oído cuando subía las escaleras —admitió.

Asentí sin mirarlo. Siempre olvidaba controlar el volumen de mi voz; seguro que me había oído todo el edificio.

—He entrado y te he llamado —continuó él—, pero parecías estar tan absorta que no he querido asustarte, así que me he limitado a... esperar.

—¿Has estado mucho tiempo ahí... de pie?

Respondió en voz baja y grave tras una larga pausa.

—Creo que, en algún momento, he oído algo sobre... ¿«hacer gemir a un coño»? Digamos que he llegado un poco antes.

«Sí, genial. Así que también me ha visto contorsionarme».

Volví a asentir y, sin atreverme a mirarlo todavía, me levanté. Lo único que quería era echarme a llorar. Dylan se puso de pie conmigo.

—Creo que voy a saltar por la ventana —murmuré, tratando de pasar junto a él con la cabeza gacha.

Sabía que no sería fácil, pero cuando me agarró la muñeca con su enorme mano para detenerme, sentí una descarga eléctrica que me recorrió todo el cuerpo. Se me erizó la piel del brazo. Tensé la mano, pero Dylan consiguió su objetivo. Me quedé quieta, esperando que empezara a reírse o a burlarse de mí en cualquier momento. En el fondo, sabía que él no era así, que no me humillaría a propósito, pero aun así lo pensaría, y al final les contaría a sus amigos lo rara que era su compañera de piso. No estaba muerta de vergüenza porque me hubiera sorprendido cantando, sino porque fuera justo esa canción.

—Zoe, ¿quieres hacer el favor de mirarme?

Levanté la vista y la clavé en su frente, y lo vi fruncir el ceño lentamente.

Parpadeé, sorprendida, pero antes de darme cuenta, me estaba arrastrando hacia el fregadero de la cocina. Me soltó la muñeca, arrancó un trozo de papel de cocina y lo empapó bajo el grifo. Cuando se acercó a mí, retrocedí para mantener la cabeza fuera de su alcance, pero él extendió la mano, con el ceño aún más fruncido, y me rodeó el cuello para inmovilizarme. Por lo visto, seguía estando a su alcance.

—No te muevas —me ordenó con un tono casi enfadado. ¿Qué había hecho yo, aparte de volver a quedar en ridículo? Cuando nuestras miradas se encontraron, durante un breve instante deseé que fuera un poco menos atractivo; eso me habría ayudado a comportarme con normalidad en su presencia. Incluso esa nariz ligeramente torcida le daba un encanto especial—. Te sangra el labio —murmuró, casi para sí mismo.

Eso explicaba el sabor amargo que había sentido; había pensado que era el sabor de la humillación.

—A veces se me resecan mucho los labios.

En cuanto el papel mojado me rozó el labio inferior, solté un respingo y le agarré la muñeca para detenerlo, aunque solo conseguí rodearla parcialmente, ya que mi mano era diminuta en comparación con la suya. A pesar de las pocas probabilidades de éxito que tenía, el gesto funcionó y se detuvo. Era tan tonta que incluso su antebrazo me resultaba atractivo, con las venas marcadas en su piel y ese vello que todavía podía sentir sobre mi epidermis si cerraba los ojos y pensaba en el día en que lo había atacado en el apartamento. Luego, su mano grande, con dedos gruesos y fuertes, me tocó el labio con delicadeza, devolviéndome a la realidad.

Lo miré.

—Perdón —susurro él, con una voz tan baja que mi corazón pasó de cero a cien en un segundo.

«No lo mires a los ojos, Zoe. Ni se te ocurra hacerlo».

—Lo siento —balbuceé con timidez mientras bajaba la mano.

Dylan giró la muñeca como si le hubiera hecho daño; algo que dudaba. Después se aclaró la garganta y siguió limpiándome el labio. Dejé que lo hiciera, sin ocultar el placer que me provocaba su atención. Bueno, quizá lo disimulé un poco; al menos no había hecho ninguna tontería… aún. Cuando terminó, arrugó el papel y lo lanzó a la basura. Observé su trayectoria y, si no me engañaban los ojos, apenas había algo en él, solo una ligera mancha rosa. Entonces, ¿a qué había venido ese repentino ataque de primeros auxilios?

—¿Por qué siempre tienes que pillarme en mi peores momentos? —pregunté, esperando que tuviera alguna respuesta, pues yo no tenía ninguna. No sabía dónde poner las manos. ¿En el pecho? ¿En la isla? ¿Detrás de la espalda? ¿Sobre él?—. Verás, que te sorprendan cantando nunca te hace gracia, porque es un momento íntimo. Y encima estaba medio bailando sentada, como supongo que has visto; y sí, es un poco raro si lo haces sentada, pero cuenta igual. Y además, ¿esa canción? ¿Por qué no has entrado cuando estaba cantando Ed Sheeran? Con él no canto tan mal. Pero esa otra... —Mi voz se volvía más aguda con cada palabra—. Da igual. —Lo rodeé lentamente y me dirigí hacia el pasillo—. ¿Hay alguna esperanza de que no te burles de mí por esto?

—Zoe... —Yo ya estaba a punto de entrar al pasillo, pero antes de que pudiera terminar lo que fuera a decirme, se fue la luz, sumiéndonos en la oscuridad—. Pero ¿qué coño?

Efectivamente, qué coño. Hubo una pausa de unos ocho segundos en la que nos quedamos inmóviles, esperando a que volviera la luz.

—Ay... —suspiré, sintiendo cómo me invadía el pánico—. Voy a contarte algo, pero no puedes reírte, ¿vale?

—¿Qué? —preguntó distraído. Se había alejado del fregadero de la cocina e iba hacia las ventanas, o al menos eso indicaba la dirección de su voz.

Me aclaré la garganta y me rodeé el estómago con un brazo.

—¿Crees que podría tratarse de un ladrón? ¿O ladrones, en plural? ¿Más de uno? ¿Más de tres? Me mudé aquí el semestre pasado y hubo una oleada de robos en la zona. Podrían haber cortado la luz o algo así para facilitar el robo. Yo creo que nos están robando. Vi una película con mi padre en la que... —Me detuve.

Los edificios a nuestro alrededor también parecían haberse quedado sin luz y el resplandor plateado de la luna que entraba en el apartamento me permitió ver la silueta de Dylan girándose hacia mí.

En lugar de responder, abrió una ventana para mirar la calle.

—Sí, se ha ido la luz en toda la manzana. Tranquila, Zoe. Yo creo...

—En realidad, no me entusiasman mucho ese tipo de...

—Creo que no deberías ver tantas películas.

—¿Qué? —¿Había diversión en su voz?—. ¿Estás sonriendo en un momento como este? —pregunté, incrédula.

Oí su risa baja, pero antes de que pudiera responder, el universo decidió ponerle la guinda al pastel. La habitación empezó a moverse y bajé la vista hacia mis pies, confundida. ¿Me estaba mareando? No le tenía tanto miedo a la oscuridad como para que me afectara de ese modo. Entonces, el edificio comenzó a sacudirse y miré horrorizada a la silueta oscura de mi compañero de piso.

—Dylan —exclamé, presa del pánico, con un temblor palpable en la voz.

Dos segundos.

—Tranquila. Pasará enseguida.

Tres segundos.

Me volví hacia la puerta, preguntándome: «¿Salir corriendo o quedarme? ¿Salir corriendo o quedarme?».

Cuatro segundos.

—Dylan —repetí, esta vez en un tono más alto y perentorio mientras me inclinaba hacia delante. Me moría de ganas de salir corriendo —hacia la puerta, hacia Dylan, a donde fuera— en busca de seguridad, pero al mismo tiempo, era incapaz de moverme. Me abracé con los brazos temblando.

En algún momento tendría que acabar.

Oí pasos.

«Como se haya ido y me haya dejado aquí sola, juro por Dios que...».

Cinco segundos.

Seis segundos.

El terremoto se detuvo justo cuando sentí el torso de Dylan contra mi espalda y su mano rodeando mi hombro.

—Ha sido raro, pero ya ha acabado —dijo él de forma casual, manteniendo su mano sobre mí.

Mi corazón empezó a latir a un ritmo extraño, como nunca había experimentado, con latidos fuertes y pausados. Ni siquiera me había dado cuenta de que había estado conteniendo la respiración durante todo el incidente hasta que por fin exhalé. Mientras tomaba profundas bocanadas de aire, el cuerpo comenzó a temblarme.

Ahí fue cuando Dylan puso su otra mano en mi brazo izquierdo y comenzó a frotarlo de arriba abajo.

—Estás helada —comentó en voz baja.

«Sí, los muertos suelen estarlo», pensé.

No pude responder mientras intentaba controlar mi respiración. Media hora antes, cuando había estado cantando, me había parecido que hacía mucho calor. Incluso la camiseta de manga corta que llevaba me había resultado demasiado sofocante; algo típico de Los Ángeles. En ese momento, sin embargo, mientras las manos de Dylan se movían sobre mis brazos desnudos, solo sentí el frío calándome hasta los huesos. Sus pulgares se deslizaban por debajo de mi camiseta cada vez que ascendían.

—Tenemos que irnos. Tenemos que salir de aquí ahora mismo. —Me moví para correr hacia la puerta, pero él me detuvo antes de que pudiera avanzar más de un par de pasos.

—Espera, espera un momento. —Me agarró por los codos y me giró para mirarlo.

—Tenemos que irnos —repetí, respirando con dificultad.

A pesar de tenerlo tan cerca, no podía distinguir los rasgos de su cara, pero por la inclinación de su cabeza, supe que me estaba observando.

—Tranquila, Zoe. No ha sido un seísmo grande.

—¿Y si el próximo es peor?

Volvió a mover las manos, empezando por mis muñecas, pasando por mis codos y luego subiendo más despacio.

—Estamos bien donde estamos.

¿En serio? Yo no lo tenía tan claro, sobre todo por cómo se me erizaba la piel allí donde sus manos se movían de arriba abajo.

Tras unos segundos contemplando la silueta oscura de su cabeza, bajé la mía y solté un suspiro. Esas manos tenían algo mágico y, poco a poco, la calidez que emanaban empezó a envolverme. No eran suaves, como las de mi exnovio, que usaba más crema hidratante que yo (algo que nunca me molestó), pero Dylan movía las manos sobre mi piel de la forma más maravillosa posible. Sabía que, a partir de ese momento, siempre recordaría su tacto; era imposible olvidarse de algo así.

—Los terremotos me dan muchísimo miedo —le susurré, por si no se había dado cuenta.

—Ya ha pasado. Estamos a salvo.

—En serio, Dylan, les tengo pavor. ¿Por qué no ha vuelto aún la luz? ¿Se ha ido por el terremoto? —Seguía hablando entre susurros. Incapaz de contenerme, me acerqué a él. Estaba a punto de pisarle los pies, con la cara a centímetros de su pecho. Con ese gesto no buscaba que me diera un abrazo, pero cuando retiró las manos de mis brazos y el frío las reemplazó, me sentí como una completa idiota, una idiota consciente de su idiotez, pero que no podía alejarse de la seguridad que representaba el hombre grande en la estancia. ¿No decían siempre que tenías que refugiarte junto a objetos fuertes y robustos? Bueno, sin duda Dylan Reed era fuerte y robusto.

Entonces noté una gran palma en la base de mi espalda, lo que me arrancó un suspiro suave y desencadenó un escalofrío que me recorrió todo el cuerpo. Luego subió la mano lentamente, como si no estuviera seguro de si era apropiado abrazarme.

«Pues…».

Esa fue toda la respuesta que necesitaba para una pregunta que ni siquiera había pensado hacerle. No esperé una confirmación verbal, simplemente recosté la mejilla sobre su pecho, duro como al acero, y contuve el aliento. Él me rodeó con el otro brazo y lo apoyó sobre mi espalda, un poco más arriba que el otro. En ese momento sentí que podía cerrar los ojos. Que él haría que todo estuviera bien.

—Lo más probable es que solo haya sido una coincidencia y no haya tenido nada que ver con el terremoto.

Yo todavía me estaba abrazando el estómago, así que, cuando Dylan me atrajo aún más hacia su cuerpo, eliminando el medio paso que nos separaba, solté los brazos y levanté uno para apoyar la mano en su pecho, justo al lado de mi cara, mientras con la otra me agarraba de su camiseta a la altura de su cintura.

Fue un abrazo algo inseguro, un tanto incómodo. Bueno, quizá no lo fue tanto, sino el mejor abrazo que había tenido en mucho tiempo. Digamos que fue el mejor «medio abrazo», porque no me estaba apretando demasiado. Ese habría sido el abrazo ideal, y este era bastante holgado. Aun así, fue un abrazo que aprecié mucho.

Y Dios, su contacto era cálido y firme. Llevaba una colonia diferente, embriagadora, con un toque especiado, ¿cedro, tal vez? Era pura magia. ¿Cómo era posible que oliera tan bien a esas horas de la noche? ¿Habría tenido alguna cita?

¿Era demasiado atrevido abrazar a un amigo de esa forma? Siendo honestos, todavía era demasiado pronto para llamarlo amigo, pero ¿iba a detenerme o a retroceder? No, ni de coña. Si estábamos en medio del gran terremoto que se esperaba en California y el edificio iba a derrumbarse, prefería que fuera en los brazos de este chico.

En cuanto pude tener todo más o menos bajo control, solté otro suspiro profundo.

—Seguro que piensas que estoy loca —murmuré contra su pecho.

Justo cuando terminé de decir la frase, se produjo una réplica de cuatro segundos. Más pequeña que la anterior, pero un temblor al fin y al cabo.

Hundí la frente en su pecho y gemí.

—Shhh, tranquila. No pasa nada. Solo es un temblor leve.

Me tragué el nudo que tenía en la garganta, cerré los ojos con más fuerza y apreté la mano en un puño. Dylan ya no movía los brazos, pero tampoco me había soltado.

—Y no creo que estés loca. A mi madre tampoco le hacen mucha gracia los terremotos.

—¿Ah, sí? ¿Y ella también se lanzaría sin pensárselo a los brazos de un extraño?

Noté cómo se movía su pecho en una risa silenciosa.

—Creía que éramos amigos. ¿En qué momento he pasado de ser tu mejor amigo a un extraño? Y para responder a tu pregunta: no, no se lanzaría a los brazos de un extraño, porque mi padre estaría justo a su lado, listo para atraparla si decidiera desmayarse o algo por el estilo. Mi madre siempre se agarra a su mano como si le fuera la vida en ello.

Su voz grave me ayudó a relajarme aún más.

—¿Se desmaya?

—Gracias a Dios, todavía no le ha pasado nada parecido, pero yo no lo descartaría. Es algo con lo que siempre nos amenaza.

Esperé un momento antes de volver a hablar.

—Los científicos esperan un megaterremoto en California, ¿no? La luz aún no ha vuelto y tengo la sensación de que algo malo está a punto de suceder. ¿Y si esto fuera todo?

Dylan reflexionó unos segundos, emitiendo una especie de murmullo, y pude sentir las vibraciones a través de su cuerpo.

—¿Te arrepientes de algo? ¿Alguien a quien te habría gustado pedirle un beso antes de una muerte prematura?

Aquello me sorprendió lo suficiente como para echar la cabeza hacia atrás para mirarlo mejor. Gracias a esa nueva posición, me fue más fácil distinguir sus facciones en la oscuridad y pude ver la sonrisa juguetona en su rostro.

—Buen intento, pero no. Te dije que se me dan muy bien las apuestas. No me voy a rendir así como así. Eso sí, como el edificio empiece a derrumbarse, que le den a la apuesta porque seguro que intento meterme dentro de ti para protegerme.

Ahora sí se escuchó su risa.

—De acuerdo. Intentaré estar preparado.

Retiré la mano de su pecho, pensando que quizá el abrazo le empezaba a parecer un poco raro o se sentía incómodo, y retrocedí medio paso. En cuanto me soltó, mi temperatura corporal bajó.

—¿Cómo puedes estar tan tranquilo? ¿Nunca has visto *2012* o *San Andreas*? Volví a verlas la semana pasada y maldita la hora en la que se me ocurrió hacerlo.

Me resultó muy frustrante poder sentir exactamente dónde habían estado sus manos; me hacía demasiado consciente de que ya no estaban a mi alrededor.

—¿Por eso le tienes tanto miedo a los terremotos? ¿Por culpa de las películas?

—¿A quién no le dan miedo los terremotos? ¿Cómo no me va a dar pavor la idea de quedar aplastada bajo un edificio?

De repente, tenía la mano en la de Dylan y él la contemplaba como si no estuviera seguro de cómo había sucedido, cuando había sido él quien la había agarrado. Me apretó la mano una vez, luego otra y se me aceleró el pulso.

«Mierda».

Lentamente, como si mi mano tuviera vida propia, estiré los dedos y los entrelacé con los suyos. Parecía que eso era justo lo que él estaba esperando, porque antes de que pudiera entender las mariposas en mi estómago, ya me estaba llevando hacia el sofá.

—¿Qué estás haciendo?

—Estoy agotado, Zoe. He tenido un día muy largo, la sesión de estudio ha durado más de lo esperado y luego he tenido que ir al gimnasio antes de venir a casa. Estoy derrotado, así que tenemos que sentarnos.

«Vaya».

—Lo siento —musité mientras él se dejaba caer en el sofá con un gran suspiro y me arrastraba hacia él para que me sentara a su lado.

—Debería levantarme y buscar una vela o algo así —dije en voz baja, intentando retirar la mano.

En lugar de soltarme, como esperaba, giró mi mano dentro de la suya y entrelazó nuestros dedos, palma con palma.

Sentada en una posición algo incómoda, miré nuestras manos, confundida por lo que estaba sucediendo. Él las alzó y colocó el dorso de mi mano en su muslo. Me puse tensa. Luego, apoyó la cabeza en el respaldo del sofá y se recostó un poco más.

—Quédate conmigo. Vamos a tomarnos un minuto para relajarnos. La luz volverá en cualquier momento.

¿Quedarme con él, con su mano rodeando la mía? Claro, ¿por qué no? ¿Acaso no era eso lo que hacían los amigos? Ya os he dicho que era tonta, ¿verdad? Incluso me alegré de que no decidiera ir a su cuarto a descansar, así que cambié de posición en el sofá, me recosté y me puse cómoda a su lado.

—Otra cosa, Zoe, deja de ver ese tipo de películas durante una temporada, ¿vale? Será mejor que elijas algo que no te asuste. Dijiste que te gustaban las de dibujos animados; esas serían una buena opción.

—Esas me hacen llorar —murmuré en voz baja antes de mirarlo—. Yo creo que...

Al ver que no continuaba, giró la cabeza hacia mí. Nuestras miradas se encontraron bajo la luz de la luna un instante y rápidamente desvié la mía hacia el techo.

—Creo que... es por ti. No suelo comportarme de esta forma tan extraña con nadie más. No me malinterpretes, a veces estoy muy cerca, pero no de una manera tan continua, no como esto.

—Entonces, me estás diciendo que soy un amigo especial, ¿eh?

Lo miré por el rabillo del ojo y vi que todavía me estaba observando. Le miré la sien. Me quedé callada, y él al final apartó la vista.

—Me gusta eso —murmuró. En ese momento, pensé que era seguro volver a mirarlo. Tenía los ojos cerrados, lo que me dio la libertad para poder recorrer cada centímetro de su rostro a mi antojo.

Dejó escapar un gemido y arqueó la espalda, poniéndose más cómodo, lo que no era mi caso, pero no me moví de mi lugar. La alternativa no me atraía en absoluto.

De repente, sentí algo tocándome la pierna. Cuando bajé la vista, vi que era el muslo de Dylan, que hacía un segundo no había estado tan cerca, apoyándose ligeramente en el mío.

—¿Has tenido un buen día? —pregunté al ver que guardaba silencio.

—Sí, largo pero bueno. ¿Y tú?

—Lo mismo. Estaba trabajando antes de que llegaras, así que puede que me ponga otro rato más hasta que vuelva la luz y te dejo descansar… aunque si hay otro terremoto tendré que despertarte.

Dylan se rio por lo bajo.

—¿Ah, sí?

El timbre grave de su voz me dejó sin palabras. Cerré los ojos y contuve un gemido.

—Solo te estaba advirtiendo, eso es todo.

—Puedes despertarme cuando quieras. No me importará.

No iba a hacer ningún comentario al respecto.

—¿Oye, Zoe? —preguntó con una voz entre ronca y somnolienta; más ronca que otra cosa.

—¿Sí? —respondí con una especie de graznido mucho menos seductor. Aún estaba intentando recuperarme del efecto que su voz tenía en mí.

—¿Dónde está tu novio ahora mismo?

«Vaya».

Me puse rígida e intenté apartar mi mano de la suya, aunque fue en vano.

—¿A qué viene esa pregunta?

—Seguro que sabe que te aterrorizan los terremotos, ¿no? Si es tu novio, tiene que saberlo. He supuesto que ya te habría llamado para saber cómo estás. Si mi novia tuviera tanto miedo a los terremotos, ahora mismo estaría con ella.

—Te dije que es complicado.

«Eres una pringada, Zoe».

—Vale. Si tú lo dices. Solo estaba preguntando.

9

Dylan

—¿Zoe? ¿Puedo pedirte un favor enorme?

Estaba sentada en la pequeña alfombra frente a la mesa baja del salón; por lo visto, su lugar favorito cuando trabajaba con el ordenador. Si veía una película, prefería otra posición: acurrucada en el sofá de cuero.

—¿Cómo es de enorme? —preguntó, todavía absorta en la pantalla.

Al oír su pregunta, esbocé una sonrisa de oreja a oreja.

Como no respondí lo suficientemente rápido, levantó la vista y nuestras miradas se encontraron. En ese momento, debió de comprender el motivo de mi sonrisa, porque se sonrojó y soltó un resoplido.

—¿Cuántos años tienes? —masculló.

Me reí por lo bajo y abrí el frigorífico para sacar un poco de zumo de naranja.

—Es bastante grande, pero no demasiado para ti.

Volvió a mirar la pantalla del portátil.

—Ya lo he visto antes, ¿o es que no te acuerdas? Y no es *tan* grande. Sí, provoca cierto efecto porque eres de los que no necesita entrar en acción para impresionar y, si mal no recuerdo, ya te felicité por ello. Pero no creo que pueda crecer mucho más, lo que me lleva a la conclusión de que no es tan grande.

La estaba mirando estupefacto, en silencio, con el cartón de zumo todavía en la mano. Solía causarme ese efecto, así que no era nuevo, pero siempre me dejaba impresionado.

—Tampoco es que lo recuerde con todo detalle —murmuró como reflexión posterior—. ¿Qué pasa? —espetó al ver mi expresión.

—Mmm, Zoe, estaba hablando del favor que quería pedirte; que es un favor grande, pero nada con lo que no puedas lidiar.

Abrió la boca, sorprendida.

—Ah. —Se aclaró la garganta—. Ahora vas a ignorar todo lo que acabo de decir. Haz como si no hubieras oído nada.

—Por supuesto. Para eso están los amigos, ¿no? —Sonreí y me serví el zumo—. ¿Quieres un poco?

—No, gracias. ¿Y en qué consiste el favor?

En los días posteriores a su pequeño ataque de pánico por el terremoto, nuestra relación se había estrechado un poco más, convirtiéndonos en algo parecido a amigos y no a simples conocidos. Todavía le costaba mirarme a los ojos, pero ya no desviaba tanto la vista hacia mi barbilla u oreja cuando hablábamos. Además, aunque solo nos veíamos de pasada, y algunos días no más de diez minutos, cada vez descubría algo nuevo de ella.

Era increíble. Me encantaba ver cómo se abría poco a poco cada día, aunque seguía sin tener claro qué pasaba con su novio. Me costaba entender su situación. Hacía llamadas telefónicas secretas, susurrando para asegurarse de que no oyera nada, incluso cuando no estábamos en la misma estancia; aunque podría haber estado hablando con una amiga. Sin embargo, tenía mis sospechas; pero eran solo eso: sospechas, y esperaba que algunas de ellas fueran infundadas.

Hasta que no estuviera seguro, no le robaría el beso que me debía, y teniendo en cuenta lo en serio que se estaba tomando nuestra apuesta, no creía que fuera a ceder pronto.

—Hoy estoy a tope. Tengo que reunirme con uno de mis preparadores físicos para ver si puede ayudarme para las pruebas de selección previas al *draft*. Si acepta, tendremos que organizar un programa de entrenamiento individualizado. Luego tengo una reunión con el equipo, una clase y grupo de estudio. Y por si fuera poco, necesito comprar varias cosas para la semana, como pasta y pollo. Si te sobra un rato, ¿podrías echarme una mano? Te lo agradecería mucho.

—¿Quieres que te haga la compra?

—Si te viene bien. Casi no tengo comida, y esta semana la voy a tener muy liada con el partido, así que no creo que tenga tiempo. Si me puedes hacer el favor, te doy mi tarjeta.

Se volvió para mirarme.

—Tengo prácticas de fotografía a las dos y media, pero estoy libre de cuatro a ocho. Pensaba escribir un mensaje a Jared y a Kayla para ver si querían quedar, pero puedo hacerte la compra cuando salga de clase.

—¿Estás segura? Si ya tienes planes, puedo pedírselo a uno de los…

—Sí, no te preocupes. Me encanta hacer la compra. Y así aprovecho y adelanto la mía. Resulta que también me gustan las listas de la compra. ¿Tienes alguna para mí?

—Claro. —Le sonreí y me metí la mano en el bolsillo para sacar la tarjeta de crédito y la breve lista que había escrito antes. Las dejé en la isla de mármol que tenía delante—. El PIN es 7-5-3-2.

Zoe sonrió con picardía.

—¿No te da miedo que te robe todo el dinero y me dé a la fuga?

—Estoy prácticamente sin blanca, y aunque me robaras los cien dólares que tengo, más o menos, no creo que llegaras muy lejos. —Eso me recordó que tenía que organizar mejor mi horario y trabajar unas horas en el bar de Jimmy. No solo me estaba quedando sin dinero, también tenía que enviar algo a casa para colaborar un poco.

Suavizó la mirada.

—No te voy a robar.

Le sonreí.

—Ya lo sé, cielo —dije sin pensar.

Conseguí aguantarle la mirada unos segundos más de lo normal antes de que ella se aclarara la garganta y se diera la vuelta para regresar a su tarea.

Puede que «cielo» no hubiera sido la mejor palabra, pero ya no podía retractarme.

—Has dicho que estabas libre entre las cuatro y las ocho, ¿verdad? ¿Tienes sesión con el grupo de estudio a las ocho? —Tal vez podría darle las gracias por el favor de alguna manera.

Vi cómo se le tensaban los hombros.

—No exactamente. ¿Por qué?

—En teoría tengo que estar de vuelta sobre las nueve y he pensado que, no sé, podíamos ver una película juntos o algo así. No nos hemos visto mucho esta semana.

Apoyé las palmas en la encimera esperando su respuesta, que tardó en llegar.

—No sé a qué hora volveré esta noche. Tengo... eh... una cita.

«Ah, bueno».

—Tienes una cita.

Cuando ella giró la cabeza para mirarme, nuestras miradas se encontraron durante un instante, pero enseguida apartó la vista.

—Sí. No tengo previsto llegar muy tarde, pero tú te acuestas temprano entre semana, así que no creo que sigas despierto cuando llegué. —Alzó la vista y luego la bajó—. ¿Lo dejamos para otra ocasión? ¿Este fin de semana, tal vez?

—No voy a estar aquí el fin de semana. Tenemos un partido fuera de casa.

—Ah, vale.

«¿Vale?».

—Bueno, nos vemos luego. Pásalo bien en tu cita. —«O no», pensé, pero no lo dije en voz alta—. Gracias por la ayuda. Te debo un favor.

Apretó los labios y asintió.

—Tengo una reunión con mi preparador físico en diez minutos, así que más me vale darme prisa. —Me bebí de un trago el zumo de naranja y empecé a buscar en los cajones la última barrita de proteínas que me quedaba. Al no encontrarla, solté un suspiro—. ¿Zoe? ¿Has visto mi barrita de proteínas?

—Sí, la he puesto en el armario que hay junto a los cuencos, el que está al lado del frigorífico.

Aunque llevaba semanas viviendo allí, todavía no tenía muy claro dónde estaba todo en la cocina. Sabía dónde estaban las ollas y las sartenes, las tazas y los vasos, las cucharas y los tenedores, pero hasta ahí llegaba todo, y eso que ya había preparado la cena en un par de ocasiones. Como teníamos nuestros propios cocineros, solía comer con el equipo, pero si llegaba pronto a casa, no volvía a salir solo para cenar con los demás.

Otro detalle que había aprendido sobre Zoe era que odiaba tener trastos de por medio. No la describiría exactamente como ordenada, dado el estado de algunos cajones, pero parecía que le gustaba que las encimeras estuvieran limpias y despejadas, así que, si yo dejaba algo fuera, lo colocaba en cuanto podía.

Abrí el armario en cuestión y me quedé mirándolo fijamente.

—Eh… ¿Zoe?

—¿Sí? Está justo ahí, en el primer estante. ¿La ves?

Estiré el brazo y agarré mi barrita de proteínas. Tal y como había dicho, estaba justo allí… entre otras cosas.

—Recuerdo perfectamente haberte oído decir que no compras M&M's de mantequilla de cacahuete porque no tienes autocontrol con la comida y no puedes evitar comértelos todos de una vez. —La oí levantarse del suelo con un suspiro. A los pocos segundos, estaba a mi lado, mirando lo mismo que yo.

—Los has encontrado, ¿eh?

—Bueno, sí. Están justo ahí. Si intentabas esconderlos, no lo has hecho muy bien, la verdad.

—No estaba intentando esconderlos, pero si no me pongo de puntillas, no puedo verlos. Yo no tengo la culpa de que seas tan tremendamente alto.

—No soy tan tremendamente alto, Flash —murmuré mientras la miraba. Luego volví a fijarme en los innumerables paquetes de color rojo anaranjado que había en el estante—. ¿Hay algo que quieras decirme?

—¿Sorpresa? —exclamó de repente, como si fuera una pregunta, llamando de nuevo mi atención—. Los compré para ti… como un regalo… bueno, como varios regalos.

Enarqué una ceja.

—Zoe, no te esfuerces. Aquí hay como unas veinticinco o treinta bolsas de M&M's de mantequilla de cacahuete.

Soltó otro suspiro.

—Vale, te he mentido. Son todos para mí. Y en realidad solo hay veintitrés, pero no puedo comérmelos.

—Ya, veintitrés. ¿Y por qué no puedes comértelos?

—Ya te lo dije, porque no puedo parar.

—Entonces, ¿por qué narices los compras?

Suspiró de nuevo y cerró el armario como si ya no pudiera soportar mirarlos más.

—Porque no puedo evitarlo. Me gusta tenerlos a mano. Si sé que están ahí, me resulta más fácil resistirme porque, si me da un antojo, puedo coger un paquete y ya está, pero si no los tengo en casa y es muy tarde para ir comprar, ¿qué hago? ¿Y si no quedan más M&M's de mantequilla de cacahuete en la tienda? ¿Encuentras algún sentido a lo que te estoy contando?

Negué con la cabeza.

—No mucho, la verdad.

—A ver, es mejor saber que los tengo a no tenerlos, y si los tengo, no me los como porque se acabarían. Prefiero saber que están disponibles. Voy a intentar explicarlo de otra forma.

—Venga.

—Seguro que siempre te comes lo que más te gusta al final, ¿no? Supongamos que en el plato tienes albóndigas, brócoli y… patatas asadas con ajo y romero. ¿Qué dejas para el final?

La miré, sin saber muy bien qué decir.

—Yo dejaría las patatas asadas —continuó ella—. Me gusta saborearlas, por eso las dejaría para lo último. ¿Lo entiendes ahora?

—Por favor, dime que no tienes una bolsa de patatas asadas escondida en algún lugar… y por el amor de Dios, no me digas que, de vez en cuando, te gusta sacar estos M&M's, alinearlos en la encimera y simplemente mirarlos.

—¡Por supuesto que no! No soy un bicho raro, solo tengo algunas… manías. No pasa nada por tener manías.

—Bueno, perdón por preguntar. Si te hubiera visto hacer algo así, me habría preocupado.

—¿Tú no tienes ese alimento, o varios alimentos, que tienes miedo a comer demasiado rápido porque entonces se acaban y luego no te queda más? También me chiflan las patatas fritas. Nunca puedo compartir mis patatas fritas, y siempre pido ración extra, aunque luego no me las coma todas. Solo quiero tener la opción de comer más. ¿Entiendes? Si sigues sin entenderlo, seguro que el problema lo tienes tú, y no yo, colega.

Mientras clavaba la vista en mí, esperanzada, no pude hacer otra cosa que mirarla fijamente.

Entonces se mordió el labio y empezó a reírse, y al cabo de unos segundos, se le escapó un resoplido nasal. Se tapó la boca de inmediato, pero ya era demasiado tarde.

Le sonreí de una forma un poco descarada, perezosa.

—Eres fascinante, Zoe Clarke.

¿Y qué obtuve por ese cumplido? Un golpe en el brazo y un gruñido formidable.

Eran casi las diez cuando oí girar la llave en la cerradura y la puerta del apartamento se abrió de par en par, golpeando la columna que había justo detrás. Me recosté en el sofá y observé cómo Zoe se peleaba con el bolso por quitárselo del hombro.

—¡Me meo! ¡Me meo! ¡Me meo!

Su voz se elevaba más cada vez que lo repetía.

Me fijé en el vestido que llevaba; era negro y ajustado en la parte superior, dejando poco margen a la imaginación sobre el tamaño de sus pechos, y algo más holgado en las caderas, aunque no demasiado. La falda le llegaba por encima de la rodilla. «La cita, claro». Venía de una cita.

—¡Señorita Clarke! —oí decir a otra voz—. Señorita Clarke, necesito que...

—Lo siento, señora Hilda —respondió Zoe, todavía sosteniendo la puerta y retorciéndose—. Tengo que ir al baño. No puedo, de verdad que no puedo esperar.

Con eso, cerró de un portazo y, por fin, logró desenredarse la correa del bolso del pelo, lo arrojó al suelo y se fue corriendo al baño.

Como ya he dicho, la encontraba fascinante.

Al cabo de unos minutos, salió del baño, y justo cuando creía que se dirigía a su habitación, se detuvo en seco. Incluso me pareció que alzaba la barbilla y olfateaba el aire.

—Aquí huele a *pizza*. ¿Es *pizza*? ¿Has pedido *pizza*?

Se precipitó hacia mí, o más bien hacia la caja de *pizza* que tenía delante, con una expresión en el rostro que lo decía todo. En cuanto llegó a su destino, no perdió ni un instante en levantar la tapa… pero ya me la había comido casi toda y solo quedaba una porción.

Su cara al ver que apenas quedaba nada volvió a decirlo todo. Estaba adorable y muy graciosa. No me imaginaba que me fuera a gustar tanto verla enfadada.

—¿Te la has comido toda? ¿Solo me has dejado esto? —preguntó despacio, con los ojos abiertos como platos mientras miraba la caja prácticamente vacía.

Enarqué una ceja.

—Me moría de hambre. ¿No has comido nada en la cita? —No había querido mencionar lo de su cita, pero estaba claro que no podía quitármelo de la cabeza.

Arrugó la nariz y su expresión indignada desapareció, dando paso a una mirada triste. Muy muy triste.

—No ha podido venir.

Alcé ambas cejas y miré el reloj, solo para confirmarlo.

—Son más de las diez, Zoe. No me digas que lo has estado esperando durante dos horas.

Soltó aire, inflando las mejillas, y se dejó caer en el sofá que tenía detrás.

—Me dijo que quizá se retrasaría, pero que haría todo lo posible por venir. —Se encogió de hombros resignada, como si le diera igual, aunque su expresión decía claramente lo contrario.

«Valiente hijo de puta».

—¿Y no has comido nada mientras lo esperabas?

Se frotó la sien.

—El restaurante estaba lejos del campus y era un local muy elegante. No me apeteció tomar nada del menú; no quería gastarme cincuenta dólares en unas pocas cucharadas de pasta. Además, no me siento cómoda comiendo sola en un restaurante; ni en ningún otro sitio, la verdad. Tengo la sensación de que todo el mundo me mira y piensa: «Mírala, pobrecita». Así que no, no he comido nada.

Podía haber rebatido varios puntos de su discurso, pero decidí centrarme solo en uno, y así intentar averiguar más.

—Así que tu novio es un universitario que puede permitirse ir a restaurantes caros, ¿no? No me extraña que te cueste tanto dejarlo.

Y así fue como metí la pata hasta el fondo. No sabía exactamente qué me había impulsado a decir aquello, pero en cuanto las palabras salieron de mi boca, tuve claro que había cometido un error, y de los gordos.

Me miró sorprendida y a los ojos (algo nada habitual) y ladeó la cabeza.

—Vaya, Dylan. No esperaba que me conocieras después de solo un mes, o de las semanas que lleves aquí... Si hasta hay días en los que apenas nos vemos... Bueno, ¿sabes qué? Quizá sí lo esperaba. Puede que sí creyera que, al menos, sabrías eso de mí, que soy la última persona que saldría con alguien por su dinero.

Hice una mueca de dolor, incapaz de dejar de mirarla. Cuando empezó a moverse para salir de allí corriendo, la agarré de la muñeca y me puse de pie.

Zoe se detuvo, pero no me miró. Ni siquiera me pidió que la soltara.

Estaba claro que su «relación complicada» había empezado a afectarme el juicio. Si al menos tuviera la certeza de que no...

—Lo siento, Zoe. Tienes razón. Soy un gilipollas. Por supuesto que sé que no eres así. En serio. —Aflojé la presión sobre su muñeca y entrelacé mis dedos con los suyos—. Lo siento. Puedes insultarme si eso te hace sentir mejor.

Vaciló un instante antes de dirigirme una mirada fugaz.

—¿De verdad te la has comido toda?

¿De todas las cosas que podría haberme dicho, se decantaba por eso?

—¿No me vas a insultar?

Se soltó de mi mano y se frotó la palma en el lateral del vestido.

—¿Y con qué te voy a insultar? ¿«Oh, mira, tienes un cuerpo tan horroroso que me destrozas la vista cada mañana»? Eso sería absurdo, ¿no crees? No tengo nada contra ti, al menos todavía, pero te aseguro que no me voy a olvidar de esto y te soltaré algo cuando menos te lo esperes.

Sonreí. Le gustaba verme hacer ejercicio por la mañana. Siempre encontraba una excusa para salir de su habitación mientras hacía mis abdominales y flexiones, pero oírlo de sus labios confirmó mis sospechas. Mi sonrisa se fue ampliando poco a poco hasta convertirse en una enorme.

—¿Y ahora qué pasa? —espetó.

—Espero que no le hagas demasiado daño a mi corazón, Zoe Clarke.

—Solo el mismo que tú le has hecho al mío al creer que podría importarme el dinero que tenga alguien.

Aquello borró la sonrisa de mi cara.

—Soy un imbécil —dije con voz ronca—. Me lo merezco.

Se mordió el labio inferior. No sabía qué otra cosa hacer, así que simplemente la miré fijamente.

Zoe apartó la mirada y dio un paso atrás. Cuando alzó la vista, en lugar de mirarme a los ojos, me miró a los labios.

—Mira, estoy de mal humor, un poco cansada y también tengo un poco de hambre. Me voy a la cama. Mañana tengo clase temprano.

—¿No quieres *pizza*? Al menos, podemos solucionar lo del hambre. —No iba a permitir que se fuera a la cama infeliz solo porque ese cabrón la hubiera dejado plantada y sin comer.

—¿*Pizza*? —Suspiró y miró la caja casi vacía—. Eso no cuenta como *pizza*, Dylan. Eso es solo un trocito. Así que prefiero no comerlo. Solo me daría más hambre. Hasta mañana.

Dio otro paso atrás.

—Supongo que eso significa que tampoco tienes ganas de ver una película conmigo.

Solo consiguió esbozar una media sonrisa.

—Quizá otro día. Buenas noches.

—Si yo fuera tú, echaría un vistazo al horno antes de irme.

—¿Qué? ¿Qué insinúas?

—Se suponía que iba a ser una forma de agradecerte lo de la compra de hoy, pero creo que ahora también te debo una disculpa. —Por fin me miró a los ojos. Señalé la cocina con la barbilla—. Ve a ver si te interesa. Si no, te puedes ir a la cama.

Su sonrisa se hizo un poco más amplia.

—¿Es *pizza*? Por favor, dime que sí. Me encantaría que fuera *pizza*. Por favor, dime que es *pizza*.

Me reí.

—No lo sé, compruébalo tú misma.

Mientras se dirigía a la cocina, me lanzó una mirada por encima del hombro.

—Que sepas que, como no sea *pizza*, voy a estar el doble de cabreada contigo.

Luego se agachó para abrir el horno y mirar dentro.

Un instante después, soltó un grito ahogado y volvió con la caja de pizza en la mano y una sonrisa enorme.

—Dylan, esto es una *pizza* entera, ¿es toda para mí?

Volví a reírme.

—Sí, no tienes que compartirla.

—Es de esa *pizzería* napolitana y todavía está caliente.

—Llegó unos diez minutos antes que tú. Quería esperarte, pero no sabía a qué hora volverías y el olor me pudo. —Intenté no pensar en dónde había estado o a quién había estado esperando.

Me ofreció otra de sus sonrisas increíblemente dulces, colocó la caja en la isla y la abrió. Después, se sujetó el pelo castaño oscuro ondulado con ambas manos, bajó la cabeza hasta casi tocar la *pizza* con la nariz e inhaló.

El sonoro gemido que soltó hizo que mi pene cobrara vida al instante.

—Dios, qué bien huele. Esto no es nada justo —comentó en voz baja, con la cara todavía hundida en la *pizza*—. Todavía estoy un poco enfadada contigo y vas y me compras mi comida favorita.

No pensaba decirle que me había gastado el último efectivo que llevaba encima solo para darnos ese pequeño capricho. Lo que quedara en mi tarjeta después de su compra era todo el dinero que tenía hasta que hiciera algunos turnos en el bar. Calculaba que no serían más de treinta dólares.

—Ya te lo he dicho, soy gilipollas.

—En realidad, no creía que lo fueras, pero sí, parece que sí lo eres. —Cerró la caja, la cogió y volvió a acercarse a mí—. Pero gracias. Estaba intentando actuar como si nada, pero estaba súper mosqueada porque te hubieras comido una *pizza* tan grande tú solo.

Me reí.

—Me temo que no se te da bien eso de actuar como si nada, Zoe.

—Da igual —murmuró mientras se sentaba en el sofá con las piernas cruzadas. Luego colocó la caja en su regazo con cuidado y abrió la tapa. Inspiró hondo, exhaló, se hizo con un trozo y me observó con atención—. Tampoco se me da muy bien compartir.

«Vaya, nunca lo habría adivinado».

—No te preocupes —respondí, riendo—. Ya he comido más de lo que debo. —Volví a sentarme, justo enfrente de ella.

Con una mano aferrándose a la caja como si le fuera la vida en ello, dio el primer mordisco y soltó otro gemido, esta vez más largo y mucho más erótico que el anterior.

—Está tan rica —dijo entre bocado y bocado.

No podía dejar de mirarla. Tragó, dio otro mordisco, cerró los ojos y masticó tan despacio como pudo, mientras sus labios se curvaban en una sonrisa. Me parecía inapropiado verla comer. Si hubiera sabido que su cara se iba a iluminar de esa forma por una simple *pizza*, le habría comprado diez más.

Me fijé en su garganta y pude ver el momento exacto en que volvía a tragar. Bajé la vista y vi cómo se le elevaba el pecho con cada respiración que daba. Me estaba metiendo en un buen lío.

—¿Va todo bien?

Cuando alcé la vista, Zoe me estaba mirando. Sacudí la cabeza y me aclaré la garganta.

—Sí.

—Entonces, ¿vamos a ver algo o no?

Miré el reloj; eran casi las once.

—Lo siento —murmuró Zoe, dejando la porción de *pizza*—. Sé que te levantas temprano. No hace falta que te quedes a verme comer.

—Sí, venga, podemos ver una película —le dije. ¿Cómo iba a dejarla ahora?—. Pero nada de historias apocalípticas. Cualquier cosa menos eso.

Me sonrió, volvió a agarrar la porción y le dio otro mordisco.

—En realidad, quería ver *Geostorm*, pero no sola.

—No, esa no. Elige otra.

—¿Me dejas elegir?

—Claro, ¿por qué no? Soy un gilipollas, ¿recuerdas? Tú eliges la película.

«Y yo aprovecho para conocerte un poco mejor», pensé.

—¿Qué tal una película que no sea tan nueva, como *El quinto elemento* o *Speed*? ¿O qué tal *El señor de los anillos*? Jared y Kayla se niegan a hacer una maratón conmigo, y es una trilogía que prefiero ver con amigos. Es una de mis favoritas. —Otro mordisco y tuve que humedecerme los labios. Antes de que me diera tiempo a responder, ya se lo había tragado y estaba empezando de nuevo—. Sé que no podemos verlas todas esta noche, pero podemos continuar en otro momento, ¿no? La única persona a la que le gustan tanto como a mí está en Phoenix y hace mucho tiempo que no la veo.

Me aclaré la garganta.

—Pensé que me ibas a castigar obligándome a ver *Titanic* o *El diario de Noa*.

Se lamió los dedos y negó con la cabeza.

—Me gustan las películas románticas, aunque a veces son demasiado empalagosas. Tengo que estar de humor para verlas.

Genial. Yo era su colega, su amigo, y no había nada romántico entre nosotros.

—Entonces *El quinto elemento*. Hace tiempo que no veo nada de Bruce Willis. ¿Dónde la vemos, en tu portátil o en el mío?

—En el mío. Creo que tengo esa peli en mi cuenta. —Se levantó del sofá de un salto y estuvo a punto de perder el equilibrio mientras me pasaba la caja de *pizza*—. Ni se te ocurra robarme ni un solo trozo —me advirtió, con gesto serio.

Asentí, reprimiendo una sonrisa.

Justo cuando se disponía a salir corriendo, sonó el timbre de la puerta y se detuvo en seco.

Se volvió hacia mí despacio y susurró:

—¿Será la señora Hilda? No quiero abrir. Si quiere que le haga algo, se me va a enfriar la *pizza*.

—Ya la he ayudado hoy con unas cajas —repuse en voz baja—. Pasemos de ella, mañana iré a ver qué quería. —No iba a describir a nuestra vecina como una dulce abuelita, pero por lo que había podido observar, me trataba mejor que a Zoe.

Se mordió el labio y miró hacia la puerta.

Antes de que me diera tiempo a levantarme y empujarla para que fuera a su habitación, alguien llamó a la puerta con los nudillos con la fuerza suficiente como para despertar a todo el edificio.

El sonido sobresaltó a Zoe, que me miró confundida. Fruncí el ceño y me puse de pie.

10

Dylan

—Sé que estás ahí dentro, capullo. Abre la puta puerta.

«Mierda».

—¿Quién es? —preguntó Zoe, todavía en un susurro.

Solté un suspiro y dejé su caja de *pizza* sobre la mía. Luego me froté el cuello y fui a abrir la puerta antes de que alguien llamara a la policía por el ruido, o peor aún, antes de que la señora Hilda decidiera salir a ver qué estaba pasando si es que no lo había hecho ya.

Aunque sabía que no serviría de mucho, bloqueé la entrada.

—¿Qué coño haces aquí, JP?

—Hola a ti también, cabronazo.

«Perfecto».

Miré a Zoe por encima del hombro y ella puso una cara que decía a las claras: «Vaya por Dios».

Me volví hacia mi amigo, que se notaba que estaba molesto y a punto de perder la paciencia.

—¿Qué quieres?

JP negó con la cabeza, como si no pudiera creerse que acabara de hacerle esa pregunta, y luego me empujó e irrumpió en el apartamento para encontrarse cara a cara con Zoe.

—Vaya, ¿a quién tenemos aquí?

Solté otro suspiro profundo y cerré la puerta. Por lo menos, el idiota había venido solo.

Al oír a Zoe saludarlo, me giré y me encontré a JP rodeándola como si fuera un depredador observando a su presa antes de decidir su plan de ataque, tal y como había hecho años antes, aunque a diferencia de mí, dudaba que se acordara de ella.

—Ni se te ocurra —le advertí—. ¿Qué estás haciendo aquí, tío?

Dejó de intentar ligar con Zoe y se centró en mí.

—¿Que qué hago aquí? Buena pregunta. Espera, creo que se me ocurre otra aún mejor: ¿qué narices haces tú aquí?

—Vivo aquí.

—Ya lo sé. Llevas dos días viniendo aquí directamente después de dejarnos.

—¿Te has vuelto loco? ¿Me has estado siguiendo?

—Perdona que me preocupe por ti.

—Será mejor que me vaya a mi habitación, así podréis…

Clavé la vista en Zoe cuando empezó a retroceder.

—Tú te quedas —le ordené.

JP nos miró alternativamente; primero a Zoe y luego a mí.

—¿Esta es la razón por la que te has mostrado tan hermético sobre dónde estás viviendo? ¿Porque estás jugando a las casitas con una chica?

—¿Quieres que te tumbe de un golpe?

Enarcó una ceja.

—Me encantaría verte intentarlo, capullo.

—Muy bien. Por muy entretenido que esté siendo esto, me voy a llevar mi *pizza* y…

—Siéntate, Zoe, y cómete la *pizza*. JP se va enseguida.

Abrió los ojos como platos y torció los labios.

—Señor, sí, señor.

Mientras la veía regresar al sofá, me froté la cara con la mano y exhalé. JP debía de estar esperando una respuesta, porque seguía parado en el mismo lugar, con los brazos cruzados.

—Te dije que había encontrado un nuevo compañero de piso. ¿Por qué ibas a estar preocupado?

Relajó la postura y resopló.

—Vamos, hombre. El problema no es que hayas encontrado un compañero de piso. Apenas hablas con los chicos, salvo que estemos entrenando o en las reuniones con el equipo. ¿Crees que no se han dado cuenta de lo distante que has estado últimamente? Nos has estado evitando con la excusa de los grupos de estudio y te quedas mudo cada vez que te preguntamos dónde vives. Vicky me llama para preguntarme dónde estás y ni siquiera sé si has vuelto a hablar con ella o si solo está intentando algo para volver contigo. Ya no es solo que estés tratando de mantener en secreto dónde vives por alguna razón absurda. Es nuestro último año aquí; no puedes empezar con estas tonterías ahora. ¿Qué cojones te está pasando?

Por el rabillo del ojo, vi a Zoe doblar las piernas debajo de ella y sostener la caja de *pizza* mientras se llevaba una porción a la boca. Al menos, uno de nosotros se lo estaba pasando bien con todo esto. Volví a centrarme en JP. Lo último que quería era que tener a JP en el apartamento me causara problemas con el entrenador, pero como ya estaba en medio del salón, no tenía ni idea de cómo evitarlo.

—No me pasa nada, JP. ¿Qué esperas que haga con el equipo? No estoy fallando en el campo, eso debería ser suficiente. Seguro que tú harías lo mismo si estuvieras en mi lugar. ¿De verdad crees que ninguno sabía lo que estaba pasando con esos tres en la fiesta?

—Dylan, yo también estaba en esa fiesta, ¿recuerdas? Y Chris también. ¿Crees que sabíamos lo que estaban haciendo? —preguntó, sin dar crédito.

—No, no me refiero a vosotros, pero no me digas que les creíste cuando afirmaron que solo había pasado una vez. Que les den. Ya me da igual, pero no esperes que vuelva a confiar en ellos a corto plazo. Dentro del campo somos un equipo y les cubriré las espaldas siempre que haga falta, pero ¿fuera del terreno de juego? —Negué con la cabeza y me apoyé en la puerta—. Ni de coña. No me llevo mal con todos, pero eso no significa que tengan que caerme bien aquellos que sabían lo que estaba pasando solo porque juguemos en el mismo equipo. Y por supuesto que voy a pasar de vuestro culo para estudiar. Tú mismo lo acabas de decir, es nuestro último año. Hay ojeadores observando cada partido. Es ahora o nunca. O lo logramos o no. Tengo que darlo todo. Y tú, en vez de seguirme como un puto acosador, también deberías estar estudiando. El entrenador te cortará la cabeza si baja tu nota media.

—Entonces, ¿eso es todo? ¿No tienes nada más que decir?

—¿Qué más quieres que diga?

Mi amigo me taladró con la mirada.

—¿Qué tal una disculpa por hacer que me preocupara por ti como una madre por lo imbécil que has sido?

—¿Estás hablando en serio?

—Desde luego. Quiero oírla. Tenía cosas mejores que hacer que seguirte para descubrir qué narices estabas tramando, por no mencionar que no sabía en qué apartamento te habías metido y he tenido que llamar a un montón de puertas antes de encontrarte.

Me reí.

—Está bien. Lo siento. ¿Te vale así?

—Sí, por ahora me conformo.

Me aparté de la pared y nos dimos un abrazo, con palmaditas en la espalda incluidas.

—Ay, cómo os queréis. No sé si me estoy emocionando o se me ha metido algo en el ojo. Nunca me imaginé que los jugadores de fútbol fueran tan sensibles —comentó Zoe mientras se comía el último trozo de corteza y cogía otra porción.

Sacudí la cabeza divertido y suspiré.

—JP, esta es Zoe, mi compañera de piso y nueva amiga. Zoe, este es JP, mi compañero de equipo sorprendentemente sensible.

—Que te den. —JP me propinó un codazo en el estómago y se dirigió hacia Zoe.

Ella le dedicó una sonrisa tímida y lo saludó con la mano.

—Hola.

—¿Nos conocemos de algo?

Zoe me miró, y luego a JP.

—No. No sé de dónde podríamos conocernos.

Rodeé el sofá para sentarme. Y así fue como mi plan de ver una película con mi amiga y tener una noche tranquila se esfumó por completo.

—¿Vamos juntos a alguna clase o algo por el estilo?

—No.

JP se volvió hacia mí.

—¿La conozco de algo?

—No, no me conoces de nada —insistió Zoe, respondiendo por mí. No iba a avergonzarla delante de JP, y más teniendo en cuenta que no parecía recordar nuestro encuentro con ella de hacía dos años, así que no la corregí.

—¿Cómo dijiste que la habías encontrado?

Zoe miró a la espalda de JP con los ojos entrecerrados.

—Por internet. Estaba buscando un compañero de piso. Anda, pórtate bien.

JP alzó las cejas notablemente, pero salvo un encogimiento de hombros, no añadió nada más. Lo que fuera que estuviera pensando, me lo diría más tarde, a solas.

—Por lo visto, tengo que portarme bien contigo —comentó. Se inclinó y levantó la caja de *pizza* que Zoe todavía sostenía en el regazo—. Y eso tiene que ser recíproco. Yo me porto bien contigo, y tú haces lo mismo conmigo.

Zoe miró a JP y después a las cuatro porciones de *pizza* que quedaban. ¿Cómo narices había podido comerse la otra mitad tan rápido?

Antes de que mi amigo pudiera hacerse con una porción, Zoe cerró la caja de golpe y la retiró de su alcance.

—Pero ¿qué coño…?

Zoe se ladeó hacia la izquierda para poder mirarme a los ojos (otra de esas raras ocasiones en las que se olvidó que era demasiado tímida para hacerlo).

—Lo siento, Dylan, sé que es tu amigo y todo eso, pero no quiero compartirla. No se me da muy bien compartir.

Me reí.

—No te preocupes. La he comprado para ti. Si JP tiene hambre, que se pida una *pizza* para él solo.

Ella echó la cabeza hacia atrás para poder mirar a JP, que era casi tan alto como yo.

—Mira, no he comido nada desde el mediodía y he tenido una noche horrible. Aunque estuviera dispuesta a darte un trozo, he visto cómo come Dylan y me imagino que tú eres igual. Una porción no te va a bastar, y no te voy a dar más... Aunque, si te soy sincera, a mí tampoco me bastaría con un trozo. Así que ¿para qué te voy a dar un trozo si tu estómago se va a quedar igual? Si yo no me como esa porción extra, me voy a ir a la cama con hambre, lo que significa que ambos nos quedaremos con hambre. Pero si me las como todas, al menos uno de los dos se quedará satisfecho.

—Te vas a ir a la cama con hambre —repitió JP, más como una afirmación que como una pregunta. Zoe agarró la caja de *pizza* con más fuerza—. ¿Se puede saber qué le pasa a esta? —inquirió, mirándome confundido.

Sonreí, relajándome en mi asiento por primera vez desde que JP había llamado a la puerta.

—Nada. Simplemente le encanta la *pizza*; quizás incluso más que a ti y a mí.

—Puedes comer de la suya —añadió Zoe al ver que JP seguía parado delante de ella. Que yo recordara, era la primera vez que una chica se negaba a compartir comida con él.

Levantó la tapa de mi caja de *pizza*, que seguía sobre la mesa de café, y frunció el ceño.

—Solo queda una porción.

—¿Lo ves? —exclamó Zoe—. Yo he dicho lo mismo cuando la he visto. Una porción es lo mismo que nada.

JP volvió a mirarme a los ojos, en busca de una explicación.

—¿Qué has dicho que le pasaba?

—No le pasa nada —respondí, incapaz de apartar la mirada de Zoe mientras hablaba. Un detalle que a mi amigo no le pasó desapercibido, porque lo siguiente que dijo me hizo querer hacerle daño de verdad, incluso si eso le costaba el próximo partido.

—Está claro que estás jugando a las casitas. ¿Por eso Vicky está tan nerviosa? ¿Sabes algo de ella?

—Como vuelvas a nombrar a Vicky, te echo de aquí.

JP se sentó en el brazo del sofá y empezó a mirar a su alrededor?

¿Eres su *sugar mami* o algo por el estilo? —le preguntó a Zoe cuando terminó de inspeccionar el apartamento—. Que conste que no te juzgo, chica. Cada uno hace lo suyo. Pero D, ¿cómo te puedes permitir este sitio? Seguro que solo la mitad del alquiler cuesta un ojo de la cara.

Zoe dejó de mirar a JP y clavó la vista en mí. Pero justo antes de que pudiera inventarme una respuesta absurda, alguien llamó a la puerta.

JP se puso de pie.

—Tranquilos, ya voy yo.

Fui corriendo detrás de él.

—JP, no. —Si era el entrenador, estaba jodido.

Por el rabillo del ojo, noté que Zoe hacía lo mismo, dejando por fin la caja de *pizza*. ¿Estaría pensando lo mismo que yo?

JP abrió la puerta y, gracias a Dios, solo era Chris.

—Pasa, pasa. Mira a quién me he encontrado —lo recibió JP, haciendo un gesto hacia mí.

Solté un resoplido y me desplomé de nuevo en el sofá, esta vez sentándome al lado de Zoe, en lugar de en el otro extremo.

—Más te vale que sea el único al que se lo hayas contado. —Intenté captar la atención de Zoe con la mirada para asegurarle que se irían pronto; si no, los echaría yo mismo, pero ella solo tenía ojos para nuestro *quarterback*.

Fruncí el ceño y eché un vistazo hacia atrás.

—¿Qué está pasando aquí? —preguntó Chris, mirándonos a Zoe y a mí.

JP le rodeó los hombros con el brazo y empezó a presentar a Zoe como si fuera un maestro de ceremonias.

—Y esta jovencita de aquí ha estado...

Me puse de pie para interrumpirlo.

—Acaba esa frase, venga. Hazlo, por favor.

Zoe se aclaró la garganta, atrayendo hacia ella todas las miradas. Tenía las mejillas sonrosadas y sus ojos resplandecían. Por alguna razón, esa imagen de ella no me hizo ninguna gracia. ¿Le gustaba Chris? Desde luego no había reaccionado así con JP. Y tampoco parecía tener ningún problema en mirarlo directamente a los ojos.

Fruncí el ceño mientras la veía limpiarse las manos en el vestido.

—Hola. Yo… mmm… soy Zoe Clarke. —Me lanzó una mirada fugaz, aunque dudo que me viera de verdad—. Soy la compañera de piso de Dylan.

Y así, en un abrir y cerrar de ojos, pasé de ser amigo a un simple compañero de piso.

—Encantado de conocerte —dijo Chris, con tono vacilante.

Después de un prolongado silencio en el que nadie dijo nada, solté un suspiro y señalé hacia mi izquierda.

—Como no parece que vayáis a marcharos pronto, será mejor que os sentéis de una vez.

Chris pasó a mi lado para tomar asiento, pero JP fue hacia la cocina.

—¿Hay algo de comer aquí, aparte de la sagrada *pizza* de tu chica? Me muero de hambre.

Zoe aprovechó ese instante para agarrar su caja de *pizza* y ofrecérsela a Chris.

—¿Quieres un trozo?

Fue JP el que verbalizó exactamente lo que yo estaba pensando.

—¿Estás de coña?

11

Llamé a la puerta y entré en cuanto oí un tenue «adelante». Cuando alzó la vista y vio quién había entrado en su despacho, soltó un suspiro.

—Zoe, no es un buen momento. Te llamo más tarde.

Hice caso omiso de sus palabras, respiré hondo, cerré la puerta y cuadré los hombros.

—Quiero contárselo.

Estaba en el despacho de Mark, manteniéndome lo más lejos posible de él. Cualquiera que observara su lenguaje corporal se daría cuenta enseguida de que no me quería allí. A mí tampoco me apetecía lo más mínimo compartir espacio con él, pero esa mañana, nada más salir del apartamento, me había armado de valor y me había dirigido al edificio administrativo de deportes. Iba a tener que soportar mi presencia le gustara o no.

—No —respondió él, con mirada dura e inflexible.

¿Tenía pensado contárselo alguna vez? A juzgar por su expresión, no, pero teníamos un acuerdo e iba a tener que cumplirlo. No podía esperar más.

—Necesito contárselo —insistí, esta vez con un tono de voz más decidido; o eso me pareció a mí.

Él se recostó en su silla, que emitió un leve crujido. Apenas pude contener un estremecimiento.

—¿Esto es porque no logré llegar a tiempo anoche? Ya te lo compensaré en otro momento. Sabes lo ocupado que estoy durante la temporada.

¿Quería hablar de eso? Vale, ¿por qué no?

—En primer lugar, fuiste tú el que me invitó a cenar. Si no pensabas ir, no deberías haberme hecho esperar dos horas en ese restaurante en la otra punta de la ciudad, pero esto no tiene nada que ver con lo de anoche. No es la primera vez que ocurre, y supongo que tampoco será la última. Entiendo que estés ocupado. Eso me da igual.

—Recuerda con quién estás hablando.

¿Recordar? Lo único que quería era olvidarme por completo de él.

Mark dio unos golpecitos con el extremo rosa de su lápiz amarillo sobre uno de los papeles que tenía esparcidos en la mesa y bajó la vista, ignorándome.

—Me rindo. No quiero seguir con esto —confesé. Volvió a mirarme. ¿Era alivio lo que veía en sus ojos? Respiré hondo y me tragué mi decepción—. Si no quieres verme, si no estás interesado en conocerme, no pasa nada. No tienes por qué hacerlo. Pero deberías saber que Chris estuvo anoche en el apartamento. Por eso...

En cuanto pronuncié esas palabras, Mark se puso de pie y lanzó el lápiz sobre el escritorio con un gesto suave de muñeca, que no coincidía en absoluto con su tensa expresión corporal. En lugar de mirarlo a los ojos, observé cómo el lápiz rodaba por el escritorio y caía al suelo con un pequeño ruido sordo. Cuando se detuvo, por fin encontré el valor para mirarlo a la cara. Enderecé la espalda e hice todo lo que pude para no mostrar el miedo que sentía ante la ira que irradiaba. Aunque tenía que reconocer que jamás lo había visto tan enfadado en los últimos tres años. Sin apartar la vista de mí, y con la cara roja, se inclinó para apoyar los puños en la mesa.

—¿Qué has dicho?

—Chris... estuvo anoche en el apartamento, con uno de los amigos de Dylan, JP. Creo que estaban preocupados por él.

—¿Qué le dijiste, Zoe?

Como al entrar, Mark no me había invitado a sentarme, seguía de pie en el mismo sitio. Me aferré a la correa del bolso con tanta fuerza que el borde se me clavó en la palma de la mano. Tenía la sensación de que ese bolso era mi única protección frente a él, aunque tampoco me habría servido de mucho. No creía que él pudiera hacerme daño de verdad, pero tampoco me había mirado nunca como si quisiera acabar conmigo.

¿No me había advertido mi padre en más de una ocasión que tuviera cuidado con él?

—¡¿Qué cojones le dijiste?! —gritó Mark cuando no le respondí con la suficiente rapidez. Esta vez, mi estremecimiento fue palpable.

Detestaba que tuviera la capacidad de herirme. No debería haber sido así, lo sabía; pero lo que más me molestó, fue que me temblara la voz cuando encontré las fuerzas para volver a hablar.

—Nada. No se quedaron mucho tiempo.

—Siéntate y cuéntamelo todo.

Empezaba a tener la sensación de que había cometido un error al mencionarle aquello.

—No he venido para…

Dio un sonoro golpe en la mesa con la palma de la mano.

—¡He dicho que te sientes y me lo cuentes todo!

Con el corazón desbocado, me obligué a moverme, a pesar de la rigidez de mis piernas, y me senté en el borde de la silla más alejada de él. Estaba tan furiosa, que le conté todo lo sucedido clavándome las uñas en las palmas, y procurando omitir cualquier detalle sobre mí y Dylan. Cuando terminé, se puso a caminar de un lado a otro con pasos airados, miradas coléricas y palabras tajantes.

—Él no sabe nada sobre tu madre. ¿Cuántas veces tengo que…?

—Querrás decir *nuestra* madre —murmuré.

Me miró con los ojos entrecerrados.

—Danielle nunca fue su madre. Lo adoptamos. Su madre es Emily.

Estaba a punto de decirle algo, pero decidí no hacerlo. Con Mark, sabía que era mejor elegir bien mis batallas. Quería convencerlo con argumentos. En teoría, era mi padre y deseaba poder llamarlo así algún día, pero cada vez que pensaba en hacerlo, me entraban ganas de vomitar. Y esta era una de esas veces.

—Mi madre te llamó antes de morir y te habló de mí. No fui yo la que contactó contigo. Dijiste que querías conocerme, que querías saber más de mí. Fuiste tú quien me invitó a venir aquí, y por eso estoy aquí. Vine porque también quería conocerte, no solo a Chris. El primer año sugeriste que, durante un tiempo, era mejor que esto quedara entre tú y yo, para que pudiéramos conocernos mejor, y acepté porque estaba muy nerviosa sobre el cómo y el por qué...

—¿A dónde quieres llegar, Zoe? No tengo tiempo para repasar los últimos tres años.

—No le eches toda la culpa a mi madre. Ella era amiga de tu mujer; ambos la engañasteis. No se quedó embarazada sola, y mucho menos dos veces. No sé cómo conseguiste convencer a tu mujer para que adoptara a Chris; me imagino que estaría desesperada por tener un hijo y te perdonó por serle infiel, pero estoy al tanto de las mentiras que le contaste a mi madre para persuadirla de que lo diera en adopción.

Mark se limitó a mirarme fijamente, con los ojos ardiendo de ira. Yo me levanté, e intenté relajar las manos a los costados.

—Al principio, pensé que te caía bien —continué con voz contenida—. Puede que hubiera sido una sorpresa que te había llegado, ¿cuánto?, ¿dieciocho o diecinueve años tarde?, pero actuabas como si te importara, como si quisieras saber más sobre mí. Pensé que estábamos creando un vínculo. Nunca creí que terminarías viéndome como a una hija, pero sí que podríamos tener algún tipo de relación. —Agarré el bolso con más fuerza. ¿Por qué había hecho esa pausa? ¿Por qué pensé que me interrumpiría para aliviar mi dolor? Seguro que pudo verlo con sus propios ojos. Sin embargo, se quedó callado—. No importa. Ya tengo un padre, ¿verdad? Y no podría haber deseado uno mejor. No hace falta que te intereses por mí, me da absolutamente igual —aseguré y era cierto, era algo que había dejado de importarme—, pero quiero conocer a Chris. Te lo dije desde un primer momento. Aparte de mi padre, no tengo más familia. Él es mi *hermano*, y quiero conocerlo.

Algo de lo que le dije debió de calar en él, porque suavizó su expresión y relajó el ceño, o eso me pareció a mí.

—No podemos contarle lo de tu madre. —Soltó un suspiro—. Y Emily no sabe nada sobre ti. Si descubriera que Chris sabe que no es su madre, no sería capaz de soportarlo.

Mi madre había tenido una aventura con Mark, a espaldas de su mujer, cuando se quedó embarazada de Chris. Dos meses antes de morir, se había sentado conmigo y me había contado todo sobre la relación tóxica que había mantenido con ese hombre. Ella nunca la consideró como tóxica, aunque eso era exactamente lo que había sido. Al principio, Mark quiso que abortara, pero cuando mi madre se negó, a Mark se le ocurrió una solución mejor. Como su mujer no podía tener hijos por problemas de salud, ¿por qué no adoptar al niño que Danielle iba a tener y matar dos pájaros de un tiro? Mi madre nunca supo lo que le dijo a su mujer, pero a ella le prometió que se divorciaría en cuanto tuviera la oportunidad. El problema era que esa oportunidad nunca llegó. Un escándalo hubiera arruinado su carrera deportiva. Además, en aquel momento, su entrenador era su suegro, y si se hubiera enterado de que engañaba a su hija, habría hecho todo lo posible para que lo despidieran. Si mi madre no permitía que adoptaran al niño, jamás lo reconocería y nunca volverían a verse. Sin embargo, si aceptaba, continuarían viéndose a escondidas y, en cuanto se divorciara, criarían a Chris juntos. No sé si mi madre fue tan ingenua debido a su juventud o porque estaba enamorada de Mark, pero al final accedió al plan.

—¿A qué te refieres con que no podemos contarle lo de su madre?

—Solo estoy de acuerdo en que le digas que eres su medio hermana. Y esperarás a que se lo cuente yo, Zoe. No le dirás una palabra sin que yo lo sepa. Eso es lo máximo que puedo ofrecerte.

Por Dios, ¿en serio estaba intentando negociar una cosa así conmigo?

—Es su última temporada y voy a esperar a que termine. No puedo arriesgarme a que pierda la concentración y arruine su futuro por esto. Si de verdad te importa Chris, esperarás a que concluya la temporada.

Quería hacerle un sinfín de preguntas, pero me limité a asentir. Al fin y al cabo, ya había esperado tres años para conocerlo; unos meses más no serían nada.

Al ver que seguía con la vista clavada en mí, asentí de nuevo y me di la vuelta para marcharme. El aire en ese despacho se estaba volviendo sofocante.

—Una cosa más, Zoe —dijo justo cuando tenía los dedos en el pomo de la puerta. Me detuve—. No quiero que te hagas amiga de Dylan Reed.

Fruncí el ceño, confundida, y me giré para mirarlo.

—¿Qué? ¿Por qué?

—Cuando le dije que podía quedarse en el apartamento, creía que ya te habías ido a vivir con esa amiga tuya… ¿Cómo se llama? ¿Kelly?

—Kayla.

Soltó otro suspiro.

—Sí, esa. Dylan ya está lo suficientemente ocupado con sus cosas, así que no pasará mucho tiempo contigo, pero como es amigo de Chris, quiero que mantengas las distancias con él. De todos modos, supongo que te mudarás pronto. Hablaré con Dylan al respecto, pero si Chris o alguno de mis otros jugadores vuelven al apartamento, quiero que te mantengas lo más lejos posible de ellos. Vete de allí, si es necesario.

Parpadeé, sorprendida.

«Vete a la mierda».

Iba a esperar a que terminara la temporada antes de contarle algo a Chris, porque esto era algo que no solo me afectaba a mí y no quería que repercutiera en su juego. Mark jamás sería un padre para mí, ni nada que se le pareciera, pero sí lo era para Chris. Además, él tenía razón. A Chris no le convenía que le soltara una bomba como aquella en plena temporada de fútbol. Estaba convencida de que eso no me haría ganar puntos con él.

Eso sí, Mark Wilson era la última persona en el mundo que podía decirme de quién debía ser amiga o no.

Ce eo oo 99

—¿Papá? —susurré al teléfono.

—¿Quién es esta desconocida que me llama «papá»?

Quería hablar, pero las palabras se me atascaban en la garganta.

—¿Zoe? Así que recuerdas que tienes un padre, ¿eh?

—Sí, papá —conseguí responder con un hilo de voz.

En un instante, su tono pasó de la broma a la preocupación.

—¿Zoe? ¿Sigues ahí?

Balbuceé algo ininteligible, sollocé y me abracé las piernas. Luego apoyé la frente en las rodillas y me sequé una lágrima de la mejilla antes de que alguien más pudiera verme llorar.

Mi padre dejó escapar un suspiro al otro lado del teléfono y yo cerré los ojos con fuerza. Cómo me habría gustado que estuviera a mi lado para poder refugiarme en su abrazo y no salir de allí nunca.

—¿Qué te ha hecho? —quiso saber, con un tono ligeramente duro.

—¿Cómo sabes que ha sido él?

—¿Quién más podría hacerte llorar así? Ni cuando eras pequeña has llorado tanto como en estos últimos años. Cuéntame qué te ha hecho esta vez.

¿Qué tenía la voz de un padre que, incluso por teléfono y a más de seiscientos kilómetros de distancia, lograba deshacer toda la tensión acumulada?

—Ya no sé qué más hacer, papá. —Las lágrimas continuaron su camino por mis mejillas hasta humedecer mis vaqueros.

—Lo que tienes que hacer es contarme qué te pasa, pequeña. Me destroza oírte llorar de ese modo.

—Lo siento —murmuré—. ¿Te he interrumpido en el trabajo?

—Zoe... —Otro suspiro de resignación—. Tú nunca me interrumpes. Además, si apenas me llamas. Dime qué te ocurre para que pueda ayudarte. Eso es lo único que quiero hacer, te lo prometo.

—Lo sé, papá. —Detestaba que siempre tuviera que andarse con cuidado cuando hablábamos de este tema en concreto. Ojalá no hubiéramos tenido que hablar de ello nunca.

—Bien —masculló él—. Entonces, cuéntame qué pasa y ya intentaremos resolverlo juntos, como siempre, ¿de acuerdo?

«Uf». Fue como si alguien pulsara un botón y salieran más lágrimas.

—He estado en su despacho hace un rato. Me ha gritado, pero eso es lo de menos; Dios sabe que no es la primera vez... Sin embargo, lo que me dice... Ni siquiera se da cuenta del daño que me hace. Hace que me sienta como si fuera un secreto vergonzoso. Me siento... mal.

—Un momento, ¿cómo que te ha gritado? ¿Y por qué es la primera vez que oigo hablar de esto, Zoe? Me prometiste que me lo contarías todo. Eso fue lo que acordamos antes de que te fueras.

Me mordí el labio para no decir nada más. Podía imaginármelo quitándose las gafas y pellizcándose el puente de la nariz, como hacía siempre que algo le preocupaba.

—Vamos a dejar algo claro. No me gusta que te grite. No tiene ningún derecho a hacerlo, ¿me oyes?

—Sí.

—Y no quiero volver a oírte decir más las palabras «secreto vergonzoso». De lo contrario, tú y yo vamos a tener un problema. ¿Cómo puedes pensar eso? Eres *mi* pequeña, no la suya; al menos no en el sentido que de verdad importa. Eres todo lo que siempre he deseado en una hija. No podría estar más orgulloso de ser tu padre.

—Papá —susurré con voz quebrada—. Vas a hacer que me ponga peor. —Sus palabras fueron como un bálsamo para las heridas que Mark me había infligido, y también me hicieron llorar, aunque de una forma diferente. Por fin levanté la cabeza y me limpié la nariz con el dorso de la mano.

—Nada de lo que él diga o haga va a cambiar eso. Siempre has sido una alegría para mí. Me da igual que sea tu padre biológico; eso no significa nada. Te he educado para ser más fuerte, ¿por qué permites que te haga daño?

Tenía tal nudo en la garganta que era incapaz de hablar, así que mi padre, mi héroe en todos los sentidos, continuó por mí.

—Lo has intentado. Sé que has hecho todo lo posible por conocerlo, pero si no está funcionando... tal vez sea el momento de ponerle fin. Le has dado el beneficio de la duda y has esperado a que le hablara a Chris de ti. Has hecho todo lo que ha querido, y sigues haciéndolo, ¿no crees que ha llegado la hora de hacer lo que tú quieras?

—No puedo decírselo —confesé con voz ronca—. Hoy mismo le he prometido a Mark que no le diré nada a Chris hasta que no termine la temporada. Y me siento muy frustrada porque tiene razón, pero lleva años manipulándome y estoy desolada.

—¿Te das cuenta de que esa es la excusa que ha estado usando durante los tres últimos años? ¿Ha hecho todo lo posible por conocerte de verdad? ¿Cuántas veces ha quedado contigo y luego no se ha presentado?

—Anoche estuvo en el apartamento, papá.

—¿Quién? ¿Mark?

—No... Pero, antes de contártelo todo, no te enfades, por favor. No te he dicho nada porque no sabía cómo ibas a reaccionar cuando te enteraras de que estoy viviendo con un desconocido, pero...

—¿Viviendo con un desconocido? Pero ¿de qué estás hablando?

—Bueno... por lo visto, uno de los jugadores de Mark tuvo un problema con sus compañeros de piso y necesitaba un lugar donde quedarse. Yo todavía no le había dicho a Mark que al final no me iba a vivir con Kayla y... como no sabía que seguía en el apartamento pues... se lo ofreció a Dylan.

Al otro lado de la línea reinaba un silencio sepulcral. Sabía que estaba enfadado; esa era una de las razones por las que no lo había llamado tanto como solía hacerlo. Odiaba tener que mentirle.

—He estado viviendo con él... con Dylan... este último mes, puede que algo más —le expliqué a toda prisa.

Tras unos segundos más de silencio, escuché:

—¿Un mes o puede que algo más?

Hice una mueca y me golpeé la frente contra las rodillas varias veces.

—Sí, pero es un buen chico, papá. —Podía haberle hablado de las veces que habíamos coincidido antes de que se viniera a vivir conmigo, pero no creía que me fuera a ayudar mucho. Ah, y también de aquella ocasión en la que me dio la mano y me dejó dormir apoyada en su hombro cuando se fue la luz, aunque tampoco se lo habría tomado muy bien.

—Zoe, ¿quieres que me dé un infarto?

—Hablo en serio, papá. Esperaba que fuera de otra manera... —¿Cómo explicarle a mi padre cómo era Dylan, si ni siquiera sabía que tenía un compañero de piso y mucho menos que era un jugador de fútbol americano?—... una persona completamente distinta, pero no es así. —Esbocé una pequeña sonrisa—. Es distinto, pero en el buen sentido. En realidad, creo que te caería muy bien.

—Quiero que salgas de ese apartamento, Zoe. Mañana iré para allá y te buscaremos otro lugar para vivir.

Parecía que no había escuchado nada de lo que le había dicho. Solté un sonoro suspiro.

—No, no lo harás. No me voy a ir a vivir a ningún otro sitio, al menos no durante este curso. He estado ahorrando dinero, pero todavía no tengo lo suficiente para mudarme.

—Deja de ser tan testaruda y permite que te ayude. Yo te pagaré el alquiler.

—No, papá. No puedo consentir que hagas eso. Todavía estás pagando las facturas médicas de mamá, no quiero añadirte más cargas.

—Vas a acabar conmigo, Zoe. ¿Eres consciente de lo impotente que me siento? No me dejas hacer nada con relación a Mark. Solo quieres que me quede aquí sentado y te escuche llorar por todos esos problemas que me ocultas, sin que pueda ayudarte ni siquiera a pagar un simple alquiler. ¿Para qué narices estoy entonces?

Abrí los ojos como platos. Mi padre nunca decía palabrotas. Bueno, «narices» no era exactamente una palabrota, pero viniendo de él era como si lo fuera.

—Papá, yo…

Hubo una larga exhalación al otro lado de la línea.

—¿Por qué no me has contado que estás viviendo con un chico, Zoe?

Estuve a punto de sonreír al pensar en Dylan como un «chico». Era mucho más que un simple chico y probablemente lo había sido durante mucho tiempo.

—Si fuera Jared o alguno de tus amigos sería diferente, pero ¿un jugador de fútbol? ¿Tiene al menos novia, o novio? ¿Cuántos años has dicho que tenía?

—Es un estudiante de último curso, y siento decepcionarte, pero creo que es heterosexual. —Sí, de eso no me cabía la menor duda—. En realidad, es amigo de Chris. Eso es lo que estaba intentando explicarte…

—¿Por eso no me has llamado tanto últimamente? Creía que era porque estabas demasiado liada con las clases, pero ¿tú y ese chico estáis…?

—No, no hace falta que termines la frase. Está demasiado ocupado para tener novia. Quiere ser jugador de fútbol profesional y se está esforzando al máximo para lograrlo. Y aunque no estuviera tan ocupado, tampoco me interesaría, ni yo a él, pero…

—Te estás yendo por las ramas. Te gusta ese chico, ¿verdad?

—No —dije de inmediato, quizá demasiado rápido—. No, no me gusta. —Entonces, ¿por qué me salió una voz tan aguda?—. En realidad, nos estamos haciendo amigos. Si vienes de visita, podrías conocerlo. Y sí, estoy muy liada con las clases. Entre eso, los trabajos que me mandan y algunas sesiones que hago para otros estudiantes, apenas tengo tiempo. También he estado haciendo fotografías de *stock* para venderlas en línea, ya sabes, escenas genéricas que puedan servir para varios proyectos. Mi profesora de

de tu verdadera madre?». Además, puede que ayer lo mirara demasiado, seguro que se cree que me falta un tornillo.

—Ojalá tu madre hubiera podido hablar con él antes de... Así no tendrías que haber pasado por todo esto. Danielle tenía tantas ganas de verlo...

Nunca podría decirle que, en realidad, a mi madre le hacía más ilusión volver a ver Mark que cualquier otra cosa. Incluso todavía albergaba alguna esperanza de retomar su relación.

Jamás olvidaría el día en que me reveló que Ronald Clarke no era mi padre. Me rompió el corazón, y si mi padre (porque pese a lo que ella dijera, él siempre sería mi padre, ya que la sangre no siempre hace a la familia) hubiera estado allí, también se lo habría roto a él. Puede que creyera que me alegraría saber que Mark había sido el amor de su vida y que, por muy bien que Ronald la hubiera tratado, nadie podría ocupar el lugar que Mark tenía en su corazón, ni la pasión de su relación.

Después de conocer a ese hombre, no podría estar más en desacuerdo con ella.

Estaba enfadada con mi madre por muchos motivos, pero si se los hubiera contado a mi padre, solo le habría hecho más daño. Él la había querido mucho más de lo que ella nos había amado a nosotros.

Odiaba tener que mentirle, pero no podía hablarle de ella.

—Papá, tengo que irme. En diez minutos empieza mi clase y antes tengo que encontrar a Jared, así que...

—Está bien. Pero ahora que sé todos sus secretos, prométeme que me llamarás más seguido. Y Zoe, no me ocultes más cosas, ¿de acuerdo?

—Claro. Te quiero mucho, papá.

—Yo también te quiero mucho, cariño —respondió él con la voz ronca por la emoción.

12

Dylan

El bar estaba lleno de estudiantes universitarios celebrando el fin de los exámenes parciales. Muchos de esos estudiantes eran mis compañeros de equipo, decididos a iniciar la semana de descanso de partidos con entusiasmo. Algunos de ellos estaban alrededor de las mesas de billar, esperando su turno; otros contemplaban una partida de *beer pong* entre unas cuantas chicas, y otros tantos estaban frente a las pantallas, viendo la repetición de los partidos de la semana anterior. Parecía que todo el equipo estaba allí. De vez en cuando, un fuerte aplauso estallaba en algún rincón del bar, y antes de que pudieras localizar su origen, el sonido se perdía entre el bullicio de la multitud y la música que Jimmy ponía a todo volumen.

Llené una pinta de cerveza de barril y se la entregué a Chuck, uno de los camareros.

—¡Gracias, hombre! —gritó por encima del ruido, antes de volver al trabajo.

Intentaba trabajar todas las horas posibles en el bar de Jimmy sin que afectara a mi calendario de entrenamientos, ya que ser camarero me ayudaba a pagar todo lo que la beca deportiva no cubría. Algunas noches ganaba lo suficiente como para poder enviar algo de dinero a casa, sin que mi padre lo supiera, por supuesto. Lo último que él quería era que me preocupara por los problemas económicos.

Mientras limpiaba una coctelera y los pocos vasos que se acumulaban detrás de la barra, vi a JP acercarse.

—¿Cuándo has dicho que te vuelve a tocar un descanso? —preguntó, subiéndose de un salto a un taburete de la barra mientras miraba a Lindy, otra de las camareras que trabajaba conmigo esa noche.

—¿Me estás echando de menos?

Antes de que pudiera responder, me acerqué a atender a dos chicas.

—¿Qué va a ser, señoritas?

La rubia, que llevaba un vestido rojo escotado, se apoyó en la barra con una sonrisa seductora y me entregó un billete de veinte que sostenía entre dos dedos.

—Dos rondas de chupitos de tequila… y de postre, quiero tu número.

Sonreí y coloqué los vasos de chupito en la barra después de comprobar sus documentos de identidad.

—A lo mejor en otra ocasión.

No presté atención a la intensa mirada que me lanzó la pelirroja mientras se lamía la sal del dorso de la mano y luego succionaba de una forma bastante exagerada una de las rodajas de limón que les había servido. En cuanto acabaron la primera ronda, les preparé la segunda y las dejé a su aire.

—Avisadme si queréis algo más.

JP todavía me estaba esperando cuando regresé.

—Eres el tío más tonto que conozco, lo sabes, ¿verdad?

—Sí, no paras de decírmelo.

—¿Qué coño le pasa a esa chica?

Hizo un gesto con la cabeza hacia un lado y yo miré a las chicas, justo cuando la rubia me guiñaba un ojo.

—No le pasa nada, pero sabes que no me van los rollos esporádicos desde que entramos en la universidad. ¿Por qué te sorprende ahora? Además, en este momento en lo último que pienso es en acostarme con la primera que se me ponga por delante. ¿Acaso no estabas allí cuando casi perdimos en Colorado?

—La palabra clave es *casi*. Al final, ganamos, ¿no? —Se inclinó sobre la barra y se hizo con un puñado de cacahuetes—. Y sería mejor decir que no te apetece acostarte con nadie. ¿Desde cuándo no follas?

—Si mostraras el mismo interés por…

Algo detrás de JP llamó mi atención y me detuve a mitad de la frase. El suave resplandor de las luces amarillas y rojas que colgaban del techo daban al bar un ambiente acogedor, lo que me permitió reconocer a Zoe entrando acompañada de un chico, con el brazo entrelazado con el de él. Fue como si me dieran un puñetazo en el estómago.

JP siguió la dirección de mi mirada y se dio cuenta de lo que había captado mi atención.

—Ah, esa es Zoe, ¿no? Así que no quieres tirarte a cualquier chica, pero te la tirarías a ella, ¿verdad? Te juro que la he visto antes, pero no recuerdo dónde.

—No, no la has visto antes —murmuré distraído mientras fruncía el ceño—. Y somos amigos. Nadie se va a tirar a nadie.

Ya no se estaba agarrando al brazo de ese chico, pero vi cómo se apoyaba en sus hombros para ponerse de puntillas y mirar por encima de la multitud. Cuando encontró lo que buscaba, esbozó una sonrisa de oreja a oreja y le gritó algo al chico antes de arrastrarlo hacia la parte trasera del bar. Debía de haber estado buscando a una amiga, porque justo en ese momento, una chica salió de un reservado situado cerca de la pared del fondo, donde estaban montadas todas las pantallas, y fue hacia ellos. Después hubo gritos ahogados, abrazos y besos. ¿Sería ese chico su novio? La seguí con la mirada hasta el reservado y la vi sentarse al lado de ese imbécil.

—Vaya, pues parece que ella sí se está tirando a alguien. ¡Eh, colega! ¿Me estás escuchando? ¡Tierra llamando a Dylan!

Apreté el trapo que tenía en la mano con tanta fuerza que noté cómo las uñas se me clavaban en la palma a través del tejido. Hice todo lo posible por apartar la vista y centrarme en JP mientras todo mi cuerpo se tensaba.

—¿Qué quieres? —pregunté con un tono más duro de lo que pretendía, así que giré los hombros para intentar relajarme.

JP me miró, enarcando una ceja, y se acomodó en el taburete. Para mi sorpresa, decidió no provocarme más.

—Estoy esperando a los chicos. —Hizo una pausa y entrecerró los ojos—. ¿Sabemos quién es ese tipo?

—Supongo que su novio. No lo sé.

—¿Nos lo cargamos? ¿O simplemente le rompemos las piernas a modo de advertencia?

Solté una carcajada, aunque sonó un poco forzada.

—Ninguna de las dos. Te aseguro que es una opción mejor de la que creía.

—¿A qué te refieres?

Me encogí de hombros y me alejé para atender a unos clientes que acababan de llegar.

JP insistió, alzando la voz:

—Entonces, tiene novio, ¿eh? Eso significa que no está saliendo contigo. Interesante. ¿Lo sabías o te ha pillado por sorpresa?

Me apoyé en la barra con una mano y, al ver que JP intentaba coger más cacahuetes, le di un manotazo con la otra.

—¿Por qué te parece interesante? Tiene novio, como mucha gente.

Se encogió de hombros.

—Por nada. ¿Lo sabías?

—Sí, me dijo que tenía novio y que era complicado. —Apreté los dientes y fulminé a mi amigo con la mirada—. Supongo que ya no lo es. ¿No tienes nada mejor que hacer? Estoy intentando trabajar.

—Y yo no te lo impido. Soy un cliente que paga, igual que los demás —replicó él, mirando hacia atrás.

No pude evitarlo y volví a mirar a Zoe. Se había puesto de pie y se inclinaba sobre la mesa para levantar a su amiga. Los tres se dirigieron a la pequeña área cuadrada frente a las pantallas que muchos usaban como pista de baile improvisada. Había entre siete y diez personas bailando cuando, por enésima vez esa noche, empezaron a escucharse los primeros acordes de

Despacito de Luis Fonsi. No supe por qué, pero nunca me había sonado tan bien esa canción.

—¿A quién estamos mirando? —Ni siquiera me había dado cuenta de que Chris y Benji se habían unido a nosotros y estaban mirando en la misma dirección hasta que oí hablar a Benji. Sabía que nunca dejarían de burlarse de mí por eso, pero fui incapaz de apartar la vista del trío que estaba bailando.

—¿Esa no es... tu compañera de piso? —preguntó Chris antes de que JP o yo pudiéramos responder.

—La misma —contestó JP por mí.

—Vaya trasero que tiene, colega —agregó Benji, nuestro apoyador titular.

Lo miré molesto, pero él seguía con la cabeza girada. Los tres estaban observando lo que ocurría y no podía hacer nada para detenerlos sin quedar como un completo imbécil.

Zoe estaba balanceando lentamente las caderas, mientras sus labios seguían en silencio la letra de la parte que cantaba Justin Bieber. Su amiga no parecía disfrutar tanto de estar en la pista, así que Zoe la agarró de las manos y la obligó a moverse con ella. Luego se rio e hizo un giro bajo el brazo levantado de su amiga, logrando alejarla aún más de las mesas. Al ver que la chica empezaba a animarse y a reírse también, sonrió satisfecha y le soltó las manos. Segundos después, el chico, su supuesto novio, se colocó detrás de ella y comenzaron a moverse al unísono, cantando y sonriendo. Puede que no fuera tan fan de Fonsi y Justin Bieber como pensaba.

Acto seguido, las dos se pusieron a bailar alrededor del chico, recorriendo su pecho con los dedos, riendo y cantando los tres. Zoe se detuvo con la espalda contra el pecho de él, y la otra chica hizo lo mismo detrás de él. Después, como si estuvieran sincronizados, mecieron sus caderas al compás con movimientos suaves y sutiles, atrayendo la mirada de todos los que allí estaban, y no solo la de los salidos de mis amigos. Entonces ellas empezaron a descender, frotando sus cuerpos contra el de él y Zoe levantó las manos, haciendo que la camiseta blanca que llevaba con el lema de «Vive la vida» se le subiera, revelando unos centímetros de la piel cremosa de su abdomen, no solo a mí, sino a todos los que estaban mirando. Apreté los dientes.

Cuando Benji dejó escapar un gemido, golpeé la barra con la palma de la mano con la fuerza suficiente como para llamar la atención de mis amigos y de algunos otros clientes.

Al oír el golpe, Benji, JP y Chris se giraron hacia mí, sorprendidos.

—¿Os pongo algo o solo habéis venido a ver el espectáculo? —No pude controlar el tono brusco de mi pregunta—. Si no vais a tomar nada, id a alguna mesa, o mejor largaos; esta noche estamos a tope. —Al ver que JP abría la boca, levanté un dedo en su dirección—. Ni se te ocurra.

Él alzó las manos en señal de paz, aunque no consiguió ocultar del todo su sonrisa.

—Solo iba a decir que esta canción mola mucho.

Chris miró a JP con interés, pero fue prudente y no hizo ningún comentario antes de dirigirse a mí.

—¿Cuándo es tu próximo descanso? Tenemos que hablar sobre el horario de entrenamiento para esta semana.

Benji le dio un empujón, desestabilizándolo sobre el taburete.

—¿En serio, tío? Es el primer día de la semana sin partidos. Relájate un poco, joder.

Cuando terminó la puta canción y comenzó un tema antiguo de Shakira, no me atreví a mirar hacia Zoe y me obligué a clavar la vista en Chris. Solté un suspiro y me pasé la mano por la cabeza mientras exhalaba.

—Mañana voy a dormir un poco más. No iré al gimnasio hasta las nueve, ni un segundo antes.

—Vamos, que solo vas a tener una hora más de sueño. A eso no se le llama dormir más, colega. Estáis como una cabra los dos. Yo me voy a tomar el día libre y voy a dormir todo lo que pueda. Me merezco un buen descanso.

JP se rio entre dientes.

—Ya quisieras tener los huevos suficientes para hacerlo. Como llegues tarde a la reunión con el equipo, el entrenador te enviará al final del campo de una patada.

Benji soltó un gruñido y le dijo a JP que se callara, y luego se volvió hacia mí.

—Al menos dime que vendrás a la fiesta de la hermandad.

—¿Cuándo es? ¿Mañana por la noche? —pregunté.

—No me puedo creer que sea amigo de vosotros tres. ¿Cómo es que no sabes que la fiesta es esta noche, hombre?

—Dylan, tres cervezas, ¡rápido! —gritó Chuck, antes de desaparecer entre la multitud.

Alcé las manos.

—Como puedes comprobar, no voy a ir a ningún lado. Voy a trabajar aquí todas las noches de la semana. Necesito hacer horas.

Benji se levantó con un profundo suspiro.

—Vale, ya he tenido suficiente. Me estás cortando el rollo como nadie. Me largo. —Miró a Chris y a JP—. ¿Os venís o preferís quedaros con este pringado?

Chris fue el primero en seguir su ejemplo y se puso de pie.

—Prefiero beber cerveza rancia en la hermandad que volver a casa esta noche. Dormiré en casa de Mandy. —Dio un golpecito en la barra con los nudillos—. ¿Nos vemos mañana por la mañana?

Terminé de llenar las pintas y las coloqué en una bandeja para que se las entregaran a los clientes.

—¿Vuelves a estar con Mandy? ¿Cuándo coño ha pasado?

—No estamos juntos exactamente.

—¿Y cómo llamas a eso de pasar la noche en su casa? No me digas que vas a dormir en el sofá.

Se encogió de hombros y esbozó una sonrisa satisfecha.

—Solo estoy tanteando el terreno para ver si es el momento de volver. Hasta mañana, tío. —La relación que tenía con su padre, nuestro entrenador, estaba lejos de ser ideal, y cuando necesitaba su espacio, nunca le faltaba un sitio donde quedarse.

Chris era el más reservado del grupo. Era el capitán del equipo y un buen líder dentro del campo, sin embargo, a la hora de socializar, prefería mantenerse al margen. Siempre estaba rodeado por una multitud de chicas que lo seguían como cachorritos, ansiosas por llamar la atención del *quarterback*, pero en ese aspecto se parecía más a mí que a JP. Aunque, a diferencia de mí, no le importaban los rollos esporádicos; eso sí, siempre que no estuviéramos en plena temporada, no cuando nuestro futuro estaba en juego, con todos los ojos puestos en nosotros y las pruebas previas al *draft* a la vuelta de la esquina.

—Sí, hasta mañana.

Chris siguió a Benji, que ya estaba hablando con algunos de nuestros compañeros de equipo, dejándome solo con JP.

—¿Qué pasa? —quise saber.

—Solo una pregunta.

Suspiré.

—Dispara.

—¿Te gusta esta chica? —Señaló a Zoe con el pulgar hacia atrás.

—Solo somos amigos, JP. No sé cuántas veces tengo que repetírtelo.

—Sí, claro. Lo entiendo, y eso de ser amigos está bien, pero… —Vaciló un instante—. Mira, no quiero parecer ñoño, pero deberías divertirte un poco. Te lo mereces. Y si no es ahora, ¿cuándo? Ya sabes lo que dicen: trabaja duro y diviértete aún más. Si te gusta… —Fue listo y dejó la frase en el aire—. Solo piénsatelo, es lo único que te estoy diciendo.

—Supongo que no oíste la parte en la que te dije que tiene novio. —Evité mencionar que me gustaba mucho Zoe Clarke y que solo estaba esperando el momento adecuado para dar el paso, un momento en el que estuviera soltera y sin complicaciones; aunque quizá ya era demasiado tarde.

—Bueno, como te he dicho antes, siempre podemos cargárnoslo o romperle las piernas. En cualquier caso…

—¡Dylan, necesito ayuda! —canturreó Lindy mientras me tocaba el brazo y le guiñaba un ojo a mi sonriente amigo.

—No te preocupes por eso, ¿vale? —le dije a JP—. Nos vemos mañana. No me obligues a sacarte de la cama en la que acabes esta noche.

—No hago más que decírtelo: deberías seguir mi ejemplo. —Soltó un suspiro—. Sí, sí, ya lo sé. Nos vemos. Voy a buscarme a mi propia Mandy para esta noche.

—No hagas nada que yo no haría.

—Eso ya pasó hace tiempo, colega.

Me olvidé de Zoe por un momento y me reí. Luego me fui a ayudar a Lindy con los pedidos.

—Deberías tomarte un descanso en cuanto esto se calme un poco —le dije en voz alta para que me oyera mientras trabajábamos codo con codo—. Habla con tu pequeñajo antes de que se acueste. —Lindy era una madre soltera de un niño de tres años que dejaba con su padre cuando tenía que trabajar y aprovechaba los descansos para hablar con él en lugar de fumar o charlar con sus compañeros.

—¿Qué hora es? —preguntó, agitando una coctelera. La mayoría de los clientes del bar optaban por las cervezas baratas, ya que casi todos eran estudiantes universitarios, aunque había algunos pocos más selectos que preferían un cóctel de vez en cuando.

—Más de las nueve.

Terminó de agitar la bebida, sirvió el cóctel rosa en una copa de Martini y la adornó con una cereza al marrasquino.

—Sí, seguro que ya está en la cama esperando mi llamada. Gracias, Dylan.

Asentí y, justo cuando estaba tomando otro pedido, volví a mirar a Zoe, todavía bailando. Al menos ya no veía al imbécil de antes, pero ¿cuánto tiempo más iba a seguir bailando? ¿No se había cansado aún? Además, ¿no se suponía que era tímida? ¿Cómo podía estar bailando tan a gusto, delante de toda esa gente, cuando ni siquiera podía mirarme a los ojos más de unos segundos?

Entonces vi cómo una mano le rodeaba la cintura y gruñí una palabrota. Varios de los chicos que estaban sentados delante de mí me miraron extrañados, pero les hice un gesto con el mentón y les dije:

—¿Pasa algo?

Ellos se limitaron a negar con la cabeza y continuaron con su animada conversación.

Volví a mirar en dirección a Zoe. ¿Qué narices había esperado de mi amigo? ¿Que se fuera sin más? Pues claro que había ido hasta allí y estaba hablando con ella. La vi sonreír ante algo que le había dicho JP y dar un discreto paso atrás, soltándose de su brazo con facilidad. JP se inclinó para susurrarle algo al oído y, cuando terminó, le dio dos palmaditas en la cabeza. Luego le dijo algo a su amiga y se alejó de ellas. Justo cuando estaba a punto de salir del bar, se volvió, abrió la puerta con la espalda, y me miró con los pulgares hacia arriba y una sonrisa socarrona antes de desaparecer.

Era un hecho consumado: acabada de darme luz verde para que le diera una paliza la próxima vez que estuviéramos en el campo. Porque estaba claro que sabía que no me iba a hacer ninguna gracia verlo tocar a mi amiga, rodearle la cintura, acariciar su cuerpo.

—¡Eh, Dylan! —gritó Lindy desde el otro lado de la barra. Me giré para mirarla y la vi con los ojos muy abiertos, señalando la jarra que tenía en la mano, que empezaba a rebosar de cerveza.

—¡Mierda! —Sacudí la mano y limpié la jarra con un trapo antes de tendérsela.

—¿Qué te pasa esta noche? —preguntó ella, acercándose a mí.

—Nada.

Intenté ignorar las miradas que sentía sobre mí, terminé de servir el pedido y empecé con otro. Al cabo de unos segundos, la curiosidad me pudo de nuevo y eché un vistazo hacia Zoe. Los tres me estaban mirando. El chico al que había estado vigilando desde que entraron se inclinó hacia Zoe y consiguió captar su atención. Una de dos: o no podían oírse a pesar de estar cerca (lo que me parecía absurdo) o a ese imbécil no le gustaba que Zoe estuviera pendiente de mí.

Cuando vi cómo le retiraba un mechón de pelo de la cara y se lo colocaba detrás de la oreja, me maldije a mí mismo porque aquello me afectara tanto.

Unos minutos después, el chico al que acababa de servir una cerveza se bajó de su taburete y, antes de darme cuenta, me encontré con Zoe sonriendo frente a mí.

—Hola, desconocido, ¿qué haces aquí? —Miró a su alrededor—. ¿Intentando impresionar a alguien?

Nos miramos. Estaba esbozando una leve sonrisa, aunque apenas tardó unos segundos en apartar la vista y apoyar los codos en la barra. ¿Le había sorprendido verme allí? ¿Estaba molesta? ¿Contenta? ¿Era yo el culpable de ese leve sonrojo en sus mejillas o era un remanente de lo que ese idiota le había susurrado al oído? Lo más probable era que se debiera a todo el esfuerzo por el baile. Al fin y al cabo, todavía jadeaba un poco.

—¿A ti qué te parece? —conseguí decir, sin un atisbo de sonrisa.

Me miró un poco desconcertada por mi tono. Su sonrisa se desvaneció mientras parpadeaba.

—¿Va todo bien?

Intenté contener mi enfado y giré el cuello antes de respirar hondo. El ambiente olía a alcohol, pero debajo pude percibir un atisbo de su maldita fragancia a frutos silvestres.

«Tranquilo, colega. Ella no ha hecho nada malo».

Exhalé antes de abrir la boca para volver a hablar.

—Lo siento. He tenido un día muy largo. ¿Qué quieres decir con eso de intentar impresionar a alguien?

—Estás detrás de la barra.

Me miré y luego eché un vistazo a mi alrededor.

—Sí, trabajo aquí. Eso es lo que hace un camarero de barra. Se queda detrás de la barra y sirve bebidas.

—Eso no es verdad.

—Sí, te aseguro que eso es más o menos en lo que consiste el trabajo.

—No, me refiero a lo de ser camarero. —Parecía sorprendida—. ¿En serio estás trabajando ahora mismo?

—Sí. ¿Qué creías que estaba haciendo?

Se mordió ligeramente el labio inferior. Me quedé observando su boca mientras hablaba, pero estaba tan ensimismado en sus labios que no me enteré de nada.

—¿Cómo?

Se inclinó unos centímetros hacia delante y elevó la voz.

—¡Te he dicho que creía que estabas intentando impresionar a alguien! Ya sabes lo mucho que nos gustan a las chicas los chicos malos, y tú, encima, eres jugador de fútbol. Vamos, que multiplicas tu atractivo. —Abrió mucho los ojos—. Y los camareros suelen ser atractivos... no es que te esté llamando guapo ni nada por el estilo, pero pensaba que estabas ahí detrás para...

Alcé la vista por encima de su hombro y me encontré con la mirada de ese imbécil. Tanto él como la otra chica nos estaban observando. Había sido su propia estupidez la que permitió que ella se acercara a mí, así que ¿por qué tenía que ser yo el que se mantuviera alejado? Al fin y al cabo, Zoe era mi compañera de piso, mi amiga. «Que le den».

Me apoyé en la barra, reduciendo la distancia entre nosotros, y coloqué los brazos justo al lado de los suyos. Solo nos separaban unos pocos centímetros. Si se movía, nuestras pieles se rozarían. Zoe dejó de balbucear y se percató de la nueva posición de mis brazos. Luego, no supe si a propósito o no, se movió en el taburete, desplazando su atractivo trasero de un lado a otro.

—Zoe —dije en voz baja, ahora que estábamos más cerca—. Vuelves a divagar. Es algo que encuentro adorable, y no pasa nada si consideras atractivo a un amigo. A mí también me pareces atractiva.

En ese momento, Lindy pasó detrás de mí y tuve que echarme un poco más hacia delante, por lo que mi brazo rozó el de Zoe. Ella ignoró por completo que acababa de decirle que era atractiva (o quizá creyó que estaba bromeando) y también se inclinó hacia delante, como si no pudiera evitarlo. Fue un movimiento tan sutil que estuve seguro de que ni siquiera se había dado cuenta.

—No he dicho que fueras atractivo.

—Yo creo que sí.

—No —respondió despacio—. Lo que quería decir es que suelen contratar a chicos atractivos para... —Soltó el aire y cambió de tema—. No sabía que también trabajabas, además de todo lo demás. Tienes una vida muy ocupada. Simplemente me ha sorprendido, eso es todo.

Enarqué una ceja.

—Recuerdo perfectamente haberte dicho que no era rico.

—Sí, pero no pensé que tú... Está claro que no pensé. Ya sabes cómo tiendo a encasillar a los jugadores de fútbol. La mayoría de la gente cree que se lo sirven todo en bandeja, y por lo visto yo soy una de esas personas, pero... me gusta que trabajes. —Resopló—. Eres un... —Arrugó la nariz y sacudió la cabeza—. Da igual.

Me acerqué un poco más y volví a rozarle el brazo con el antebrazo. Mantuvimos ese contacto piel con piel. Zoe no apartó la mirada. Me habría encantado que terminara la frase, pero había algo que me interesaba saber más.

Incliné ligeramente la cabeza, acercando los labios a su mejilla; la misma que su novio había tocado con los dedos apenas unos minutos antes.

—Así que ese de ahí es tu novio, ¿no? No creo que le haga mucha gracia que estés aquí hablando conmigo. —El muy imbécil seguía mirándonos y estaba empezando a ponerme de los nervios.

Zoe alzó la cabeza de golpe y me miró con el ceño fruncido.

—¿Qué? ¿Dónde?

Me aparté de ella.

—Tu novio —repetí, señalando al chico con la barbilla. En ese momento, había dejado de mirarnos y tenía el brazo apoyado en el sofá, en una postura relajada, hablando con la amiga de Zoe, que tenía enfrente—. El tipo con el que has estado bailando desde que llegaste. —Clavé la vista en ella—. Y yo que pensaba que eras tímida, Zoe, porque ni siquiera podías mirarme a los ojos más de dos segundos... pero la chica que ha estado bailando allí no parecía nada tímida.

Se giró hacia mí poco a poco.

Todo mi cuerpo volvió a tensarse. ¿Por qué me molestaba tanto que bailara con su puto novio? Sabía que tenía pareja, y debería haberme alegrado de que solo fuera un estudiante. Me enderecé y decidí que tenía que seguir haciendo el trabajo por el que me pagaban y ayudar a Lindy con los clientes.

Después de servir algunos pedidos, comprobé si Zoe se había marchado, pero todavía estaba allí sentada, esperándome, siguiendo cada uno de mis movimientos con la mirada.

Volví a colocarme frente a ella. Me estaba comportando como un capullo y esa no era mi intención.

—¿Quieres que os lleve algo a ti y a... tus amigos? —pregunté en voz alta para evitar acercarme demasiado.

Frunció aún más el ceño y se movió hacia delante en su asiento. Luego, abrió la boca, pero no dijo nada. Entonces, asintió.

—Vale, ponme una pinta de cualquier cerveza que tengas de barril y una Corona, por favor.

Le devolví el asentimiento y me puse a preparar su pedido. Coloqué la cerveza frente a ella y me agaché para coger una Corona. Zoe agarró el asa de la jarra con una mano y la botella con la otra.

—¿Puedes tú sola o te echo una...?

La respuesta que me dio no era lo que esperaba para nada.

—Ese no es mi novio, Dylan. Es mi amigo Jared. Y para que lo sepas, que sea tímida no significa que no sea capaz de comportarme como cualquier persona, o bailar con mis amigos, o simplemente estar con gente. Solo soy tímida y torpe con algunas personas, y resulta que tú eres una de ellas, eso es todo.

No sé si eligió decirme todo eso de un tirón y en voz baja para que no oyera la mitad, o si pensó que se habría ido antes de que pudiera entenderlo, pero gracias a Dios lo capté a la primera.

Y como tenía las manos llenas, no logró escapar tan rápido como esperaba. Así que, antes de que pudiera bajarse del taburete, coloqué la mano en su muñeca y la detuve.

Se quedó quieta, sentada de lado, y me miró.

Seguía teniendo la mano alrededor de su muñeca, y en esa ocasión no dudé en inclinarme hacia ella mientras la atraía hacia mí al mismo tiempo. Me detuve justo cuando mis labios estaban a punto de tocarle la oreja.

—¿Puedes repetir lo que acabas de decir? —pregunté en un tono grave y profundo.

Y sí, la había entendido perfectamente, pero necesitaba volver a escucharlo.

Zoe ladeó la cabeza lo suficiente para que pudiera oírla. Yo me quedé donde estaba, inhalando su aroma.

—Solo soy tímida... —empezó, titubeando.

—Esa parte no. La anterior.

—Ah, ese es Jared. No es mi novio, solo es Jared, mi amigo —señaló ella. Cerré los ojos, aliviado. Al volver a abrirlos, me fijé en lo fuerte que estaba agarrando la botella de Corona. Por la posición en la que nos encontrábamos, no tenía más remedio que hablarme directamente al oído, y podía sentir su cálido aliento sobre la piel de mi oreja—. Es mi amigo, y además resulta que es gay, aunque eso no debería importar.

Al escuchar sus palabras, esa opresión en el estómago que había sentido cuando la había visto tocar a ese imbécil, como si de un puñetazo se tratara, se atenuó. No debería haberme alegrado oír eso; no debería haber marcado ninguna diferencia, pero lo hizo de todos modos. No estaba preparado para verla acercarse a otro chico. Pero una cosa era saberlo, y otra verlo con mis propios ojos. En cualquier otro momento, hasta podría haberme hecho gracia, pero esa noche no me gustó en absoluto.

Respiré hondo y cerré los ojos. Su olor a frutos silvestres me estaba matando. La primera noche, cuando se le soltó la toalla, haciéndome un favor, también había olido a frutos silvestres, y como era su compañero de piso, pronto tuve el privilegio (o quizá la maldición) de saber que provenía de su gel de ducha, no de su champú. Era un aroma que siempre se quedaba flotando en el ambiente después de que se duchara, y que llegaba hasta mi habitación, distrayéndome por completo.

Desde un primer momento, había sabido que no podría ser solo una amiga, aunque le hubiera hecho creer que sí. Y verla con otra persona me lo había confirmado.

Zoe se aclaró la garganta y se alejó de nuestra pequeña burbuja privada. Y ahí fue cuando me percaté del rubor de sus mejillas. Cuando habló, lo hizo con voz ronca. Mi presencia, tenerme tan cerca, la afectaba. Estaba seguro: el brillo de sus ojos, el color de sus mejillas y la forma en la que intentaba contener la respiración la delataban. Si no era así, si me equivocaba, iba a estar jodido.

—Eres preciosa —le dije con total sinceridad—. Siempre estás muy guapa, pero esta noche se te ve radiante. Me gusta la sonrisa que tienes hoy. Me encanta cuando sonríes, Flash.

Me miró sorprendida e indecisa. Empezaron a temblarle un poco los labios hasta que, al final, esbozó una sonrisa tímida pero adorable.

—A mí también me gusta tu sonrisa… mucho.

Retrocedí, le solté el brazo y la observé. Como era de esperar, miró a cualquier parte excepto a mis ojos.

—Saluda a tus amigos de mi parte. ¿Por qué no me los presentas antes de irte? Esto debería despejarse en breve.

Tragó saliva y volvió a morderse el labio inferior.

—¿Estás bien, Dylan? No te he visto mucho últimamente. Va todo bien entre nosotros, ¿verdad?

Ahora ya no sabía cómo actuar con ella, pero sí, todo iba bien.

—Siempre es así durante la temporada de fútbol, con los entrenamientos, el gimnasio, las clases y luego los exámenes parciales. He estado muy ocupado, pero voy a estar un poco más tranquilo durante, al menos, una semana. Voy a trabajar aquí todas las noches porque es la semana de descanso de partidos, aunque nos veremos más.

—Bien. —Sonrió y asintió. Justo antes de bajarse del taburete, se giró para echar un vistazo a sus amigos y luego volvió a mirarme—. ¿Vemos luego una película? Ya sabes, manitas y Netflix, como dicen los chicos de hoy en día.

Los ojos casi se me salieron de las órbitas.

fotografía me ha dicho que me avisará si alguno de sus amigos fotógrafos necesita algún ayudante para sus sesiones, como bodas o similares, ya que lo que más me interesa son los retratos. De modo que sí, estoy muy ocupada y esa es la única razón por la que no he podido llamarte. No quiero que te preocupes por mí. Puedo lidiar con ello; de hecho, es lo que estoy haciendo. Y hablo en serio cuando digo que el curso que viene me iré a vivir a otro sitio. Siempre creí que dejar que me quedara allí era lo menos que podía hacer por mí, pero sí, cuantas menos ataduras tenga con él, mejor. Así tengo la sensación de que le debo algo y eso no me gusta.

Hasta que no pronuncié la última frase no me di cuenta de que aquello volvería a cabrearlo.

—No le debes absolutamente nada, Zoe.

—Ya lo sé, pero aun así, no quiero tener ningún lazo con él. Si no se lo ha contado a Chris en enero o febrero… En fin, no quiero seguir hablando de Mark. En cuanto a Dylan, no te preocupes por él. Sí, es mi compañero de piso, pero apenas nos vemos. Te aseguro que está más ocupado que yo —lo que era una auténtica pena—, así que no tienes nada de qué preocuparte. Sabes que si me sintiera incómoda con él o estuviéramos saliendo te lo diría. Siempre te cuento ese tipo de cosas.

—¿Ah, sí? Porque en esta llamada me he enterado de varias cosas que me has estado ocultado.

«*Touché*. Será mejor que cambies de tema, Zoe».

—Bueno… lo que estaba intentando contarte antes es que, anoche, vinieron al apartamento dos compañeros de equipo de Dylan. Uno de ellos era Chris. Yo estaba allí y no supe qué hacer. Ni siquiera supe dónde poner las manos. Fue de lo más incómodo.

—Podrías habérselo dicho.

—Papá, no puedo llegar y decírselo sin más. ¿Recuerdas cómo reaccioné cuando me enteré? Pensaría que estoy loca. Además, qué se supone que debería decirle: «Hola, soy la hermana perdida que nunca has sabido que tenías. ¿Qué tal? Ah, y la mujer que crees que es tu madre en realidad no lo es. ¿Quieres que te hable

—¿Manitas y Netflix?

Cuando se dio cuenta de lo que había dicho, me miró horrorizada.

—¡No! No quería decir eso, me he equivocado. Era mantita y Netflix. Ver una película en Netflix, en el sofá, con una mantita y relajarnos, no manitas. Nada de manitas y Netflix... —Soltó un gruñido de frustración—. Olvídate de Netflix. Que le den a Netflix. La última vez que lo intentamos, vinieron tus amigos y no pudimos. Así que, si te apetece, cuando vuelvas a casa esta noche podríamos ver alguna película.

Le sonreí, preguntándome si estaba bien que me divirtiera tanto provocándola.

—Lo siento, Zoe. Hoy voy a terminar muy tarde. ¿Lo dejamos para otro día?

La sonrisa desapareció de su rostro.

—Sí, claro. Seguro que luego tienes planes con tus amigos.

Volví a tocarle el brazo; se comprende que no podía evitarlo.

—No es por eso, es que hoy es la Noche de la Cerveza y me temo que no voy a poder salir de aquí hasta la hora de cierre, que es a las dos de la madrugada.

—Ah, sí, es bastante tarde. Mejor lo dejamos para otro día. ¿Nos vemos en el apartamento?

—Sí, te veo en casa. —Me gustaba más cuando lo llamábamos casa, como había hecho hacía un momento—. Me encantaría conocer a tus amigos —insistí antes de que se fuera.

Sonrió de nuevo.

—Claro. Aunque en realidad ya conoces a Kayla, creo que salisteis juntos, y Jared es uno de tus seguidores, así que a él también le encantaría. —Miró a su alrededor—. Luego, cuando no haya tanta gente, venimos y te los presento. Ya te he entretenido mucho.

«Pero ¿qué...?».

—Espera un momento, ¿qué has dicho? ¿Crees que salí con tu amiga?

—No es que lo crea, ella me dijo que vosotros...

Miré hacia el reservado frunciendo el ceño. El tal Jared nos observaba sin disimulo, pero en esta ocasión la chica que había frente a él me sonrió y me saludó con timidez. Entrécerré los ojos, me fijé un poco más en ella y... sí, me sonaba bastante, pero tenía claro que no había salido con ella.

—Estoy seguro de que nunca he salido con tu amiga, Zoe. —Le eché otro vistazo rápido—. ¿Cómo has dicho que se llama?

—Kayla.

—Entonces te equivocas.

—Me dijo que os conocisteis en primero. Bueno, ella estaba en primero, así que tú estarías en segundo.

Volví a entrecerrar los ojos y la miré mejor, tratando de recordar por qué me resultaba tan familiar.

—¿No sería pelirroja por casualidad?

—Sí. A su novio no le gusta ese color, así que ahora se tiñe de castaño.

Esbocé una sonrisa.

—Ah, ya me acuerdo. —Alcé la mano y le devolví el saludo a su amiga. Luego miré de nuevo a Zoe—. Pero que quede claro, nunca salimos en plan pareja, solo salimos un par de veces con unos amigos, nada más. Ni siquiera lo llamaría una cita.

—Eso fue lo que me dijo Kayla. Aunque no habría pasado nada porque hubierais salido.

Asentí despacio.

—Cierto, no habría pasado nada, pero no lo hicimos.

Se colocó el pelo detrás de la oreja y bajó la mirada hacia la botella de cerveza que tenía en la mano. No pude evitar fijarme en cómo limpiaba la condensación con el pulgar.

De arriba abajo.

Y luego al revés.

Me incliné para poder mirarla a los ojos.

—Pásate por aquí antes de que os vayáis, ¿vale? Quédate conmigo y hablamos un rato. Así puedo pasar más tiempo con mi amiga.

—Vale.

Respiré aliviado.

Se despidió de mí con un gesto de la mano, se bajó del taburete y les llevó las bebidas a sus amigos. A mitad de camino, se volvió hacia mí, con las cervezas todavía en alto y, con los ojos brillando, me ofreció una sonrisa radiante, que hizo que mis labios también se curvaran, divertidos. Luego se giró y siguió su camino. Kayla tomó la Corona, y el amigo que no era su novio agarró la jarra antes de que ella pudiera sentarse y la vertió en sus vasos.

En ese momento, estalló un sonoro aplauso en la mesa del *beer pong*, recordándome que estaba allí para trabajar.

Como había menos pedidos, le grité a Lindy:

—Yo me encargo. Tómate un descanso.

Ella soltó un suspiro y, mientras pasaba a mi lado hacia la puerta que conducía a la cocina, puso una mano en mi hombro y me dio un beso en la mejilla.

Me quedé un rato hablando con los chicos sentados enfrente de mí sobre cómo iba la temporada hasta que Lindy regresó.

Cuando eché un vistazo a mi derecha, donde estaba el reservado de Zoe, ella fue la primera en darse cuenta de que los había sorprendido mirándome y apartó la vista a toda prisa.

13

El bar de Jimmy estaba solo a unos minutos del apartamento, así que llegué sobre las dos y media de la madrugada. Al subir las escaleras, lo último que esperaba o deseaba era encontrarme con la señora Hilda.

—Oh, Dylan, creí que eras otra persona.

—¿Va todo bien, señora Hilda? Es muy tarde para estar levantada.

Me hizo un gesto con la mano para que no me preocupara.

—Siempre me cuesta dormir por las noches. Cuando he oído pasos, he querido ver quién llegaba a casa a estas horas. ¿Sabes? La señorita Clarke tiene una visita esta noche.

Apreté los dientes y me detuve.

—¿Una visita?

Frunció el ceño y miró hacia la puerta de nuestro apartamento.

—Sí, su amigo. Le gustan los chicos mayores. Mira lo tarde que es y él sigue ahí dentro. Se cree que puede engañarme pasando de puntillas por delante de mi puerta.

¿Habría ido allí con sus amigos? Le ofrecí a la señora Hilda una sonrisa forzada y, con una rápida inclinación de cabeza, saqué la llave del bolsillo para poder entrar y comprobarlo por mí mismo.

—¿Dylan? Me dijiste que tu padre era fontanero, ¿verdad? —Me detuvo antes de que pudiera abrir la puerta.

—Sí. —Cambié el peso de un pie a otro.

—Resulta que tengo un pequeño problema en la cocina, ¿te importaría echarle un vistazo?

—Señora Hilda, me encantaría ayudarla, pero vengo de trabajar y estoy agotado. No se me da muy bien la fontanería, pero mañana me pasaré a verlo.

La señora Hilda resopló y su semblante medio amable se esfumó por completo.

—Cuento con ello, jovencito.

Cuando giré la llave y entré, me esperaba lo peor. Pero lo que me encontré fue a Zoe dormida, acurrucada en el sofá. El salón estaba a oscuras, salvo por una vela encendida en la isla de la cocina. Después de cerrar la puerta, dejé mi bolsa en el suelo y fui hacia ella.

Estaba con las manos debajo de la mejilla y las piernas recogidas hacia el estómago. El pelo le colgaba del hombro en una trenza deshecha que le cubría media cara.

Me di cuenta de que, durante un instante, me había creído lo que me había contado esa vieja chismosa y había tenido miedo de lo que me iba a encontrar al cruzar la puerta.

Me quedé unos segundos observándola dormir, intentando decidir qué hacer. Me froté los ojos y me arrodillé a su lado. Llevaba la misma ropa que en el bar; la única diferencia era que se había cambiado los vaqueros por unos *leggings*.

Tras dudar un momento, levanté la mano y la posé sobre su hombro, deslizándola suavemente por su brazo y luego de vuelta hacia arriba.

—Zoe, despierta. —No se movió ni un milímetro—. ¿Zoe? —Retiré la mano de su hombro y, con mucho cuidado, le aparté el pelo para poder verle mejor la cara. Estaba tan serena.

Desde la mesa baja, el móvil de Zoe, que estaba bocabajo, emitió un sonido indicando que tenía un mensaje nuevo. No me enorgullece lo que hice a continuación: darle la vuelta para comprobar de quién se trataba. No pude leer el contenido del mensaje, aunque sí vi el nombre en la pantalla: Mark Wilson.

Apreté las manos en sendos puños. Podía tratarse de cualquier cosa. Al fin y al cabo, él era un amigo de la familia. No estaba allí;

estaba claro que la señora Hilda se había equivocado. Zoe vivía en su apartamento. No tenía por qué significar nada.

Puse el móvil bocabajo y volví a tocar a Zoe.

—Zoe, despierta.

Parpadeó un poco, pero no llegó a abrir los ojos del todo. Dejó escapar un pequeño gemido y luego movió las caderas para acomodarse mejor en los cojines. Le aparté unos mechones de la frente y dejé que mis dedos se quedaran allí un instante. El gesto surtió efecto y empezó a abrir los ojos.

Cuando me vio a su lado, frunció el ceño, confundida.

—Cielo, deberías irte a la cama —susurré.

—¿Dylan? —Su voz sonaba somnolienta. Se frotó los ojos y observó el salón a oscuras—. ¿Qué hora es? —preguntó, antes de bostezar y taparse la boca con el dorso de la mano.

—Casi las tres.

—Vaya.

—¿Quieres que te ayude a llegar a tu cuarto?

Me miró un instante a los ojos.

—Oh, no hace falta. Puedo yo sola, gracias.

Me erguí y ella se sentó. Todavía parecía desconcertada.

Me metí las manos en los bolsillos.

—¿Estás bien?

Volvió a llevarse la mano a la boca para bostezar y me miró.

—Sí, he debido de quedarme dormida después de volver del bar.

Asentí.

—Bueno, me voy a mi habitación.

Apenas había llegado a la entrada del pasillo cuando me llamó.

—¿Dylan?

Al volverme, la vi de pie, sujetando el portátil contra su pecho.

—¿Te vas a la cama?

—Sí, estoy agotado.

—Ah, vale. Buenas noches entonces.

—¿Va todo bien?

—Sí, claro.

—Zoe, ¿qué pasa?

Observé cómo apretaba el portátil con fuerza.

—Nada, no pasa nada. Todo va bien. Es solo que… había pensado que, si no estuvieras tan cansado, tal vez podríamos ver algo juntos. Pero estás agotado, así que no hay problema. Me dijiste que ibas a llegar tarde; no debería haberte esperado, pero te he comprado una hamburguesa con queso por si llegabas con hambre. Jared y yo fuimos a la hamburguesería después del bar, y como me dijiste que tu comida favorita eran las hamburguesas, te pedí una. Como la última vez me trajiste *pizza*, pensé que…

—Zoe, para. —Me acerqué de nuevo a ella y no me detuve hasta que lo único que se interponía entre nosotros era el sofá—. ¿Te has quedado dormida aquí porque me estabas esperando?

—Yo… —Se encogió de hombros—. Supuse que, a lo mejor, no tendrías mucho sueño cuando volvieras y que podríamos estar un rato juntos. Si querías, por supuesto. Como no nos hemos visto estos últimos días por los parciales y tus partidos… Jared pensó que estaría bien si te…

—Entonces no fue idea tuya lo de la hamburguesa con queso, fue de Jared. Recuérdame que le dé las gracias la próxima vez que lo vea. —No era una pregunta, pero ella lo interpretó así y negó con la cabeza.

—Está bien, te he mentido. Yo creí que quizá volverías con hambre y he querido ser una buena amiga.

Ladeé la cabeza.

—¿Estabas viendo una película antes de quedarte dormida?

Apartó la mirada demasiado rápido.

—No.

Ese fue el sí más grande que había oído en mi vida.

La observé atentamente. Si quería estar conmigo, aunque solo fuera porque estaba asustada, ¿cómo iba a rechazarla? No pasábamos mucho tiempo juntos, y además, me había traído una hamburguesa, habría sido un desperdicio no comérmela.

—¿Qué estás viendo?

Su sonrisa se fue ensanchando poco a poco hasta que tuvo que morderse el labio para contenerla.

—¿No tienes sueño? ¿No estás cansado?

—Estoy cansado, pero puedo aguantar otra hora más o menos.

—¿Qué quieres ver? —Se inclinó y volvió a colocar el portátil sobre la mesa baja.

Hice todo lo posible por no mirarle el trasero mientras manipulaba el dispositivo.

—Elige tú.

—¿Qué tal *Speed* o *La conspiración del pánico*?

—¿De qué iba *Speed*?

—Es una película de los noventa con Keanu Reeves y Sandra Bullock. *La conspiración del pánico* es con Shia LaBeouf y Michelle Monaghan.

—Te gustan las películas antiguas, ¿eh?

—No son tan antiguas. Entonces, ¿cuál te apetece ver?

—No sé si aguantaré hasta el final, pero pon *Speed* y dejamos la otra para la próxima.

De nuevo esa sonrisa.

—Me parece bien. Venga, siéntate. —Se acercó y me empujó hasta que me senté en el sofá—. Voy a por tu hamburguesa con queso y patatas fritas.

—¿Qué hice para merecerme las patatas fritas además de la hamburguesa?

Fue hacia la cocina, pero volvió la cabeza para contestarme.

—¿Quién se pide una hamburguesa sin patatas fritas? Es como un pack. Espero que no te importe compartir, porque no creo que pueda resistirme a las patatas fritas. Seguro que te robo algunas, aunque la hamburguesa y el refresco son solo para ti.

Regresó con una bandeja que me entregó y se agachó sobre su portátil para poner la película. Entonces me miró y soltó un suspiro.

—No tienes por qué hacer esto, lo sabes, ¿verdad? Sé que estás cansado. Si quieres irte a la cama, no te quedes por mí, Dylan.

—No te preocupes, Flash, estoy bien. Si me quedo dormido, pues ya está. No pasa nada. Mientras no me dibujes un pene en la cara, no habrá problema.

Se rio.

—Prometido. ¿Te lo han hecho alguna vez tus compañeros de equipo?

Di unas palmaditas a mi lado en el sofá y ella se sentó sin dudarlo.

—A mí en concreto no, pero he visto hacerlo.

Dio al botón de reproducir y se acomodó en el sofá. Yo me llevé la hamburguesa a la boca, le di un buen mordisco y solté un gemido de placer.

—No me había dado cuenta del hambre que tenía. Gracias.

Al ver que no cogía ninguna patata, le ofrecí una.

La tomó entre la punta de los dedos.

—Gracias.

—Puedes quedarte con la Coca-Cola. No tomo bebidas gaseosas.

Dio un mordisco a la patata y arrugó la nariz.

—Yo tampoco. Creo que es lo único sano que hago. Aunque tampoco es ningún sacrificio, porque no me gusta su sabor.

A los pocos minutos de empezar la película, ya me había acabado la hamburguesa y Zoe solo me había robado unas pocas patatas fritas. Cada vez que lo hacía, me sonreía con timidez y volvía a concentrarse en la película.

Un cuarto de hora después, ya me estaba quedando dormido. Al mirar a Zoe, vi que se había alejado lo suficiente como para dejar un asiento vacío entre nosotros, casi como si fuera un campo de fútbol. Estaba acurrucada, con los pies en el sofá, la barbilla apoyada en las rodillas y abrazándose las piernas.

Torcí los labios.

—¿Qué película estabas viendo antes?

Por el rabillo del ojo, vi cómo se mordía el labio inferior, debatiéndose entre contestarme o no.

—Venga, dímelo.

Al final, decidió no hacerlo.

—Mejor no.

Ahora fui yo el que me reí y ella se unió a mí. Me sentía muy a gusto simplemente estando con ella.

Antes de que terminara la película, ambos nos quedamos profundamente dormidos, cada uno en un extremo del sofá.

A la mañana siguiente, cuando me desperté temprano, la tenía acostada sobre mí, conmigo abrazándola para tenerla lo más cerca posible. Ambos debíamos de habernos movido durante el sueño hasta encontrarnos a mitad de camino.

Era la primera vez que pasaba toda la noche abrazado a alguien. Sí, me había acurrucado con algunas chicas antes, pero nunca tanto tiempo. Cerré los ojos y apoyé la cabeza sobre la suya, inhalando su aroma y sintiendo cómo su pecho subía y bajaba contra el mío. Agarré la manta del respaldo del sofá, con mucho cuidado para no despertarla, y nos tapé con ella. Zoe se movió y yo me quedé paralizado. Luego se pegó más a mí y me acarició el cuello con la cara, con los labios entreabiertos rozándome la piel.

De pronto, la conciencia se apoderó de mí, haciendo que me despertara por completo, al igual que cada parte de mi cuerpo.

Me quedé sentado en ese sofá durante otra media hora más, abrazándola, memorizando la sensación de tenerla entre mis brazos. Cuando tuve que levantarme para marcharme, me deslicé con suavidad de debajo de ella y la arropé más con la manta, esperando que la mantuviera abrigada, aunque no tanto como podría haberlo hecho yo.

14

Zoe

Justo cuando estaba guardando mis objetivos en la mochila, después de terminar la clase de fotografía, oí cómo Jin Ae, la profesora, nos llamaba a mí y a otra compañera.

—Zoe y Miriam, quedaos un momento, por favor.

Cuando terminé de recoger todo, la profesora seguía respondiendo a las dudas de otros alumnos.

Miriam me miró.

—¿Tienes alguna idea de qué puede querer?

Negué con la cabeza.

—No.

—¿Algo sobre el trabajo, tal vez?

—Muy bien, chicas, ¿podríais viajar un fin de semana? —nos preguntó la profesora cuando todos se marcharon.

Miriam y yo nos miramos perplejas.

—Mmm, creo que sí —replicó mi compañera, todavía vacilante.

Jin Ae se volvió hacia mí.

—¿Y tú, Zoe?

—Lo siento, este fin de semana tengo un encargo y no puedo cancelarlo. —No si no quería perder mi trabajo y el dinero que ganaba con él.

—No es para este fin de semana. ¿Estás libre el próximo?

Repasé mentalmente mis compromisos.

—En principio, sí. ¿Es para algún trabajo?

—No exactamente. El periódico de la universidad necesita dos estudiantes de fotografía para cubrir el partido de fútbol fuera de casa que se disputará el próximo fin de semana. Los alumnos que suelen encargarse de ello no pueden ir, y el profesor Taylor me ha pedido que le recomiende a alguien.

¿Partido de fútbol? ¿Ir con el equipo? No creía que fuera buena idea, y me jugaba el cuello a que tampoco lo sería para Mark.

—¡Es una gran oportunidad! ¡Gracias por pensar en mí! —exclamó Miriam.

Aunque no compartía su entusiasmo, tenía razón: era una gran oportunidad.

—¿Y qué tendríamos que hacer exactamente? —pregunté—. Si le soy sincera, no sé si se me da bien lo de la fotografía deportiva. Nunca he cubierto ningún acto de ese tipo, demasiado movimiento. Además, tampoco entiendo mucho de fútbol.

Quería ir, pero dudaba que a Mark le gustara tenerme tan cerca de él o de cualquiera de sus jugadores, sobre todo de Chris.

—Os va a servir de mucho —continuó Jin Ae—. Si tu única objeción es que no sabes mucho de fútbol, mi consejo es que aproveches esta oportunidad. El periódico va a publicar un artículo y, aunque no tengo todos los detalles, sé que necesitan fotos de los jugadores y del equipo técnico no solo en el terreno de juego, también en el hotel, en el avión, mientras entrenan y, creo, que en las reuniones.

Quizá debería haberle preguntado primero a Mark, pero como había ignorado todas sus llamadas y mensajes desde nuestro último encuentro en su despacho, no me apetecía lo más mínimo comentarle nada.

Miriam fue la primera en responder, después de un par de aplausos y un pequeño brinco de emoción.

—Perfecto. Acepto el reto. No la defraudaré.

«Mierda». Por la sonrisa que tenía, parecía que nos habían invitado a hacer el reportaje fotográfico de una boda real. Claro que fotografiar a unos cuantos jugadores de fútbol tampoco estaba mal, sobre todo si podía hacer una foto (o cien) de Dylan mientras entrenaba, y justificarlo diciendo: «Oh, me está costando horrores contemplar tu cuerpo medio desnudo, pero... es para el periódico. Tendré que soportarlo estoicamente».

Jin Ae hizo un gesto de asentimiento a Miriam y luego me miró expectante.

—Claro. Yo también acepto. Gracias.

—Bien. —Se dio la vuelta y fue hacia la mesa a por su móvil—. Le dije al profesor Taylor que le comunicaría vuestra respuesta después de clase y que le enviaría vuestros números para que pudiera llamaros y coordinarlo todo. Querrá hablar con vosotras esta semana, así que procurad estar disponibles para que os explique qué es lo que quiere que hagáis mientras estáis con el equipo.

—¿Seremos solo nosotras dos o habrá alguien más? —pregunté.

—Creo que también irá otro estudiante que será el encargado de hacer las entrevistas. El profesor Taylor os dará todos los detalles cuando habléis con él.

—De acuerdo, una última pregunta. ¿Sabemos dónde va a ser? Me refiero al partido.

La profesora se guardó el móvil y se sentó frente a su ordenador.

—Si mal no recuerdo, mencionó la ciudad en el correo electrónico que me envió. Déjame que lo compruebe.

—Buena pregunta —susurró Miriam mientras esperábamos en el umbral de la puerta.

—Arizona. Dice que el partido será en Tucson, Arizona.

—Qué suerte tienes, capulla. Si hubiera sabido que podían pasarme cosas así, también me habría matriculado en fotografía. ¿Por qué no preguntas si necesitan a alguien que dibuje a los jugadores? ¿O que les unte aceite? Yo puedo encargarme. De ambas cosas, si es necesario.

—Dudo mucho que necesiten aceite, pero por ti, preguntaré lo que sea. Aunque si fuera tú, no me haría muchas ilusiones.

—Zorra —masculló Jared.

Nada más salir de clase, había llamado a mi padre para decirle que lo vería en ocho o nueve días. Cuando colgué, llamé a Kayla, porque se suponía que íbamos a quedar para comer. Pero en cuanto respondió, supe que no vendría; lo que tampoco me pilló por sorpresa. Así que al final solo estábamos Jared y yo.

Pinché un poco de ensalada con el tenedor y lo miré fijamente.

—No creo que vaya a ser tan emocionante como piensas. Y encima tendré que hacer todo lo posible para mantenerme alejada de Mark.

—¿Por? No le digas que vas a ir y ya está. Problema resuelto.

—¿Ah, sí? ¿Y cómo sugieres que me suba al avión sin que se dé cuenta? Y si lo consigo, ¿cómo evito que me vea en el hotel o en el campo de fútbol mientras fotografío a sus jugadores?

Le dio un mordisco a su sándwich y asintió.

—Sí, tienes razón.

—Claro. En todo caso, no ha sido idea mía, así que no debería suponerle ningún problema. Además, le prometí que no le diría nada a Chris. Si tenemos que hacer fotos individuales, procuraré que sea Miriam quien se las haga a Chris para que Mark no se queje más de lo necesario.

—Si te dice algo, por favor no te quedes ahí, aguantando sin hacer nada.

Solté el tenedor y me masajeé la frente.

—Si fuera otra persona, hace tiempo que habría dejado de soportar sus tonterías, pero es mi...

—Sí, ya lo sé, es tu padre.

—Yo no lo llamaría así exactamente.

—No entiendo en qué estaba pensando tu madre cuando lo llamó para decirle que tenía una hija. ¿No sabía ya qué clase de persona era?

Exacto. Yo era la sorpresa que Mark nunca quiso.

—Mi madre seguía enamorada de él, lo cual es bastante extraño y enfermizo. Sus últimas semanas fueron horribles. Creo que solo quería que Mark fuera a verla y yo fui la excusa. Era mi madre y la quería, pero también estoy muy enfadada con ella. —Sacudí la cabeza. Todavía me costaba asimilar todo lo que me había dicho—. Sigo sin poder creerme que abandonara a su hijo de esa forma.

Jared dio un sorbo a su botella de agua, mirándome pensativo.

—Seguro que fue Mark quien la convenció. Sabemos con certeza que él es el padre, ¿no? Tu padre, quiero decir.

—Sí, por desgracia. Exigió una prueba de ADN tras recibir la llamada de mi madre.

—Bueno, de todos modos… eso no le da derecho a tratarte como le dé la gana.

Volví a tomar el tenedor y comí un poco más antes de responder.

—Cierto, y no voy a permitir que vuelva a suceder. Creí que podríamos tener algún tipo de relación, pero ya tengo asumido que no va a ser así. Vine aquí por Chris. Nunca me imaginé que tardaría tres años o que acabaría de esta manera. Cada vez que tenía un impulso y pensaba en parar a Chris en medio del campus, me entraba el pánico y Mark empezaba con su rollo de «Quiero conocerte, Zoe, que estemos más unidos». —Resoplé—. Qué tonta que he sido. Pero ha llegado el momento de dar el paso. Chris se gradúa este año. Voy a esperar hasta el final de la temporada, no porque Mark me lo haya dicho, sino porque creo que es lo mejor para Chris… o puede que espere hasta las pruebas previas del *draft*, aunque no sé si tendré tanta paciencia. Eso sí, lo de Mark se ha acabado. Ni siquiera estoy respondiendo a sus llamadas; no tenemos nada de qué hablar.

—Que le den. De todos modos, es un cabrón. ¿Quién se acuesta con la amiga de su mujer, la deja embarazada y luego convence a su mujer de que es algo positivo porque así podrán tener un hijo? Estás mejor sin él.

—Sí.

Había perdido el apetito, di un sorbo al zumo de naranja y me aclaré la garganta.

—Cambiemos de tema. ¿Qué vamos a hacer con Kayla?

Esta vez fue Jared el que soltó un suspiro y dejó de comer.

—Anoche la llamé. Solo quería decirle que la echaba de menos, pero contestó el imbécil de su novio, diciéndome que estaba ocupada y que no la molestara tan tarde. ¡Solo eran las nueve, por el amor de Dios! Seguro que estaba justo ahí y ese cretino no la dejó responder a su propio teléfono.

—¿Crees que romperá con él pronto? Esta vez está tardando más de lo usual.

—Ojalá, pero...

—Pero volverá con él en cuanto él regrese arrastrándose y pidiéndole perdón... eso seguro.

—Entonces, ¿hablamos con ella? ¿Es hora de intervenir? —preguntó Jared.

—Ya lo hicimos el año pasado y mira lo que pasó: se reconciliaron al cabo de un mes y ahora ese idiota sabe que no queremos que Kayla esté con él, por eso hace todo lo posible por alejarla de nosotros. —Negué con la cabeza y dejé a un lado la ensalada a medio comer—. Ella cree que no lo entendemos, pero sí lo hacemos. Ha estado enamorada de él desde que tenía dieciséis años. Cree que puede cambiarlo, y cada vez que insinúo algo, se pone triste y me dice que no comprendo su relación. Y que ese capullo se muestre encantador con ella de vez en cuando, tampoco ayuda mucho.

—Entonces, ¿estás diciendo que no hay nada que podamos hacer?

—Esperaba que *tú* tuvieras alguna idea brillante.

Jared se balanceó sobre las dos patas de su silla hacia delante y hacia atrás durante unos segundos.

—¿Quieres que intente seducirlo o algo por el estilo? Porque si eso es lo que estás sugiriendo...

—¿Qu-Qué? —balbuceé, sin saber si hablaba en serio o no. Lo miré horrorizada—. ¿Lo harías?

Se rio al ver mi cara.

—Por favor, tengo mis principios. No seduzco a imbéciles, y mucho menos le tiro la caña al chico de una amiga. Si lo hiciera, Dylan sería el primero de la lista.

—Dylan es un amigo, no es mi chico.

—Claro, vamos a seguir creyéndonos eso. Él es tu colega, ¿verdad? Porque el fin de semana pasado yo no estuve en el bar, observando cada uno de vuestros movimientos. ¡Pero si cuando me vio apartarte el pelo de la cara creí que iba a saltar la barra y darme una paliza! Está todavía más bueno cuando se enfada… Deberías cabrearlo más a menudo.

—¿Lo hiciste a propósito?

—No, pero si hubiera sabido que iba a reaccionar así, lo habría hecho. Seguro que se volvió loco mientras bailábamos. Una pena que no supiéramos que estaba allí.

—Oh, cállate ya.

—No, mejor cállate tú. ¿Y qué me dices de ti? Doña Solo Somos Amigos. Cuando estabas en la barra, cada vez que te tocaba la mano o el brazo tu cara se iluminaba como un árbol de Navidad.

Me levanté y le di un empujón en el hombro, haciendo que perdiera el equilibrio y cayera de nuevo sobre las cuatro patas de la silla con un fuerte ruido.

—¡Oye!

—No me provoques, Jared. Te aseguro que te dolerá.

—Oh, adelante. Me gustaría ver cómo lo intentas. Seguro que solo me haces cosquillas, pero venga, tienes mi permiso.

Solté un gruñido y me abalancé sobre él antes de que le diera tiempo a escapar.

Cuando llegué a casa, eran casi las nueve. Acababa de ganar cien dólares haciendo quince fotos para Instagram a una estudiante con más de trescientos mil seguidores. Había oído hablar de mí y de mi trabajo a través de una amiga bloguera a la que había fotografiado antes de los exámenes. Cualquier ingreso era bueno para mis ahorros, así que casi nunca rechazaba un encargo, pero tras el quinto cambio de ropa, pensé que debería haberle pedido más dinero. Teniendo en cuenta que había tardado más de dos horas en hacer todas las fotografías que quería, pensé que iba siendo hora de aumentar mi tarifa.

Aunque estaba agotada después de haber estado fuera durante trece horas, me aseguré de ser lo más silenciosa posible cuando pasé de puntillas delante de la puerta de la señora Hilda.

Al entrar en el apartamento y encender las luces, tuve que hacer un esfuerzo sobrehumano para no gritar al ver una gran figura sentada en el suelo del salón, justo debajo de las ventanas.

—¿Dylan? Casi me matas del susto. ¿Por qué estás aquí sentado, a oscuras? —Dejé mi bolsa con el equipo junto a la puerta y fui hacia él. Aunque cuando llegué a la altura del sofá y vi que todavía no me había respondido, vacilé.

Tenía los codos apoyados en las rodillas, las manos colgando entre los muslos y no me miraba; de hecho, parecía evitarlo.

—¿Dylan? ¿Qué pasa? —Di un paso hacia delante sin querer, pero me detuve antes de acercarme más.

Levantó la cabeza despacio y por fin me miró a los ojos. Normalmente, cuando me miraba de ese modo tan penetrante, como si quisiera descifrar mis pensamientos, no conseguía sostenerle la mirada más de unos segundos, pero en ese momento... no podía apartar los ojos de él.

Él, sin embargo, no tuvo ningún problema en romper el contacto visual.

—Nada, Zoe —respondió en voz baja, mientras apoyaba la cabeza en la pared que tenía detrás. Unos segundos después, soltó un suspiro profundo y cerró los ojos.

—Está claro que eso no es cierto —murmuré, pensando que debía de haber ocurrido algo grave, pero él no abrió los ojos, ni mucho menos contestó.

¿Dónde estaba el chico que me sonreía a todas horas y hacía que me sintiera tan azorada sin darse cuenta?

Preocupada, me senté a su lado, no lo suficientemente cerca como para tocarlo, pero tampoco demasiado lejos. Y así permanecimos unos minutos, en silencio absoluto, el uno junto al otro. El único sonido audible era el de la televisión de algún vecino, seguramente el del apartamento de abajo.

—Dylan, puedes contarme lo que ocurre. No se me da mal escuchar y se supone que soy...

Aunque no abrió los ojos, finalmente habló:

—Zoe, si vas a decirme que eres mi amiga, te juro que...

Al igual que él, tenía las rodillas levantadas, pero en ese momento cambié de posición y me senté con las piernas cruzadas, lo que me acercó más a él.

—De acuerdo, no diré nada. Solo cuéntame qué pasa.

Volvió la cabeza hacia mí y por fin me dejó mirarlo a los ojos.

Dejé escapar el aire que no sabía que había estado conteniendo. Estaba desolado.

—¿Qué ha pasado? —susurré, girando mi cuerpo hacia él para poder tocarle el brazo. Él siguió mi movimiento con la mirada y sentí cómo se le tensaban los músculos bajo mi toque, lo que me hizo pensar que tal vez no quería que lo tocara en un momento como ese, cuando parecía estar dispuesto a demoler el edificio con sus propias manos. Con esa idea en mente, empecé a retirar la mano, pero él me la agarró y entrelazó nuestros dedos poco a poco.

—¿Te parece bien? —preguntó, con la vista clavada en nuestras manos—. ¿Me dejas hacerlo?

Tragué saliva. ¿Qué se suponía que tenía decir cuando parecía tan abatido? «No, en realidad no es buena idea, Dylan, porque, cuando te tengo tan cerca, mi cerebro parece sufrir un cortocircuito». No, no creía que esa fuera la respuesta más adecuada.

—¿Esto es lo que hacen los amigos, Zoe? —continuó, con un tono más duro.

«¿Está enfadado conmigo? Pero ¿qué le he hecho yo?».

Lo miré desconcertada, aunque no retiré la mano; como acabo de decir, mi cerebro había sufrido un cortocircuito y sostener su mano ya me había ayudado antes, la noche en la que me quedé dormida en su hombro. Quizá era de esas personas a las que le gustaba dar la mano; tal vez eso era lo suyo.

Estudió mi cara y luego soltó un resoplido, dejando que nuestras manos cayeran al suelo de madera. Intenté no mostrar mi disgusto.

—Dyl...

—No, no respondas a esa pregunta.

Cuando apoyó de nuevo la cabeza en la pared, no pude evitar hacer un gesto de dolor.

—Es JP —dijo, mirando al techo.

—¿Qué le ha pasado?

—Se ha lesionado.

¿No se suponía que los equipos universitarios solo jugaban los fines de semana? Y era jueves.

—¿Cuándo? No sabía que hoy teníais partido.

—Ha sido durante un entrenamiento. En el último partido tuvo algunos problemas con el pie, pero nos dijo que estaba bien. Hoy, uno de los chicos lo ha pisado mal y ahora tiene una puta lesión de Lisfranc.

—¿Lis... qué? ¿Es grave?

Cerró los ojos y se rio con desgana.

—¿Que si es grave? Sí. No podrá volver a jugar esta temporada. Todavía no sabemos si tendrán que operarlo. Y aunque no necesite cirugía, tardará por lo menos cinco o seis semanas en recuperarse. Eso en el mejor de los casos. —Se quedó pensando un momento y añadió—: Es una lesión en el pie.

Se frotó la cara con la mano libre y yo le di un ligero apretón a la que todavía sostenía la mía. Un error, porque hizo que su mirada se volviera a centrar en nuestras manos entrelazadas.

—Si tienen que operarlo... ¿cuánto tiempo tardaría en recuperarse?

Me miró a los ojos y contuve la respiración. «Ay, Dios...». Jared tenía razón. Me encantaba su sonrisa. Odiaba y me gustaba al mismo tiempo el hecho de no poder resistirme a sonreírle de vuelta, pero su expresión cuando estaba enfadado... Cómo me habría gustado tener la cámara a mano para hacerle una foto y detener el tiempo; un instante que podría llevar en el bolsillo y que sería mío para siempre.

—De cinco a seis meses —respondió él, sin tener ni idea de lo que estaba pensando—. Y aun así, nadie puede saber con certeza si se recuperará del todo. De todos modos, ya da igual, porque no va a poder llegar a las pruebas previas al *draft*.

Era la tercera vez desde que lo conocía que no podía apartar la vista de sus ojos, y no porque estuviéramos en un concurso de miradas. No tenía nada que ver con eso. Simplemente no quería hacerlo. No sabía si era por la vulnerabilidad que veía en ellos, o por el dolor y la preocupación evidentes.

—¿Y dónde está JP ahora mismo?

Me miró con el ceño fruncido, pero respondió de todos modos.

—El entrenador lo ha mandado a casa. No puede apoyar el pie.

—¿Cuándo sabrán si tienen que operarlo?

—Tienen que hacer algunas pruebas. En teoría, la semana que viene deberíamos saber algo.

—¿No quieres estar con él? —pregunté con cautela.

Su ceño se acentuó aún más.

—No quiere ver a nadie. Se suponía que íbamos a hacer esto juntos. Pero ahora, por culpa de la lesión, puede que su carrera deportiva haya terminado. Este puto año está siendo...

Debía de tener su móvil al lado, porque lo siguiente que vi fue cómo lo lanzaba con rabia hacia la pared que teníamos enfrente. Menos mal que chocó con mi bolsa del equipo antes de estrellarse. De no ser así, con la fuerza con la que lo había tirado, se habría hecho añicos.

—Lo siento, Dylan. —Volví a apretarle la mano, y esta vez él me correspondió. El único problema fue que no aflojó el agarre. No me hizo daño ni nada por el estilo, pero ese extra de fuerza hizo que mi ya acelerado corazón, se desbocara aún más.

Como sabía que nada de lo que pudiera decirle cambiaría algo o aliviaría su dolor, decidí quedarme callada.

Me miró con curiosidad.

—No has apartado la vista.

Sentí un cosquilleo por todo el cuerpo.

—¿Debería?

—No, pero eso nunca te ha detenido antes.

«Hora de cambiar de tema».

—¿Cuánto tiempo llevas sentado aquí solo?

—No lo sé... Supongo que desde que llegué a casa.

No tenía sentido preguntar a qué hora había sido eso.

—¿Tienes hambre?

—No.

—¿Seguro? Hago unos sándwiches de queso a la plancha riquísimos, y no se los preparo a cualquiera. —Le di un pequeño empujón en el hombro.

—¿Y qué me hace especial?

«Muy bien, Zoe. Te has metido en esto tú solita».

—Pues... bueno... ya sabes... tienes hambre.

«Tonta. Tonta. tonta».

Cuanto más me miraba, más notaba la contracción del músculo de su mandíbula.

—No has respondido a mi pregunta. ¿Qué tal si lo intentamos con otra? Quizá tengas una respuesta mejor.

Tenía bastante claro que no me iba a gustar la pregunta, pero...

—¿Con cuál?

—¿Sigues saliendo con él?

¿A qué venía eso ahora?

—Te gusta provocarme, ¿eh? —pregunté, en lugar de murmurar algo sinsentido que solo habría sido una mentira. Intenté soltarme la mano para poder marcharme. Eso me pasaba por preocuparme por él.

Pero él se aferró a mi mano con más fuerza, hasta que sentí un hormigueo en los dedos y se me pusieron de punta los vellos del brazo. Y entonces, con la misma rapidez con la que había apretado, aflojó el agarre.

—No —dijo con brusquedad—. Quédate.

Y esa sola palabra bastó para convencerme. Me quedaría con él hasta que estuviera listo para soltarme.

Intenté ponerme más cómoda mientras seguíamos sentados, de la mano. Cuando se dio cuenta de que no me iba a ir a ninguna parte, cerró los ojos y apoyó la cabeza en la pared, con la mandíbula todavía tensa y apretando los dientes.

No sabía por qué, pero tuve la sensación de que no le había resultado fácil pedirme que me quedara.

15

Zoe

Lo estaba haciendo. Estaba pasando de verdad.

Estaba a punto de subir a un avión con Mark, Chris, Dylan y todo el equipo de fútbol.

Se suponía que íbamos a ir en el mismo autobús que el equipo hasta el aeropuerto, pero tanto Miriam como Cash, el chico al que le habían encargado hacer las entrevistas, habían llegado tarde. Y en vez de subirme sola al autobús, había decidido ir en un Uber con ellos.

Mientras Cash y Miriam hablaban durante el trayecto, no pude dejar de pensar en cómo reaccionarían ante mi repentina aparición. Ni Mark ni Dylan sabían que iba a acompañarlos al partido. Podría, y debería, habérselo contado a Dylan, pero después de la semana que había tenido con lo de su amigo, apenas lo había visto desde la noche en que lo había encontrado sentado en la oscuridad. Y las pocas veces en las que nos habíamos cruzado, se había ido a dormir a su habitación en cuanto entraba por la puerta.

Aquella noche había sido la segunda vez que nos habíamos cogido de la mano durante lo que habían parecido horas, y no habíamos hablado de eso desde entonces. No sabía si él lo veía como algo normal, pero para mi corazón y para las mariposas que parecían haberse instalado en mi estómago era cualquier cosa menos normal. Tampoco ayudaba el hecho de que todavía podía sentir su mano alrededor de la mía. Si cerraba el puño, casi podía recrear la misma presión que sentí cuando su mano apretaba la mía.

El bolso de Miriam me golpeó en la espinilla mientras arrastraba su equipaje de mano hacia las escaleras mecánicas.

—¡Mierda!

—Ay, lo siento, Zoe. —Se detuvo a mi lado y soltó un largo suspiro—. Es la hora de comer y ni siquiera he desayunado. ¿Crees que nos darán algo de comer?

—No es un vuelo comercial, así que lo dudo.

—Tienes razón. Espero que la comida esté rica en…

—¿Qué hacéis ahí paradas? Nos están esperando. ¡Daos prisa! —gritó Cash, pasando prácticamente corriendo a nuestro lado. Llevaba un abrigo corto, a pesar de que todavía hacía calor, y sujetaba un burrito envuelto en una mano, mientras apretaba su portátil contra su pecho con el otro brazo, del que también le colgaba una bolsa de deporte. Era un auténtico desastre.

—Me lo pido —dijo Miriam en voz baja, acercándose a mí.

—¿Cómo?

—Que me pido a Cash —repitió, antes de seguirlo escaleras arriba.

Por mí, perfecto, podía quedárselo para ella sola.

Subí las escaleras con calma, así que no me sorprendió ser la última en acceder al avión. Odiaba que la espera por ver la reacción de Mark me estuviera afectando tanto, hasta el punto de casi arrastrar los pies como si fuera una niña pequeña.

En el avión se oían un montón de charlas animadas, y estaba lleno de chicos… muchos chicos. Algunos estaban de pie, colocando sus maletas en los compartimentos superiores, otros se reían y algunos cantaban.

Al ver que Cash y Miriam aún estaban de pie, en la zona donde empezaban las filas de asientos, me planteé durante unos segundos esconderme detrás de ellos. Si agachaba la cabeza, había muchas probabilidades de que Mark no me viera, pero entonces Miriam y Cash se movieron. Si no quería correr los últimos pasos que nos separaban (y no quería), no me quedaba otra que atravesar el pasillo con la cabeza bien alta. De todas formas, iba a verme en el hotel, y me parecía una estupidez intentar esconderme.

Cuadré los hombros y empecé a seguir a mis compañeros, con la sensación de estar a punto de enfrentarme a un pelotón de fusilamiento.

Localicé a Mark antes de que él pudiera verme. Estaba sentado en la parte delantera del avión, en un asiento junto a la ventana, hablando con un hombre que supuse era otro de los entrenadores. Justo cuando estaba pasando a su lado, Miriam se detuvo frente a mí. En mi prisa por pasar desapercibida, me choqué con su espalda y ella se volvió para mirarme con curiosidad. Articulé un silencioso «perdón» con los labios y me aseguré de darle la espalda a Mark en todo momento.

Miré a un hombre mayor que se había levantado de su asiento al lado del pasillo y que había puesto una mano en el hombro de Cash.

—¡Chicos! —gritó. Como el alboroto no disminuyó, lo intentó de nuevo—. ¡Eh, chicos!

Todas las miradas se volvieron hacia nosotros. El interior del avión se quedó en silencio, pero yo solo oía un zumbido en mis oídos. No sabía cuántos jugadores viajaban con el equipo, aunque en ese momento me pareció que nos miraban cien pares de ojos. Tragué saliva para deshacer el nudo que se había instalado en mi garganta.

Por el rabillo del ojo, miré a Mark y vi que seguía enfrascado en la conversación con su compañero de asiento.

—Os presento a Cash. Trabaja en el periódico de la universidad y os va a entrevistar a algunos de vosotros. —Dejó de gritar y se volvió hacia Miriam para preguntarle su nombre en voz baja. Después me tocó a mí. Me pegué prácticamente a mi compañera para decirle mi nombre sin que lo oyera Mark, lo que era una tontería, porque iba a anunciarlo a pleno pulmón en unos segundos—. Y estas son Miriam y Zoe. Os harán fotos. Portaos bien con ellas. Y con eso quiero decir que seáis respetuosos. No quiero oír ni una sola queja.

Se me secó la boca, y no solo porque podía sentir los ojos de Mark perforándome la cabeza cuando se dio cuenta de que estaba en el avión, sino también porque mi peor pesadilla se estaba haciendo realidad. ¿Andar por filas y filas de asientos con todas las miradas clavadas en mí? Sí, ya notaba el calor en mis mejillas.

Cuando por fin nos movimos, el bullicio en el avión volvió a hacerse patente. Mientras nos dirigíamos a nuestros asientos, que estaban en la parte trasera del avión, recibimos algunos silbidos discretos, varios saludos y algunos murmullos sobre posar desnudos; como respuesta a esto último, le pisé los talones a Miriam... en dos ocasiones, sin querer.

Debíamos de estar a mitad de camino, cuando oí su voz, y algo en mi interior se derritió.

—¿Zoe?

Alcé la vista por primera vez y me encontré con la mirada confusa de Dylan. Estaba sentado en el asiento del medio cuando me llamó. Lo vi quitarse lentamente los auriculares negros y ponerse de pie. De alguna manera, tenerlo ahí me calmó. Una calidez inesperada se extendió por mi cuerpo y pude soltar todo el aire que había estado reteniendo.

—Hola —murmuré con un pequeño movimiento de mano a modo de saludo. Al ver que Miriam y Cash se alejaban de mí, tiré de mi equipaje de mano y camine a toda prisa para ir detrás de ellos. No obstante, miré hacia atrás y envié otro saludo rápido a Dylan. Me sentía como un patito perdido en medio de la nada, así que tenía que alcanzarlos como fuera.

Cuando por fin llegamos a nuestros asientos, estuve a punto de gritar un «aleluya». Cash nos ayudó con nuestras maletas y se sentó junto a la ventana. Miriam me lanzó una mirada significativa y se sentó a su lado. Y yo me senté en el asiento que daba al pasillo.

—¿Te pasa algo? Estás actuando de una forma muy rara —me susurró Miriam al oído.

Me abracé a mi bolso y me encogí de hombros. Al mirar por encima del asiento que tenía delante, vi que Dylan seguía de pie, de espaldas a mí. Observé cómo se inclinaba y le decía algo a un amigo. ¿Era Chris el que estaba sentado a su lado? Ni siquiera me había dado cuenta. En medio del ataque de pánico, al único al que había visto había sido a Dylan.

Un momento después, empezó a caminar por el pasillo hacia la parte trasera del avión... Hacia mí. Tardó un poco en llegar hasta nosotros, porque se paraba a hablar con sus amigos de vez en cuando.

Y entonces, por fin se detuvo justo al lado de mi asiento. Le sonreí.

—Hola.

—Hola.

—¿Qué está pasando aquí?

Mi sonrisa se hizo más amplia.

—Nada.

Él se rio y negó con la cabeza. Luego se agachó y se apoyó en mi reposabrazos.

—¿Vienes con el equipo? ¿Para hacernos fotos?

Me olvidé por completo de Miriam y Cash y me giré para mirarlo. Era como si me atrajera como si de un imán se tratara. Empecé a acercar mis manos a las suyas, pero como estas ocupaban todo el reposabrazos, decidí dejarlas donde estaban.

—Sí. Creo que es para un artículo que va a publicar el periódico de la universidad. Mi profesora de fotografía nos recomendó y aquí estamos.

Suavizó la mirada.

—Sí, aquí estás, ¿por qué no me has dicho nada? Espera. —Se levantó y le quitó los auriculares al chico que estaba sentado al otro lado del pasillo—. Drew, siéntate en mi asiento.

Su compañero hizo lo que le pedía y Dylan ocupó su lugar.

Mientras se acomodaba, una auxiliar de vuelo apareció detrás de nosotros.

—Por favor, pónganse los cinturones de seguridad, despegamos en unos minutos —nos pidió con una sonrisa.

Asentí y me abroché el cinturón. Dylan hizo lo mismo.

Cuando nuestras miradas volvieron a encontrarse, le sonreí.

—Hola.

Al ver su sonrisa relajada, tan cálida y ancha como siempre, se me aceleró el corazón.

—Hola otra vez.

—Dylan. —La voz inesperada nos sobresaltó a ambos—. Vuelve a tu asiento. Necesito hablar contigo y con Chris sobre algunos cambios que vamos a hacer —ordenó Mark. Noté que el chico que estaba esperando justo detrás de él, el mismo con el que Dylan había intercambiado el asiento, parecía tan incómodo como nosotros.

Mantuve la mirada clavada en el rostro de Dylan y lo vi fruncir el ceño, confundido.

—Entrenador, pero si vamos a tener una reunión justo después de…

—Vuelve a tu asiento, hijo.

«Hijo».

¿Era esa su forma de decirme que Dylan también me estaba vedado? ¿Que no podía ser amiga ni llevarme bien con el chico al que él mismo había enviado a vivir conmigo? Aunque también era cierto que, cuando le había dado las llaves del apartamento, no sabía que yo seguía allí. Aun así, ahora compartíamos casa.

Dylan hizo lo que le pidió y se desabrochó el cinturón de seguridad para ponerse de pie, pero cuando sus ojos se encontraron con los míos, todavía tenía el ceño fruncido. Me obligué a mirar a Mark, aunque enseguida aparté la vista a propósito antes de que pudiera decir algo.

No volví a ver a Dylan ni a Chris hasta que no entramos en el hotel donde nos alojaríamos durante el fin de semana. En cuanto me vio apartada de Miriam y Cash, Dylan se despidió de sus amigos y se acercó a mí. Llevaba unos pantalones de chándal negros. Seguro que tenía una docena o más de ellos en distintos tonos de gris y negro con el único propósito de volverme loca. Mi favorito era el gris claro. También llevaba una camiseta negra ajustada que hacía que toda la atención se centrara en sus bíceps y pecho.

—¿En qué habitación estás? —preguntó, ladeando la cabeza y fijándose en el sobre que tenía en la mano.

—Déjame comprobarlo. —Me obligué a dejar de mirarlo y abrí el sobre que había recogido de una mesa donde los empleados del hotel habían alineado docenas de ellos—. En la 412. Es una habitación doble. La comparto con Miriam.

Dylan me hizo un pequeño gesto con la barbilla.

—Estamos en la misma planta. Yo la comparto con Chris.

En ese momento, uno de sus compañeros le dio una palmada en el hombro, captando su atención. Se dio la vuelta y yo eché un vistazo a mi alrededor. No encontré a Mark por ningún lado, pero el resto de los entrenadores estaban ocupados tratando de organizar a los chicos. Algunos repartían hojas de papel mientras que otros conversaban en grupo. Vi a Chris, y al notar que me estaba mirando, forcé una sonrisa, sin saber cómo debía reaccionar. En lugar de devolverme la sonrisa, como esperaba, negó con la cabeza y se volvió para hablar con uno de sus amigos. Empecé a sentirme sola por momentos, así que me saqué el teléfono del bolsillo trasero de los vaqueros y envié un mensaje al grupo que tenía con Jared y Kayla.

> Yo: Bueno, ya hemos aterrizado y llegado al hotel. Hay muchísima gente y no conozco a nadie excepto a Dylan. Ah, y Mark está muy cabreado conmigo. ¡Y cuando digo cabreado, quiero decir CABREADO! Pero he pasado de él en el avión, así que podéis estar orgullosos de mí. Os estoy escribiendo porque no tengo ni idea de lo que se supone que tengo que hacer y, en vez de quedarme en medio del vestíbulo como una pánfila, prefiero tener las manos ocupadas. Respondedme para que pueda dejar de hablar sola como si estuviera loca y pueda mantener una conversación real con vosotros. Venga. Daos prisa.

—Toma.

Alcé a vista y vi que Miriam me estaba tendiendo una de las hojas que repartían los entrenadores.

La agarré.

—Gracias. —Era un horario detallado de lo que debía hacer y dónde debía estar en cada momento.

—Cash quiere que hagamos algunas fotos durante la cena, de cómo interactúan, y tal vez algunas mientras comen. Después de eso, tendremos la noche libre. Mañana iremos con él y haremos todo lo que nos pida. Dijo que sobre todo serán reuniones de equipo, entrenamientos y el partido. También tendremos nuestra propia reunión durante el desayuno en la que nos dará más detalles.

Asentí y dejé de mirar el horario.

—Me parece bien. Creo que me voy a saltar el aperitivo y voy a subir directamente a la habitación. ¿Vienes?

Miró hacia atrás, hacia donde Cash estaba hablando con uno de los jugadores.

—Creo que me quedo por aquí.

—De acuerdo —murmuré para mis adentros mientras se alejaba después de hacerme un rápido gesto de despedida con la mano.

Me mordí el labio y miré a mi alrededor de nuevo. La mitad de los jugadores ya se habían marchado. Vi a unos cuantos cerca de los ascensores y a otros yendo hacia el fondo del hotel donde, teniendo en cuenta el cartel con el logo del equipo y la palabra COMEDOR, supuse que estaba el aperitivo. Me fijé a ver si veía a Dylan, pero el vestíbulo estaba demasiado concurrido y lo había perdido. Tiré de mi maleta y me dirigí a los ascensores.

Mi móvil sonó, avisándome de que tenía un mensaje nuevo.

Exhalé un suspiro y entré en un ascensor con otros tres jugadores. Aunque estaban hablando entre ellos sobre el partido del día siguiente, todavía podía sentir sus miradas curiosas sobre mí. Bajé la cabeza y me centré en el teléfono.

Esperaba que se tratara de Kayla o Jared, pero cuando vi quién era, el nudo que ya tenía en el estómago se hizo aún más grande.

Coloqué los dedos sobre la pantalla, indecisa. O lo seguía ignorando e intentaba mantenerme lo más lejos posible de él, o lo enfrentaba y me enfocaba en lo que había ido a hacer. Esperé hasta estar en la habitación para responderle. Me llegó otra notificación, pero esta vez era de Jared. Con la ansiedad carcomiéndome por dentro, decidí no contestar a mi amigo hasta que Mark viniera a mi habitación, me dijera lo que tuviera que decirme y se marchara.

Apenas habían pasado tres minutos, cuando oí unos golpes insistentes en la puerta. En cuanto entró, lo primero que hice fue intentar decirle que estaba allí por una de mis asignaturas. No creo que me escuchara, porque empezó a soltarme la charla antes de que las palabras salieran de mi boca. Irradiaba una energía que me estaba asustando, pero hice todo lo posible por mantener la calma. Después de un sermón interminable sobre lo mismo de siempre, me advirtió que tuviera cuidado con sus jugadores y se fue.

Nada más oír el portazo que dio al salir, respiré hondo y dejé atrás toda la tensión que me había creado. No iba a permitir que aquello me afectara más, ya no.

Después de enviar un mensaje rápido a mi padre para decirle cuándo podía recogerme, trabajé en algunas fotos que iba a subir como imágenes de *stock* a varias páginas web mientras hablaba con Jared por teléfono. Miriam llegó un poco más tarde y me dijo que estaba lista para ir al comedor con el equipo, así que agarré mi bolsa con la cámara y la seguí.

—¿Cuándo vas a volver? —preguntó cuando bajábamos en el ascensor.

—No lo sé. ¿Por qué?

—Bueno, el toque de queda para el equipo es a las once. ¿Crees que estarás de vuelta antes?

—No pensaba que el toque de queda también nos afectara a nosotros. ¿Tengo que volver antes? —De ser así, solo tendría unas pocas horas con mi padre, lo que no era mucho teniendo en cuenta que había conducido desde Phoenix solo para verme.

—No creo. Podemos comentárselo a Cash para asegurarnos, pero lo dudo. Solo te pregunto porque... bueno, quería saber si cuando vuelvas al hotel, puedes mandarme un mensaje antes de subir a la habitación.

La miré justo cuando las puertas del ascensor se abrían.

—¿Por qué?

—Cash y yo vamos a... ya sabes.

—Ah, sí claro. Me quedaré en el vestíbulo hasta que me des el visto bueno.

Miriam suspiró aliviada y enlazó su brazo con el mío como si fuéramos amigas de toda la vida.

—¿Harías eso por mí? Ay, gracias, Zoe. Mi compañera de residencia es una aguafiestas. Si estuviera aquí, entraría sin miramientos y nos interrumpiría mientras...

—No me importa —la interrumpí—. A ver, siempre y cuando no tardéis horas y horas. Me llevaré el portátil para poder trabajar mientras espero.

Me dio un apretón en el brazo.

—Eres la mejor. Gracias. Mañana nos lo vamos a pasar muy bien. Estoy deseando empezar.

Entramos en una estancia enorme donde los empleados del hotel corrían de un lado para otro, colocando las mesas y sillas para los jugadores. Aún faltaban veinte minutos para que llegaran los chicos, pero Cash quería que estuviéramos listas para hacerles fotos mientras servían la comida. Por lo visto, si les gustaban las imágenes que les sacáramos durante el fin de semana, el equipo se plantearía usarlas en los trípticos del año siguiente.

Tardamos quince minutos en hacer todas las fotos, bajo la atenta mirada de Cash. Después, fue nuestro turno de elegir entre lo que quedaba en el bufé. Me serví un poco de puré de patatas, brócoli y pollo.

Cuando dudé al seguir a Miriam, ella me tocó el brazo:

—¿Vienes?

No podía apartar la vista de Dylan, que estaba sentado solo en una de las mesas. Mark ya había comido y se había marchado; en cuanto a Chris, no lo había visto desde que le había hecho una foto rápida mientras apilaba una montaña de filetes en su plato. Si alguna vez tenía que elegir entre Dylan y cualquier otra persona, siempre elegiría a mi compañero de piso.

—No, ve tú. Nos vemos luego.

Con una mano sujetando la correa de la cámara y la otra equilibrando el plato, saqué una silla con el pie y me senté frente a Dylan.

—Hola —le saludé en voz baja, esbozando una sonrisa mientras me acomodaba.

Dejó de comer y me miró enfadado.

Al ver que no decía nada, empecé a perder la sonrisa. Él simplemente asintió y volvió a centrarse en su comida. Había sido uno de los últimos en entrar, así que no aparecía en ninguna de las fotos que había tomado a los entrenadores y jugadores mientras comían.

Cogí el tenedor y jugueteé con el brócoli.

—¿Va todo bien? —pregunté en un susurro. El silencio se estaba volviendo incómodo; algo que nunca nos había sucedido antes.

Dylan soltó el tenedor, que cayó con un ruido fuerte en el plato, y alcanzó su botella de agua.

¿Qué podía haberle hecho para que se comportara así conmigo? Me obligué a tragar un trozo de brócoli y esperé a que dijera algo.

Unos segundos después, seguía sin hablar. En cuanto terminó de comer, empezó a mirar a su alrededor. Estaba claro que no quería que me sentara con él y no sabía por qué. Aquello me dolió y me dejó muy confundida, así que me aclaré la garganta y recogí mi plato para irme.

—Perdona, no me he dado cuenta de que te estaba molestando...

Estaba a medio camino de levantarme cuando dejó de mirar a su alrededor y clavó la vista en mí.

—¿Ese que he visto entrar antes a tu habitación era el entrenador?

Me desplomé en la silla, haciendo que el plato chocara con la mesa y atrajera las miradas curiosas de sus compañeros.

—¿Qué?

—Lo que has oído. He ido a tu habitación para ver si querías pasar un rato conmigo, pero el entrenador ha llegado antes que yo, así que he decidido no molestarte.

Tragué saliva. ¿Cómo iba a salir de esa?

—¿Y? —Intenté parecer lo más indiferente posible, aunque no lo conseguí en absoluto, pero no sabía qué otra cosa hacer.

—¿Y? —repitió él, con las fosas nasales dilatadas. Empujó su plato y se apoyó en la mesa—. No sabía que estabais tan unidos como para invitarlo a tu habitación. —Debió de ver algo en mi cara que lo detuvo durante un instante, pero por desgracia, continuó—: No os he visto a ninguno de los dos en al menos una hora.

Abrí y cerré la boca mientras apretaba los puños debajo de la mesa. Me incliné hacia delante, imitando su postura.

—¿Una hora? ¿Qué estás insinuando, Dylan?

Él alzó las cejas.

—Creo que lo sabes perfectamente.

Me recosté en la silla. Sí, sabía exactamente lo que estaba insinuando. Pero ¿por qué me sorprendía tanto? Había esperado que pensara eso. Sin embargo, lo que no había previsto era el daño que me haría oírlo de sus labios.

—Solo estuvo en mi habitación cinco minutos como máximo, Dylan. Mi padre viene de camino desde Phoenix para verme, y Mark quería saber si iba a estar en el partido de mañana.

Aquella mentira que Mark prácticamente me había obligado a contar hizo que se me encogiera el corazón y me odiara un poco más.

—Tu padre viene de camino —repitió él.

—Sí. —Aparté mi plato, agarré mi cámara y me puse de pie—. Llegará en cualquier momento, así que será mejor que me vaya…

—Esperé a que dijera algo, pero no lo hizo; solo me miró con esos ojos azules del color del océano como si estuviera intentando descifrar todo lo que yo no podía decirle en voz alta—. Bueno, me voy.

—Y con esa brillante despedida, dejé de mirar a los ojos expectantes de Dylan y me fui.

En vez de esperar en el vestíbulo, me senté fuera, en las escaleras, intentando no pensar demasiado en Dylan y en cómo lo que sentía por él estaba empezando a ir más allá de una simple atracción. Una hora después, vi una camioneta azul metálico venir en mi dirección. Me levanté a toda prisa y corrí hacia ella. En cuanto mi padre salió, me arrojé a sus brazos y cerré los ojos.

—Papá.

Me rodeó los hombros con los brazos y me abrazó con tanta fuerza como yo a él, o incluso más.

—Mi niña.

Sentí que estaba a punto de llorar.

—Te he echado de menos —murmuré contra su pecho—. Mucho.

Me acarició el pelo y se echó hacia atrás para mirarme a la cara.

—Zoe, ¿qué pasa?

Me sostuvo la cara entre sus manos, secándome las lágrimas silenciosas con los pulgares.

—Nada —susurré tras un sollozo patético. Volví a enterrar la cara en su pecho, donde sabía que me sentiría segura.

No tenía idea de dónde venían las lágrimas (bueno, vale, lo sabía, pero no había planeado perder el control tan pronto y preocuparlo). Él suspiró y me abrazó más fuerte, y a mí me invadió una oleada de sollozos inesperados al darme cuenta de cuánto lo había echado de menos.

Oímos un claxon detrás de nosotros. No quería separarme de él, menos mal que mi padre tampoco tenía prisa por soltarme. Me dio un beso en la frente, me limpió las lágrimas de nuevo y, cuando estuvo seguro de que me había calmado, asintió y me dijo:

—Encontraremos juntos una solución.

Me acompañó hasta el asiento del copiloto y me ayudó a entrar. Cuando estuve dentro, cerró la puerta y rodeó el coche corriendo. Tras levantar una mano para disculparse con el coche que estaba detrás, se metió en la camioneta.

Mientras me limpiaba la cara con el dorso de la mano, me fijé en alguien cerca de la entrada del hotel. Estaba apoyado en una de las columnas, con los brazos cruzados y una expresión inescrutable desde esa distancia.

Era Dylan.

Mi padre me dejó en el hotel sobre las once y media y allí nos despedimos entre lágrimas. Él iba a dormir en otro hotel (no quería encontrarse con Mark) para que pudiéramos pasar unas horas más juntos al día siguiente, pero no quería que me esperara, ya que ni siquiera sabía si tendría tiempo libre para escaparme y verlo.

Pensando en todo menos en Miriam y en Cash, subí en el ascensor hasta mi planta solo para encontrar el cartel de No MOLESTAR colgado en el pomo de la puerta de la habitación. Después de la extraña discusión que había tenido con Dylan, se me había olvidado por completo volver a la habitación a por el portátil antes de reunirme con mi padre. Pero en lugar de llamar a la puerta, decidí volver al vestíbulo.

Aparte de algunas personas cerca de la recepción y algún que otro huésped entrando tambaleándose, no había prácticamente nadie, así que me senté sola frente a la entrada principal.

Le mandé un mensaje rápido a Miriam para que supiera que estaba abajo y me puse a ver vídeos de cachorros en Instagram para pasar el rato.

Justo cuando le estaba enviando un mensaje a Kayla, apareció otro mensaje en mi pantalla.

Dylan: Lo siento.

Me quedé mirando el móvil, sin saber si debía contestar o no. Responderle significaría que tendría que seguir mintiéndole, pero tampoco iba a ignorar a Dylan para siempre; ni lo iba a hacer, ni *quería* hacerlo.

Dylan: Soy un completo imbécil.

Dylan: ¿Abrirás la puerta si llamo?

Esbocé una sonrisa enorme. No, no quería ignorarlo en absoluto.

Yo: ¿No tenías toque de queda a las once?

Dylan: ¿Y qué?

Yo: Que si son más de la once, ¿no deberías estar ya en la cama?

Dylan: Que tengamos toque de queda no significa que tengamos que irnos a dormir a las once.

Yo: Pero sí que no deberías salir de la habitación, ¿verdad?

Dylan: No pasa nada si no quieres verme, Zoe. Puedes decírmelo.

Vacilé con los dedos encima del móvil. Luego me di unos golpecitos en la frente con la parte trasera del teléfono antes de reunir el coraje para escribir lo que quería decir.

Yo: Me encantaría verte, Dylan. Siempre me gusta verte.

«Tonta. Tonta. Tonta».

Dylan: :-)

Dylan: Entonces abre la puerta.

¿Le decía que en realidad estaba en el vestíbulo porque Miriam estaba ocupada dándose el lote en la habitación, arriesgándome a que se metiera en un lío si Mark decidía bajar y lo pillaba fuera de la habitación?

Yo: No quiero que te metas en un lío, y Miriam también está aquí, así que...

Dylan: Sí, claro, tienes razón.

Dylan: Se me hace un poco raro saber que estás aquí y no poder verte. Creo que echo de menos a mi compañera de piso.

Miré a mi alrededor para ver si alguien me estaba mirando. Por suerte nadie lo hacía. Presioné los dedos contra mis mejillas, intentando controlar mi sonrisa. Pero antes de que pudiera responderle que yo también lo echaba de menos, me llegó otro mensaje.

Dylan: Vi a tu padre. Lloraste.

Yo: Lo echo de menos.

Dylan: No debería haberte dicho lo que te dije en la cena.

Vi los puntos aparecer y desaparecer varias veces.

Yo: No pasa nada. Pero no vuelvas a hacerlo.

Al ver que pasaban unos segundos y no recibía respuesta, volví a escribirle.

Yo: Creo que también echo de menos a mi compañero de piso.

Dylan: ¿Sí?

Yo: Sí.

Yo: ¿Estás en la cama? ¿Qué estás haciendo?

Dylan: Sí. Chris se ha traído su Xbox, y hemos estado jugando al Madden desde que hemos subido después de la cena, pero ahora mismo está hablando por teléfono.

Dylan: Y yo estoy hablando contigo.

«Ay, Dios, ¿estamos tonteando?». Esperaba que sí. Con el corazón a mil, dejé el teléfono en mi regazo y me presioné las mejillas con el dorso de las manos para absorber algo del calor que sentía y evitar sonreír como una idiota en medio del vestíbulo; aunque estaba bastante segura de que ya era demasiado tarde para eso.

Debí de tardar demasiado en pensar en una respuesta ingeniosa, porque antes de que pudiera contestarle, vi los puntos parpadear de nuevo.

Dylan: ¿Estás en la cama?

Sí. Estábamos tonteando.
«Abortar misión. Abortar misión».

Yo: Sí.

«Menuda chispa tienes, Zoe».

Dylan: Eso está bien.

Eché la cabeza hacia atrás, con el estómago lleno de mariposas solo por estar intercambiando mensajes con él, y miré los techos altos y coloridos.

Justo cuando estaba a punto de responder con un «Sí, es muy cómoda» (otra respuesta tremendamente ingeniosa), Miriam acudió en mi rescate.

Miriam: Todo despejado. Puedes subir.

Fui hacia los ascensores, pensando que se me ocurriría algo mejor que responder cuando estuviera en la habitación.

Dylan: Creo que te has quedado dormida. Dulces sueños, Zoe. Hasta mañana.

Solté un suspiro y decidí no responder para que pudiera dormir y subí a la habitación.

16

Zoe

Todo el día transcurrió en un torbellino de desayuno, reuniones, descanso, más reuniones, comida y luego el partido. Antes de que pudiera asimilar que estaba en el estadio o el nivel de ruido que había a mi alrededor, Cash me llevó hasta la banda para que pudiera hacer algunas fotos a los jugadores antes de que comenzara el partido.

—Miriam se va a encargar de los entrenadores. Tú ocúpate de los jugadores.

Me pareció perfecto (más que perfecto, en realidad). Di un giro de trescientos sesenta grados y tragué saliva al observar todo lo que me rodeaba.

«Madre mía».

¡Cuántos ojos!

Sí, sabía que no había dejado de repetirme eso mismo desde el día anterior, pero es que había tanta gente… y por ende, tantos ojos.

—¡Vamos, Zoe! ¡Ponte a ello! —me gritó Cash mientras regresaba junto a Miriam.

Volví a tragar saliva y asentí.

Estaba a unos pasos del túnel de jugadores, cámara en mano, tratando de encontrar el encuadre perfecto, cuando Dylan, Chris y un montón de chicos salieron corriendo.

Me sentí observada al instante, y no porque no pudieran dejar de mirarme ni nada parecido, sino porque debían verme incómoda, fuera de lugar. El único par de ojos que me provocó un escalofrío en la espalda fueron los de Dylan Reed.

Vi la confianza con la que entró en el campo, la forma en que se giró para mirarme a los ojos justo antes de unirse a sus compañeros para hacer algunos ejercicios… Estaba jodida. Y que el uniforme le quedara absolutamente perfecto, no ayudaba en absoluto.

Con la cámara todavía en la mano, lo vi desaparecer entre el resto de los jugadores, aunque lo localicé segundos después gracias al número doce en la espalda de su camiseta. Seguí observando cómo se le marcaban los bíceps bajo esas hombreras enormes y cómo se agachaba en el suelo, donde él y el resto del equipo comenzaron con su rutina de calentamiento previo al partido con unos estiramientos. ¿Siempre había tenido el trasero así de firme, o se había hecho algo en el vestuario? El único consuelo que me quedó, fue que, por lo menos, no estaba con la boca abierta.

Cuando oí a Cash gritar mi nombre de nuevo, me sobresalté.

«Sí. Las fotos».

Se suponía que estaba allí para hacer fotos.

Había muchos entrenadores y personas de aspecto importante moviéndose de un lado a otro, hablando y discutiendo en grupos, así que me deslicé entre ellos como si fuera una culebra e hice un montón de fotos del equipo haciendo ejercicio en el campo. Cuando terminé, me acerqué a Miriam y a Cash, que se habían apartado de todo el mundo. Si pensaban que había demasiadas fotos de Dylan Reed, no era mi problema.

—¿Ya has acabado? —preguntó Miriam, apartándose de Cash.

—Creo que sí. He sacado algunas fotos buenas, pero como es la primera vez que hago esto, no estoy segura de si en realidad son buenas. Aunque a mí me gustan.

Se mordió el labio inferior y miró a su alrededor.

—Es un poco abrumador, ¿verdad?

Eso era quedarse corta.

—Hay tantos fotógrafos por aquí, que no entiendo qué hacemos aquí.

Miriam se encogió de hombros y me dio un ligero codazo.

—¿Qué más da? Ha sido divertido, y no creas que ayer no me di cuenta de cómo te acercaste a Dylan Reed en el comedor.

Estuve a punto de responderle que no me había arrimado a nadie y que Dylan solo era mi compañero de cuarto, pero logré contenerme, esbocé una sonrisa y señalé con la barbilla a Cash.

—Parece que a ti te fue muy bien —susurré.

—Oh, sí. Lo siento, me quedé dormida antes de que subieras a la habitación. Me dejó agotada.

Me incliné un poco hacia delante para volver a mirar a Cash. Tenía que reconocer que no estaba mal. Debía de ser unos diez centímetros más alto que Miriam, que medía alrededor de un metro sesenta y cinco. Con un cuerpo aceptable (aunque comparado con Dylan y con el resto de los jugadores parecía delgado) y unos dedos tan largos que había que mirarlos dos veces para comprobar que era cierto. Tenía el pelo ondulado y un poco largo, y se le rizaba alrededor de las orejas, ojos marrones e inquietos y unos labios finos que en ese momento apretaba. Para gustos los colores, ¿no? No había nada malo en su apariencia, pero por la forma en que actuaba, como si estuviera trabajando en una primicia para el *Times*, no creía que pudiera pasar otro día con él sin ponerme de los nervios.

Justo cuando estaba a punto de responderle, sentí unas manos en la cintura y, antes de darme cuenta, estaba volando por los aires y gritando como una loca.

—Mira a quién tenemos aquí —canturreó alguien detrás de mí, mientras intentaba deshacerme de las manos que me agarraban de la cintura. Menos mal que tenía la correa de la cámara envuelta alrededor de la muñeca, de lo contrario, habría salido volando por el campo.

Al reconocer la voz, giré la cabeza y miré hacia abajo.

—¿Trevor?

—El mismo —respondió con una sonrisa de oreja a oreja.

—Trevor, ¿qué narices crees que…?

Mis palabras se transformaron en otro grito mientras me movía, o más bien, me giraba bruscamente, hasta que me vi aferrada a su cuello, acunada en sus brazos como si fuera un bebé.

—¿Qué tal, preciosa? —preguntó con una sonrisa socarrona. Estaba convencida de que había nacido con esa sonrisa, o quizá la había practicado delante del espejo durante años hasta perfeccionarla—. Te he estado observando desde hace diez minutos. No me podía creer lo que veían mis ojos.

—Bájame, idiota —dije, sin aliento.

—Lo haré en cuanto te aleje de las líneas enemigas.

Resoplé molesta a mi amigo de la infancia, pero no surtió el efecto deseado; nunca lo hacía. Me agarré a sus hombros con fuerza para no caerme mientras corría, miré por encima de su hombro y solo pude fijarme en una persona.

Dylan.

Todos sus compañeros estaban entrando al túnel para regresar al vestuario, pero él se había quedado parado, con una mano sosteniendo el casco con la punta de los dedos y la otra en su cintura. Quise saludarlo o sonreírle, pero él me estaba mirando sobre los brazos de Trevor con una expresión inescrutable y la mandíbula tensa.

Sentí una opresión en el pecho, estrujándome el corazón.

Le di dos manotazos a Trevor en el hombro.

—Trevor, detente. ¡Trevor, tienes que parar!

Debió de notar el apremio en mi voz porque, por fin, se paró y me bajó al suelo con cuidado. Era incapaz de apartar los ojos de Dylan. Vi cómo daba un paso hacia nosotros, y luego otro, y otro más. La determinación en su rostro hizo que se me acelerara el pulso. Estaba a punto de pasar algo (o ya estaba pasando) y tenía el corazón a punto de estallar. Trevor dijo algo para captar mi atención y me tocó el hombro.

Lo miré con el ceño fruncido y murmuré, distraída:

—¿Qué?

¿Estaba Dylan celoso?

Cuando empezó a trotar hacia nosotros, se me puso la piel de gallina. Miré a Trevor un instante.

—¿Me das un minuto?

Mi amigo miró en la misma dirección que yo mientras me acercaba a Dylan. De pronto, sin saber por qué, sentí una urgente necesidad de ir hacia él. Tal vez fuera por la forma en que su dura mirada se encontró con la mía, como desafiándome a apartar la vista, o quizá se debiera a la manera controlada en la que se movía. Dios, estaba tan guapo con el uniforme, casi tanto como cuando hacía ejercicio en nuestra cocina, medio desnudo… Casi. Parecía más alto que nunca, más grande que el resto de los jugadores que estaban calentando en ese campo.

Pero cuando apenas había dado cuatro pasos, Chris se interpuso en el camino de Dylan, cerca de la línea de las treinta yardas, apoyó su frente contra la de él, lo agarró del cuello y lo llevó hacia el túnel. Dylan lo miró confundido, como si acabara de salir de un trance. Luego asintió y corrió junto a su compañero de equipo.

Cuando desapareció en el túnel, me volví hacia Trevor con una sonrisa tímida.

Mi amigo enarcó una ceja, lo que solo acentuó su característica expresión arrogante.

—¿Le he tocado las narices a alguien?

—¿Qué? No. ¿Qué estás haciendo aquí? Creía que estabas en Boston.

—Sí, estaba allí, pero este año me cambié de universidad. ¿Sales con el número doce? ¿El tal Reed? —preguntó, señalando con la cabeza hacia el túnel donde había desaparecido Dylan.

—No, es solo un amigo.

Me miró fijamente un instante y dijo:

—Si tú lo dices. —Volvió a esbozar esa sonrisa de oreja a oreja tan peculiar suya—. Mírate, preciosa. Hacía años que no te veía, y ahora te encuentro aquí. Te he echado de menos.

—No me llames así —gruñí, dándole otro empujón.

—Sigues tan adorable como siempre. ¿Y tú qué estás haciendo aquí? ¿Has venido a ver cómo le doy una paliza a tu novio?

—Te he dicho que no es mi novio. —Levanté la cámara, como si con eso respondiera a su pregunta—. Estoy aquí por trabajo, sacando fotos al equipo. —Y como no me gustaba que hablara así de Dylan, añadí—: Y yo no tendría tan claro quién le va a dar la paliza a quién. Son muy buenos.

En realidad, no tenía ni idea si lo eran. Solo sabía que Dylan era increíble.

Me miró sorprendido.

—¿Ah, sí? ¿Te has convertido en una experta en fútbol por alguien en particular?

Alguien gritó su nombre en ese momento y Trevor miró hacia atrás.

—Mierda. Vale, tengo que irme. —Me quitó la cámara de la mano y la levantó como si fuera a hacerse un selfi—. Venga, quiero que nos hagamos una foto juntos. Yo soy mucho más guapo y tú necesitas algo mejor que la cara de esos orangutanes.

—Está apagada, idiota. —Me reí al comprobar que no sabía cómo funcionaba.

Encendí la cámara y dejé que me acercara a su lado para que pudiéramos hacernos la foto. Cuando volvieron a llamarlo, me devolvió la cámara a toda prisa.

—Toma. Envíame un correo electrónico con la foto y tu número. No lo tengo, así que no te olvides de mandármelo. —Corrió hacia atrás mientras seguía hablando—. Hazlo, Zoe. O mejor aún, te mando mi número y así podemos escribirnos al móvil.

—¡Vale! —respondí, sonriendo.

Cuando se acercó a sus entrenadores, uno de ellos le dio una colleja y su sonrisa se hizo más amplia.

—¡Bien! —gritó una última vez antes de desaparecer.

Nuestro equipo, el equipo de Dylan, estaba ganando. No tenía idea del momento exacto en el que había empezado a considerarlo *nuestro* equipo, pero me dejé llevar por la emoción del partido y la magia de estar en el estadio. Vale, tal vez no entendía lo que estaba pasando la mayor parte del tiempo, pero fui una más del público cuando todos vitoreaban, gritaban o maldecían. Ni siquiera estar tan cerca de Mark logró disminuir mi entusiasmo.

Y Dylan… era una bestia en el campo, todo un portento. La forma en que se llevaba el balón, la velocidad a la que corría, cómo se agachaba, esquivaba, rodaba y giraba, y todas las otras cosas que hacía. Me tenía completamente fascinada.

Y aunque os parezca raro, sentía que era mío. Sabía el aspecto que tenía por la mañana, conocía prácticamente cada músculo de su torso. No es que se lo hubiera tocado, ni nada por el estilo, pero lo tenía grabado a fuego en mi mente. Sabía qué ingredientes prefería en la *pizza*; un dato crucial: extra de queso, *pepperoni* y aceitunas negras, y que no me miraba como si fuera un bicho raro porque me gustara la *pizza* con piña.

Conocía sus sonrisas, y tenía varias, cada una más letal que la anterior. Sabía que cuando se pasaba la mano por el pelo corto era porque estaba estresado o nervioso. Que le gustaba agarrarme de la mano; algo que escapaba a mi comprensión, pero le gustaba. Que si giraba el cuello y se le marcaba el músculo de la mandíbula era porque estaba enfadado y le costaba controlarse. Que le hacía gracia conseguir que me pusiera roja solo con mirarme, y que solía sonreír cuando eso sucedía. Sabía que era el tipo más trabajador que había conocido. Sabía que era único y que, con cada día que pasaba, más deseaba que fuera mío. No solo mi amigo, sino mío, solo mío.

Saber todo eso de él me aterrorizaba. En la última jugada del tercer cuarto, cuando el marcador iba 31-42, alguien más salió del túnel y se unió a sus compañeros en la banda.

JP Edwards.

Cuando me fijé en las muletas, la sonrisa que tenía en la cara de pronto ya no me pareció adecuada.

El árbitro pitó para señalar el final del tercer cuarto y el equipo se agrupó en círculo para planear estrategias con el entrenador. Después de algunos golpes en los cascos, palmadas en la espalda y lo que supuse eran palabras de aliento, se acercaron a JP. No aparté la vista de Dylan en ningún momento.

Se detuvo frente a su amigo jadeando y se quitó el casco, con los hombros levantados, tensos y la pintura negra bajo sus ojos corrida. JP se apoyó en un pie, se frotó la nuca y negó con la cabeza una vez. Como tenía la cámara en la mano, no lo dudé y les hice una foto rápida. No sabía exactamente qué estaba capturando, pero quise inmortalizar el momento. Vi que movían los labios, aunque no tenía idea de lo que estaban hablando. Dylan le puso una mano en el hombro a JP y él volvió a negar con la cabeza. Entonces Dylan curvó la mano alrededor de su cuello y apoyó la frente contra la de su amigo.

Clic.

Hice zoom y tomé otra foto. Me di cuenta de que ambos tenían los ojos cerrados.

JP colocó la mano alrededor del cuello de Dylan.

Clic.

Chris se unió al abrazo y dejó caer su casco al suelo junto a ellos.

Clic.

Clic.

Bajé la cámara y miré hacia otro lado. Ya me había entrometido más de lo debido, pero no había hecho esas fotos para el periódico. Eran para mí. Si os soy sincera, desde que había empezado el partido había sacado muchas fotos que solo eran para mí.

—Voy a por algo de beber. ¿Queréis algo, chicas? —nos preguntó Cash. Miriam estaba ocupada enviando mensajes desde el móvil, pero levantó la vista el tiempo suficiente para negar con la cabeza.

—Agua para mí —respondí. Cash se fue hacia el equipo y habló con algunos jugadores antes de regresar con nosotras.

Cuando volvió, no pude evitar hacerle una pregunta.

—¿Sabes qué es lo que está pasando allí? —Hice un gesto con la barbilla hacia JP, que en ese momento estaba rodeado por al menos diez o quince compañeros de equipo en un semicírculo. Cogí la botella de agua que Cash me entregó.

—Sí. Malas noticias para JP y, en realidad, para todo el equipo. Por lo visto, no podrá seguir jugando el resto de la temporada. Van a tener que operarle por la lesión en el pie y, si no consigue recuperarse por completo, es muy probable que su carrera deportiva acabe aquí. Una lástima, es un jugador impresionante.

—¿Así sin más? —pregunté—. ¿Una lesión y está fuera? ¿Se acabó?

—Sí. Así es el deporte. Nunca se sabe cuándo tendrás que retirarte.

—No lo he visto en el hotel, ni siquiera en el avión —conseguí decir, a pesar del nudo que tenía en la garganta. Recordé la angustia y la rabia en la cara de Dylan el día que lo encontré sentado solo en la oscuridad. Aquello lo iba a dejar devastado.

—Quería ser él quien diera la noticia a sus compañeros de equipo y unirse a ellos para un último partido antes de la operación, así que lo han traído hoy.

Los chicos corrieron hasta la línea de cincuenta yardas y comenzó el último cuarto del partido. En un abrir y cerrar de ojos, el juego se volvió violento. Había visto placajes, pero después de la noticia que acababan de recibir de su amigo... Si Dylan había sido una bestia hasta ese momento, ahora se convirtió en Hulk. Me estremecí y jadeé cada dos por tres, sobre todo cuando un jugador se abalanzó sobre él después de que prácticamente volara en el aire y atrapara el balón. Fue un choque brutal, por supuesto, pero Dylan siempre se levantaba con el balón en la mano y yo respiraba aliviada. Trevor no había pisado el campo durante la primera mitad del partido, pero sí salió en la segunda. Así que, cuando Dylan lo derribó justo al comienzo del último cuarto, después de que Chris lanzara un pase y Trevor interceptara el balón (o eso fue lo que Miriam me dijo), temí que hubiera partido a mi amigo de la infancia por la mitad. Al final, Trevor se levantó, pero tardó un rato.

El resto del partido transcurrió igual: placajes, pases, pitidos, gritos de ánimo, más placajes. El juego aún no había terminado y ya sentía un tirón en los hombros por toda la tensión acumulada.

Cuando apenas quedaban segundos, Chris dio unos pasos hacia atrás y lanzó el balón en un arco perfecto hacia Dylan desde la línea de cuarenta y cinco yardas. Me puse de pie al instante, junto con Miriam y Cash. Parecía que todos los jugadores en el campo corrían hacia ese maldito balón. Me llevé las manos a la cabeza, conteniendo la respiración, y contemplé cómo Dylan empujaba con el hombro a otro jugador, daba un buen salto y atrapaba el balón en el aire con las yemas de los dedos. Antes de que pudiera asimilar esa captura perfecta, se lo metió debajo del brazo y salió disparado hacia la línea de anotación como si fuera el mismísimo Correcaminos.

Un jugador lo alcanzó por detrás y se lanzó sobre la espalda de Dylan, pero él, como si tuviera ojos en la nuca, lo esquivó unos centímetros, desplazándose hacia la derecha. Empecé a dar saltos como una niña emocionada.

—¡Sí! ¡Sí! —Contagiada por el rugido de la multitud, estaba a punto de volverme loca, cuando otro jugador apareció de la nada e intentó bloquearlo. Dylan saltó a un lado antes de que el tipo pudiera hacer nada y corrió los últimos cinco metros sin que nadie más pudiera alcanzarlo. Eran demasiado lentos para él. Continué saltando mientras veía a mi amigo anotar su tercer *touchdown* del partido.

Era absolutamente increíble. Me dolían las mejillas de tanto sonreír.

Con las manos temblando un poco, levanté la cámara, lista para capturar la alegría en ese rostro perfecto por si se quitaba el casco, pero en lugar de dejar que sus compañeros de equipo lo tumbaran como de costumbre, los esquivó uno a uno como si no existieran y corrió directamente a la línea de cincuenta yardas, ignorando a todas las personas, jugadores y no jugadores, que invadían el campo. Lo seguí con la mirada para ver hacia dónde iba y lo vi detenerse y arrodillarse frente a JP, que parecía tener algunas dificultades para mantenerse erguido con las muletas. De repente, Chris apareció justo al lado de Dylan y se arrodilló también.

Contuve la respiración y alcé un poco más la cámara, con un cosquilleo en los dedos por lo mucho que quería capturar un instante de ese momento que estaban compartiendo. Luego, uno a uno, todos los jugadores en el campo se arrodillaron frente a su compañero de equipo, algunos detrás de Dylan y Chris, y otros a su derecha.

Antes de que comenzaran los cánticos, corrí hacia la entrada del túnel, me detuve en seco y me paré detrás de JP para poder tener a Dylan justo en el centro del encuadre. Enfoqué su rostro duro, implacable y sudoroso e hice la que se convertiría en una de mis fotografías favoritas.

Cuando todo terminó, todavía seguía en el mismo lugar, como si estuviera anclada al suelo.

Dylan se levantó y se acercó a su amigo. Le susurró algo al oído, lo atrajo hacia sí con cuidado y se dieron uno de esos típicos abrazos de hombres. Me costó muchísimo contener las lágrimas. Cuando el resto del equipo rodeó a su compañero lesionado, incluido Chris, los ojos azul oscuro de Dylan se encontraron con los míos, atravesándome con su mirada.

En cuanto se separó del grupo, bajé la cámara despacio, y sin dejar de mirarnos, lo vi caminar hacia mí. Cubrió la distancia que nos separaba en un instante. Cuando lo tuve delante, levanté la vista hacia él. Al igual que él, estaba sin aliento, puede que incluso más. Además, sentía cómo las manos me temblaban mientras intentaba mantener la sonrisa en mi rostro.

«Tranquilízate, Zoe. No es más que un subidón de adrenalina. Sigue siendo tu amigo».

—¿Quién es él? —fue lo primero que salió de su boca.

Mi sonrisa se desvaneció.

—¿Qué?

—El número cuatro. —Debía de tener una expresión de desconcierto total, porque no esperó a que le respondiera antes de decir—: Trevor Paxton. Antes te ha alzado en brazos.

Me reí, me relajé y volví a sonreír. Había acertado: estaba celoso. Aquello alivió la opresión en mi pecho.

—Un amigo de Phoenix. Nos conocemos desde niños. Crecimos en el mismo barrio y fuimos juntos al instituto. Solo somos amigos, nada más.

Noté cómo relajaba los hombros.

—Genial. Esto está bien.

Asentí, intentando no sonreír. Sí, estaba bien.

Clavó los ojos en los míos y apretó lo dientes.

—No estás apartando la vista, ¿por qué?

Ignoré sus palabras y perdí la batalla contra mis labios. Sonreí de oreja a oreja.

—Has estado increíble, Dylan, absolutamente increíble.

Parado frente a mí como estaba, con las hombreras y todas esas protecciones, se lo veía enorme, intimidante.

Pero entonces, dejó de fruncir el ceño y esbozó una sonrisa radiante.

—¿Ah, sí?

Bajé la vista a sus labios durante unos segundos, admirando esa sonrisa tan bonita de sorpresa. Otra sonrisa más que añadir a mi colección.

«Ojalá fuera mío», pensé mientras volvía a mirarlo a los ojos.

Sonreí aún más, si es que eso era posible.

—Sí.

Uno de los entrenadores pasó corriendo a nuestro lado, interrumpiendo nuestro pequeño momento. Dylan me agarró del brazo y me hizo retroceder unos pasos hasta casi apoyarme contra la pared, acercándonos aún más.

—Ahora entiendo toda esa emoción por los partidos —continué antes de que pudiera decir algo—. Me siento un poco mareada, como si estuviera ebria por el juego. Habéis estado fantásticos. —Le ofrecí otra sonrisa triunfal, o de derrota, según cómo se mirara—. Reconozco que no sé casi nada de fútbol, que solo aguanto verlo veinte minutos en la tele antes de aburrirme, pero estar aquí ha sido distinto. No sé si a ti te parece divertido, porque eres tú el que tiene que correr y al que hacen placajes, pero me ha encantado. No me gustó ver cómo te tiraban al suelo de ese modo, claro está, pero ya sabes a lo que me refiero. Ha sido casi mejor que verte hacer ejercicio en la cocina… Casi. —Hice una pausa para tomar aire. Estaba asombrada, y no me importó que él lo notara en mi cara—. Quiero repetirlo todo ahora mismo. Has estado increíble, Dylan.

Sus ojos azules brillaron con una emoción que no logré identificar.

—Ya me lo has dicho antes, Flash —murmuró con una voz grave que me hizo estremecerme por completo.

Tragué saliva y asentí, porque no se me ocurrían más palabras. Y sí, era cierto, ya lo había dicho; más de una vez, de hecho. Mi cerebro me dijo que había llegado el momento de irme, antes de empezar a divagar.

Cuando Dylan miró hacia atrás, hacia el campo, yo hice lo mismo. Algunos de sus compañeros ya se estaban dirigiendo hacia los vestuarios.

—Será mejor que me...

Dejé de hablar cuando Dylan me acarició la mejilla con su mano enguantada (su *enorme* mano enguantada) y me levantó la cara con suavidad. El mundo a mi alrededor se ralentizó y me quedé inmóvil. Os juro que vi cómo sus ojos recorrían mi rostro a cámara lenta.

—Me gusta que me mires, Zoe.

Conseguí esbozar una sonrisa nerviosa. Entonces, me rozó la mejilla con el pulgar, dejándome... prácticamente indefensa.

Me olvidé de todo, de dónde estaba, hasta de mí misma y susurré:

—Me gusta mirarte.

Se pasó la punta de la lengua por el labio inferior.

—Lo sé.

«Ay, Dylan, ¿por qué has hecho eso?».

—Me refiero a que me gusta verte jugar, no que me guste verte cuando no estás jugando. No te miraría si estuvieras ahí parado, o no sé... Tampoco te miraría entrenar, y nunca te miraría si...

—¿Sabes por qué me gusta mirarte, Zoe?

La pregunta hizo que me callara al instante, lo que seguramente fue lo mejor que podía haberme pasado; quién sabía qué más podría haber dicho.

—Porque no puedo quitarte los ojos de encima. Todo lo demás... desaparece, y...

«Y... Y...».

—¿Y?

Hice todo lo que pude por no mostrarme ansiosa por su respuesta, o al menos no demasiado, porque estaba claro que él se había dado cuenta de que me interesaba mucho lo que estaba a punto de decir.

Dejó escapar un profundo suspiro y decidió no terminar esa frase en particular. Pude verlo en sus ojos, un pequeño cambio, que luego desapareció.

«Mierda».

—No sé qué voy a hacer contigo, Zoe. Me estás volviendo completamente loco. Primero Jared y ahora ese tal Trevor.

«¿Cómo?».

Su pecho subía y bajaba a toda prisa. Parecía querer decir algo más, pero solo me miró a los ojos.

Cuando ya no pude aguantar más (al fin y al cabo, era humana), intenté carraspear para salir de allí, pero algo, lo más probable aire, se me quedó atascado en la garganta y me provocó un pequeño ataque de tos, obligándolo a apartar la mano.

—Lo siento —dije entre jadeos, cuando pude volver a respirar.

Cada vez más jugadores se dirigían hacia los vestuarios. Algunos de ellos le daban una palmada en la espalda con comentarios como «Buen partido, tío» o «Bien, hecho colega». Otros solo se reían por lo bajo.

Dio un paso hacia atrás, poniendo un poco de distancia entre nosotros, pero sus ojos se detuvieron en mis labios.

—Va a pasar pronto, lo sabes, ¿verdad? Me pregunto si estás lista, porque estamos a punto. Lo veo en tus ojos, y vas a perder, como sabía que sucedería.

—¿Qué? ¿Estamos a punto? ¿Perder qué?

—La apuesta —explicó con calma—. Vas a besarme y vas a perder la apuesta. No podrás evitarlo.

Curvó los labios en una sonrisa juguetona.

—¿Ah, sí? Qué modesto.

—Sí. —Se encogió de hombros—. Así que deberías rendirte, simplificar tu complicada situación. Si hay... algo que no sepa y no puedes hacerlo por alguna razón absurda, dímelo. Te lo pondré más fácil. Me gusta la espera, Flash, no lo puedo negar, pero...

—¡Oye, Dylan! ¿Vienes o qué? —Moví la cabeza en dirección al sonido y vi a Chris y JP esperando a mi modesto compañero de cuarto.

—Id tirando, ahora voy —les gritó.

Vi cómo sus amigos negaban con la cabeza y se marchaban. Cuando volví a mirar a Dylan, me estaba observando con atención. Durante un instante, me pregunté si Mark nos habría visto así, pero me dio igual; o al menos no me importó en ese momento. Si había repercusiones (como que me gritara sin motivo), pues bueno... que le dieran.

—Tenemos que hablar, Zoe. Vamos a tener que hablar pronto y arreglar esto.

—Mmm, arreglar, ¿qué? —pregunté, distraída por el movimiento de sus labios.

—La situación complicada. Hay que simplificarla.

Lo miré a los ojos de nuevo; una tormenta se estaba gestando en ellos.

—Me está volviendo loco —continuó.

Me quedé mirándolo sin saber qué decir como una tonta.

En ese momento, alguien lo golpeó en la espalda, haciéndole perder el equilibrio y obligándolo a apoyarse con una mano en la pared detrás de mí. Murmuró algo en voz baja y se giró antes de volver a mirarme.

—Va a pasar.

Y con eso, salió corriendo antes de que pudiera asentir o decir algo.

Sin embargo, antes de desaparecer de mi vista, gritó una última vez:

—Ya lo verás. En cualquier momento.

Segundos después, Mark y su séquito pasaron junto a mí sin ni siquiera notar mi presencia. Si hubiera sucedido en Los Ángeles, me habría sentido como un estorbo (de hecho, había ocurrido en varias veces, y en cada una de ellas tuve la sensación de que solo era una molestia para él), pero en esa ocasión me dio igual. Era lo que menos me preocupaba.

17

Dylan

A medida que pasaban las semanas, cada vez me costaba más mantener las manos y los ojos alejados de Zoe. Con todo lo que estaba pasando con JP y su recuperación, Zoe era la única persona, aparte de Chris, con la que me apetecía estar. Aunque el día que saltó sobre mí, prácticamente desnuda después de que se le cayera la toalla, me pareció un absurdo lo de ser amigos, al final se había convertido precisamente en eso.

En mi mejor amiga.

Mi mejor amiga... a la que estaba deseando follarme hasta perder el sentido.

Cada vez que su brazo rozaba accidentalmente el mío cuando nos cruzábamos en el pasillo o en la cocina, cada vez que me miraba y sonreía, todas esas noches en las que nos sentábamos en los lados opuestos del sofá y veíamos una película en su portátil... Cada vez que salía de su habitación con ojos somnolientos, piernas suaves y ese maldito trasero perfecto que tenía y que siempre miraba cuando se estiraba para coger un cuenco de algún armario. Cada vez que fingía no mirarme mientras hacía mis ejercicios matutinos y ella desayunaba... Cada vez que coincidíamos en el baño para lavarnos los dientes, con ojos adormilados y voz ronca... Cada vez que abría el armario donde guardaba sus preciados M&M's y se quedaba unos segundos mirándolos, para Dios sabía qué... Cada vez que la sorprendía entrando de puntillas al apartamento para que no la descubriera la señora Hilda... Cada vez que me aguantaba la mirada durante más de unos segundos. ¿Os hacéis una idea?

Cada vez que respiraba, me ponía duro solo de ver cómo subía y bajaba su pecho. Me dolían las manos de lo mucho que quería tocar su piel, sus labios, su cuello, su barbilla, sus manos, sus piernas, su delicioso trasero. Me estaba volviendo loco poco a poco y, por lo que sabía, ella no tenía ni idea de lo que me estaba provocando.

Cuando la veía, cada vez me costaba más recordar por qué no podía estar con ella. Y mientras yo iba perdiendo la cordura por ella día tras día, ella seguía viéndose con él. Me decía a mí mismo que era imposible, que estaba exagerando, pero todas las pequeñas pistas apuntaban a esa conclusión. Por mucho que deseara estar equivocado, que esperara que terminara lo antes posible, eso no cambiaba los hechos: Zoe tenía algo con el entrenador, y aquello me estaba carcomiendo por dentro como nunca. No me creía la historia de que sus familias fueran amigas. No sabía qué pensar exactamente, pero no me lo tragaba. Aunque tampoco podía imaginarme a Zoe con él, ella no era ese tipo de chica. Aun así…

Además, apenas tenía tiempo para nada. O estaba estudiando, o tenía a los preparadores machacándome en el gimnasio. Y el hecho de que le estuviera ocultando un secreto a Chris, incluso más de uno, no ayudaba. Sabía que su padre volvía a tener una aventura —me lo había dicho apenas una semana antes—, siempre se enteraba. Lo que no sabía era que el apartamento en el que yo estaba viviendo era de su padre y que Zoe también vivía allí. Chris no tenía ni idea de lo que implicaba todo eso.

Habían pasado semanas desde que Zoe había fotografiado nuestro partido fuera de casa, desde que la había visto con otro chico y casi había perdido los nervios delante de todos. Todavía no habíamos tenido *esa* conversación. Algunos días creía que me evitaba a propósito, otros simplemente no teníamos tiempo, y otros, lo único que me apetecía era sentarme junto a ella en el suelo frente al sofá y cenar mientras hablábamos de cualquier cosa.

Había pasado Halloween, habíamos perdido y ganado más partidos fuera y en casa, y esa locura que empezaba a sentir por ella no iba a desaparecer, a pesar de las circunstancias.

Ya me daba igual lo mal que estuviera tener algo con la chica de otro; porque ni podía aceptar que fuera la chica de otro (y si lo era, yo era el mayor imbécil del mundo por estar enamorándome de mi amiga—, ni que estuviera en una relación jodida y complicada con mi entrenador. Y si ese era el caso, estaba dispuesto a solucionarlo.

La única ventaja de sentirme tan frustrado por vivir con la chica que pensaba que debería estar conmigo y no con otro imbécil era que me estaba esforzando más que nunca en mi vida. Todos los entrenadores estaban impresionados. Chris y yo estábamos perfectamente sincronizados en el campo y yo lo estaba dando todo. El sueño que había tenido desde que tenía uso de razón estaba a punto de hacerse realidad. Iba a hacer que mi familia se sintiera orgullosa.

Después de una intensa sesión de entrenamiento con uno de los preparadores que me estaba ayudando con las pruebas previas al *draft* que se celebrarían a finales de febrero, me dirigí a casa con la esperanza de ver a Zoe. Conocía su horario de memoria y, salvo que le hubiera salido un encargo de fotografía en el último momento, sabía que iba a llegar a casa un poco después que yo. Desde el partido fuera de casa, había hecho todo lo posible por no estar a solas conmigo durante mucho tiempo, pero vivíamos en el mismo apartamento. Literalmente, dormía a unos metros de mí, así que tampoco podía huir demasiado, aunque tampoco creía que estuviera haciendo un esfuerzo monumental por evitarme.

Pensé en pasar por su pizzería favorita para sorprenderla, pero cambié de idea y decidí esperar hasta que llegara a casa para convencerla de salir a comer *pizza* conmigo. En mi cabeza, parecía un plan mucho mejor.

Solo que no lo fue.

Me di cuenta de ello en cuanto llegué a nuestra planta y vi a Vicky esperándome en la puerta de nuestro apartamento.

Me detuve en seco en lo alto de las escaleras, pensando en todas las formas en las que podía matar a JP si había sido él el que le había dicho a mi ex dónde encontrarme. Cuando oyó mis pasos, Vicky levantó la vista de su teléfono y se apartó de la pared.

—Dylan, yo…

—¿Qué coño estás haciendo aquí?

Se guardó el móvil en el bolsillo trasero, dio un paso hacia mí y luego se detuvo.

—Quiero hablar contigo, solo una vez. Por favor, Dylan.

Conseguí deshacerme de la parálisis que parecía haberse apoderado de mí y pasé junto a ella para abrir la puerta.

—No tenemos nada de qué hablar. No deberías haber venido, Victoria.

Miré hacia atrás y vi su leve mueca de dolor al oírme decir su nombre completo.

Levantó las manos y luego las dejó caer a los costados.

—Bueno, pues es una pena. No contestas ni a mis mensajes ni a mis llamadas, así que no voy a moverme de aquí hasta que hables conmigo.

A medida que elevaba el tono de voz, miré hacia la puerta de la señora Hilda. En circunstancias normales, esa vieja gruñona habría salido en cuanto hubiera oído a alguien subiendo las escaleras, pero no había señales de ella. ¿Nos estaría observando por la mirilla?

Ignoré a Victoria, abrí la puerta y tiré mi bolsa de deporte dentro antes de volverme hacia ella.

—No tengo ningún motivo para devolverte las llamadas, Victoria. Han pasado meses. No tenemos nada de qué hablar.

Como ya le había dicho todo lo que tenía que decir sobre el asunto, me dispuse a cerrarle la puerta en la cara, pero ella fue más rápida y la detuvo con la palma de la mano. El golpe resonó en las paredes. Si la señora Hilda, por alguna razón desconocida, no se había dado cuenta de lo que estaba pasando frente a su puerta, seguro que habría oído ese ruido y saldría a investigar en breve.

—Yo sí tengo cosas que decir. —Levantó la barbilla y me miró a los ojos.

—Victoria..., vete —señalé entre dientes, y ella fue lo suficientemente lista como para darse cuenta de que estaba a punto de perder los nervios. Dejó a un lado su enfado, dio un paso atrás y volvió a adoptar una actitud de inocencia.

—Me voy a ir. Te prometo que lo haré. Solo quiero hablar, Dylan, solo una vez, y luego, si no quieres, no volverás a verme. Solo quiero pedirte perdón.

Oí el sonido de una llave, lo que solo podía significar que ya era demasiado tarde para deshacerme de Victoria sin provocar un incidente que tardaría aún más en solucionar. La señora Hilda iba a salir en cuanto abriera la puerta y querría saber qué estaba ocurriendo; ahora no tenía tiempo para esa mujer.

Como no me quedaba otra opción, sacudí la cabeza y espeté:

—Entra.

Victoria hizo lo que le pedía. En cuanto cerré la puerta, oí la puerta de la señora Hilda abrirse con un chirrido.

Pasé junto a mi ex y fui directo a la cocina.

—Tienes tiempo hasta que oiga a la vecina cerrar la puerta. —Apoyé las manos en la encimera e insistí en la misma idea—. No necesito tu disculpa. Voy a escucharte porque me has obligado, pero no tengo nada que decirte. Creí que lo había dejado claro cuando te pillé follando con mis compañeros de equipo.

—Todavía estás enfadado, ¿no ves lo que eso significa? —preguntó, acercándose a mí.

—¿Qué cojones crees que significa? —repliqué.

—Si estás enfadado, significa que todavía te importo. Sé que te hice daño, Dylan. Créeme, que me encontraras esa noche, que me vieras así... me dolió más a mí que a ti y...

—¿Estás de coña?

—Siento muchísimo que tuvieras que ver algo así, en serio, no sabes cuánto, pero solo pasó una vez. Ni siquiera sé cómo. Te estaba esperando arriba y de pronto me encontré...

Cuando dobló la esquina para ponerse a mi lado, enderecé la espalda y me alejé.

—Se acabó el tiempo.

—Dylan, espera. —Se apresuró a alcanzarme y me sujetó del brazo—. Solo he venido para pedirte perdón. Ni siquiera me diste la oportunidad de hacerlo.

Le miré la mano, que todavía tenía en el brazo, y luego la miré a los ojos fijamente. Me soltó y retrocedió un paso.

—Estabas tan ocupado. Primero fueron las clases de verano y luego… Llevábamos dos semanas sin acostarnos y tú estabas…

—Estaba en el campamento de otoño, preparándome para la temporada, Victoria. Apenas podía mantenerme en pie al final del día.

Volvió a poner la mano en mi antebrazo y dio un paso en mi dirección.

—Lo sé. Lo sé, y debería haber sido más comprensiva. Ahora lo entiendo, pero te aseguro que no planee…

Al oír una llave en la cerradura, Victoria se inclinó hacia la derecha para ver detrás de mí.

—¿Sabías que un caballito de mar, el macho por cierto, puede dar a luz hasta a dos mil crías? ¿Te lo imaginas? Dos mil. Acabo de ver un vídeo en Instagram y…

Me volví y vi a Zoe congelada justo al otro lado de la puerta abierta.

Nos miró a Victoria y a mí mientras se aclaraba la garganta.

—Hola, lo siento, espero no haber interrumpido…

La devoré con los ojos, tal y como había empezado a hacer cada vez que entraba en una habitación. Tenía el pelo alborotado, señal de que se lo acababa de soltar de un moño desordenado en la nuca; le gustaba llevarlo recogido mientras hacía fotos para que no le molestara en la cara. Llevaba esas botas marrones tan sexis que hacían que mi pene saltara de alegría, unos vaqueros negros ajustados que le hacían maravillas a su trasero y otras tantas cosas a mi pene y, como siempre, una camiseta blanca lisa con algo escrito en la parte delantera, debajo de un cárdigan color vino del que no se despegaba últimamente.

Zoe nos dio la espalda para sacar la llave de la cerradura y no pude evitar fijarme en la curva de su trasero. Antes de que pudiera apartar la mirada, ambas hablaron.

—¿Quieres que me vaya, Dylan? Podemos hablar luego —susurró Victoria a mi lado.

—No sabía que tenías compañía. Será mejor que me vaya… —dijo Zoe al mismo tiempo.

—Sí, vete —solté con tono seco. Pero entonces vi cómo Zoe abría los ojos como platos y se le demudaba el rostro.

—Voy a dejar esto aquí —indicó en un murmullo. Cuando me giré completamente para ver de qué narices hablaba, había dejado su bolsa con el equipo fotográfico junto a la puerta y la estaba cerrando, pero del lado equivocado.

—Creo que no se ha dado cuenta de que te referías a mí.

No presté atención a Victoria y corrí hacia la puerta, pero cuando la abrí, Zoe ya no estaba y solo se oían sus pasos apresurados.

Cerré la puerta con rabia contenida y me volví hacia Victoria.

—Vete.

—No sabía que estabas saliendo con alguien, Dylan. Lo siento. No quería que…

La fulminé con la mirada.

—Victoria, vete, por favor.

—Le pregunté a los chicos y me dijeron que no estabas saliendo con nadie. Lo siento. Sé que no me vas a creer, pero no he venido aquí para causarte ningún problema. Solo quería…

—¿Qué diablos querías, Victoria? Has dicho que has venido a pedirme perdón. Ya lo has hecho. Ahora puedes irte. No necesito oírte decir que le has preguntado a los chicos nada.

Negó con la cabeza y levantó las manos.

—Oh, no, Dylan, no me refería a eso. Me refería a tus compañeros de equipo, no a Max ni a Kyle, a tus… otros compañeros de equipo.

Parecía que no estaba escuchando ni una sola palabra de lo que le estaba diciendo, y necesitaba que se largara de una vez.

—Puedo hablar con tu novia, explicárselo.

—Ella no es… —«Mía», pensé. No era mía todavía, pero eso estaba a punto de cambiar. Estaba harto de esperar—. Es mi amiga y no le vas a decir ni una sola palabra.

Una de dos, o por fin se dio cuenta de lo enfadado y tenso que estaba, o lo notó en mi voz, porque dio unos pasos hacia atrás y me miró con tristeza.

—Estás tan furioso.

—Victoria —espeté, con la mano prácticamente temblando de rabia mientras sujetaba el pomo de la puerta. Tenía que encontrar a Zoe, no quedarme ahí parado, complaciendo a mi ex.

—Creo que será mejor que me vaya.

—¿En serio? —pregunté, incrédulo.

Cerré los ojos y giré los hombros para relajarme. No sirvió de nada.

Abrí la puerta y esperé a que se fuera. En vez de irse de inmediato, salió y me miró.

—Solo quería que supieras que lo siento y que… te echo de menos, Dylan. Estamos en la universidad y cometí un error y…

—Ahora ya lo sé. —la interrumpí y le cerré la puerta en las narices.

Luego me agaché, saqué el móvil de mi bolsa de deporte y llamé a Zoe.

Sonó y sonó, pero no hubo respuesta. Estaba seguro de que lo llevaba consigo. Le envié un mensaje, pero no esperé que me respondiera. Era muy posible que hubiera malinterpretado la presencia de Victoria y estuviera ignorando cualquier llamada o mensaje mío.

Di una patada a mi bolsa, deslizándola hacia el salón.

—¡Mieeerda!

Me llevé la mano a la cabeza y llamé a Jimmy.

Respondió al segundo tono.

—Jimmy al habla. Cuéntame.

—Jimmy, sé que mi turno empieza en dos horas, pero hoy no voy a poder ir. Es por… un asunto del fútbol.

—¿Sabes que es sábado por la noche? Te necesito aquí.

—Lo sé, y lo siento, pero es una cosa que me ha surgido en el último momento. No puedo faltar. Te prometo que te lo compensaré. No me tocaba turno mañana, pero iré a ayudarte. Y también a mitad de semana.

Dejó escapar un largo suspiro que se mezcló con la música de fondo.

—De acuerdo, está bien, pero no se te ocurra dejarme plantado mañana.

—No lo haré. Estaré allí. Gracias, Jimmy.

Nada más colgar, llamé a Chris.

—¿Qué pasa?

—¿Tienes el número de ese corredor que jugó con nosotros cuando estábamos en primero y segundo, ya sabes, al que transfirieron?

—¿Te refieres a Tony?

—Sí. ¿Lo tienes?

—Espera que lo miro. ¿Pasa algo?

—Tengo que preguntarle una cosa.

—Oh, gracias, me has sacado completamente de dudas. Un momento... Vale, sí lo tengo.

—Genial. Envíamelo por mensaje.

—¿Me vas a decir qué está pasando?

—Luego. Envíamelo.

Me fui antes de que me enviara el número. Si le hubiera pedido el número de teléfono a la amiga de Zoe hacía dos años, habría sido más fácil descubrir dónde había podido irse, pero no lo hice. Sabía que era una posibilidad remota, pero esperaba que Tony todavía tuviera el número de esa chica con la que había salido durante casi un año antes de que lo transfirieran. Y estaba seguro de que ella tendría el número de Kayla. Era mi única esperanza. Y sí, podía haber esperado a que volviera al apartamento, pero podría tardar horas, y se iba a pasar todo ese tiempo pensando en algo que no quería que pensara. Así que ni me lo planteé.

Recibí un mensaje de texto justo cuando salía del edificio.

Era mi día de suerte. Después de hablar con Tony, me pasó el número de la chica, cuyo nombre por lo visto era Erica. Luego la llamé y le pedí el número de Kayla.

La voz al otro lado del teléfono respondió con timidez.

—¿Hola?

—¿Kayla? —pregunté, sin estar seguro de haber llamado al número correcto.

—Mmm, sí. ¿Quién eres?

—Soy Dylan, el... —¿Qué narices era para Zoe?—. El amigo y compañero de piso de Zoe. Siento molestarte, pero estoy intentando localizarla y no responde a mis llamadas. ¿Sabes dónde puede estar?

—Dame un segundo —susurró.

Oí algunos ruidos, el sonido de una puerta abrirse y cerrarse, y luego volví a escucharla con una voz más segura que antes.

—Me mandó un mensaje hace unos minutos. ¿Para qué quieres saber dónde está? ¿Pasa algo?

—No. Solo quiero verla. —Esperé en silencio.

—Está bien. No sé qué está pasando. Espero no tener que arrepentirme de esto.

—Por favor —insistí.

—Voy a una fiesta de una hermandad con mi novio. Zoe me ha enviado un mensaje para ver si podíamos quedar. Le he dicho que nos veríamos allí en una hora. Si no está en casa, no sé si irá o no.

—¿Dónde es la fiesta?

18

Dylan

Cuando atravesé la puerta abierta de la casa de la hermandad sobre las diez de la noche, ya había vasos de papel esparcidos por el suelo y el ambiente apestaba a sudor, cerveza y una mezcla horrible de perfumes; lo típico de las fiestas universitarias. Apenas había dado unos pasos y ya podía ver cuerpos apretujados en la pista de baile. Me abrí paso entre la gente que hablaba a gritos para hacerse oír por encima de la música cerca de la puerta y empecé a buscar a mi alrededor. Ignoré la pista de baile y revisé cada rincón de la casa, incluidas las habitaciones de arriba. Ni rastro de Zoe ni de su amiga Kayla.

Con la esperanza de que aún no hubiesen llegado, eché otro vistazo a la planta baja y me dirigí al sótano. Por suerte, la música no estaba tan alta como para dejarme sordo, aunque sabía que a la mañana siguiente me dolería la cabeza.

Las fiestas de una hermandad nunca eran una buena idea si estabas sobrio y agotado.

Mientras bajaba, vi a algunos compañeros de equipo y tuve que detenerme para saludarlos. Cuando vi a Zoe sentada en un horrible sofá verde en un rincón, cerca de donde se jugaba al *beer pong*, respiré aliviado y pude pensar de nuevo con claridad. Estaba sentada al lado de Kayla, que me daba la espalda, hablando entre lo que parecían susurros; bueno, todo lo que se podía susurrar en medio de todo ese ruido y los vítores de los que animaban a los que jugaban al *beer pong*.

Zoe me vio cuando estaba a medio camino de llegar hasta ella. Nuestras miradas se encontraron, pero justo en ese momento, alguien me tocó el hombro e intentó detenerme. Me volví hacia el chico con el ceño fruncido y se echó hacia atrás.

—Lo siento, tío. Solo quería felicitarte por el partidazo de ayer.

—Gracias —murmuré. Levanté la barbilla a modo de despedida y seguí mi camino, apartando a la poca gente que se interponía entre Zoe y yo.

Cuando llegué hasta ella, sin romper en ningún momento nuestro inusual contacto visual, me incliné y la agarré de la mano, levantándola con facilidad.

—¡Zoe! —gritó Kayla, sujetándola del brazo izquierdo.

—Tengo que hablar con ella —le expliqué, antes de que empezáramos a jugar al tira y afloja y Zoe pudiera intervenir. No quería darle la oportunidad de huir.

Al ver que Zoe hacía un leve gesto de asentimiento con la cabeza, Kayla la soltó a regañadientes. Le quité el vaso medio lleno con la mano que tenía libre y lo dejé en la mesa de *beer pong*. Luego hice caso omiso de sus protestas y la llevé hacia las escaleras, detrás de las cuales había un pequeño espacio donde podríamos tener algo de privacidad.

A medio camino, me detuve al pisar algo pegajoso, pero en cuanto me di cuenta de que no era vómito, seguí andando. Llevé a Zoe hasta la pared, donde la música se oía un poco menos, y contemplé su cara. Me miró con esos ojos grandes llenos de vulnerabilidad, parecía tan insegura. Con cuidado, retiró su mano de la mía.

—Te fuiste —comenté, notando lo ronca que sonaba mi voz.

Zoe puso cara de sorpresa.

—Sí, porque me dijiste que me fuera.

—No. Le dije a *ella* que se fuera.

—Pero si me estabas mirando directamente a los ojos cuando lo dijiste. No pasa nada, Dylan. Tienes derecho a llevar a gente a casa. No debería haber... Espero no haber interrumpido nada.

Me incliné sobre ella y Zoe se echó hacia atrás.

—¿Lo dices en serio?

La sorpresa en su expresión se hizo aún mayor.

—¿Qué?

—¿De verdad crees que interrumpiste?

Frunció el ceño, confundida.

—¿Sí?

—¿Te estás burlando de mí, Zoe? Porque no me puedo creer que seas tan ingenua. Es imposible.

—No estoy haciendo nada. Estás enfadado conmigo y no sé por qué. Creo que voy a volver con Kay...

Cuando se giró, la agarré de la muñeca por detrás y la atraje hacia mi pecho, dejándola de espaldas a mí. Ella se quejó un instante, pero no se movió. Gracias a esas botas que tanto me gustaban, casi me llegaba a la barbilla.

Incliné la cabeza, respiré hondo, inhalando su perfume, e intenté calmarme. Zoe tensó los hombros.

—No puedes ser tan ingenua —susurré en su oído, notando el leve temblor de su cuerpo. Volvió la cabeza en un movimiento apenas perceptible. Miré hacia abajo y vi que se estaba agarrando el dobladillo del cárdigan, así que extendí la mano y entrelacé mis dedos con los de ella, ignorando lo tensa que estaba.

—Dylan, yo...

—Lo único que quiero es que me escuches, solo una vez. Eso es todo, Zoe. Nada más. —Le tomé la otra mano, entrelacé también nuestros dedos y rodeé su cintura con nuestros brazos. Su mano izquierda apretó la mía con fuerza, pero no se apartó.

La acerqué a mi pecho, eliminando los últimos centímetros que nos separaban.

—Dylan, hay gente...

—Está oscuro y nadie puede vernos aquí detrás —murmuré con amargura. Su advertencia me ayudó a recordar por qué no podía ni debía abrazarla así, ni siquiera en un rincón oscuro de una fiesta donde a nadie le importaba nada más que el alcohol y a quién podía llevarse a la cama o a cualquier superficie libre que encontrara—. No me pidas que te suelte, por favor. No puedo.

Se quedó callada, así que le di un apretón en la cintura en señal de agradecimiento y suspiré. Apoyé la frente en su hombro y tomé una profunda bocanada de aire. Ella apoyó la sien contra la mía muy despacio, como si temiera asustarme. En ese momento, algo dentro de mí estalló, haciendo que me hirviera la sangre.

No podía hacerlo. No podía mantenerme alejado de ella más tiempo.

Mis dedos se aferraron a los suyos con tanta fuerza que supe que debía de estar haciéndole daño, pero nos quedamos así, inmóviles durante unos instantes.

Levanté la cabeza, asegurándome de que nuestras sienes siguieran en contacto, y empecé a explicarle lo que había ocurrido en el apartamento antes de que saliera corriendo.

—He llegado a casa unos minutos antes que tú y ella me estaba esperando en la puerta. Le he dicho que se fuera, pero no paraba de insistir en que quería hablar conmigo.

Zoe se puso rígida. Como no sabía lo que podía hacer, hasta dónde podía cruzar esa línea invisible que había entre nosotros, me apoyé más en la pared para contenerme y me limité a acariciarle la pequeña hendidura que había entre su pulgar y su índice.

—No conseguía que se marchara. Entonces oí a la señora Hilda abrir la puerta y no me quedó otra que dejarla entrar. Cuando has llegado, solo llevaba allí unos minutos.

—¿Quién era? —susurró, con la cabeza ladeada, los ojos medio cerrados y la respiración entrecortada

Resoplé y le acaricié la sien con la nariz.

—Victoria, mi ex. No tenía nada que decirle, te lo juro, y cuando has entrado, ella me ha preguntado si quería que se fuera al mismo tiempo que tú. Ni siquiera lo he pensado, solo he dicho que sí. No se me ocurrió que podías malinterpretarlo y te irías.

Durante unos segundos que se me hicieron eternos, no obtuve ningún tipo de reacción por su parte, aunque tampoco se alejó.

—Quería llevarte a comer *pizza* antes de irme a trabajar al bar —le susurré al oído mientras los gritos en la habitación aumentaban y se mezclaban con la música.

Ladeó más la cabeza, apoyando la parte trasera en mi hombro y mostrándome más piel.

«Mierda».

Murmuró algo, pero no pude oírla, así que me incliné hasta que tuve su boca justo al lado de mi oído.

—Me encanta la *pizza* —repitió. Tuve que cerrar los ojos porque me había rozado la piel con los labios, dejándome fuera de combate.

—Ya lo sé... me lo dices todos los días. —Sonreí aliviado y le di un beso lento en la mejilla que nos sorprendió a ambos.

Levantó la cabeza de mi hombro. Me obligué a soltarle las manos y nuestros brazos cayeron a los costados. No tenía ni idea de lo que estaba haciendo. Y tratándose de Zoe, me aterrorizaba haber llegado demasiado lejos para detenerme.

Me aclaré la garganta y elevé la voz para no tener que hablarle directamente al oído desde detrás. Cuanto más cerca estuviéramos, más riesgo correríamos.

—Fui detrás de ti, pero ya te habías ido y no quería que Victoria se quedara en el apartamento. La eché un minuto después y me puse a buscarte.

Se giró para ponerse frente a mí, alzó la vista y me miró directamente a los ojos.

—¿Cómo supiste que iba a estar aquí?

—Llamé a Chris y conseguí el número del chico que salía con la amiga de Kayla cuando la conocí. Luego hice un par de llamadas más y obtuve el número de Kayla. ¿No te lo ha dicho? —Se mordió el labio inferior y negó con la cabeza. Incapaz de detenerme, le acuné la mejilla y le acaricié el labio con el pulgar—. No sabía dónde estabas, así que he tenido que esperar una hora antes de venir aquí.

—Fui a comprar una *pizza* —confesó con una sonrisa tímida en los labios.

Le solté la mejilla, apoyé la cabeza en la pared y me reí, relajándome un poco.

—Cómo no —dije cuando pude mirarla de nuevo.

Ella levantó un hombro.

—La comida me alegra la vida, sobre todo la *pizza*.

Nos quedamos callados unos segundos. Al ver que ninguno de los dos decía nada y seguíamos mirándonos a los ojos, mi sonrisa se esfumó y me enderecé.

Justo en ese momento, la música cesó y solo se oyeron gritos y abucheos.

—Zoe...

Apartó la mirada a toda prisa y me dio la espalda.

—Creo que Kayla no está bien. Algo va mal, será mejor que vuelva con...

Volví a agarrarle la mano desde atrás, ya que la última vez ese gesto había impedido que se fuera.

No podía dejarla ir, todavía no. Ese pequeño espacio era nuestro, nos ofrecía un refugio para lo que llevaba anhelando desde hacía semanas, y no estaba dispuesto a renunciar a ello tan rápido.

—Diez minutos —dije—. Solo diez minutos más para seguir sintiéndome así.

Le di un ligero tirón en la mano y ella no se quejó ni se apartó. En dos pasos, volvió a mis brazos y yo la sostuve con fuerza contra mi pecho. No parecía importarle y yo no pensaba soltarla, al menos durante otros diez minutos.

El corazón me latía con tanta fuerza que no recordaba haber estado tan ansioso en mi vida. Era la misma emoción que sentía en el terreno de juego.

—Dylan —murmuró ella cuando le rocé la parte inferior del pecho con el dorso de la mano. Apoyó de nuevo la cabeza en mi hombro.

La abracé aún más fuerte.

—Elígeme a mí, Zoe. —Las palabras salieron antes de que pudiera detenerlas.

Nada más oírme, se aferró a mis manos y cerró los ojos despacio.

—Termina con él —continué—. Estoy aquí y no te imaginas lo mucho que te deseo. No sé cuánto más voy a poder soportarlo. Cada vez que te veo con otro chico... lo único que quiero hacer es arrancarle la cabeza por tocarte, por mirarte, por estar cerca de ti cuando yo no puedo. ¿El chico del partido en Tucson? Nunca he jugado con tanta agresividad. En mi mente solo tenía un objetivo: derribarlo. Me estás volviendo loco, jamás he estado tan celoso de nadie en mi vida. —Hice una pausa—. Necesito que lo dejes, Zoe. Me da igual lo que sea que está pasando entre vosotros, no quiero saberlo. Lo único que quiero es que me elijas a mí. Ahora. Yo soy el que debe estar contigo, nadie más.

Con la espalda todavía pegada a mi pecho, se movió entre mis brazos lo suficiente como para poder mirarme.

—Dylan —susurró. Vi cómo movía los labios, cómo sacaba la lengua para humedecerlos—. No lo entiendes…

Le aparté el pelo del cuello y presioné los labios contra su piel, sintiendo la vibración de su gemido. Estar tan cerca de ella, tratar de decidir qué quería hacerle primero cuando estuviéramos solos, realmente solos, no en una residencia de una hermandad llena de borrachos, me hizo arder por dentro. Solo imaginar todas las posibilidades que tenía por delante aumentó mi erección, que empujó contra la bragueta de mis pantalones, buscando la liberación.

Siete minutos más. Este momento era mío. Nuestro.

Cuando empezó a sonar de fondo *She Wants To Move* de N.E.R.D., abrí la boca, sin darme cuenta de lo que estaba haciendo, le rocé la piel con los dientes y le chupé el cuello, no lo suficiente como para dejarle marca, pero sí para hacer que perdiera un poco el control y oírla gemir de nuevo.

En lugar de continuar, como me moría por hacer, me quedé quieto e intenté despejar mi mente.

«¿Qué coño estás haciendo, tío?».

La solté y noté cómo se ponía rígida.

—Sé que debería pedirte perdón por esto… ha sido más que un beso entre amigos… pero no puedo.

—No tengo novio —soltó de repente, con la cabeza vuelta hacia mí, mirándome la barbilla y abrazándose a sí misma como si estuviera a punto de desmoronarse y apenas pudiera mantenerse en pie.

—¿Qué has dicho?

—Que no tengo novio —repitió despacio, pero ahora mirándome a los ojos.

—¿Habéis roto? ¿Ya no estáis juntos? —pregunté incrédulo, con una sensación indescriptible fluyendo por mis venas.

—Yo... —Apartó la mirada y asintió—. Sí.

Le agarré la mano y la giré para que me mirara. Todo a nuestro alrededor se convirtió en un borrón. Le acuné las mejillas y apoyé la frente contra la suya, conteniendo al aliento.

—¿Cuándo? —Pero la interrumpí en cuanto vi que abría la boca para responder—. Da igual. No me importa.

Le rocé la nariz con la mía y le besé la comisura de la boca mientras ella dejaba escapar un suspiro.

—Tenemos que hablar, Dylan. Tengo que contarte lo que está pasando. No quiero que pienses...

—Ya veremos qué hacer —murmuré, antes de besarle la mejilla.

—¿Qué h...?

—¿Estás borracha?

—¿Qué? No. Tienes que escucharme...

—Entonces bésame, Zoe.

Se apartó de mí y contempló mi cara unos segundos con los ojos entrecerrados.

—¿Y perder la apuesta? —Me miró los labios y luego a los ojos—. Bésame tú primero —dijo, con la respiración entrecortada y las mejillas teñidas de un bonito rubor.

Iba a perder la apuesta.

Le rodeé la cintura con los brazos, encerrándola y le sonreí. Me sentía ligero, aliviado, eufórico.

—¿Tienes miedo?

—¿Qué? ¿Miedo de ti? —Resopló y volvió a sonrojarse.

Sonreí todavía más y enterré la cara en su cuello.

—Eres tan adorable, y estás temblando —le susurré al oído—. ¿Tienes miedo de besarme? —Le di otro beso en el cuello—. ¿O tienes miedo de que yo te bese? —Levanté la cabeza y me encontré con esos ojos enormes que tenía—. La apuesta me da igual, solo necesito...

Alguien chocó con nosotros y Zoe rebotó contra la pared derecha mientras soltaba un fuerte jadeo. Cuando la vi frotarse el hombro la puse detrás de mí.

—¡Eh, colega! —gritó un imbécil con el pelo engominado, mirándonos con los ojos entrecerrados. La chica que se aferraba a su hombro se rio detrás de él.

—Largo de aquí —le espeté.

Sus ojos inyectados en sangre se abrieron de par en par.

—Tranquilo, hombre. Todas las habitaciones están ocupadas. No sabíamos que estabais aquí. Buscaremos otro lugar.

—Sí, hacedlo.

Cuando se fueron, me di la vuelta y me encontré a Zoe con la frente apoyada contra la pared y los ojos cerrados.

Me puse detrás de ella y le froté el brazo en el que se había hecho daño.

—¿Estás bien?

Se aclaró la garganta y asintió, pero no me miró.

En lugar de obligarla a hacerlo, deslicé los brazos alrededor de su cuerpo y le aparté las manos de la pared. Todavía no estaba listo para dejar que se escondiera de mí. Necesitaba más.

Más miradas.

Más sonrisas tímidas y nerviosas que me volvían loco.

Más caricias.

Probar un poco más sus labios, su piel.

—Zoe —dije suavemente. Seguía con la frente apoyada en la pared, mirando nuestras manos. Yo tenía las palmas abiertas, y sus manos descansaban sobre las mías. Esta vez fue ella quien entrelazó los dedos con los míos y los apretó con fuerza.

Absorto en nuestra pequeña burbuja, giré nuestras manos y presioné el dorso de las suyas contra la parte superior de sus muslos. Después, sin dudarlo ni un instante, acerqué su trasero a mi creciente erección.

Durante todo ese proceso no dejé de observarla; cada vez que contenía el aliento, cada parpadeo de sus ojos. Así que no me resultó difícil notar el momento exacto en que dejó de respirar y se detuvo el tiempo.

Entonces soltó un gemido; un sonido grave y sensual solo para mis oídos que rompió el poco control que me quedaba. No me di cuenta de que ya no sonaba música de fondo hasta que ese sonido me atravesó. Mientras la mantenía quieta, necesité toda mi fuerza de voluntad para no frotarme contra su trasero o, mejor aún, para no tomarla contra la pared.

Zoe empujó su trasero hacia atrás y apoyé la cabeza en su hombro con un gruñido.

—Dylan —gimió, provocando otro empujón de mis caderas. Cuando le besé ese pequeño espacio justo debajo de la oreja y la sentí temblar, su piel ardía bajo mis labios.

Apartó las manos de las mías, me agarró del antebrazo con una mano y apoyó la otra en la pared. Yo mantuve las mías en sus muslos y empujé ambos pulgares justo debajo de la cintura de sus vaqueros y de su ropa interior para poder acercarla aún más a mí y que nos fundiéramos en un solo cuerpo. En respuesta, ella movió las caderas contra mí.

—Joder, Zoe, no hagas eso.

Levanté una mano y le agarré la barbilla, girándola lentamente hacia mis labios. Cuando mi boca rozó la suya, ambos estábamos respirando con dificultad. Ella soltó un pequeño gemido y volvió a mover las caderas. Mi pene se moría por liberarse y estar dentro de ella.

Justo cuando estaba a punto de besarla y perderme en lo que probablemente sería el mejor beso de mi vida, alguien la llamó por su nombre y ambos quedamos inmóviles.

Zoe tragó saliva.

Por desgracia para nosotros, volvimos a oír la misma voz y, muy a nuestro pesar, tuvimos que separarnos.

En lugar de darme la vuelta como hizo Zoe, me quedé de cara a la pared y me acomodé el miembro antes de mirar hacia atrás y verla con Kayla. Respiré hondo, intentando que mi corazón se calmara y me volví para apoyarme con tranquilidad en la pared. Cuando Zoe regresó, no pude evitar fijarme en el rubor de sus mejillas y los labios entreabiertos; todo por mí, solo por mí.

—¿Qué pasa? —pregunté con la voz alterada. Me costaba mantener las manos quietas.

—Algo… No estoy segura —respondió ella, mirándome a los ojos por primera vez—. Kayla quiere irse, pero Keith no le hace caso. Les pasa algo. Tengo que ir con ella.

Me separé de la pared.

—Voy contigo.

Zoe negó con la cabeza y me tocó el brazo, pero lo retiró de inmediato.

—Kayla no me va a contar nada delante de ti. Ha llamado a un Uber, me voy a ir con ella.

—¿No vas a venir a casa?

—No lo sé. Te mando un mensaje en cuanto pueda.

«Joder».

—Tenemos que hablar, Dylan —dijo en voz baja, expresando con palabras lo mismo que yo estaba pensando. Porque sí, teníamos que hablar, y mucho, pero antes teníamos que hacer otras cosas, como saciar mi deseo por ella.

—Mañana. Hablaremos de todo mañana. Si puedes volver. Llámame e iré a buscarte.

—No hace falta. Llamaré a un Uber o iré andando. No está muy lejos de casa.

Me acerqué y le aparté un mechón de pelo de la cara, colocándolo detrás de la oreja para poder darle un beso en la sien.

—Llámame. No quiero que vayas sola tan tarde, y mucho menos andando.

Asintió a toda prisa mientras me miraba a los ojos y se marchó.

19

Zoe

—Hola —dije cuando contesté al teléfono. Si mi voz sonaba un poco agitada no tenía nada que ver con el hecho de que estaba andando rápido (y esquivando charcos) hacia la biblioteca para reunirme con Kayla y Jared, sino con la persona que estaba al otro lado de la línea.

—Zoe.

Tuve que cerrar los ojos, no porque la lluvia arreciara, sino por él, por lo que me hacía sentir. ¿Podía existir algo mejor en el mundo que oír a Dylan susurrar mi nombre con esa voz ronca de recién levantado? No lo creía... Aunque sí, quizá sí lo había: que me lo susurrara al oído sería aún mejor. Muchísimo mejor, en realidad.

—Has vuelto a casa y no me has despertado —continuó, mientras intentaba recuperarme del efecto que su voz estaba teniendo en mí. La noche anterior aún estaba fresca en mi memoria, todavía podía sentir su cuerpo contra el mío, lo mucho que lo había deseado.

Ya no podía seguir reprimiendo lo que sentía.

—Era muy tarde. Estás agotado y no he querido despertarte. —Me había escabullido de puntillas hasta mi dormitorio después de encontrarlo dormido en el sofá, pero lo había tapado con una manta... Eso tenía que contar para algo.

Saber lo que podría haber pasado, lo que habríamos terminado haciendo si lo hubiera despertado, fue lo que me impidió continuar donde lo habíamos dejado.

Podéis llamarme cobarde; yo prefiero pensar que soy lista.

No quería mentirle, o mejor dicho, no quería seguir mintiéndole. No tenía novio; eso era lo que le había dicho y era la verdad. Bueno, vale, puede que estuviera exagerando un poco, porque el novio nunca había existido, pero aun así, seguía siendo cierto que no tenía novio, y pronto le contaría el resto; en serio. Tal y como me había temido, creía que había algo entre Mark y yo. ¿Cómo podía culparlo por llegar a esa conclusión? Todo era culpa mía y lo sabía.

Así que, en unas pocas horas, dependiendo de lo que Kayla quisiera contarnos, llamaría a Mark, o mejor aún, le enviaría un mensaje, no para pedirle permiso, sino para que no le pillara desprevenido en caso de que Dylan le dijera algo. Le había dejado decidir cuál sería el mejor momento para contárselo a Chris, pero Dylan era mío. En lo que a él respectaba, no le dejaría decidir cuándo ni cómo le revelaría lo que estaba pasando.

Por otro lado, también estaba el hecho de que Chris era el mejor amigo de Dylan, y pensar en eso me había mantenido despierta toda la noche. ¿Iría corriendo Dylan a contarle a Chris quién era yo? ¿Podía pedirle que me guardara el secreto? ¿Lo haría? ¿Tenía siquiera el derecho a pedírselo?

Estaba claro que no tenía respuestas. Pero tenía a Dylan.

Tenía el recuerdo de su caricia en mi cuello, de cómo su piel me volvía loca, y quería más. Lo quería todo de él.

—¿Zoe? ¿Has oído lo que te he dicho?

—Perdona. ¿Me lo puedes repetir? Me he distraído un momento.

—Que te has distraído… —Soltó un sonoro suspiro—. ¿Dónde estás? No estarás huyendo por lo que pasó anoche, ¿verdad?

—No. De hecho, me ofende que pienses eso. —Resoplé—. He quedado con Kayla en la biblioteca y luego… Bueno, no sé cuánto tardaré. Ella solo me ha enviado un mensaje esta mañana y no sé muy bien lo que está pasando, aunque anoche no estaba bien. No quería dejarla sola, pero su novio volvió bastante borracho con dos amigos y me dijo que me fuera. Está claro que ha pasado algo, y creo que podría haber dejado a Keith, aunque ya lo ha hecho en otras ocasiones y él siempre consigue convencerla para que vuelvan, así que no sé si ahora será diferente...

—Cielo. —Esa risa ronca me dejaba sin aliento—. Para. Estabas diciendo que luego...

«Cielo. Cielo. Cielo».

Dejé de caminar y cerré los ojos. Me había llamado así dos veces, y en cada ocasión, las mariposas en mi estómago se habían puesto a revolotear como locas.

Me aclaré la garganta y seguí caminando.

—¿Que estaba diciendo qué?

Oí otra de sus risas profundas y me invadió una calidez reconfortante.

—Has dicho que has quedado con Kayla en la biblioteca y que luego... y entonces te has ido por las ramas.

«Cierto».

—Pues que luego quiero hablar contigo.

Oí un largo suspiro y luego una puerta cerrarse.

—Sí, tenemos que hablar.

—¿Dónde estás?

—Supongo que a unos minutos detrás de ti. ¿Has llegado ya a la biblioteca? Está lloviendo, así que ten cuidado.

Di una vuelta completa y miré a mi alrededor. Había gente corriendo, intentando escapar de la lluvia, pero eso era todo. Al fin y al cabo, era domingo.

—Si lo que te preocupa es que me vaya a derretir, tranquilo que no va a pasar. Pero ¿a qué te refieres con lo de a unos minutos detrás de mí?

—He quedado con Chris para entrenar. Si cuando terminemos en el gimnasio, sigues con Kayla, me paso a buscarte a la biblioteca.

«Cuanto antes, mejor», pensé. Estar en un lugar público en vez de en un espacio privado y confinado como el apartamento, donde había camas, sofás, encimeras de cocina y superficies planas, ayudaría a que nos centráramos en hablar y no en otras cosas.

—Vale. Me parece bien. Acabo de llegar… así que será mejor que cuelgue. Saluda a Chris de mi parte. O no. No hace falta que lo hagas. No sé por qué te he dicho esto, no saludes a Chris.

El silencio interminable que siguió a mis palabras hizo que me diera una palmada en la frente avergonzada.

—Saludaré a Chris. Te veo luego. No desaparezcas. —Hizo una pausa breve—. Espero que estés lista para perder la apuesta hoy.

Y con esa frase, colgó.

No iba a ser yo quien perdiera la apuesta. Todavía no sabía lo testaruda que podía ser.

Sacudí el paraguas y, mientras entraba a la biblioteca, le envié un mensaje a Mark.

> Yo: Tengo que contárselo a Dylan. Se lo voy a decir. Me da igual lo que pienses.

Apagué el móvil nada más oír el sonido que confirmaba que se había enviado el mensaje. Sabía que me llamaría en cuanto pudiera, y no quería discutir con él ni darle la oportunidad de intimidarme.

Aunque sabía que Mark se iba a poner hecho una furia, conseguí mantener la sonrisa hasta que vi a mi amiga al fondo de la biblioteca, en una sala de estudio apartada del área principal.

En cuanto vi el estado en el que se encontraba Kayla, corrí hacia ella y me senté en la silla de al lado.

—¿Qué ha pasado? —Al ver que no reaccionaba y solo se miraba las manos, que tenía sobre la mesa, se las cubrí con las mías—. Kayla, tienes que decirme qué sucede. Mira cómo estás.

Cuando levantó la cabeza, pude ver sus ojos rojos e hinchados, mientras las lágrimas le caían por las mejillas.

—¿Kayla?

—Gracias por venir tan deprisa.

—Por supuesto, pero… ¿qué te pasa, Kayla?

—Creo que necesito ayuda, Zoe.

Aparté sus manos temblorosas de la mesa y las sostuve fuerte entre las mías.

—¿Qué ha pasado? —«¿Va a hablar de una vez? ¿Va a contarme qué ocurre?»—. ¿Quieres que esperemos a Jared?

Negó con la cabeza.

—No lo he llamado. No sé si voy a poder contárselo.

—De acuerdo, me estás asustando muchísimo. ¿Contar qué?

—Mírame —susurró enfadada. Se soltó de mis manos y se secó las mejillas—. Ni siquiera soy capaz de contártelo a ti. ¿Cómo se supone que voy a contárselo a los demás? —Su ira se esfumó en un instante, volvió a clavar la vista en la mesa mientras las lágrimas brotaban de nuevo con más fuerza. Le sequé las lágrimas con la mano derecha y eché un vistazo a nuestro alrededor.

Al ser domingo, la biblioteca no estaba tan llena de estudiantes como lo habría estado cualquier otro día. Además, era temprano y acababan de abrir. En la sala principal solo había otras dos personas que habían madrugado como nosotras. Estábamos resguardadas en el rincón más alejado, rodeadas de estanterías y otras cuatro mesas. Solo podían vernos si estaban justo en la puerta y en el ángulo correcto.

—¿Cuánto tiempo llevas aquí sentada? —le pregunté al ver que no continuaba—. Venga, vamos a salir a tomar un poco de aire fresco.

Me agarró la mano y me la apretó con fuerza, mirándome con los ojos llenos de miedo.

—No, no. Tenemos que quedarnos aquí. No quiero verlo.

—¿A quién? ¿A Keith? —Fruncí el ceño. Tenía claro que él era el motivo por el que se encontraba en ese estado, pero… la expresión de su cara, la forma en que se estaba comportando, todo en ella no dejaba lugar a dudas de que lo que había pasado entre ellos era mucho peor de lo que me había imaginado.

—Sí. Lo siento, sé que no estoy siendo muy coherente, pero es que no es fácil hablar de esto. Me cuesta mucho… Lo siento, Zoe. No debería haberte llamado. No puedes hacer nada.

—Kayla —murmuré. Intentó enfocar sus ojos húmedos en mí—. Quiero ayudarte. Por favor… Echo mucho de menos a mi amiga. Jared también. Apenas te hemos visto estas últimas semanas. Puedo ayudarte. Por favor, deja que te ayude para poder recuperar a mi amiga. Cuéntame qué ha pasado y ya veremos cómo solucionarlo.

—No creo que pueda volver —musitó—. Tengo todas mis cosas en ese apartamento, pero no creo que sea capaz de regresar a por ellas.

—No pasa nada. Puedo ir yo por ti. Iré con Jared y recogeremos tus cosas. Tú puedes esperar en mi apartamento y nosotros nos ocuparemos de todo, pero ahora mismo eso es lo de menos. ¿Puedes contarme qué es lo que ha pasado para que estés así? ¿Te ha dejado? ¿Te ha sido infiel? ¿Por eso no quieres volver? ¿Pasó algo después de que me fuera?

Antes de que Kayla pudiera responderme, entró otra persona en la estancia.

—¡Estás aquí! ¡Joder, Kayla, te he estado buscando por todas partes! ¿Estás sorda? ¡Te he llamado como unas treinta veces!

Giré la cabeza y vi a Keith acercándose con su habitual sonrisa zalamera. Volví a mirar a Kayla con preocupación, solo para verla encogerse en sí misma.

Keith rodeó el escritorio y se paró junto a ella, pero yo hablé antes de que pudiera decir nada.

—Keith, no creo que este sea un buen momento. Es evidente que está pasando algo entre vosotros, pero este no es el lugar para discutirlo. Déjame hablar con ella.

Me miró fijamente durante unos veinte segundos, con una expresión vacía y las pupilas dilatadas. Le pasaba algo; algo más de lo habitual.

¿Estaba borracho? ¿Colocado?

—Cállate, Zoe… o mejor aún, lárgate de aquí. Esto no te concierne.

Lo miré con la boca abierta. Claro, era un imbécil, siempre lo había sido, pero nunca lo había visto drogado, y Kayla nunca me había comentado que consumiera ninguna sustancia. ¿Era eso lo que nos había estado ocultando?

Se agachó junto a ella, con una mano en la silla y la otra en la mesa, acorralándola. Kayla se puso aún más rígida e inclinó todo el torso hacia mí para no tener que tocarlo.

En cuanto lo vi abrir la boca para volver a hablar, me puse de pie. No tenía ningún plan en mente, pero sí tenía claro que no quería verlo cerca de mi amiga.

—Keith, no sé qué te has tomado, pero ahora no estás en condiciones de discutir nada. Será mejor que te vayas.

—Lo siento, nena —gimoteó, ignorándome—. Creí que te estaba gustando, te lo juro por Dios. No te oí decir que no. ¿Por qué no dijiste que no si no querías hacerlo?

Sentí un escalofrío por todo el cuerpo que me congeló la sangre en las venas. Tuve que agarrarme a la silla para mantenerme en pie.

—¿Qué le has hecho? —pregunté con voz quebrada—. ¿Qué le has hecho, Keith?

Kayla empezó a llorar, su cuerpo temblaba sin parar. Keith no dejaba de murmurarle cosas. Tenía tal zumbido en los oídos, que no podía escuchar ni una sola palabra de lo que le estaba diciendo. No podía ser verdad… Era imposible.

Estaba tan furiosa, que tuve que obligarme a pensar con claridad para decidir qué hacer. Lo mejor que se me ocurrió fue empujar a Keith para que dejara de tocar a mi maravillosa amiga.

Intenté gritarle para que se alejara de ella, pero mi voz decidió no cooperar y lo único que me salió fue una especie de graznido.

—No la toques, hijo de puta. No se te ocurra tocarla.

Por lo visto, no esperaba que le fuera a poner una mano encima, porque cuando lo empujé en el hombro con toda la fuerza de la que fui capaz, terminó cayendo de culo en el suelo de baldosas negras y rojas. Sin embargo, antes de que pudiera sacar a Kayla de la silla y alejarla de él, lo tenía encima de mí, apartándome de ella. Luego me empujó una y otra vez hasta que me choqué con unas sillas.

—Pero ¿quién te has creído que eres, zorra? —me espetó justo en la cara.

Conmocionada y fuera de mí por la rabia que sentía, me levanté dispuesta a abalanzarme sobre él, pero antes de que me diera tiempo a hacer nada, me dio otro empujón con tanta fuerza que me dejó sin aire.

Entonces, me rodeó la garganta con los dedos y no tuve más remedio que quedarme quieta. Tenía su cara tan cerca de la mía que podía oler el alcohol en su aliento.

Kayla por fin salió del trance en el que estaba sumida, saltó de la silla e intentó quitármelo de encima con todas sus fuerzas, arañándole los brazos, pero fue en vano.

—¡No, Keith! Para. ¡Suéltala, por favor!

Cuando miré a mi alrededor y me di cuenta de que las pocas personas que estaban en la biblioteca no podían oírnos ni ver lo que estaba pasando, el pánico se apoderó de mí.

No me estaba apretando el cuello lo suficiente como para cortarme la respiración por completo, pero se estaba acercando, tomándose su tiempo, disfrutando del miedo en mi mirada. Cuando presionó con más fuerza, tuve una arcada y jadeé. El terror me nublaba la vista. Lo agarré de las muñecas para apartarlo, intenté darle patadas para que me soltara, para que aflojara el agarre, pero sus ojos estaban vacíos, muertos.

Acercó su cara a la mía hasta que nuestras narices casi se tocaron y susurró:

—No vuelvas a tocarme nunca más.

Cuando terminó de jugar conmigo, me apartó de un empujón y me golpeé la parte de atrás de la cabeza con el escritorio. Me deslicé hasta el suelo, hasta quedar sobre mis rodillas y manos y tosí hasta que pude recuperar el aliento.

Cuando levanté la vista, Kayla se estaba tapando la boca y lloraba en silencio, desconsolada. Keith la estaba consolando, tocándole el pelo, acariciándole la cara. Cuanto más cerca estaba de ella, más lágrimas corrían por sus mejillas. Luego la agarró del brazo y tiró de ella para susurrarle algo al oído.

Recogió su bolso de la mesa e intentó que se fuera con él. No sé cómo, pero conseguí levantarme y sujeté a Kayla de la otra mano. Lo último que quería era jugar al tira y afloja con mi amiga en medio, pero no iba a dejar que ella se marchara con él a ningún lado.

—Keith, para —grazné. Me ardía la garganta.

—Suéltala —exigió entre dientes.

—No puedo hacer eso. La estás asustando. Tienes que irte.

Ahí fue cuando Kayla pronunció esas palabras inconcebibles, rompiéndome el corazón.

—Keith… me violaste. Me violaste.

—¡Cállate! —siseó él pegado a ella—. ¡Necesito pensar! Mira lo que me has obligado a hacer. ¡He venido aquí para pedirte perdón y mira lo que has conseguido!

Keith empujó a Kayla, que no terminó en el suelo porque chocó con una silla y se agarró a la mesa. Después empezó a andar desesperado de un lado a otro a lo largo de la pared, bloqueándonos la salida. Abracé a Kayla y la sostuve mientras temblaba en mis brazos. Ya no era la única que estaba llorando.

—Lo siento, Zoe. Lo siento mucho —me susurraba Kayla, pero el zumbido en mis oídos por la horrible verdad que acababa de escuchar ahogaba sus palabras y apenas podía entender lo que decía, asimilar lo que había pasado.

—Shhh, tranquila. Todo va a ir bien. No pasa nada. Solo tenemos que salir de aquí. No nos va a hacer nada.

Pero ¿era verdad? Parecía colocado, completamente desconectado de la realidad. No sabía nada de drogas y no me gustaba estar cerca de gente que consumía, pero incluso yo podía ver que estaba descontrolado. ¿Era la primera vez que se drogaba? ¿Qué narices se había metido para transformarse en un absoluto desconocido, un lunático furioso, un psicópata? Como no se calmara pronto, tenía miedo de que nos hiciera algo más que daño a Kayla y a mí.

De repente, dejó de caminar y se hizo un silencio sepulcral. Era imposible escapar.

—¡Vete! —me ordenó—. Necesito hablar con Kayla a solas. No va a dejarme por un malentendido.

Lo miré a los ojos y no pude reconocer a nadie en su mirada; desde luego, no a alguien de quien mi amiga estuviera (o hubiera estado) enamorada. ¿Cuándo habían empezado a ir tan mal las cosas entre ellos? ¿Por qué Kayla no nos había dicho nada?

Hice todo lo que pude para tragarme el miedo, pero hasta eso me dolía y me seguía temblando la voz.

—No puedo dejarla aquí, Keith —dije, mientras el pánico se apoderaba de mí—. Está muerta de miedo. ¿No te das cuenta de que nos estás asustando a las dos? Tienes que calmarte y dejar que nos vayamos.

Keith se abalanzó sobre Kayla y la alejó de mí. Luego la agarró de las mejillas con las manos y la obligó a mirarlo. Estaba a escasos centímetros de su cara. Kayla se aferró a mi brazo con la mano derecha y gimoteó cuando los dedos de Keith le tiraron de la barbilla. Me estremecí por dentro, completamente indefensa. Tenía el corazón en la garganta.

—Dile que no sabe de lo que habla. Que tú nunca me tendrías miedo.

No sabía si estaba temblando porque Kayla también lo hacía o si solo era mi cuerpo, pero el temblor empeoró cuando Keith me fulminó con una mirada llena de puro odio.

—Por eso no me gusta que tú y ese otro habléis con ella. Siempre le estáis metiendo cosas raras en la cabeza.

Siguió gritándome, escupiendo palabras llenas de rencor, con una voz desagradable, feroz e hiriente.

—Tú tienes la culpa. Eres tú quien me la está quitando. Sal de aquí antes de que te haga daño, Zoe.

Cuando me inmovilizó contra la pared, golpeando la palma de su mano contra mi pecho, me quedé sin aliento, al borde del terror absoluto.

Kayla intentó ayudarme, pero él la detuvo.

—No me tientes, Zoe. No te lo voy a repetir. Sal de aquí.

Cuando bajó la mano y se acercó a Kayla, me quedé pegada a la pared, paralizada. No podía moverme. E incluso, aunque hubiera podido hacerlo, ¿cómo iba a dejar a mi amiga sola con ese monstruo? ¿Podría perdonarme a mí misma si le hacía algo?

«Ya se lo ha hecho, imbécil», pensé. «Ya le ha hecho algo y tú no estabas allí».

—No puedo moverme —admití con honestidad, en voz baja.

Keith dio un paso adelante, pero antes de que pudiera arremeter contra mí, Kayla se puso delante de él, impidiéndole acercarse más. Ella todavía estaba temblando, pero ya no lloraba.

—Keith… Keith, mírame. Tienes razón, estaba equivocada. Tú nunca me harías daño. No querías hacerme daño delante de tus amigos. Ahora lo entiendo. Lo siento. Por favor, tienes que irte de aquí. Le has hecho daño. Vas a meterte en problemas. Por favor, vete. Te lo suplico.

En un instante, él estaba sobre ella, abrazándola y besuqueándola con fervor.

—Eso es. Esa es mi chica. Te asustaste porque te gustó, ¿verdad? Yo nunca te haría daño, nena. Solo quería que nos divirtiéramos con mis amigos. Soy tu novio y me quieres, eso no es violación.

Se me revolvió el estómago de tal forma que tuve que taparme la boca para no vomitar.

—Tenemos que salir de aquí juntos —soltó a toda prisa—. No te imaginas lo feliz que soy ahora mismo. No tienes ni idea, cariño. Si me hubieras hecho caso y te hubieras tomado lo mismo que yo, ahora mismo no estarías temblando como un flan. Tengo un subidón enorme. La próxima vez solo estaremos nosotros dos, no te preocupes. —Le dio un beso en la frente, la apartó de un empujón y se agachó para recoger el bolso del suelo.

Ella me miró y negó con la cabeza.

No podía, no iba a dejar que se fuera con Kayla. No iba a permitir que la volviera a tocar. Así que, antes de que pudieran pasar por mi lado, les bloqueé el paso.

—Kayla, ¿has perdido la cabeza? No te vas a ir con él.

Antes de darme cuenta, Keith volvió a agarrarme del cuello y esta vez no se anduvo con miramientos. Me empujó de nuevo contra la pared, golpeándome la cabeza con tal fuerza que vi las estrellas. El sonido retumbó en toda la estancia.

Intenté respirar, pero me fue imposible. Le arañé los brazos, sin éxito. No podía hacer nada para evitar que me estrangulara.

20

Dylan

Aunque sabía que no debía hacerlo, decidí pasarme por la biblioteca. Quería ver a Zoe antes de que Chris y yo empezásemos nuestro entrenamiento diario. Debería haberle dado su espacio. No es que ella estuviera huyendo de mí, pero aun así, quería verla, asegurarme de que todo estaba bien después de la noche anterior, de que no existía ninguna posibilidad de que se alejara de mí otra vez.

Estaba sumido en mis pensamientos, tratando de encontrar una solución para Zoe y para mí, cuando, sin motivo aparente, aceleré el paso. Antes de darme cuenta estaba corriendo. Había algo que me atenazaba por dentro; una necesidad imperiosa de verla.

Ignoré la lluvia, saqué el móvil y volví a llamarla. Me saltó directamente el buzón de voz.

¿Estaba en la biblioteca? ¿Había quedado con una amiga de verdad o me había mentido?

La necesidad de encontrarla me oprimía el pecho y salí disparado hacia la biblioteca.

Cuando por fin llegué, reduje la velocidad hasta caminar. Al entrar, vi que había muy pocos estudiantes alrededor.

Oí unos murmullos en la sala principal, así que seguí las voces. Solo había dos estudiantes, ambos con auriculares, concentrados en lo suyo. Los murmullos cesaron. Me adentré un poco más, eché un vistazo en la sala derecha y luego me dirigí al lado opuesto.

Cuando aparté unas sillas para pasar, vi a la amiga de Zoe por la puerta del ala oeste. Y entonces me fijé en Zoe, a la que un tipo estaba acorralando contra la pared. Tenía la cara roja, los ojos desorbitados y jadeaba en silencio, mientras intentaba quitárselo de encima sin mucho éxito.

Corrí hacia ellos, sin importarme las sillas y mesas que derribé a mi paso.

Grité su nombre, pero no me oyó. Ninguno de los dos lo hizo.

Atravesé las estanterías y me planté delante de ese tipo en cuestión de segundos, aunque a mí me parecieron minutos. Lo agarré de la camisa y lo aparté de Zoe de un tirón. Él, sobresaltado, perdió el equilibrio y se tambaleó hacia atrás. Antes de que pudiera sujetarla, Zoe cayó a cuatro patas, tosiendo y llorando.

Me arrodillé junto a ella antes de que su amiga pudiera alcanzarla.

—¿Quién cojones eres tú? —gritó el tipo, acercándose a nosotros a toda prisa.

Yo lo ignoré y le aparté el pelo de la cara a Zoe.

—¿Estás bien? Cielo, dime algo... ¿Te encuentras bien?

Me agarró del brazo y levantó la cabeza, tapándose la garganta con la otra mano.

—Sí —jadeó, con la voz ronca y apenas audible. Se aclaró la garganta y lo intentó de nuevo—. Sí, estoy bien. Estoy perfecta.

La ayudé a levantarse y su amiga se ocupó de ella.

El tipo seguía insultándonos, gritando y maldiciendo, pero no pude escuchar ni una sola palabra. Tenía los sentidos embotados; en lo único que podía pensar era en que ese cabrón se había atrevido a ponerle las manos encima a Zoe.

Mientras caminaba hacia él, me fijé en sus ojos inyectados en sangre, las manos temblorosas y su evidente agitación.

En tres pasos estuve encima de él y ya nada más importó. Le di un puñetazo en la nariz y oí el crujido satisfactorio. Por el rabillo del ojo, vi a las chicas salir corriendo de la pequeña estancia, pero toda mi atención se centró en ese desgraciado que se sujetaba la nariz ensangrentada.

Lo empujé por los hombros hasta tenerlo contra la pared, bajo los altos ventanales, y lo agarré de la garganta. Consiguió darme una patada en las piernas y tirar de mi camiseta.

—¿Cómo te sientes, pedazo de mierda? —susurré, apretándole lentamente el cuello—. Te gusta, ¿eh?

Hizo un patético intento de alejarme, empujándome la cara con la mano, pero era mucho más bajo que yo y aparté su mano ensangrentada sin esfuerzo.

Estaba tan concentrado en él que no me di cuenta de que Zoe me estaba golpeando el brazo hasta que me suplicó a gritos que lo soltara.

—Dylan, Dylan, por favor. Te vas a meter en problemas, por favor para. Dylan, suéltalo.

Aparté al tipo con cara de asco. Él gimió, tosiendo y jadeando, con el rostro enrojecido.

—Me palpita la cabeza. No puedo pensar, no puedo pensar —dijo entre gemidos y toses. Se llevó las manos a la cabeza y continuó murmurando en el suelo de forma incoherente.

Aún enfadado, dejé que Zoe me alejara.

Kayla había regresado y teníamos unos cuantos espectadores, casi todos estudiantes que habían entrado a la biblioteca. La administrativa que solía estar en la entrada, estaba al teléfono hablando apresuradamente con alguien. La policía del campus iba a llegar en cualquier momento. Apreté los dientes, me volví hacia Zoe y le sujeté la cara entre mis manos, intentando controlar mi respiración. Se la veía tan asustada, con los ojos llenos de lágrimas y el rostro congestionado por el llanto. ¿Había llegado demasiado tarde? ¿Qué más le había hecho?

«Joder».

Me temblaban las manos.

—¿Estás bien? —pregunté, con un tono de voz más duro de lo que pretendía—. ¿Te ha hecho algo más?

Zoe negó con la cabeza y parpadeó, liberando un torrente de lágrimas. La miré y deseé con todas mis fuerzas poder retroceder en el tiempo y despertarme antes de que hubiera puesto un pie fuera del apartamento.

Cuando miré hacia atrás, el tipo estaba en el suelo, golpeando la pared con el dorso de la mano, y murmurando lo mismo todo el rato:

—Kayla, ¿qué has hecho? ¿Qué has hecho?

Kayla se sentó en una de las sillas y comenzó a llorar sin control.

Zoe lo miró con los ojos llenos de ira y luego se volvió hacia mí y me susurró:

—La ha violado, Dylan. Tenemos que hacer algo. La ha violado.

21

Dylan

Pasaron horas antes de que los policías nos permitieran irnos. Se llevaron a Kayla al hospital, donde trabajaba la madre de Jared como enfermera, y Zoe me suplicó que la llevara con su amiga. ¿Cómo iba a negarme?

Una vez allí, Zoe llamó a Jared y le contó lo sucedido. A pesar de lo conmocionado que estaba, no tardó en llegar. Cuando llegó el momento de salir del hospital, no pude convencer a Zoe de que dejara que Kayla se fuera con Jared y con su madre; fue necesaria una conversación privada con la madre de Jared para lograrlo.

Durante el trayecto de vuelta al apartamento, no dijimos ni una palabra, como si fuéramos dos desconocidos. Desde que salimos de la biblioteca, Zoe se había mantenido a flote gracias a un hilo muy fino que, estaba convencido, iba a romperse en cualquier momento.

Eran las siete de la tarde cuando llegamos a casa.

—Zoe —empecé nada más cerrar la puerta y apoyarme en ella. Por fin estábamos solos y tenía la sensación de que se estaba alejando de mí.

Se detuvo y me miró.

—Voy a ducharme.

Suspiré mientras la veía arrastrar los pies hacia el baño. Abrió la puerta, entró y la cerró. Segundos después oí el sonido del agua corriendo.

Estaba agotado, así que tiré las llaves en el salón sin importar-me dónde caían. Le di un minuto entero, no porque pensara que fuera a llamarme, sino porque necesitaba asegurarme de que esta-ba bien, y un minuto era todo lo que podía esperar.

Abrí la puerta sin llamar y la cerré sin hacer ruido. El espejo ya se había empañado por el vapor, pero no fue eso lo que me llamó la atención. Había oído los sollozos de Zoe en el momento en que abrí la puerta, incluso antes de entrar. Aparté la cortina de la ducha y la vi acurrucada bajo el chorro de agua. Estaba sollo-zando de tal manera que, durante un segundo, pensé en llevarla de vuelta al hospital para que le dieran algo que la calmara, pero eso habría significado tener que alejarme de ella y dejarla en ma-nos de otras personas, y no creí que fuera capaz de hacerlo. Al menos no ese día.

Me quité la camiseta, dejándome los pantalones de chándal puestos, y me metí junto a ella. Me agaché, la agarré debajo de los brazos y la levanté. Como creía que me iba a costar que aceptara mi ayuda, me preparé para discutir con ella, pero no pensé que tal vez sí quería que estuviera allí con ella.

Todavía tenía la ropa puesta, pegada a su cuerpo tembloroso. Le miré la cara y no pude distinguir las lágrimas del agua que caía sobre ella. A pesar de la tristeza y la ira que reflejaba su rostro, estaba preciosa. Con las manos agarradas a los codos, se quedó inmóvil frente a mí durante unos segundos, mientras yo trataba de asimilar lo que sentía cada vez que la miraba. Y entonces, por fin, habló.

—Ha-ha...ce fr-frío —dijo castañeteando los dientes.

No era cierto, el agua estaba hirviendo, pero acepté su sutil invitación y me acerqué, abrazándola con suavidad. Apoyó la sien en mi pecho sin dudarlo y sentí sus brazos alrededor de mí. En-tonces empezó a sollozar de nuevo con más fuerza y me rompió el corazón. Al principio, la sostuve con tanta delicadeza como pude, con los brazos debajo de sus hombros, con miedo de hacer-le daño, pero luego todo cambió. Cuanto más lloraba, más cerca quería estar de ella. Bajé los brazos y la envolví con más fuerza por la cintura. Cuando se puso de puntillas y se aferró a mí con la misma intensidad que yo a ella, aflojé un poco el abrazo y deslicé la mano por encima de su camiseta mojada para sujetarle la nuca.

—Está bien, cielo. Llora todo lo que quieras —le susurré, mientras el agua corría por mi cara—. Estoy aquí, Zoe. Solo agárrate a mí. No me voy a ir. Voy a estar siempre aquí.

Me enderecé un poco, con la mano izquierda en su nuca y el brazo derecho alrededor de su cintura. Se acercó a mí, todavía de puntillas, casi pisándome. Apenas había pasado un minuto cuando clavó las uñas en mi pecho desnudo y se apretó más a mí. Luego me rodeó el cuello con ambos brazos. Si alguien hubiera entrado en ese momento al baño, no habría sido capaz de distinguir quién abrazaba con más fuerza bajo el agua. Flexioné las rodillas y la atraje más hacia mí, apoyando la cabeza en su hombro.

La escuché susurrar mi nombre y perdí el control. De repente, no podía respirar lo bastante rápido. No podía acercarla lo suficiente, no podía calmar el latido de mi corazón.

—Zoe —gemí, a punto de aplastarla—. Zoe.

Permanecimos bajo el agua, así, pegados el uno al otro, durante quién sabe cuánto tiempo. Podría haberme quedado abrazado a ella el resto de mi vida, pero sabía que tenía que soltarla. No obstante, me consolé pensando que ella también era reacia a abandonar mis brazos.

—Vale, vamos a quitarte esto de encima —murmuré por fin.

La fui desnudando poco a poco hasta que solo se quedó en ropa interior. Ella me dejó hacerlo, incluso se apoyó en mis hombros cuando me agaché para quitarle los vaqueros.

Ambos estábamos hechos un desastre, pero ella seguía siendo preciosa. Incluso con el pelo pegado a las mejillas, chorreando agua y con los ojos rojos, era la chica más guapa que había visto en mi vida.

Cuando bajó las manos con vacilación y buscó con los dedos los pantalones del chándal, me lanzó una mirada rápida y dejé que me los bajara, antes de quitármelos yo mismo. Menos mal que no hizo lo mismo con mis bóxeres, aunque sabía que había notado perfectamente mi excitación. Se mordió el labio y me miró con timidez. Levanté la mano y le aparté el pelo que tenía pegado a las mejillas para poder sentir su piel cálida contra mis palmas.

—Me has dado un susto de muerte, Zoe —dije con voz ronca, antes de besarle con ternura las mejillas mientras el agua caliente nos caía encima—. No vuelvas a hacerme esto nunca más. No vuelvas a ponerte en peligro así.

Como la estaba abrazando con tanta fuerza, apenas pudo asentir. Apoyé la frente contra la suya, respirando con dificultad, cerré los ojos y escuché su respiración. Necesitaba un minuto más para abrazarla, oler su aroma y calmarme, y entonces podría ser quien necesitara que fuera: ¿su compañero de piso? ¿Su amigo? ¿Su todo?

Aunque en ese momento, ya sabía que no era solo su compañero de piso, ni su amigo.

Incliné la cabeza hacia atrás y observé su cuello, donde ya se estaban formando unos desagradables hematomas. Respiré hondo por la nariz y expulsé todo el aire por la boca. Si hubiera podido volver a ponerle la mano encima a ese tipo, le habría hecho mucho daño. Incluso le habría roto el cuello, y aun así, no habría tenido suficiente. Con toda la delicadeza de la que fui capaz, le recorrí los moratones con las yemas de los dedos. Sabía que Zoe me estaba mirando detenidamente, observándome, estudiándome, pero no podía mirarla, todavía no. Tracé cada hematoma, y luego cada centímetro de su cuello que ese imbécil no había marcado. Me tomé mi tiempo y ella me lo permitió. De vez en cuando la oía soltar un pequeño jadeo y la miraba a los ojos para asegurarme de que estaba bien. Cuando confirmaba que así era, continuaba por donde lo había dejado. Antes de terminar, ella me agarró la mano y me detuvo. Entrelazó nuestros dedos, se inclinó y me besó los nudillos magullados. Jadeé y lo único que pude hacer fue abrazarla con fuerza.

Al final, el agua empezó a enfriarse, así que la solté, aunque mis músculos se quejaron a gritos.

—Será mejor que salgamos de aquí o vamos a pillar un buen resfriado —murmuré, cerrando el grifo. Ella seguía sin decirme una palabra.

Salí antes que ella, agarré una toalla y me la enrollé a la cintura. Sabía que tenía que quitarme los bóxeres antes de salir del baño, pero lo único que me importaba en ese momento era cuidar de Zoe. Cogí otra toalla, la sostuve abierta y Zoe salió de la bañera y regresó a mis brazos.

La envolví con la toalla y apoyé la barbilla en su cabeza, tratando de darle calor a través de la tela.

Ella giró la cabeza y apoyó la mejilla en mi pecho desnudo.

—Gracias, Dylan —susurró con una voz que me llegó al corazón.

—Puedes contar conmigo siempre, cielo.

22

Zoe

Me sentía como si acabara de despertar de un coma, sin saber dónde estaba, qué hora o qué día era. Me froté los ojos y, cuando por fin pude ver la hora en el móvil, solté un suspiro. Llevaba días sin dormir, apenas seis horas en total. Al menos había podido dormir algo, pensé.

Me habría encantado poder decir que no recordaba nada de lo ocurrido, que solo había sido una pesadilla horrible, pero lo recordaba todo y eso me provocaba náuseas. Tragué la bilis que me subía por la garganta y me senté en la cama. Cuando mis ojos se adaptaron a la oscuridad, y gracias a la luz de mi teléfono, me di cuenta de que no se filtraba ninguna luz por debajo de la puerta. Al igual que tenía presente todo lo que había pasado esa mañana temprano, también me acordaba de Dylan llevándome a la cama después de ayudarme a salir de la ducha y abrazándome mientras lloraba hasta que me quedé dormida.

Volví a mirar el teléfono y me di cuenta de que tenía un mensaje nuevo que me había llegado a las nueve. Era de Dylan.

> Dylan: He tenido que irme a trabajar. Lo siento, Zoe. Después de dejar tirado a Jimmy ayer, no podía faltar hoy, y necesito hacer horas. Avísame cuando te despiertes. Llámame o envíame un mensaje.

¿Dejar tirado a Jimmy?

¿No había ido a trabajar la noche anterior por mi culpa? Y si decía que necesitaba hacer horas, era porque le hacía falta dinero. Ay, Dios, necesitaba el dinero, y como yo había salido corriendo al verlo con otra chica, no había ido a trabajar. Me sentía fatal, como una idiota que se había puesto celosa por nada cuando él... Cerré los ojos y solté un profundo suspiro. Era un poco más de la una de la madrugada. ¿No había vuelto aún?

Me levanté de la cama y me sentí un poco mareada, así que tuve que quedarme quieta durante unos segundos antes de sentirme lo suficientemente estable como para moverme. Todo el apartamento estaba a oscuras. Intentando hacer el menor ruido posible, revisé el salón para asegurarme de que Dylan no estuviera allí y luego entré en su habitación, rezando por encontrarlo ahí.

La luz de la luna que entraba por la ventana de la pequeña habitación fue suficiente para ver que estaba acostado en la cama individual estrecha.

Algo en mi interior se rompió. Estaba en casa. Se me llenaron los ojos de lágrimas y se me cerró la garganta. Me metí en su cama, sin pensármelo dos veces, aunque debía de estar agotado después del día tan duro que habíamos tenido. No había mucho espacio, pero sí el suficiente para que ambos pudiéramos acurrucarnos.

Pero antes de que pudiera acostarme, Dylan se despertó de golpe y me agarró de los brazos.

—¿Zoe? —preguntó con la voz ronca y adormilada. Luego aflojó su agarre—. ¿Estás bien?

Lo estaría, sabía que lo estaría en cuanto pudiera sentir los latidos de su corazón y asegurarme de que era real, de que era... todo lo que era.

—No puedo dormir —susurré con la voz áspera por todo lo que había llorado—. Y me duele un poco la cabeza.

Por supuesto, estaba mintiendo, no sobre el dolor de cabeza, sino en lo de dormir. De todos modos, no sentí ni un ápice de culpa por ser una cobarde y no decirle por qué necesitaba estar cerca de él. Solo quería que me abrazara en la oscuridad, donde nada pudiera interponerse entre nosotros: ni secretos, ni mentiras. Necesitaba que me hiciera sentir viva y, sobre todo, quería estar con él, a su alrededor, cerca de él... de cualquier manera que pudiera, así de simple.

Había aceptado el hecho de que nadie me iba a abrazar jamás como lo había hecho él en la ducha, y eso me parecía bien; solo tendría que aferrarme a él con más fuerza. Nadie me iba a hacer sentir lo que él me provocaba solo con una de sus sonrisas burlonas, así que ¿para qué iba a necesitar a alguien más? No me importaba que la mitad de mi cuerpo colgara de esa cama porque él fuera tan grande, me había metido en ella y punto. Pero antes de tumbarme a su lado, Dylan se puso de costado y levantó las sábanas.

Una invitación sin palabras.

Una oferta para tomar el mundo entero.

No dije una palabra. Me acosté a su lado de espaldas, para evitar mirarlo directamente a la cara, y cerré los ojos aliviada. Pasó un brazo por debajo de mi cuello y con otro tiró de las sábanas para cubrirnos a ambos. Cuando la cama crujió bajo nuestro peso, me moví hasta apoyar el trasero en la parte baja de su estómago. Me detuve al darme cuenta de que el más mínimo movimiento hacia abajo me pondría en contacto con *eso* entre sus piernas, y no quería que pensara que estaba allí para eso. Me alejé hasta que un tercio de mi torso y las rodillas quedaron fuera de la cama.

Dylan suspiró; un sonido pesado en medio de aquel silencio ensordecedor, que me calentó la piel en la zona de la clavícula y me dejó sin aliento. Luego movió el brazo que estaba debajo de mi cabeza, tiró de mí hacia atrás, dobló el codo mientras me alcanzaba el hombro con la mano y me abrazó. Deslizó el antebrazo derecho por mi estómago, metiendo los dedos por debajo de la camiseta que me había puesto a toda prisa después de la ducha, provocándome un escalofrío que me recorrió por completo. Cuando tuvo la mitad de la mano debajo de la cintura de los pantalones de mi pijama, se detuvo.

—Te vas a caer —susurró.

Estaba oficialmente envuelta en un capullo formado por Dylan, y no podía estar más a gusto; nunca me había sentido tan cómoda y feliz.

Cuando giré la cabeza unos centímetros, él me acarició el cuello con la nariz.

—¿Estás bien? —preguntó, con la voz todavía ronca. Era una voz perfecta, absolutamente perfecta.

En lugar de responder con palabras, ladeé la cabeza y asentí. Noté sus labios sonreír contra mi piel. Temía que, si intentaba hablar, dijera más de lo que estaba dispuesta a decir.

Nos quedamos en silencio varios minutos. No tenía idea de lo que estaba pensando, pero mi mente estaba trabajando a destajo.

Kayla, Mark, Chris... Todo y nada al mismo tiempo, aunque había una palabra que escuchaba por encima de todas las demás.

«Díselo. Díselo. Díselo».

—Shhh —murmuró Dylan, presionando los labios contra mi cuello y demorándose allí—. Casi puedo oírte pensar. Duérmete, cielo. Yo cuidaré de ti hasta mañana.

«Y lo hará, ¿verdad?», pensé.

Me había ayudado a respirar después de darme un susto de muerte. Me había salvado de los terremotos, me había tomado de la mano después de ver una película de miedo, me había comprado *pizza* porque sabía que me encantaba, me protegería de todo y de todos, interponiéndose entre el peligro y yo si fuera necesario. Sí, iba a cuidar de mí hasta la mañana siguiente.

Cuando saliera el sol, seguiría allí. Cuando le contara todos mis secretos, seguiría allí, dándome la mano... o eso esperaba.

—La violó delante de sus amigos —dije en la oscuridad—. ¿Cómo se supera algo así?

—Kayla tiene muy buenos amigos. La ayudaréis a superarlo.

—Si me hubiera pasado a mí, no creo que hubiera podido ser tan fuerte como lo ha sido ella hoy. Lleva enamorada de Keith desde que tenía dieciséis años, y él...

Me apretó contra él con más fuerza, así que levanté la mano para rodear su antebrazo y me aferré a él.

—No pienses en eso, no esta noche. Duerme para que mañana puedas estar ahí para ella.

Volvimos a quedarnos en silencio varios minutos, hasta el punto de que me pregunté si se había quedado dormido.

—Dylan…

—Shhh.

—Me gusta tu voz —musité.

—Mmm, ¿ah, sí? —tarareó junto a mi oído con voz grave.

—Sí. —Cerré los ojos para saborear ese sonido—. ¿Qué tal te ha ido en el trabajo?

Se rio un poco y su pecho se agitó detrás de mí. Luego soltó un resoplido cálido contra mi piel, poniéndome la piel de los brazos de gallina.

—Como siempre.

Aquella respuesta no me permitió oír mucho su voz.

—Debes de estar muy cansado.

Dylan gruñó. Aunque sabía que estaba siendo egoísta, no estaba lista para dejar de escucharlo. Por lo visto, no le había mentido tanto cuando le había dicho que no podía dormir.

—¿A qué hora tienes que levantarte mañana?

—No te preocupes por eso. No me iré hasta que te despiertes.

—No lo digo por eso. —Empecé a acariciarle el brazo con el pulgar de forma inconsciente—. ¿Vas a hacer tus ejercicios en el salón? ¿O has quedado con Chris? ¿Y si nos saltamos las clases y nos quedamos aquí después de que vaya a ver un rato a Kayla? Ay, se me olvida que mañana es lunes y tienes entrenamiento. Solo me estaba pregunt…

—Zoe —gimió y levantó las caderas, silenciándome de una manera bastante efectiva con un solo movimiento. Dejé de mover el dedo al instante. Como os podéis imaginar, podía sentir su grueso y redondeado glande contra mi trasero—. Me está costando mucho controlarme, Flash. Si sigues moviendo el dedo así y hablándome con esa voz ronca, no voy a poder... Solo déjame abrazarte así y duérmete.

Tragué saliva y asentí, pero unos segundos después no pude evitarlo. Moví ligeramente el trasero y me detuve cuando lo oí gemir de nuevo y me rozó el cuello con los dientes.

Dylan se movió en la pequeña cama y deslizó la mano por mi vientre, haciendo que contuviera la respiración. Luego siguió bajando hasta que posó la palma sobre mi ropa interior, a solo unos centímetros de mi sexo. Un instante después, presionó la mano sobre mí y se colocó un poco más arriba en la cama. Ahora ya no solo notaba su glande, sino toda su erección.

—Dylan —jadeé. Me sentía un poco mareada, puede que hasta un poco embriagada de él mientras intentaba mover las caderas. Enterré la cara en su brazo y, sin soltarle el antebrazo, puse la mano derecha encima de la suya, que tenía en la zona baja de mi abdomen. Entonces él giró la mano, entrelazó nuestros dedos y se quedó quieto.

Yo no estaba lista para quedarme quieta aún. De hecho, estaba lista para cualquier cosa menos para quedarme quieta.

Me besó el cuello con suavidad mientras movía las caderas detrás de mí, una vez, dos veces, tres; un movimiento lento, apenas perceptible, que podría haber pasado por alto si no hubiera estado deseándolo con cada fibra de mi ser. Gemí ante el contacto, sintiendo como si una descarga eléctrica me recorriera por completo, llegando hasta mi alma. En toda mi vida, nunca había experimentado algo así.

—Estoy tan cansado, cielo. —Me dio un beso en el cuello y todo se detuvo—. Y tú acabas de pasar por un infierno. Necesitas dormir, no voy a hacer nada.

—Pero... —tartamudeé, ganándome otro beso delicado que envió infinitos escalofríos por mi cuerpo.

—Duerme, cariño.

«Tiene que tratarse de una broma».

Dylan acababa de jugar al Tetris con nuestros cuerpos y ¿eso era todo? ¿Se suponía que debía dormirme y listo?

Si me lo hubieran dicho, no me lo habría creído, pero, para mi sorpresa absoluta, eso fue exactamente lo que hice. Con su respiración constante y serena contra mi espalda, me quedé dormida.

23

Dylan

La sentí a mi lado antes de abrir los ojos, antes siquiera de despertarme del todo. Y no por su olor, que habría reconocido en cualquier lugar, ni porque siguiéramos enredados en la misma postura en la que nos habíamos quedado dormidos, sino porque era ella la que estaba entre mis brazos.

Como no sabía qué hora era, abrí los ojos, pero solo encontré oscuridad. Fruncí el ceño y me moví un poco para intentar sacar el móvil de debajo de la almohada sin despertar a Zoe.

—¿Dylan? —murmuró con voz adormilada.

—Shhh, tranquila, estoy aquí. Vuélvete a dormir —le susurré en el cuello. Por fin encontré el móvil. Estaba debajo de su cabeza.

La luz de la pantalla nos iluminó y tuve que parpadear para poder ver la hora.

—¿Qué hora es? —preguntó, tapándose los ojos medio cerrados con el dorso de la mano.

Apagué el teléfono y lo volví a meter debajo de la almohada.

Zoe se movió y giró la cabeza para mirarme. Apenas distinguía sus rasgos en la penumbra, pero sí pude ver que tenía los ojos abiertos y me estaba mirando.

Le acaricié la mejilla con los dedos.

—Solo son las cuatro y media.

—Entonces, solo hemos dormido... ¿un poco más de dos horas?

—Más o menos. —Deslicé los dedos por su mejilla hasta su cuello, recorriéndolo con suavidad mientras le hacía un examen rápido.

—Me ha parecido más —susurró ella en voz baja.

—¿Te sigue doliendo? —pregunté también en un susurro, con un deje de ira en la voz. Tragó saliva y sentí el movimiento de su garganta bajo mis dedos.

—Estoy bien.

Habría matado a ese malnacido por haberle puesto las manos encima. Si Zoe no me hubiera detenido, si no se hubiera acurrucado en mis brazos, no sé si habría sido capaz de contenerme. La impotencia, ese ardor profundo en el pecho, el mismo que había sentido en la biblioteca cuando lo vi acorralándola contra las estanterías, empezó a consumirme de nuevo. La conmoción inicial, la furia repentina.

—¿Dylan? ¿Qué pasa?

Después de tres movimientos, consiguió ponerse frente a mí. Al principio, no parecía saber qué hacer con las manos, pero luego colocó la derecha sobre mi pecho.

—¿En qué estabas pensando? —quiso saber.

—No creo que pueda volver a dormir. Ya que estoy despierto, voy a ir a entrenar un rato. Tú deberías seguir durmiendo. Necesitas descansar.

Empecé a levantarme, pero me detuve a mitad de camino cuando habló de nuevo.

—Yo tampoco puedo volver a dormir.

—Zoe...

—Si no puedes dormir porque estoy aquí, puedo volver a mi cama.

Fruncí el ceño y me metí otra vez en la cama.

—¿A qué viene eso?

—¿Por qué te vas?

—No voy a poder dormirme de nuevo. Todavía sigo enfadado. Tú puedes volver...

—A dormir. Sí, ya te he escuchado antes. ¿Estás enfadado conmigo?

—¿Por qué iba a estar enfadado contigo?

—Si no lo estás, ¿por qué no me quieres cerca?

Me relajé y me reí.

—¿Tantas ganas tienes de que me quede?

—Sí.

No pensé que respondería así. De modo que, cuando lo hizo, me dejó alucinado.

—Yo… Vale. Me quedo.

—Está bien. Si vamos a pasarlo mal, al menos hagámoslo juntos.

—¿Esa es la única razón?

Sacó la mano de debajo de las sábanas y me dio un pequeño puñetazo en el hombro, y luego otro. Esperé en silencio una respuesta.

—No. —Exhaló—. Dylan, yo…

Metí la mano entre nosotros y entrelacé nuestros dedos. Ella levantó la barbilla y me miró.

—Siento… algo por ti —musitó en voz baja, dejando escapar un suspiro, como si le aliviara haberlo dicho en voz alta. ¿Acaso creía que había conseguido ocultármelo todo ese tiempo? ¿Que yo no lo sabía, que no sentía… lo mismo?

Apoyé nuestras manos en su cadera y me acerqué para hablarle al oído.

—Yo también siento algo por ti, Flash.

Ella resopló e intentó soltarse de mi mano, pero yo la sujeté con más fuerza.

—No estoy bromeando, Dylan. Es verdad que siento algo muy fuerte por ti.

—¿Cómo de fuerte? —pregunté, intentando contener la risa. Volvió a tratar de zafarse de mi agarre, así que la solté.

—Estoy tratando de decirte cómo…

Le sujeté la barbilla con el pulgar y el índice de la mano que tenía libre y le levanté la cabeza para que pudiera mirarme a los ojos. No había suficiente luz para que viera mi expresión, pero esperaba que le ayudara escucharlo en mi voz.

—Sucedió después de la segunda vez que te vi. Aquella en la que intentaste escapar de mí y te chocaste con ese edificio, ¿te acuerdas?

—No estaba intentando escapar... Además, solo era una maqueta, no un edificio de verdad...

—Te buscaba por todas partes —susurré, interrumpiéndola—. Si te soy sincero, no pregunté por ahí para tratar de encontrarte, ni siquiera habría sabido por dónde empezar, pero tenía la esperanza de volver a verte. Así que, creo que sin ni siquiera darme cuenta, te estaba buscando. Recuerdo una ocasión en la que una chica dobló una esquina, sujetando los libros contra su pecho justo como tú lo hiciste la segunda vez que te vi. Se reía con sus amigas y yo me quedé paralizado. Tenía la cara girada y no pude verla lo suficiente para saber si eras tú, pero tenía tu mismo color de pelo —Le metí un mechón detrás de la oreja—, la misma piel pálida. Te juro que me detuve en seco, Zoe, porque pensé: «Ahí está. Ahí está de nuevo». Pero luego se volvió y no eras tú. Me llevé una decepción enorme. Y luego me pasó en varias ocasiones, creía verte, pero nunca eras tú.

Respiró hondo y esperó a que continuara.

—Ahora... ahora es imposible que no te reconozca. Ahora estás en todas partes, siempre en mi mente. Cierro los ojos y puedo verte, siempre estás ahí. —Bajé la mirada despacio, mientras le rozaba el labio inferior con el pulgar y ella entreabría la boca—. Ahora no podría confundirte con otra persona. Tu sonrisa tímida, tu sonrisa de felicidad, la forma de tus ojos... Eres en lo único que pienso, Zoe. Cuando me despierto, no puedo esperar para hacer ejercicio porque sé que te levantarás unos minutos después que yo. Oiré tus pasos, entrarás a la cocina todavía medio dormida y absolutamente preciosa, y luego fingirás que estás desayunando mientras me comes con los ojos.

Soltó otro resoplido y no pude evitar reírme.

—No seas malo conmigo —murmuró con tono serio, pero la risa que siguió la delató—. Y no te como con los ojos, solo te...

—Me da igual como quieras llamarlo. Me gusta que me mires así. Y me gusta todavía más cuando me miras directamente a los ojos y me regalas una de tus sonrisas radiantes. Cada vez que me sonríes de esa forma, como después del partido en Tucson, siento que me estás abriendo las puertas a tu mundo. Incluso en la oscuridad, puedo sentir tu...

Antes de que pudiera terminar la frase, levantó la cabeza con rapidez y sus labios se encontraron con los míos. Como no estaba preparado, no pude suavizar el beso, por lo que el choque de dientes fue inevitable. Se apartó al instante. Sabía que estaría roja hasta las orejas; no me hacía falta ninguna luz para confirmarlo. Se tapó la boca con la mano.

—Lo siento... yo solo...

Esa vez no esperé a que terminara su explicación. Por lo que a mí respectaba, ese beso fugaz había sido el mejor de mi vida, aunque solo hubiera durado un segundo.

Le quité la mano de la boca, la agarré de la nuca y me acerqué para darle otro beso. No quería perderme ni un instante más a su lado. A la mierda con todo, y con todos. En ese momento solo existíamos ella y yo. Zoe ajustó sus labios a los míos sin dudarlo. La atraje hacia mí y ella hizo lo mismo conmigo hasta que estuvimos pegados el uno al otro. Incliné la cabeza y la besé con pasión, explorando cada rincón de su boca con la lengua. Nuestros labios se movían en una sincronización perfecta mientras nos aferrábamos el uno al otro en busca de más.

Cuando nos separamos para tomar aire, Zoe gimió mi nombre.

—Dylan.

Esa única palabra avivó el fuego que ardía en mi interior. Le solté la nuca para deslizar la mano hasta su cintura y acercarla aún más a mí, aunque ya no quedaba ni un centímetro de espacio entre nosotros. Ella no solo no protestó, sino que se arqueó hacia mí y me volvió a besar. Gimió contra mi boca, con la respiración entrecortada, y me rodeó el cuello con los brazos.

Haciendo acopio de todas mis fuerzas, dejé de besarla y le susurré contra sus labios.

—¿Demasiado?

—No —dijo sin aliento—. No es suficiente.

Con un gemido que brotó de lo más profundo de mi pecho, le mordí el labio inferior y le volví a introducir la lengua. Metí el brazo izquierdo por debajo de ella y la coloqué encima de mí mientras me tumbaba de espaldas en la cama demasiado estrecha. Zoe soltó un pequeño jadeo ahogado contra mi boca, pero no dejó de besarme. Luego me agarró la cara con las manos, echó una pierna sobre mi muslo y siguió adelante. Le aparté el cabello hacia un lado y bajé las manos de sus hombros a los brazos y después hasta la cintura. Le levanté la camiseta lo suficiente para poder sentir el tacto de su piel desnuda. Cuando le apreté la cintura con toda la fuerza que pude sin hacerle daño, se estremeció de placer.

Ambos respirábamos jadeantes. Abrí los ojos al notar que me tocaba la cara y susurraba mi nombre.

—Sí —dije con voz ronca. Me levanté lo suficiente para volver a besarla. Uno o dos segundos fueron tiempo suficiente para respirar. Ella me devolvió el beso con el mismo ímpetu, con el mismo anhelo, mientras enredaba su lengua con la mía.

—Espera —murmuró. Noté sus labios moverse contra los míos cuando tuvimos que separarnos para respirar—. Solo un segundo.

Gemí, pero me detuve como me había pedido, decidí concentrarme en la comisura de su boca y su cuello.

Al colocarla encima de mí, había deslizado una pierna entre las mías. En ese momento, se enderezó un poco, apartando su delicada piel de mis labios, y se sentó a horcajadas sobre mí, justo encima de mi miembro erecto.

—Joder —gemí, agarrándola de las caderas—. Puede que no sea una buena idea.

Tenía una mano en mi abdomen para mantener el equilibrio y con la otra se apartó el pelo de la cara.

—¿Qué?

Tiré un poco de sus caderas hacia delante para que no quedara justo encima de mi pene, duro como una roca. Pero ese roce fue tan maravilloso, que al final acabé gimiendo. Nunca me había sentido así.

—Esto —dije con voz ronca, esperando que entendiera a qué me refería. Ahora tenía sus dos manos sobre mi estómago y, al igual que yo, seguía sin aliento.

Empujó las caderas hacia atrás, para volver justo a la misma posición que antes, y se mordió el labio.

—Qué curioso, porque a mí me parece la mejor idea del mundo.

—¿Ah, sí?

—Sí.

Me incorporé y la atrapé con un brazo antes de que pudiera caerse hacia atrás. Luego tiré de nuestros cuerpos hacia la parte superior de la cama y me acomodé contra el cabecero. Apoyé la cabeza en la pared mientras ella se movía en mi regazo hasta que encontró una posición cómoda.

Deslicé la mano por debajo de su camiseta desde atrás, le agarré el cuello con suavidad y la acerqué a mi boca. Zoe se inclinó hacia mí con entusiasmo y gimió aún más fuerte mientras la besaba y retorcía su pequeño e inquieto trasero contra mi erección. Ni siquiera recordaba la última vez que me había frotado así, con la ropa puesta, y mucho menos que lo hubiera disfrutado tanto.

Le desabroché el sujetador y coloqué ambas manos en su espalda, dejando que la tela cayera suelta. Luego le rodeé el hombro con los dedos y volví a acariciarla.

Después de un roce particularmente intenso, solté un gruñido y me golpeé la cabeza contra la pared con un ruido sordo al tiempo que apartaba los labios de los suyos.

—Joder, Zoe...

Cuando sentí su aliento contra mis labios, abrí los ojos despacio. Tragué saliva y me humedecí los labios, a la espera de ver lo que haría. Lo peor era que había dejado de moverse sobre mí.

—Dylan —susurró, antes de besarme dos veces en la boca. Dejé que fuera ella la que marcara el ritmo; ninguno de los besos duró más de un par de segundos—. El corazón me late distinto cuando estoy contigo. Lo siento diferente. Sé que igual esto no tiene sentido, pero... late con más fuerza y más rápido cuando te veo. —Bajé las manos hasta su cintura y la apreté con fuerza. Ella apoyó la mejilla en mi sien y movió las caderas—. Y no hago nada más que preguntarme, ¿cómo voy a mantener esto a raya? ¿Cómo se supone que voy a acostumbrarme a esa sonrisa tuya que me vuelve loca? A veces me dejas tan fuera de juego que me quedo en blanco. Me pasó esa primera vez en el baño. Y vale, sí, ahí también fue un poco por los nervios y el pánico, así que igual no cuenta... Pero la segunda vez, cuando te vi acercándote, me quedé paralizada. ¿Cómo podría alguien ser capaz de apartar la vista...?

No la dejé terminar; no podía. En un abrir y cerrar de ojos la tenía tumbada de espaldas y me cernía sobre ella. Me daba igual lo oscuro que estuviera, podía ver su expresión. La tenía grabada en mi mente. Sus ojos grandes, el rubor en sus mejillas... Lo veía todo.

Sin querer perder ni un segundo más, la besé de nuevo y solo me detuve cuando sentí sus manos tirando de mi camiseta. Apoyé una mano al lado de su cabeza y con la otra me la quité y la tiré al suelo. Cuando bajé la vista, ella también estaba intentando deshacerse de la suya.

—Déjame a mí —murmuré y la ayudé a quitársela, incluido el sujetador y todo lo demás.

No podía verla bien, y eso me frustraba muchísimo, pero no creía que pudiera apartarme de ella el tiempo suficiente como para encender la luz. Me coloqué entre sus piernas abiertas, con los labios pegados a los suyos, que ya estaban hinchados. Puse la mano en su estómago y la deslicé hacia arriba hasta acariciarle el pecho. No podía abarcarlo entero con la mano, y me moría por saborearlo, literalmente.

Empecé a follarla con el resto de la ropa puesta, y cada gemido suyo, cada respiración entrecortada, me llevaba a un punto en el que sabía que ninguno de los dos se conformaría con lo que estábamos haciendo; querríamos más. Gemí suavemente junto a sus dulces jadeos. Tocarla así, sentirla así, era increíble. Cuando por fin me dejé llevar y jugué con su pezón entre los dedos, mientras chupaba el otro con fruición, la oí jadear antes de que me agarrara de la cabeza.

Presioné mi erección contra ella, moviéndome con decisión hacia delante. Cada movimiento de nuestras caderas la empujaba un poco más arriba de la cama.

—Esto es una gozada —jadeó, mientras le besaba el cuello y volvía a sus pechos. Tenía un pie apoyado en la cama y lo usó para impulsarse hacia delante al ritmo de mis embestidas, arqueando la espalda.

—¿Sí? Vas a hacer que me corra en los pantalones —gemí, embriagado de ella—. No recuerdo cuándo fue la última vez que me pasó.

Todavía llevaba puestos los pantalones con los que me había quedado dormido nada más caer en la cama, y ella solo tenía unos pantalones finos de pijama. Podía sentir cada centímetro de mi pene rozando su sexo. De todos modos, por si con eso no tenía bastante, le solté el pecho y el pezón por primera vez desde que le había quitado la camiseta, le metí la mano debajo del trasero, deslizándola dentro de los pantalones de pijama y las bragas, y tiré de ella con más fuerza contra mí y mi erección.

—Ay, Dios —gimió, envolviendo una pierna alrededor de la mía.

Tenía la cabeza echada hacia atrás, así que contemplé sin aliento como se acercaba al orgasmo justo delante de mis ojos. Aceleré el tiempo.

—Dylan —gritó después de unos segundos—. Dylan, estoy a punto.

Oír mi nombre en sus labios me llevó al límite.

—Vamos, cielo —murmuré contra su garganta, mientras depositaba un reguero de besos en su cálida piel.

Abrió más las piernas debajo de mí y yo le apreté las nalgas con más fuerza.

—Dime qué necesitas, Zoe.

—A ti. Solo te quiero a ti.

—Lo sé, Flash. Lo sé. Dime qué necesitas para correrte. —Inhalé su dulce aroma afrutado, le lamí los hematomas del cuello y succioné su piel, procurando no hacerlo en ningún lugar que le pudiera doler. Ella volvió a gemir con un sonido bajo y ronco.

—No. No. Para —dijo de repente, pillándome completamente desprevenido.

—¿Cómo? —Me enderecé aturdido, dejando unos pocos centímetros de distancia entre nuestros pechos. Detuve mi movimiento, pero no tuve la fuerza suficiente para separarnos del todo—. ¿Qué ha pasado? ¿Qué ocurre?

Lo siguiente que supe fue que tenía las manos en la cintura de los pantalones de su pijama y estaba intentando quitárselos.

Retrocedí un poco y le pregunté:

—¿Qué estás haciendo?

—Quiero correrme contigo dentro de mí, Dylan, y si eso no pasa en los próximos sesenta segundos, creo voy a morir. Y no, no me estoy poniendo en plan dramático, así que venga, quítate los pantalones y desnúdate.

Lo último que esperaba hacer en ese momento era reírme, pero eso fue exactamente lo que hice.

Zoe logró sacar una pierna de los pantalones, aunque tuvo problemas para quitárselos del todo porque yo seguía encima de ella. La ayudé a deshacerse por completo de ellos y necesité un par de segundos para calmarme y controlar mis emociones. Le acaricié una pierna desde el muslo hasta el tobillo. Me encantaban sus piernas. Llevaba semanas mirándolas, imaginándomelas envueltas a mi alrededor mientras la follaba y ella me suplicaba más.

—No creo que puedas hacer lo que quiero que hagas con esos pantalones puestos, Dylan —murmuró mientras yo, de rodillas, pasaba las manos por todo su cuerpo como un idiota. La agarré de la mano con la que se estaba aferrando a las sábanas.

—Un momento —murmuré, antes de envolver sus piernas alrededor de mi cintura y acomodarme entre ellas, presionando el pene directamente contra su clítoris. Solo quería sentir su calor—. Entonces, quítamelos.

—Mierda —susurró ella. Movió las manos por mi pecho y me rodeó los hombros. Luego las bajó mientras yo me inclinaba sobre ella, besando y chupando sus labios entreabiertos. Dejó de envolverme con las piernas y las bajó.

Levanté las caderas lo suficiente para que pudiera bajarme los pantalones sin problemas, luego miré hacia abajo para ver la punta de mi pene asomando. Como me tocara, se daría cuenta de que goteaba líquido preseminal. Zoe se impulsó un poco hacia arriba y me bajó los pantalones unos centímetros más, liberando toda mi erección, que se balanceó entre nosotros, tocando con la punta su estómago.

—Ahora que lo has sacado, ¿qué piensas hacer? —pregunté con voz ronca. Apoyé los antebrazos a cada lado de su cara y la miré. Podía imaginarme cómo se estaría mordiendo el labio, con cara de inseguridad.

En lugar de palabras, sentí cómo me envolvía el miembro con los dedos sin un atisbo de duda. Cuando me acarició la humedad con el pulgar, extendiéndola por todo el glande, me estremecí en su mano. Con el corazón latiéndome a toda velocidad, bajé la mano, deslizándola por cada centímetro de su piel hasta sentir su humedad en mis dedos, y ahí fue cuando no pude más. Estaba completamente perdido.

—Condón —dije, con mi cerebro funcionando lo justo para recordar que necesitábamos preservativos; un montón de ellos—. Condones. No tengo condones, Zoe.

Dejó de mover la mano sobre mi pene, pero no la retiró.

—¿Qué?

Di un golpe en la cama con la mano y enterré la cabeza en su cuello. Y luego no puede evitar lamer y morderle el lóbulo de la oreja antes de hablar.

—No tengo condones.

—¡Yo sí! —medio gritó. Y entonces, dejó de acariciarme el pene—. Tengo uno, solo uno.

Me soltó y se deslizó debajo de mí. Vaciló un instante, pero al final agarró la almohada y la abrazó contra su perfecto cuerpo desnudo antes de salir corriendo de mi habitación. Regresó segundos después. Yo estaba sentado en el borde de la cama, con los dedos temblando por las ganas que tenía de tocarla, de atraerla hacia mí, de retenerla ahí para siempre.

—¿Por qué te tapas con eso? —logré preguntar, señalando la almohada. Tenía el pene tan duro que me dolía y más que listo para entrar en acción.

Le tendí la mano y ella la tomó sin dudarlo. Con la otra, le quité la almohada y la volví a poner sobre la cama.

—Dylan…

—Ya está bastante oscuro aquí. No te ocultes de mí, Zoe, ya no. —Le di un suave tirón y ella se subió a mi regazo.

—Toma —dijo, entregándome el preservativo después de sentarse sobre mis muslos—. Solo tengo este. —Hizo una pausa—. Jared me lo dio, por si acaso.

—¿Por si acaso qué?

Se encogió de hombros.

—Por si acaso tú y yo… ya sabes. Me lo dio como una broma.

—¿Por si acaso follábamos? ¿Te da vergüenza decir «follar»?

—Por si acaso tú y yo teníamos sexo.

—Me gusta más follar.

—Vale, pues follemos entonces.

Me reí y la besé. Me rodeó el cuello lentamente con los brazos, derritiéndose contra mí.

—Quiero ver cómo te lo pones —señaló contra mis labios.

—Lo que tú quieras, solo dime lo que quieres y lo haré.

Se mordisqueó el labio inferior y bajó la cabeza para verme ponerme el preservativo lo más rápido que pude.

En algún momento, perdí la paciencia, así que la levanté de mi regazo y la tumbé bocarriba en la cama antes de colocarme encima de ella.

—No te imaginas cómo te necesito, Zoe. No puedo seguir mirándote un segundo más sin saber lo que se siente al hundirme dentro de ti.

Atrajo mi cabeza hacia ella, en busca de mis labios. Con el torso levantado, deslicé una mano entre nuestros cuerpos para tocar la humedad entre sus piernas.

—Joder, Zoe. —Apoyé la frente en la suya—. Ya estás lista para mí, ¿verdad?

—Eso es lo que estaba intentando decirte...

Empujé dos dedos dentro de ella y noté cómo se quedaba quieta debajo de mí, con las piernas tensas y clavándome las uñas en los brazos. Estaba empapada. Después de penetrarla unas pocas veces, saqué los dedos y extendí su humedad sobre su clítoris, acariciándolo y dibujando espirales en él. Zoe empezó a mover las caderas, demandando, con las manos calientes sobre mi piel.

Me incliné y le susurré al oído:

—Te necesito tanto, Zoe.

—Por favor... Dylan, por favor.

Hice lo que me pedía y envolví la mano alrededor de mi pene para poder deslizarme dentro de ella, lentamente, hasta la base. Unos segundos después, y tras unos cuantos gemidos y jadeos de lo más sexis, con ella arqueándose debajo de mí, estaba completamente dentro de ella. Nunca me había sentido tan bien, tan completo; era como si mi destino fuera estar justo ahí.

Quería follarla hasta que la luz de la mañana entrara y pudiera memorizar cada curva y pliegue de su piel. Sumido en un intenso placer, hasta el punto de sentirme un poco mareado, me retiré hasta que solo quedó el glande dentro para volver a hundirme en ella. Luego me apoyé en los antebrazos y, por fin, empecé a follarla a un ritmo lento.

Zoe dejó escapar un pequeño gemido y yo me incliné para capturarlo con la boca. Quería todos sus gemidos, todos sus suspiros y jadeos. Lo quería todo de ella.

—Voy a tomar todo de ti —le susurré contra su piel. Me parecía justo que lo supiera.

—Bien —respondió ella. Me acunó la cara con las manos y me miró a los ojos mientras me movía dentro de ella con embestidas fuertes y contundentes—. De hecho, genial. —Soltó otro gemido después de un envite particularmente intenso—. Siempre y cuando tú también me des todo de ti.

—Ya me tienes, cielo.

Después de eso, nos perdimos en un frenesí. Y bueno, yo también me perdí en ella. Le levanté una pierna para ponerla alrededor de mi cintura y así profundizar aún más la penetración. A medida que aceleré el ritmo, también lo hicieron los suaves sonidos que salían de su boca. Se aferró a mis bíceps, apretando, tirando y soltando alguna que otra palabrota cuando la embestía especialmente rápido y profundo. Entonces se arqueó, ofreciéndome esos deliciosos pechos y me dediqué a saborearlos.

Gimiendo.

Sin aliento.

Completamente extasiado.

—Me estás volviendo loco —jadeé, con el corazón latiendo desbocado en mi pecho, luchando por mantener el ritmo. El sonido de nuestra piel chocando con cada embestida era el mejor que había oído en mi vida.

—Te siento tan grande dentro de mí —jadeó ella, desviando mi atención de sus pechos a sus labios hinchados.

Ralenticé las embestidas y la besé perezosamente, chupándole la lengua, sacando mi pene de ella lo más despacio posible, para luego volver a embestirla hasta el fondo.

—¿Es demasiado?

Zoe se mordió el labio y negó con la cabeza.

—¿Te gusta?

—Quiero correrme —respondió, mientras se agarraba con más fuerza a mis brazos—. Quiero correrme sobre ti —repitió, con la voz ronca y entrecortada. Le besé la comisura de los labios.

—Dímelo. Dilo en voz alta. Quiero oírlo. ¿Te gusta?

Puso la palma de la mano en mi mejilla antes de responder.

—Me encanta. Siento como si fuera estallar. —Un jadeo. Un gemido—. Es una sensación maravillosa, pero quiero correrme. No es algo que me suceda a menudo, pero estoy tan cerca, puedo sentirlo. Quiero que hagas que me corra. Por favor, haz que me corra sobre ti.

Ante una petición como esa, ¿qué otra cosa podía hacer?

Me puse de rodillas, coloqué sus piernas sobre mis muslos, la acerqué aún más, agarrándola de las caderas, y empecé a follarla como si no hubiera un mañana. Ella se dejó caer sobre mí, con las manos apoyadas en el cabecero y pude sentir cómo se iba tensando alrededor de mí, cómo me apretaba con las piernas y sus gemidos se hacían cada vez más fuertes.

—Zoe —jadeé—, es increíble cómo te aprietas alrededor de mi pene. Mírate, estás a punto de dejarte llevar y correrte sobre mí.

Entonces el clímax tomó el control e intentó cerrar las piernas, pero se las mantuve abiertas y seguí embistiéndola hasta que llegó al límite y jadeó, casi sin hacer ruido, corriéndose con la boca abierta, la espalda arqueada y sin aliento.

Al ver su rostro, al observar sus pechos moviéndose con la fuerza de mis envites, supe que no iba a poder aguantar mucho más. Estaba tan dentro de ella y ella estaba tan apretada que no sabía si alguna vez podría parar.

La sangre me rugía en las venas y un escalofrío me recorrió la columna.

El orgasmo de Zoe fue disminuyendo poco a poco, haciendo que recuperara el aliento y volviera a gemir mi nombre. Luego me acarició el pecho y el estómago, haciéndome estremecer. No sabía cuánto tiempo podría seguir moviéndome dentro de ella, pero estaba a punto de perder el control.

—No puedo —logré decir. Me estaba quemando por dentro y no tenía idea de por qué me estaba esforzando tanto en seguir, en lugar de dejarme llevar.

—No —susurró, atrayéndome hacia ella. Ambos estábamos empapados de sudor, y sentir sus pechos contra mí, su fuerte latido, su aroma, su respiración entrecortada... nada de eso ayudaba en absoluto.

El cabecero golpeaba la pared con cada embestida, y tanto Zoe como yo seguíamos gimiendo. Sentí cómo volvía a apretarse a mi alrededor antes de gritar. Estaba corriéndose de nuevo, moviendo las caderas. Me abrazó con fuerza, enterró la cara en mi cuello y se tensó y humedeció de una forma asombrosa alrededor de mi pene.

—Mírame —le pedí con premura—. Zoe, mírame.

Sin aliento, dejó caer la cabeza sobre la almohada y nuestras miradas se encontraron en la oscuridad. Con un gemido, busqué sus labios y me enterré en ella una y otra vez. La besé con todo el fervor que pude, mientras nuestras cabezas se movían e inclinaban en busca del ángulo perfecto. Y así fue como me corrí dentro de ella con una intensidad que jamás había sentido. Fue como si me hubieran arrancado el orgasmo de lo más profundo de mi ser, como si lo que acabábamos de hacer en esa pequeña cama fuera algo mucho más que sexo, como si fuera un exorcismo.

Cuando pude volver a ver y oír con claridad, me di cuenta de que seguía moviéndome dentro de ella, con suavidad, hundiéndome lentamente hasta lo más profundo que podía llegar. No aparté los labios de los suyos. Seguí besándola hasta que no pudimos más. No dejé de acariciarla, memorizando cada centímetro de su piel. Podría haberme quedado besándola así horas, días, años. Pero cuando sentí que, si seguía moviéndome, terminaría muriéndome, me dejé caer medio encima de ella y traté de recuperar el aliento.

—Joder. Creo que me has destrozado —murmuré contra la almohada—. Vamos a hacerlo otra vez.

Ella se rio; un sonido suave que me provocó escalofríos.

Salí de ella y me aparté para quitarme el preservativo. Cuando regresé a su lado, estaba tirando de las sábanas para cubrirse. Volvía a ocultarse.

Me metí debajo de las sábanas, coloqué la mano detrás de su cintura y la atraje contra mi pecho, con mi pene medio erecto entre nosotros.

—No te escondas de mí —le dije en voz baja—. Por favor.

—No lo hago —susurró ella.

Le aparté el pelo desordenado de la cara y la observé un momento.

—Zoe, esto ha sido lo mejor que me ha pasado nunca. —Le di un beso en los labios hinchados y, cuando los entreabrió, volví a besarla más apasionadamente. En cuanto nos detuvimos, soltó un suspiro y apoyó la frente en mi hombro, justo debajo de mi barbilla—. Siento que he estado esperando a que esto suceda toda mi vida, como si hubiera estado esperando a que tú llegaras.

Le acaricié la espalda de arriba abajo hasta que volvió a mirarme.

—Ha sido de lo más intenso. Nunca había hecho nada parecido antes. Me refiero a lo de… correrme dos veces. Creo que estaba demasiado mojada. ¿Es normal?

—Creo que es lo normal para nosotros. ¿Ha sido demasiado? —Fruncí el ceño—. ¿Te he hecho daño? ¿En el cuello?

Hizo un gesto de negación con la cabeza.

—No. No, no es eso. Es solo que nunca me había sentido así, tan… fuera de control. Solo quería que estuvieras lo más dentro posible de mí, aunque ya estabas completamente en mi interior… ya sabes.

—Sí, sé a lo que te refieres. He intentado ir más despacio, pero no he podido. —Le di un beso en la frente y cerré los ojos—. Deberíamos dormir un poco más, Flash. Mañana vas a tener otro día duro.

Ella suspiró y se acurrucó más cerca de mí.

—¿Puedo dormir contigo?

—Intenta alejarte de mí y verás.

Después de aquello, pareció encontrar la posición más cómoda y nos quedamos callados.

Cuando estaba a punto de quedarme dormido, con ella en mis brazos, la oí susurrar:

—Dylan.

Y así, de repente, volví a estar completamente despierto. Aunque por su tono, supe que esa iba a ser una conversación para la que no estaba preparado en ese momento, no con el recuerdo tan fresco de su sexo apretándose y palpitando alrededor de mi pene.

—Ahora no —me limité a decir.

—Creo que deberíamos…

—No, esta noche no. No después de lo que acabamos de hacer. Hablaremos mañana o pasado. Y luego nos iremos de aquí en cuanto podamos.

—¿Irnos? ¿Qué quieres decir con…?

Le di un pequeño apretón y se detuvo. Luego bajé la vista y me la encontré mirándome confundida.

—No podemos quedarnos aquí, en su apartamento. No pienso hacerlo.

Me miró aún más perpleja hasta que la comprensión se fue abriendo paso en su expresión y negó con la cabeza.

—No, Dylan. Quiero decir, sí, pero…

No pude evitarlo y la silencié con un beso.

—Esta noche no. Por favor.

—Pero tienes que saberlo. Hay cosas que…

—Lo sabré todo mañana o pasado. Solo dame un día más, ¿vale? Ahora solo somos nosotros, tú y yo. Nadie más.

Se quedó mirándome a los ojos unos instantes más. Luego soltó un suspiro y asintió.

Pasaron varios segundos más. Como no lograba conciliar el sueño, me aclaré la garganta.

—Por cierto, me has besado. Has perdido la apuesta que estabas tan segura de que no ibas a perder jamás.

Levantó la cabeza de golpe, chocando con mi barbilla.

—¡De eso nada! ¡Tú me has besado primero!

—Creo que no. Has empezado tú.

—No. Eso no cuenta. Tú me has besado primero.

Cuando por fin me quedé dormido, después de discutir con ella sobre quién había perdido la apuesta, tenía una sonrisa de oreja a oreja en mi cara. Al final, la había conseguido en todos los sentidos. Por desgracia, no tenía ni idea de que, al día siguiente, nada de eso importaría. No después de la forma en que me rompió el corazón.

24

Zoe

Dylan me estaba acariciando los dedos. Creo que eso fue lo que me despertó al principio; eso y el sonido de su voz murmurando mi nombre contra mi piel. Fue apenas un susurro, pero hizo que se me acelerara el corazón. Era demasiado pronto para emocionarse solo por oír la voz sensual y somnolienta de alguien.

Abrí los ojos con una sonrisa tonta. Cualquiera que hubiera visto esa cama, jamás se habría creído que pudieran caber dos personas en ella, sobre todo alguien del tamaño de Dylan, pero allí estábamos. Encajando a la perfección. Sí, sus pies y parte del brazo que tenía debajo de la cabeza colgaban fuera de la cama, tenía las piernas entrelazadas con las suyas y mis rodillas también sobresalían, pero ¿a quién le importaba? Como acabo de decir, encajábamos a la perfección.

—Buenos días —musitó. Me giré y me encontré con sus ojos azul oscuro. Me dedicó una sonrisa perezosa, una que no pude evitar corresponder.

—Buenos días.

—¿Has dormido bien?

Asentí con esa misma sonrisa. Cuando vi que la suya se volvía más radiante, sentí el calor inundar mis mejillas. Me fijé en sus labios. Su sonrisa se fue transformando en la que más me gustaba de él, aquella que también le llegaba a los ojos. Una sonrisa cálida, auténtica, ardiente. Sé que suena cursi, pero era cierto que me dejaba sin aliento.

Y entonces, sin más, desapareció. Así de simple.

—¡No te muevas! —dije a toda prisa. Me quité las sábanas de encima, chillé y me apresuré a volver a taparnos.

—¿Qué pasa? —preguntó Dylan, con una chispa de diversión en los ojos.

Subí las sábanas todo lo que pude.

—Yo… solo… Anda, déjame coger la almohada. —Me lancé a por ella sin darle la oportunidad de protestar o quitármela antes de que pudiera alcanzarla. Tiré de ella para sacarla de debajo de él y su cabeza rebotó en el colchón. Murmuré una rápida disculpa, la abracé contra mi pecho y salí con cuidado de la cama. Pero antes de que pudiera enderezarme, me agarró de la mano.

—¿A dónde vas?

—Ahora vuelvo. Solo voy a buscar algo.

Me soltó y salí de la habitación de espaldas, esperando que la almohada me tapara todo lo importante.

Cuando saqué lo que necesitaba de mi bolsa, regresé corriendo con él. Seguía tumbado, usando el brazo como almohada. Contemplé sus músculos, los brazos, el pecho, la piel suave, el bulto debajo de las sábanas… Una oleada de calor me recorrió por completo al pensar en su miembro. Tendríais que haberlo visto. Estaba tan relajado, tan sexi, tan… Me faltaban las palabras porque mi cerebro se convertía en papilla en su presencia, pero creedme, estaba buenísimo.

Con una mano sujetando la almohada contra mi torso, y con la otra sosteniendo la cámara, me metí en la cama y, en cuanto estuve debajo de las sábanas, por fin solté la almohada.

—Ya no puedes ser tímida, Zoe. —Se apoyó sobre un codo y me miró a los ojos con el ceño ligeramente fruncido—. No después de lo de anoche.

—No es algo que desaparezca de un día para otro. Dame un respiro, que ahora es de día —me quejé—. Pero olvídate de eso. Estoy deseando hacerte una foto y…

—Ya me hiciste fotos en el partido.

—No, no de esa forma. Así. —Puse la mano sobre su pecho—. Quiero quedarme con esto.

—Capturar recuerdos, latidos —murmuró, repitiendo lo que le había dicho la primera noche que estuvo en el apartamento. Sonrió y me metió un mechón de pelo detrás de la oreja—. ¿Los dos juntos?

Me mordí el labio y asentí, tremendamente emocionada.

Abrió los brazos y me lancé a ellos, loca de contenta por estar ahí.

—Seguro que a estas alturas tienes el brazo dormido. Deberías haberlo apartado en cuanto me he quedado frita.

—No pasa nada —dijo distraído, acercándome más a él.

Después de ajustar la cámara para que la foto saliera perfecta, exhalé y levanté mi Sony A7R II para que ambos entráramos en el encuadre. La pantalla no se podía girar, así que iba a ser un disparo a ciegas, pero me daba igual.

Miré a Dylan con una sonrisa de oreja a oreja y él me devolvió la sonrisa.

—¿Listo? —pregunté sin preocuparme por el aspecto que pudiera tener.

Él se rio y me dio un beso en la mejilla.

¡Justo lo que quería! Disparé antes de que le diera tiempo a apartarse. Giré la cámara eufórica, ansiosa por ver el resultado. ¡Había quedado perfecta! Yo parecía un poco loca con esa sonrisa en la cara, los ojos cerrados y la cabeza inclinada hacia la suya, pero era perfecta. A Dylan no se le podía poner ninguna pega, estaba espectacular y yo irradiaba felicidad. Cualquiera que viera la foto podría haber pensado que era una patética de tomo y lomo, pero yo no lo veía así. Y cuando Dylan se rio a mi lado, supe que él tampoco.

—Preciosa —dijo, y sentí un delicioso cosquilleo por todo el cuerpo.

Estaba encantada de haber podido inmortalizar ese momento. Pero cuando estaba a punto de dejar la cámara, Dylan me detuvo.

—Haz más.

—¿Seguro?

—Sí, haz todas las que quieras.

Hice un montón de fotos iguales, pero me daba igual. Todas consistían en Dylan besándome mientras yo me apoyaba en su hombro, Dylan besándome mientras me acariciaba la mejilla, yo riéndome mientras él se inclinaba para besarme el cuello, yo mirándolo con los ojos brillantes mientras él sonreía, completamente ajenos a la cámara. Luego Dylan me quitó la cámara de las manos, que me estaban temblando por llevar tanto tiempo sujetándola y, tras unos cuantos movimientos torpes, empezó la siguiente tanda: él besando la comisura de mi boca mientras yo por fin miraba a la cámara, él besándome en los labios mientras yo me giraba para mirarlo, yo con los ojos cerrados mientras él me susurraba al oído. Después una foto con su brazo alrededor de mi cuello, otra de su abdomen esculpido y de mi cintura mientras él se movía en la cama.

Y al final solo hubo silencio y nosotros dos.

Se estiró sobre mí, dejó la cámara en la alfombra y me miró. En algún momento de nuestra improvisada sesión de fotos, las sábanas se habían deslizado, dejando al descubierto mi cuerpo de cintura para arriba, y ahora él podía ver todo lo que no le había dejado antes.

El corazón me dio un vuelco cuando nos miramos. Dylan suavizó su expresión.

—Hola, Flash.

Sonreí.

—Hola, amigo.

Inclinó la cabeza y se rio.

—Es verdad, somos amigos. Eres la mejor amiga que he tenido jamás.

—Lo mismo digo.

Recorrió mis hematomas con los dedos, siguiéndolos con la mirada. Tragué saliva.

—Me duele en el alma que te haya hecho esto.

No podía hablar.

Mientras me miraba un poco más, me acarició la cintura con una mano y luego la bajó hasta mi muslo. Cuando me levantó la pierna y plantó mi pie en la cama, tuve que contenerme para no estremecerme por completo. Y así, sin más, volvía a estar mojada por él. Bajó las caderas hacia mí y recordé cómo se había vuelto a poner los bóxeres cuando se levantó para tirar el preservativo. Sin embargo, la tela que nos separaba no impedía que sintiera cada centímetro de su duro miembro y que él notara lo increíblemente húmeda que estaba.

Lo agarré de los brazos, cerré los ojos y solté un gemido involuntario cuando él empujó hacia delante y la punta de su pene me presionó con fuerza el clítoris.

Luego sentí sus labios recorriendo mi mejilla, el lóbulo de la oreja, el cuello, lamiendo, succionando suavemente y besándome. Con los ojos cerrados, metí la mano entre nuestros cuerpos, le bajé los bóxeres unos centímetros y me estremecí cuando su pene caliente y pesado quedó sobre mi vientre.

Sintiéndome un poco salvaje, gemí y giré la cabeza para besarlo. Cuando le rodeé el miembro con firmeza, él también gimió en respuesta. Me tragué sus gruñidos y lo masturbé más rápido. Una gota de líquido preseminal cayó sobre mi abdomen, haciéndome jadear y temblar, y erizándome la piel. Lo agarré de la nuca con la otra mano, lo atraje hacia mí y volví a apoderarme de su boca. Él ladeó la cabeza y respondió a mi beso con pasión, acariciándome la lengua con la suya, dando y recibiendo, mordiendo y lamiendo, persuadiendo y besando.

Entonces sentí sus dedos pulgar e índice sobre mi barbilla y se apartó de mí, haciendo que nuestros labios se separaran con un ruidoso sonido de succión.

—Por favor, dime que Jared te dio más —gruñó, con un tono de voz que me derritió aún más.

Entreabrí los ojos y logré murmurar un:

—¿Qué?

—¿Condones?

Abrí los ojos un poco más y sentí una opresión en el pecho.

—Ay, no.

Dylan gimió y se tumbó de costado y su pene se me resbaló de la mano.

—Lo siento —susurré. Me apoyé en mi codo y vi cómo se frotaba la cara.

—Entonces, debería levantarme de la cama. Joder, incluso salir del apartamento.

Sonreí.

—¿Por qué?

Me miró frustrado, con una expresión tan tensa y sombría como sus ojos. Dejé de sonreír y me aclaré la garganta. Sin decir nada más, me arrodillé junto a él un poco nerviosa y sin aliento, y tragué saliva. No iba a pedirle permiso y él tampoco me iba a detener. Podía sentir su mirada ardiente sobre mi piel. ¿Era raro sentirse tan fascinada por un pene? Porque, por lo visto, no podía quitarle los ojos de encima. Era tan grueso, con ese glande rosa oscuro, la forma en la que descansaba sobre su abdomen musculoso, la vena tan pronunciada en la parte inferior, la anticipación de lo bien que sabría… Todo me invadió de golpe y no puede esperar más.

Miré a Dylan y lo vi tragar, vi cómo movía la garganta y cómo se tensaba su mandíbula.

Extendí la mano para agarrárselo, pero él me detuvo antes de que pudiera y entrelazó nuestros dedos.

—Con la boca —dijo con una voz ronca y llena de deseo que me hizo temblar de la cabeza a los pies.

Me lamí los labios por la expectación.

—Vale.

Seguro que lo deseaba en mi boca más incluso que él. No era una experta a la hora de hacer mamadas, pero tampoco se me daba tan mal. Sacudí la cabeza para deshacerme de todas esas dudas estúpidas, tomé su gruesa base con la mano izquierda y me incliné para pasar la lengua por todo el glande.

Dylan arqueó las caderas y me apretó la mano.

—Lo siento.

Moví la mano despacio por toda su longitud, rozando su hendidura con el pulgar y usando las gotas preseminales para facilitar el movimiento. Dylan intentó quedarse lo más quieto posible.

Cuando me metí su miembro en la boca, dejó caer la cabeza sobre la almohada y siseó:

—Joder, Zoe, creo que no te voy a dejar salir de esta cama nunca más.

Y no lo hizo, al menos no hasta que no le quedó más remedio, cuando su móvil empezó a sonar otra vez. Era uno de sus compañeros de equipo, Benji, que lo llamaba para asegurarse de que iba a entrenar.

Después de eso, todo fue una locura. No tenía ni idea de cuándo nos habíamos despertado, pero después de hacer que se corriera sobre su estómago y mis manos, él me devolvió el favor, y luego obtuve otro orgasmo extra. Cuando su amigo lo llamó y rompió nuestra pequeña burbuja, me sentí culpable por ser tan feliz mientras mi amiga lo estaba pasando tan mal.

Quince minutos después de la llamada telefónica, ambos nos habíamos duchado, vestido y estábamos listos para salir.

—¿Me llamarás cuando vuelvas a casa?

—Sí.

—¿No vas a ir a clase?

—No, ni Jared tampoco.

—Llámame si necesitas algo, ¿vale?

—Sí.

—Mándame un mensaje para contarme cómo está cuando llegues.

Asentí brevemente y aparté la mirada.

Me agarró de la barbilla.

—¿Qué te pasa?

Me encogí de hombros a medias. ¿Cómo iba a explicarle lo de Mark y Chris? ¿Cómo narices se empezaba una conversación así?

«Pues… verás, sé que odias a los mentirosos porque me lo dijiste la primera noche que llegaste aquí, pero te he estado mintiendo todo este tiempo. Aunque ha sido una mentira piadosa, ¿vale?

No he tenido novio, no desde que te mudaste aquí, y resulta que tu mejor amigo es mi hermano, pero no podemos decirle nada porque Mark no quiere. Me ha encantado hablar contigo. Adiós».

Así, directamente, como cuando te arrancabas una tirita del tirón.

Noté que me escocían los ojos. Estaba a punto de llorar, así que, avergonzada, me volví para ir hacia la puerta antes de que él se diera cuenta.

—Nada. Vas a llegar tarde. Vamos. —Tiré de su mano para que saliera y cerré la puerta.

—Zoe, espera.

Me puso la mano en el brazo, pero yo ya me estaba moviendo.

Justo en ese momento, la puerta de la señora Hilda se abrió antes de que pudiéramos escapar de ella. Estaba convencida de que esa mujer se pasaba la mitad del día, o puede que más, con la oreja pegada a la puerta, lista para atrapar a sus víctimas.

—¿Dónde os habéis metido los dos? Ayer os necesitaba y estuve llamando una y otra vez a vuestra puerta. ¿Hicisteis alguna fiesta? Creo que le dejé bien claro que no me gustaban ese tipo de cosas cuando se mudó aquí, señorita Clarke.

Si hubiera tenido una lista de cosas que hacer ese día, lidiar con la señora Hilda ni siquiera habría aparecido en el último lugar. Sabiendo que Dylan estaba detrás de mí, tan imponente como siempre, ladeé la cabeza y respiré hondo.

—¿Oyó usted música o algo por el estilo, señora Hilda?

—No, pero juraría que oí…

—No hemos hecho ninguna fiesta, ni tampoco tenemos intención de hacerla en un futuro cercano. Me encantaría ayudarla con lo que necesite, pero ahora mismo llego tarde a clase y Dylan tiene que ir a entrenar, así que lo siento, tendrá que buscar a alguien más que le eche una mano con las cortinas. Que tenga un buen día, señora Hilda.

Empecé a bajar las escaleras, mientras me miraba con el ceño aún más fruncido y la boca abierta. Un segundo después, oí los pasos de Dylan siguiéndome.

Cuando salí a la calle, levanté la cabeza hacia el cielo azul brillante y me sentí un poco mejor con el viento dándome en la cara.

—¿Qué sucede? —volvió a preguntarme Dylan detrás de mí. Un instante después, me rodeó la cintura con los brazos, me atrajo hacia él y me rozó el cuello con los labios; algo que consiguió que me sintiera mucho mejor que el viento.

—Nada —respondí. Incliné la cabeza, pidiéndole más. Él no se hizo de rogar. Me sujetó de la barbilla y me dio un beso largo con lengua que alejó cualquier pensamiento negativo que rondara por mi cabeza—. Nada —repetí sin aliento cuando nos separamos. Lo miré a los ojos y me convencí de que todo iba a salir bien.

—¿Se ha dormido ya? —pregunté cuando Jared regresó al salón.

Se sentó en el sofá con un suspiro y se llevó las manos a la cabeza.

—Sí, por fin.

Me volví para mirarlo, pero me detuve en seco en cuanto una mano pequeña tiró de mi pelo.

—No, no, no, Zoe. Se está deshaciendo. No te puedes mover, tontita. Ahora voy a tener que volver a empezar. —Escuché un suspiro adorable a mi espalda, lleno de falsa modestia.

—Lo siento muchísimo, señorita Pajarito Azul —dije, usando el nuevo apodo con el que me había suplicado que me dirigiera a ella nada más llegar. Becky, la hermana pequeña de Jared, era la niña más encantadora y lista del mundo, igual que su hermano—. ¿Tengo que pagarte más ahora que tienes que empezar de nuevo?

Dejó de juguetear con mi pelo.

—Ah, pero ¿me vas a pagar?

—Bueno, eres mi peluquera, así que supongo que debería pagarte, ¿no crees? ¿Cuánto tiempo llevas peinándome? ¿Media hora?

—Sí. Sí, págame, ¿vale?

—De acuerdo, te pagaré, pero tienes que dejarme divina.

—Eso intento. ¿Cuánto me vas a pagar?

Pronuncié un silencioso «Ay» en dirección a Jared, pero él ni siquiera nos estaba prestando atención.

—¿Cuánto te gustaría que te pagara?

La niña se volvió hacia Jared.

—Jar, hoy me van a pagar, ¿cuánto dinero quiero?

Sonreí con los labios apretados, aguantándome la risa. Becky siempre llamaba a su hermano mayor Jar o Jer.

Tras un largo proceso de negociación, quedamos en que serían tres dólares, porque ella creía que estaría preciosa con tres trenzas, como las de su caballo de juguete, y porque ella era la mejor haciendo trenzas (eso le decía siempre Jared) y se iba a gastar todo ese dinero en chocolatinas.

Mientras Becky seguía jugando con mi pelo, miré a Jared, que tenía la cabeza agachada.

—Mañana vienen sus padres. Le vendrá bien verlos —le dije en voz baja.

Se frotó el cuello, nervioso, y se levantó de un salto. En los tres años que lo conocía, nunca lo había visto tan furioso. No podía estarse quieto ni un momento.

—¡Joder! Ahora mismo lo mataría con mis propias manos. Tendríamos que haber dicho algo, haber…

De pronto, unos bracitos regordetes me rodearon el cuello. Becky escondió la cara en mi pelo y yo le acaricié el brazo para calmarla.

—Jared, siéntate —le espeté en un susurro—. No pasa nada, Becky, solo está un poco enfadado, eso es todo.

Al oír mi tono, me miró un instante antes de bajar la vista, como si acabara de recordar que su hermana estaba presente, y volvió a sentarse.

—Lo siento, princesa —murmuró. Le dio un beso en la mejilla y la sacó del escondite de mi pelo—. No vas a chivarte de mí por haber dicho una palabrota, ¿verdad? —Tras recibir unos pocos besos más, Becky volvió a reírse y, en su mundo, todo volvía a ser de color de rosa.

Le puse la mano a Jared en la rodilla para que dejara de moverla.

—Jared, Kayla sabía que no nos gustaba —empecé a decir en voz baja—. No ha sido culpa nuestra, ni tampoco de ella. Estaba enamorada de él. Aquí solo hay un culpable y va a pagar por lo que ha hecho.

—¿No crees que sus padres no le darán lo suyo a ese... —miró de reojo a su hermana—... hijo de P-U-T-A nada más verlo?

—No va a ser tan sencillo como eso.

Se levantó y volvió a pasearse por la habitación.

—¡Y encima también te hizo daño a ti! Pero ¿qué cojo...? ¿Por qué no me llamó Kayla? ¿Por qué no me llamaste tú? Si hubiera estado en la biblioteca con vosotras...

—Para ya. Vas a hacer que me duela el cuello de tanto moverte. Siéntate, por favor. —Me fulminó con la mirada—. O no, da igual, pero estate quieto —me quejé—. Ha estado fatal todo el día, y justo cuando consigue dormir un poco, vas a despertarla con tanto andar de un lado a otro.

—Pues háblame de otra cosa. Me voy a volver loco si no puedo reventarle la cara a ese capullo.

—¡Aplasta como Hulk! —intervino Becky—. ¿Qué significa reventar?

—¿Ya está listo mi peinado, señorita Pajarito Azul? ¿Puedo verlo?

—Voy a por el espejo para que puedas mirarte. Quédate aquí sentada, ¿vale, Zoe? Quedarse sentada y esperar, ¿entendido?

Asentí mientras la ayudaba a levantarse del sofá.

—Me quedo aquí sentada y espero. Entendido.

Antes de que saliera corriendo, Jared la detuvo, colocándole una mano en el brazo.

—KayKay está durmiendo en mi habitación y la puerta está abierta, así que no hagas ruido mientras buscas el espejo, ¿vale?

—¿Está mala KayKay?

—No, cariño. Solo le duele un poco la cabeza y necesita dormir. Se pondrá bien enseguida. Cuando termines de enseñarle a

Zoe su nuevo peinado, te vas derechita a la cama. Ya es muy tarde.

—Vale, Jar. Primero el pelo y luego a la cama. —Salió corriendo hacia su habitación, muy satisfecha con su respuesta.

—Será mejor que yo también me vaya. Son más de las nueve y tengo que volver a casa. —En cuanto Becky estuvo lo suficientemente lejos como para no escucharnos, se lo conté, porque no podía aguantármelo más—. Una cosa más, por si quieres saberlo, me he acostado con Dylan, y si no querías saberlo, ahora ya lo sabes. En su cama, con él, anoche... Bueno, más bien esta mañana, pero vamos a dejarlo en anoche y... también un poco por...

—Espera, espera un momento —farfulló. Tenía la mano levantada y parpadeaba sin cesar—. ¿Que has hecho qué?

—Que me he acostado con...

—Acláramelo, por favor. ¿Te has acostado con él en la misma cama en el sentido de dormir o te has acostado con él en el sentido de que te lo has tirado y le has hecho ver las estrellas? ¿Cuál de las dos?

—Bueno... —Levanté las piernas y las abracé contra mi pecho, con una sonrisa en los labios—. Si hablamos de ver las estrellas, seguramente fui yo la que las vi.

Se dejó caer a mi lado en el sofá, todavía con cara de perplejidad.

—Supongo que eso significa que ya no puedo intentar seducirlo.

Me eché a reír y tuve que taparme la boca con la mano para no hacer ruido. Pero inmediatamente después mi sonrisa se esfumó y me puse seria.

—Me siento fatal por estar tan contenta cuando Kayla lo está pasando tan mal. No tenía planeado...

—Zoe, si de ti dependiera, habrías esperado diez años más para hacer algo. Ya sé que no lo tenías planeado.

—Ayer se portó tan bien conmigo, Jared. En cuanto llegamos a casa, me derrumbé y él estuvo ahí, a mi lado. Y luego... —Adoraba a Jared, era uno de mis mejores amigos, pero por alguna razón, no quería compartir todos los detalles de lo que había pasado. Cómo me había abrazado en la ducha, lo bien que habíamos encajado. Había sido un momento tan íntimo, tan nuestro, de Dylan y mío.

—Y luego pasó lo que tenía que pasar —terminó Jared por mí.

—Algo así.

—Ahora lo entiendo todo.

—¿El qué?

Antes de que pudiera responder, Becky entró corriendo, con un pequeño espejo rosa en la mano, e intentó susurrarnos, aunque sin mucho éxito:

—¡Lo he encontrado! ¡Zoe, lo he encontrado!

—Oh, qué espejo más bonito, señorita Pajarito Azul. Veamos qué le has hecho a mi pelo.

Después de que insistiera en que fuera yo la que la llevara a la cama, me miré el pelo con más detalle en el espejo del baño y tardé unos minutos en arreglármelo.

Al pasar por delante de la habitación de Jared, Kayla me llamó.

—¿Va todo bien? Pensé que estabas durmiendo. —Entré y me senté en el borde de la cama mientras ella se sentaba en el colchón.

—He oído a Becky hablando con vosotros. ¿Todavía sigues aquí?

—Sí, quería quedarme un rato más. —Nos quedamos calladas un buen rato, y entonces le pregunté—: ¿Cómo estás? —Llevaba todo el día preocupada por si no encontraba las palabras adecuadas.

—Estoy bien. —Soltó un suspiro—. Vamos a dejarlo en que estoy mejor. Puedes irte, Zoe. Es tarde. No hace falta que te quedes más tiempo.

—No te preocupes por mí. Ya me iré cuando sea.

Suspiró, pero asintió.

—Mis padres vienen mañana. —Esta vez fui yo la que asintió—. No sé si voy a volver en enero, Zoe. Ni siquiera sé si voy a poder con los exámenes finales.

Quise protestar, decirle que era la mayor tontería que había oído en mi vida, aunque no lo era. Me habría encantado pasar diez minutos a solas con Keith, pero sabía que eso no aliviaría el dolor de mi amiga.

Clavé la vista en el edredón gris oscuro, con un nudo en la garganta.

—Me gustaría pedirte que vuelvas, KayKay, pero sé que no puedo.

—Es que no creo que quiera hacerlo... Bueno, más bien no puedo. Al menos eso es lo que pienso, y mis padres también...

—Lo entiendo, y quiero que hagas todo lo que sea necesario para superar esto y volver a ser feliz. Entonces, ¿tienes pensado quedarte en Texas?

—No lo sé.

La miré un momento y luego bajé la vista hasta mis dedos, mientras jugueteaba con el dobladillo de la sábana.

—Pero la familia de Keith vive muy cerca de la tuya, ¿no?

Hizo un gesto de negación con la cabeza.

—Se mudaron cuando empezamos la universidad. Ahora viven en Seattle, así que no lo veré en Texas.

Volvimos a quedarnos calladas.

—Si os apetece, Jared y tú podríais hacerme una visita en verano.

Me sequé una lágrima que caía por mi mejilla.

—Sí, eso estaría genial. Nunca he estado en Texas. —Me mordí el labio y vacilé un instante—. Si hay un juicio y Keith...

—No quiero hablar de él, Zoe.

—Vale, perdona. —Estaba agarrando la sábana con tanta fuerza que tuve que ponerle la mano sobre la suya para calmarla—. Lo siento.

Al ver que no respondía, alcé la vista y me di cuenta de que también estaba llorando.

—No puedo controlarlo —confesó en voz baja, con el labio inferior temblando mientras se secaba las lágrimas casi tan rápido como le caían—. Va y viene. De repente estoy bien y, al minuto siguiente, me siento fatal. —Me miró y luego clavó la vista en mi cuello, donde todavía se apreciaban los hematomas, a pesar de la base de maquillaje que me había puesto—. Y mira lo que te hizo por mi culpa...

Me toqué el cuello.

—¿Qué? ¿Te refieres a esto? No es nada, Kayla. Solo estoy furiosa por no haber podido darle su merecido, así que no te preocupes por esto.

Hasta ese momento, su manera de lidiar con lo ocurrido había sido evitar hablar de Keith, y nosotros no íbamos a presionarla. Tener a Becky a nuestro alrededor había ayudado a aliviar la tensión. Nos habíamos reído de sus ocurrencias y casi nos pareció estar en un día como cualquier otro.

—Voy a echar mucho de menos a mi mejor amiga —le dije—. ¿Se lo has contado ya a Jared?

—Hablaré con él.

Justo entonces, Jared asomó la cabeza por la puerta.

—¿Alguien ha dicho mi nombre? Creía que estabas durmiendo. Me la has colado. —Rodeó la cama y se sentó frente a mí—. Zoe, tu móvil no para de sonar en el bolso. Deberías ir a echarle un vistazo.

Me levanté con el ceño fruncido. Me había olvidado por completo del móvil después de enviarle un mensaje a Dylan para decirle que Kayla estaba bien. La noche anterior, cuando me había despertado de madrugada, había visto llamadas perdidas y notificaciones, pero las había ignorado. Lo primero que hice al despedirme de Dylan, fue revisar todos los mensajes que Mark me había enviado. Tras leer mi mensaje en el que le decía que se lo iba a contar todo a Dylan, me había llamado un montón de veces, había dejado ocho mensajes en el buzón de voz y me había enviado un par de mensajes de texto. Había borrado todos sin escucharlos, aunque terminé leyendo sus mensajes. Como no decían nada que me interesara, también los eliminé. Se había acabado eso de ser su felpudo.

Dejé a Kayla y a Jared solos y fui a buscar el móvil. Estaba sonando y esperaba que fuera Dylan. Pero no tuve esa suerte. Contesté con desgana.

—¿Sí?

—¿Dónde estás? —preguntó Mark, tras unos segundos.

Ningún «Me tenías preocupado», ningún «Me he enterado de lo que pasó en la biblioteca», ningún «¿Estás bien, Zoe?», ningún «¿Necesitas algo?». Nada.

Pero me daba exactamente igual, porque ya había hablado con mi padre y él ya había mostrado la preocupación propia de un padre. Ese hombre no significaba nada para mí, y la culpa por haberme hecho ilusiones era solo mía.

—Con mis amigos —respondí con frialdad.

—¿Se lo has contado? ¿A Dylan?

—Todavía no, pero lo haré.

Se lo iba a decir esa misma noche, en cuanto decidiera cómo. En ese momento, me di cuenta de que no tenía miedo de contarle lo de Mark y Chris. Al fin y al cabo, eran solo palabras. Podría haberme sentado con él desde el principio y haberle explicado todo. Lo que me daba miedo era su reacción. ¿Se enfadaría conmigo por haberle dejado creer que había algo entre mi padre biológico y yo? ¿Se acabaría lo que fuera que teníamos antes de empezar siquiera? Sí, perderlo era lo que más miedo me daba. Si hubiera sido al revés, yo me habría enfadado muchísimo.

—¿Dónde estás? —volvió a preguntarme. Casi pude verlo apretando los dientes—. Voy a por ti. Tenemos que hablar.

—Ahora mismo estoy ocupada.

—¡Zoe! —bramó al otro lado del teléfono—. ¡Vas a decirme ahora mismo dónde cojones estás y vamos a hablar!

La ira bullía en mi interior. Estaba a un paso de odiarlo. Tampoco era que lo hubiera querido mucho antes, pero al menos no lo había detestado. Había sentido curiosidad por ver quién era el hombre que me había engendrado y había querido conocerlo. La primera vez que nos vimos, le había confesado lo emocionada que estaba por conocer a Chris, lo mucho que siempre había querido tener un hermano o una hermana. Él me había respondido con mucho tacto que era demasiado pronto para decírselo a Chris, que debíamos aprovechar el tiempo para conocernos mejor antes de contarle la verdad, porque él todavía estaba alucinando con mi existencia. Me había dicho que estaba tratando de proteger a su familia y lo entendí. No me sentí especialmente bien sabiendo que los estaba protegiendo de mí, pero lo entendí. Sin embargo, con el paso del tiempo, me fui dando cuenta de que, en realidad, Mark no tenía intención de decirle nada a Chris, al menos no toda la verdad, y la confirmación a mis sospechas me llegó tres años tarde.

Había llegado el momento de decirle todo lo que me había callado. Sí, íbamos a hablar, pero esta vez sería yo la que hablaría. Seguramente también sería la última vez que lo vería, y me parecía bien. Le di la dirección de Jared y me dijo que llegaría en quince minutos.

Después de pasar otros diez minutos con Jared y Kayla, les prometí que volvería al día siguiente para conocer a sus padres y luego salí a esperar a que Mark me recogiera. Cuando les conté a mis amigos que iba a hablar con él, Jared me miró alarmado, pero no le di mucha importancia.

Debería haberlo hecho. Debería haber estado tan preocupada como él, porque aunque en ese momento no lo sabía, Dylan me estaba esperando al otro lado de la calle, frente al edificio del que acababa de salir.

Mientras caminaba por la acera, me llegó un mensaje y lo leí.

Dylan: Te echo de menos.

Cuando escuché el sonido de un coche, alcé la vista de la pantalla y vi el todoterreno negro de Mark viniendo hacia mí. Guardé el teléfono en el bolsillo sin responder, y esperé nerviosa a que se detuviera justo delante de mí.

Mientras me subía al asiento del copiloto, sin que yo lo supiera, Dylan había dado unos pasos hacia delante, contemplando el coche, atónito. No tenía ni idea de que me había estado esperando al otro lado de la calle para volver conmigo a casa. No tenía idea de que había querido darme una sorpresa.

25

Zoe

Mark abrió la puerta del apartamento e hizo un gesto para que entrara primero. Titubeé un instante.

—Adelante, Zoe —dijo entre dientes.

No había pisado el apartamento desde que Dylan se había mudado a él. Habíamos quedado unas cuantas veces en algún lugar apartado del campus, lejos de miradas indiscretas, pero casi siempre me había dejado plantada. En los últimos meses, apenas lo había visto tres o cuatro veces y, en las más recientes, ni siquiera me había mirado a la cara. En algún lugar entre mi segundo y tercer año de universidad, el hombre que había fingido estar interesado en conocerme había desaparecido. Había sido una ingenua al creer que le importaba.

Entré y, durante un instante, sentí una punzada de pánico mientras me preguntaba dónde estaría Dylan.

Mark no perdió el tiempo y pasó junto a mí hacia el salón. Estaba tenso y tenía los nudillos blancos de tanto apretar los puños.

—Dime de qué va todo esto —ordenó en cuanto estuve lo suficientemente cerca de él.

—¿Cómo?

—No me hagas repetirlo, Zoe. ¿De dónde ha salido eso de contarle todo a Dylan?

¿Acaso no lo veía?

—Me gusta —confesé despacio—. Somos algo más que amigos. —Decirlo en voz alta me provocó un agradable hormigueo en el estómago. Si no hubiera sido por la cara de cabreo de Mark, incluso habría sonreído.

—No puedes ser tan tonta.

Me tragué el amargor que aquello me produjo y decidí no responder.

—Es amigo de Chris, Zoe. Se lo contará todo.

—No lo hará. Pero ¿qué más da si lo hiciera? De todos modos, se lo vamos a contar a Chris después del último partido. —Me lanzó una mirada llena de odio. Intenté mantener una expresión neutra—. Porque se lo vamos a contar, ¿verdad?

Se pasó la mano por el pelo y masculló algo en voz baja mientras miraba por la ventana.

Di un paso hacia atrás y, al notar que tocaba el sofá con las pantorrillas, me senté.

—Ni siquiera me ibas a dejar decírselo después del último partido, ¿verdad? Nunca le vas a decir que tiene una hermana.

Supongo que, en el fondo, siempre lo había sabido. De lo contrario habría sido una estúpida, y no me gusta pensar que lo soy. Podría haberme acercado a Chris en cualquier momento y haber entablado una conversación con él, pero no lo había hecho porque tenía miedo a su reacción. No lo conocía, no quería enfrentarme a su rechazo, así que dejé que Mark lo pospusiera. Y luego, inconscientemente, también había querido darle a Mark el beneficio de la duda, que fuera él el que quisiera formar parte de mi vida. Al fin y al cabo, era mi padre biológico, y la sangre siempre tira, ¿verdad? Aunque viendo la cara de Mark, dudaba que él sintiera lo mismo por mí.

—Entonces, ¿por qué dejaste que viniera a Los Ángeles? Si no me quieres cerca de Chris, ni quieres conocerme, todo lo que pasó entre nosotros en mi primer año de universidad, ¿fue mentira? ¿Solo estabas fingiendo para que no dijera nada?

Se volvió para mirarme y se tocó las comisuras de la boca con los dedos.

—No es tan sencillo. Hay cosas que no sabes.

—¿Qué cosas? —pregunté, frustrada, golpeando el cojín del sofá—. Dímelo de una vez. Estoy harta de este tira y afloja, de que no lleguemos a ninguna parte. ¿Qué es lo que no sé? Mi madre me dijo que querías verme, que querías conocerme, que te hacía mucha ilusión que viniera aquí. Ella también te dijo que quería conocer a mi hermano, que ese era el único motivo... la única razón por la que quería estar aquí. No vine porque sí. Podría haber llamado a Chris y haber acabado con esto hace tiempo, pero dijiste que querías verme, que querías conocerme. ¿Qué es lo que me estoy perdiendo?

—Tu madre te mintió, ¿vale? Eso es lo que no sabes. Lo único que hizo en toda su puta vida fue mentir a todo el mundo. Y ahora sigue jodiéndome desde su tumba.

Lo miré perpleja. Tenía el pelo canoso y abundante, sin señales de calvicie. Recordé lo tonta que me sentí al fijarme en eso la primera vez que lo vi. Ahora, cuando nuestras miradas se encontraron, me quedé mirando mis propios ojos reflejados en los suyos: un tono verde que tendía al avellana. ¡Qué broma tan cruel! Antes de que pudiera pensar con la suficiente claridad para darle una respuesta, él continuó:

—¿Te dijo que estábamos enamorados?

Sí, pero no respondí. De todos modos, tampoco parecía necesitar que interviniera en la conversación. Nunca lo había necesitado.

Negó con la cabeza y siguió rompiéndome el corazón, con cara de asco.

—Solo follamos —espetó. Abrió los brazos, exasperado—. Follamos a espaldas de mi mujer, su mejor amiga. Eso fue lo que hicimos, Zoe. No estábamos enamorados, solo fue sexo sin sentido y descuidado porque tenía problemas con mi mujer, porque no podíamos tener hijos, porque... No fue más que un error. Después de convencerla de que nos diera a Chris en adopción, quiso que todo volviera a ser como antes, pero yo me negué. Eso es todo. Le mentí para poder quedarme con mi hijo. Fin de la historia. Tú fuiste otro de nuestros errores. Después de lo de Chris, solo nos acostamos una o dos veces más, pero ella volvió a quedarse embarazada.

Fruncí todavía más el ceño y me puse de pie.

—No, te equivocas. No sabías nada de mi existencia. Ella no te dijo que estaba embarazada.

Me miró durante un buen rato y negó con la cabeza.

—Claro que lo sabía. Le di dinero para que abortara. Ella lo aceptó, me dijo que lo había hecho y luego se mudó a Nueva York.

Estábamos demasiado cerca, así que retrocedí unos pasos y me puse detrás del sofá. Si en ese momento hubiera podido, me habría largado de Los Ángeles sin mirar atrás.

—Lo que no sabía era que ella me había mentido y había seguido adelante con el embarazo; cosa que descubrí cuando me llamó para contarme que estaba enferma. Me suplicó que fuera a verla, y cuando le dije que no iba a hacerlo, me habló de ti. Quizá pensó que eso me haría cambiar de idea, o vete tú a saber. No tengo ni puta idea de por qué me mintió sobre lo del aborto.

Sentí una presión enorme en el pecho, como si alguien se hubiera sentado encima de mí y me estuviera aplastando. Mi madre y yo habíamos tenido muchos problemas, y al final yo había estado muy enfadada con ella por todo lo que me había ocultado, pero había conseguido pasar página. Lo había aceptado. Al fin y al cabo, era su vida, y yo no podía retroceder en el tiempo y evitar que mi madre volviera a cometer esos errores. Que tuviera una aventura con un hombre casado. Que entregara a Chris en adopción. No podía decirle que Mark era un mentiroso y que sería una tontería creer cualquier palabra que saliera de su boca. Ni siquiera aquella noche, cuando me sentó en el borde de su cama del hospital para hablarme de mi «verdadero padre», me había sentido tan impotente como me sentía en ese momento frente a Mark.

—¿Por qué me pediste que viniera aquí?

—Porque ella quería que estuvieras conmigo.

—Ya tengo un padre, su marido. No creo que ella…

—No lo entiendes, ¿verdad? Tu madre solo estaba intentando llamar mi atención, amenazándome con llamar a Emily y a Chris, y ya te lo había contado todo. Habrías venido a buscar a Chris de todas formas. Al menos así podía proteger a mi hijo, hacer que se centrara en su futuro y no en estas gilipolleces.

Y así, de golpe, se acabó. Todas esas conversaciones tan dolorosas y forzadas que habíamos tenido desde que había llegado a Los Ángeles cobraron sentido. ¿Estaba triste? Sí, pero solo porque había sido lo suficientemente idiota como para creer que él quería conocerme, cuando en realidad no quería saber nada de mí.

En ese momento me di cuenta de que me estaba abrazando a mí misma. Bajé los brazos a los costados, me enderecé y asentí.

—Muy bien, ahora que ya lo sé todo, quiero que te vayas.

—Este es mi apartamento.

—Y puedes quedártelo para ti solo. Me iré mañana a primera hora.

—¿Vas a volver a Phoenix?

Me daba igual que ese fuera el mayor deseo de su vida; no iba a mover un dedo para facilitarle las cosas.

Solté una risa forzada, pero se pareció más a una tos.

—Ya te gustaría, pero no. Me queda un año y medio de universidad y no pienso irme a ninguna parte hasta que me gradúe. Pero no te preocupes, no me volverás a ver. Ninguno de los dos quiere ver al otro, así que al menos tenemos eso en común. Esto debería ser un alivio para ti.

—Me parece bien —dijo, mirando al suelo con el ceño fruncido y asintiendo para sí mismo—. Puedes irte de Los Ángeles cuando te gradúes.

—Me iré cuando me dé la gana. No necesito tu permiso para hacer nada, ya no.

—De acuerdo, haz lo que quieras. Pero no te acerques a mi familia.

No sentía nada, absolutamente nada por ese hombre, y darme cuenta de eso fue asombroso. Estaba harta de escucharlo, y eso me sentó de maravilla, como si me hubieran quitado un peso de encima. Ya no iba a meterse en mis asuntos, ni con quién salía, ni con quién hablaba, ni nada.

Decidí quedarme callada; algo que no debió de hacerle ninguna gracia porque empezó a andar hacia mí.

—No le vas a contar nada a Dylan.

—Lo siento, pero conmigo no cuentes. Dylan no es de tu familia —repuse, intentando mantener la calma. Por dentro, sin embargo, me hervía la sangre y el corazón me iba a mil.

—No estoy de broma, Zoe. No le vas a decir nada al mejor amigo de mi hijo.

—No voy a seguir mintiéndole. Ahora somos algo más que amigos.

—Pero ¿quién te has creído que eres? Hace nada estaba peleándose con sus compañeros por otra chica. ¿Te crees especial? Es un jugador con un futuro prometedor, en menos de una semana ya habrá encontrado a otra.

—No. Él cree que me estoy acostando contigo y, por tu culpa, ni siquiera he podido sacarlo de su error. Así que si crees que puedes impedir que…

Antes de que pudiera terminar la frase, lo tenía frente a mí y oí un fuerte chasquido seguido de un intenso escozor en la cara. El sonido retumbó en mis oídos y la mejilla me ardía como nunca. Aturdida, miré al suelo y me toqué la cara con los dedos. El dolor empezaba a extenderse. Antes de poder reaccionar, Mark me agarró de la barbilla y me obligó a mirarlo. Bajé la mano a un lado y por fin lo miré a esos ojos tan parecidos a los míos. La única diferencia es que los míos estaban llenos de lágrimas mientras que los suyos ardían de ira.

—No te traje aquí para que pudieras follarte a todo el equipo de fútbol. Eres igual que tu madre, ¿verdad? Una puta a la caza de jugadores. —Ya no gritaba, pero tenía la cara y el cuello rojos y podía sentir su saliva en la cara mientras siseaba—. Eso es lo que hizo tu madre antes de meterse en mi cama. Solo Dios sabe cuántos de mis compañeros se divirtieron con ella. Y de tal palo, tal astilla, ¿verdad, Zoe? —Tenía el corazón en la garganta. Me quedé callada, pero intenté zafarme de su agarre. Él solo me apretó más la barbilla—. Esto afecta a mi familia, así que soy yo quien decide, no tú. No lo olvides nunca. No vas a contarle nada a nadie. Me da igual lo que Dylan piense de nosotros. Me importa una mierda si cree que me estoy acostando con una chica que le gusta. Vas a cerrar el pico y te vas a mantener alejada. Si crees que puedes hablar con Dylan a mis espaldas, más te vale pensártelo dos veces. Si le dices una sola palabra, haré todo lo que esté en mi mano para que no tenga futuro en el fútbol, empezando por el próximo partido. Si veo que te acercas a él, no lo dejaré jugar esta semana, y con los ojeadores pendientes...

Antes de que le diera tiempo a terminar su amenaza, la puerta se abrió y supe que Dylan había entrado. Presa del pánico, intenté escapar de Mark, pero fue en vano. Me quedé inmóvil hasta que decidió soltarme después de unos segundos que se me hicieron eternos. Me volví hacia Dylan. Tenía una expresión tranquila y me miraba fijamente con esos ojos azules, como si no estuviera sorprendido, como si no le doliera.

Me quedé mirándolo. De pronto, el escozor de mi mejilla desapareció y el dolor que sentía en el pecho lo ocupó todo.

—Creo que va siendo hora de que te busques otro sitio donde quedarte, Dylan —dijo Mark. Al darme cuenta de lo cerca que estábamos, pegué un pequeño brinco.

Me estremecí por dentro y me alejé de Mark, mientras me frotaba disimuladamente la barbilla en la zona donde me había tocado. Con un nudo en el estómago, miré a Dylan a los ojos hasta que no pude más. ¿Entendería que lo necesitaba? ¿Que quería que me diera la mano, entrelazara nuestros dedos y me sacara de allí corriendo? No lo hizo. En el momento en que aparté la vista, habló.

—¿Tú qué dices, Zoe? —preguntó Dylan. Volví a clavar la vista en él.

—Dylan... —empezó Mark.

Dylan alzó la voz para callarlo.

—Quiero que me lo diga ella.

Me quedé sin habla, incapaz de articular una palabra. Aunque Mark me hubiera apuntado con una pistola a la cabeza, no habría podido decir: «Sí, Dylan creo que deberías irte».

Pero con Mark en la habitación, tampoco podía darle la explicación que tanto se merecía; no cuando sabía que una sola palabra fuera de lugar podía costarle ese futuro por el que llevaba luchando toda la vida. No sabía si Mark iba a cumplir su amenaza, pero no estaba dispuesta a arriesgarme; no con algo tan importante.

Estaba tan absorta en mis pensamientos, dándole mil vueltas a todo, intentando encontrar una solución, una respuesta, que solo alcé la vista cuando oí el suave chasquido de la puerta al cerrarse.

Ese clic silencioso rompió algo en mi interior y el aire dejó de llegarme a los pulmones. No había suficiente oxígeno en el mundo, no después de que él se fuera y me dejara sola, en la misma estancia que Mark. Al darme cuenta de que estaba empezando a tener un ataque de pánico, me llevé una mano al pecho con la esperanza de ralentizar mi destrozado corazón, el mareo y esa sensación de frío y calor al mismo tiempo.

Después de unos minutos de malestar, cuando logré recomponerme lo suficiente para moverme, me tragué todo lo que quería decirle a Mark y me fui a mi habitación, al fondo del apartamento.

—¿Dónde crees que vas? —preguntó Mark.

Seguí caminando.

—¡Estoy hablando contigo, Zoe! —gritó, sobresaltándome, pero continué andando sin mirar atrás.

Me detuve primero en el baño, donde me miré al espejo. Tenía la cara congestionada y los ojos abiertos como platos y apagados. El lado izquierdo de mi cara estaba mucho más rojo que el derecho. El escozor había vuelto con fuerza y ahora me dolía. Me pregunté si Dylan se habría quedado de haber visto mi piel magullada. Eché la cabeza hacia atrás y me di cuenta de que mi cuello tampoco tenía buen aspecto, lleno de hematomas como estaba.

Pero nada de eso importaba. Nada de lo que estaba viendo me dolía tanto como el corazón.

Respiré hondo y aparté la vista del espejo. Agarré una goma para el pelo, me hice una coleta y empecé a recogerlo todo. Después fui a mi habitación, puse toda mi ropa encima de la cama, saqué las maletas y metí en ellas todo lo que tenía. Solo tardé un cuarto de hora.

Arrastré las maletas por el pasillo, me detuve frente a la puerta y saqué las llaves del bolsillo de mi chaqueta. Encontré las que no eran mías y las quité del llavero morado. Miré hacia el salón y vi a Mark sentado en el sofá, de espaldas a mí, con los hombros hundidos y la cabeza entre las manos.

Tres años y medio antes, mi padre se había sentado en la misma posición cuando me enteré de que no era mi padre biológico. Le había preocupado que me enfadara con él por haberme mentido todos esos años, pero ¿cómo habría podido hacerlo? ¿Cómo iba a enfadarme con alguien que me había querido todos los días de mi vida, aunque yo no fuera de su sangre? Ver a Mark así me molestaba. ¿Qué había perdido él para estar tan abatido?

Nada.

Tenía dos opciones: volver al salón y dejar las llaves en la encimera de la cocina, o simplemente tirarlas y salir de allí. Elegí la segunda y las dejé caer sobre el suelo de madera. Pero ni el sonido metálico de las llaves logró que se inmutara o levantara la vista.

Me fui sin decir una palabra y él no hizo nada para detenerme. Supuse que por fin era libre.

Me quedé frente a la puerta, todavía conmocionada, intentando pensar. Era muy tarde, pero podía pedir un Uber e ir a casa de Jared, o podía… Era absurdo dudar, ¿dónde iba a ir si no?

Acababa de agarrar el asa de una de las maletas, cuando la señora Hilda abrió su puerta. En ese momento, era la última persona en el mundo con la que me apetecía hablar. Bueno, la penúltima si contábamos a Mark. La ignoré por completo y empecé a moverme. Al principio, no dijo nada, pero tratándose de la señora Hilda, el silencio no duró mucho.

—¿Se puede saber a dónde va, señorita Clarke?

—Señora Hilda, no es el…

—Lo he oído todo.

—Me alegro por usted. Que tenga una buena vida.

Estaba a punto de pasar junto a ella para ir a las escaleras, pero se interpuso en mi camino. Antes de que pudiera esquivarla, me agarró de la barbilla con una fuerza sorprendente para su edad y me examinó la mejilla.

Cuando me aparté, refunfuñó y me soltó.

—¿Sabes? Podrías haberme contado que no eras su amante.

Apreté los labios y agarré con fuerza las maletas.

—Si hace el favor de apartarse…

—Ay, por favor, para ya y entra de una vez. No pienso quedarme en vela, preocupada por dónde puedes estar.

—¡Por favor! —Alcé la voz—. ¡Déjeme pasar!

Me miró con los ojos entrecerrados y enderezó la espalda.

—¿Quieres que salga y te vea aquí? Claro que no. Es medianoche, ¿a dónde vas a ir?

—Señora Hilda…

—¡Por el amor de Dios! Llámame Hilda.

Exasperada y a punto de perder la paciencia, lo intenté de nuevo.

—Como puede ver, me estoy mudando. Me voy a casa de un amigo. Si pudiera quitarse de…

—¡De eso nada! —A pesar de mis protestas, me quitó una de las maletas de la mano y entró directamente en su apartamento.

—¡Señora Hilda! ¿Qué hace?

Volvió a salir y cogió la otra maleta.

—Sé que no soy la vecina más fácil del mundo, pero vas lista si crees que voy a dejar que te vayas en ese estado. Ahora puedes quedarte ahí parada, esperando a que salga ese monstruo y te vea, o entrar aquí y recuperarte un poco.

Me pellizqué el puente de la nariz, respiré hondo y solté el aire. Al levantar la vista, la vi parada en el umbral, esperando.

—Solo esta noche.

Puso los ojos en blanco.

—Por supuesto, no te estoy ofreciendo que seas mi compañera de piso.

Entré de mala gana. La única razón por la que accedí fue porque no quería agobiar a Kayla con mis problemas, presentándome allí en plena noche.

La señora Hilda cerró la puerta detrás de mí.

—Voy a prepararte una taza de té y te traeré una bolsa de guisantes congelados para que te la pongas en esa mejilla. Luego podemos sentarnos a hablar tranquilamente y me cuentas qué tienes pensado hacer ahora que te has quedado sin casa. No he podido escucharlo todo, así que tendrás que explicarme algunas cosas. —Mi expresión debió de ser muy elocuente, porque me hizo un gesto con la mano para restarle importancia y se fue hacia la cocina—. Oh, no te preocupes, me he enterado de casi todo. Solo tengo algunas preguntas. Mientras te preparó el té, ¿por qué no dejas de estar ahí plantada, como un pasmarote, y le echas un vistazo a las cortinas?

Estaba deseando que llegara el día siguiente, porque en ese momento sabía lo que me esperaba en las próximas horas.

26

Zoe

Los exámenes pasaron volando. Creo que no exagero si digo que fue la peor época de mi vida. La señora Hilda estuvo igual de insoportable y entrometida que siempre, pero me acogió en su casa y siempre le estaré agradecida por eso. Puede que quedarme un par de días más en su piso tuviera algo que ver con intentar pillar a Dylan cuando volviera a por sus cosas para poder hablar con él, pero no apareció. Pasados esos dos días, me fui a vivir a casa de Jared. Cuando Kayla se trasladó a un hotel con sus padres, quedó libre un colchón hinchable para mí. Era temporal, solo hasta que encontrara un nuevo apartamento y, con suerte, algunos compañeros de piso.

Kayla decidió quedarse para hacer los exámenes finales y sus padres no la perdieron de vista ni un momento. Nos costó mucho despedirnos de ella, y no me avergüenza reconocer que los tres lloramos a mares, pero saber que volveríamos a vernos pronto ayudó. Preferí no contarle a Kayla lo que había pasado con Mark, aunque Jared sí lo sabía todo. Yo estaba hecha polvo y él fue mi gran apoyo. Lo que más me dolía fue saber que todo había sido por mi culpa. Si le hubiera contado todo a Dylan desde el principio, o al menos cuando supe lo que de verdad sentía por él, me habría ahorrado tanto sufrimiento.

Pero ya sabéis eso que dicen de «el que algo quiere, algo le cuesta», y estaba claro que Dylan Reed no me lo iba a poner nada fácil.

Era el último día de exámenes y estaba hecha un manojo de nervios mientras esperaba junto al deportivo Challenger negro. La última vez que había mirado la hora eran las ocho de la tarde, y me negué a volver a hacerlo porque sabía que solo habían pasado un par de minutos.

Estaba caminando de un lado a otro junto al vehículo, cuando lo vi venir. Cerré los ojos y respiré hondo. El corazón me latía a toda velocidad y tenía unas ganas enormes de vomitar. Desde luego, no era la mejor manera de empezar. Me aclaré la garganta y me crují los nudillos para prepararme.

«Allá vamos».

Llevaba años esperando ese momento, y lo único que sentía era pánico.

Christopher Wilson redujo la velocidad al verme. En cuanto llegó a su coche, se detuvo y me miró de arriba abajo. No podía verle los ojos por la gorra que llevaba, pero estaba segura de que no le había hecho ninguna gracia encontrarme allí esperándolo.

Después de mirarme un buen rato, negó con la cabeza, abrió la puerta del coche y lanzó su mochila dentro. Me quedé paralizada, esperando a que dijera algo para saber cómo seguir, pero no lo hizo. Se metió en el deportivo y, cuando justo iba a cerrar la puerta, reaccioné y la agarré.

—Tengo que hablar contigo —dije, con el corazón desbocado.

Él volvió a mirarme, y entonces le vi los ojos; los ojos de mi madre.

—No creo que sea yo con quien tienes que hablar. —Hizo un gesto hacia la mano con la que sujetaba la puerta—. Ahora, si te apartas, me gustaría irme.

Su coche estaba aparcado justo a la salida del campus. Después de varios días investigando, había descubierto dónde solía dejarlo y no pensaba volver a pasar por eso. Ese día se lo iba a contar todo. No lo pospondría más.

No tenía ni idea de lo que Dylan le había dicho a Chris, pero parecía que sabía lo suficiente como para estar enfadado.

—No —repuse, encontrando de nuevo la voz.

—¿Perdona?

—Esto no tiene nada que ver con Dylan. Quiero hablar contigo.

—Si estás intentando ligar conmigo, te juro que...

—No —espeté—. ¡Dios, no! Solo dame diez minutos, necesito hablar contigo diez minutos, eso es todo. Te prometo que no volveré a molestarte, pero no pienso irme hasta que hables conmigo.

Y lo decía en serio. No pensaba volver a molestarlo después de contarle todo lo que tenía que decirle. Si no quería saber nada de mí, perfecto. No iba a obligarlo a tener ningún tipo de relación conmigo, pero estaba harta de esperar a que supiera la verdad.

Tras una invitación poco entusiasta, me subí al asiento del copiloto y soporté un trayecto en coche incómodo y silencioso hasta que llegamos a una cafetería a pocos minutos del campus. Supuse que no quería que nadie nos viera juntos. Cuando me dijo que empezara a hablar, me negué en redondo a hacerlo en el coche.

Una vez dentro de la cafetería, me senté en un reservado y esperé a que tomara asiento frente a mí.

Se quitó la gorra, la dejó sobre la mesa y se pasó una mano por el pelo.

—Soy todo oídos.

Me humedecí los labios y me eché hacia delante. Debajo de la mesa, me temblaban las manos sobre las piernas, aunque creo que por fuera parecía tranquila, o eso esperaba.

—Puede que esto no te guste, pero voy a intentar...

—Hola, soy Moira, ¿qué os pongo, chicos?

Cerré los ojos, deseando que los latidos de mi corazón se calmaran y no lo echaran todo a perder.

—Un café para mí, por favor —dijo Chris.

Moira me miró y su sonrisa amable se transformó en un ceño de preocupación.

—¿Te encuentras bien, cariño?

Me las arreglé para hacer un gesto de asentimiento y me aclaré la garganta antes de responder:

—Me puedes traer un vaso de agua, ¿por favor?

—Por supuesto. Vuelvo en un segundo. Avisadme si necesitáis algo más.

Cuando Moira se marchó, volví a mirar a Chris. Me estaba observando con ojos críticos.

Después de todos esos años esperando, debería haber estado preparada para esa conversación, pero a una parte de mí todavía le daba miedo que me rechazara. La otra parte estaba harta de todo y quería terminar con aquello de una vez por todas.

Metí la mano en el bolso y saqué el sobre. Me enderecé, lo coloqué sobre la mesa y lo alisé con las manos.

—Ya estoy aquí. Un café para ti y agua para ti. —Moira dejó una taza grande frente a Chris y un vaso enorme de agua con hielo delante de mí—. Me avisas si quieres un té con miel, ¿vale? Y quizá un trozo de tarta para acompañarlo. A mí me sienta de maravilla cuando no me encuentro bien.

Le sonreí con sinceridad y se marchó, dejándonos solos.

—No puedo ayudarte con Dylan. No tengo ni idea de lo que le has hecho, pero no voy…

—Esto no tiene nada que ver con Dylan, ya te lo he dicho. —Volví a alisar el sobre. Él clavó la vista en mis manos.

—Entonces no tengo la menor idea de qué quieres hablar conmigo, y si te digo la verdad, no me siento muy cómodo…

«Mierda». Decidí ir directamente al grano.

—No me vas a creer, así que he pensado que traerte esto ayudaría. —Empujé el sobre hacia él y, cuando lo alcanzó, junté las manos sobre la mesa.

—¿Qué es?

—Ábrelo.

Observé cómo leía la única hoja de papel que había dentro con la respiración contenida. Cada segundo que pasaba, fruncía más el ceño. Cuando acabó, apartó la taza de café, apoyó los codos en la mesa, se inclinó hacia delante y volvió a leerlo.

—¿Es alguna especie de broma de mal gusto?

Antes de que pudiera responder, empezó a leerlo de nuevo, aunque esa vez lo hizo en voz alta.

—«No se puede descartar que el presunto padre, Mark Wilson, sea el padre biológico de la hija, Zoe Clarke. Según los resultados del análisis genético obtenido... la probabilidad de paternidad es del 99,9999%».

Me miró.

—Quería asegurarse de que era suya, así que nos hicimos la prueba hace tres años.

Me miró estupefacto.

—¿Os... hicisteis la prueba hace tres años?

Tragué saliva.

—Sí.

Se lamió el labio inferior y se recostó, con el resultado de la prueba todavía en la mano. Lo leyó una y otra vez, mientras yo esperaba pacientemente. Bebí un sorbo de agua y volví a dejar el vaso en la mesa, preparada para contarle el resto. Lo que más me sorprendió fue que ya no sentía como si el mundo se fuera a acabar. Tampoco me sentía como si me hubiera quitado un peso de encima, ni contenta, ni nada por el estilo. Eso sí, tenía muchísimas ganas de hacer pis, pero eso era algo que siempre me pasaba cuando estaba nerviosa. Me sentía aliviada de que por fin estuviera sucediendo y de que Chris supiera al menos la mitad de la historia. El resto le iba a costar un poco más escucharlo y aceptarlo, pero no me daba miedo contárselo.

Cuando por fin me miró, estaba lista para explicarle lo demás.

—Esto... —Agitó el papel que tenía en la mano—. ¿Tres años?

Asentí.

Lanzó el papel a la mesa y se puso de pie.

—Chris, yo... —empecé a decir, sorprendida porque se estuviera yendo. Me levanté a toda prisa, pero él alzó la mano para detenerme.

—Dame un minuto. —Se alejó lentamente de la mesa, de mí—. No te vayas. Vuelvo enseguida.

Asentí de nuevo.

—No lo haré. Aún tengo cosas que contarte.

Sin decir una palabra más, salió de la cafetería.

En un intento por calmarme, doblé el papel con cuidado, lo volví a meter en el sobre y luego lo guardé en el bolso.

Moira me miró y me guiñó un ojo. Quién sabía lo que estaría pensando.

Eché un vistazo al móvil. Me recosté en el asiento y me puse a escuchar a la familia que estaba sentada detrás de mí. Estaban hablando sobre qué película iban a ver ese fin de semana; la niña intentaba convencer a su hermano para que vieran lo que ella quería y los padres estaban dando su opinión. Parecían felices.

La campanilla de la puerta de la cafetería sonó, captando mi atención. Unos segundos después, Chris volvió a sentarse frente a mí. Tenía la cara un poco roja, y los ojos muy abiertos y sorprendidos, aunque también podía deberse al viento. No le pregunté dónde había estado, pero...

—¿No habrás llamado a Mark?

Ladeó la cabeza, como si estuviera tratando de adivinar lo que pensaba.

—No.

—Vale. Gracias. —Me moví un poco hacia atrás en mi asiento y tomé el vaso de agua.

—Has dicho que aún tenías cosas que contarme. Continúa —ordenó.

Dejé el vaso en la mesa y me lamí los labios.

—No sé muy bien por dónde empezar.

—Eres mi medio hermana, puedes empezar por ahí.

—En realidad... —Hice una mueca—. No es así.

Me pasé los minutos siguientes contándole todo: lo que me habían explicado, lo que había sucedido después de llegar a Los Ángeles... En cuanto empecé, no pude parar. Chris me escuchó sin interrumpirme, aunque de vez en cuando se frotaba la sien con los dedos de la mano izquierda, mientras que con la otra se agarraba al borde de la mesa con tanta fuerza que tenía los nudillos blancos. Cuando terminé de hablar, me quedé callada y observé cómo intentaba asimilar toda la información. En un momento dado, agarró la taza y se bebió la mitad del café, que ya debía de haberse enfriado, de un solo trago.

Tras unos minutos de un completo silencio, por fin habló.

—¿Por qué me lo estás contando ahora? ¿Y por qué debería creerte?

—¿Por qué deberías creerme? —Me encogí de hombros y dejé el salero con el que había estado jugueteando sin darme cuenta—. Te aseguro que no me imaginaba que esto fuera a suceder así, y no fui yo quien quiso esperar. Vine aquí hace tres años y ya estaba lista para contártelo. Sin embargo, tu padre...

—¿No querrás decir nuestro padre? —preguntó con tono duro. Esperaba que no quisiera hacerme daño con sus palabras.

Negué con la cabeza.

—En realidad, no. Sí, sobre el papel es mi padre, pero nada más. Jamás será mi padre. No quiere saber nada de mí y me parece bien. Ya tengo un padre, y con él me basta y me sobra.

—¿Cómo que no quiere saber nada de ti?

—No quiere tener ningún tipo de relación conmigo. Y después de todo por lo que hemos pasado... por lo que *yo* he pasado, gracias, pero no. Yo tampoco quiero tener nada que ver con él. —Hice una pausa y lo miré—. De todos modos, él no fue el motivo principal por el que decidí venir aquí, así que da igual.

—Pero habéis estado hablando todo este tiempo. Él ha pasado tiempo contigo.

—Sí, pero no del todo...

—¿Mi madre lo sabe? ¿Sabe que existes? ¿Sabe lo que pasó después de la adopción? —preguntó, alzando la voz y enderezándose un poco.

—No, no sabe nada de mí. No es mi intención decir nada malo de tu madre, pero por lo que tengo entendido, se liaron prácticamente delante de sus narices. No sé qué pasaba por su cabeza, pero por lo que me dijo mi madre, en cuanto se enteró de su aventura, no volvieron a hablarse, aunque sí estuvo completamente de acuerdo en lo de adoptarte. Tal vez lo sabía, y cuando surgió lo del embarazo, quiso hacerlo porque no podía tener hijos. Si te digo la verdad, no tengo ni idea, pero sí sé que Mark le dijo a mi madre que terminarían juntos, le juró que dejaría a su mujer y que te criarían juntos.

Encogí los hombros para aliviar la tensión y miré hacia el exterior. Tras un breve silencio, continué:

—Dicho así, parece increíble que se lo creyera. ¿Por qué iba a volver con ella después de adoptarte? Pero he comprobado de primera mano lo convincente que puede llegar a ser, así que la entiendo hasta cierto punto, pero al mismo tiempo no. Mi madre me contó que él le dijo que un escándalo personal de ese calibre afectaría a su carrera. Sin embargo, no creo que me lo contara todo. Sigo sin entender cómo pudo renunciar a ti de esa forma. —Hice una mueca y aparté la mirada—. Lo siento, prefiero no entrar en más detalles porque no me hizo mucha gracia cuando me enteré. Mi madre me dijo que el matrimonio de Mark era pura fachada, creo que tu madre era la hija de su antiguo entrenador —Resoplé y me apoyé en el respaldo del asiento—. Estaba tan enamorada de él, y tan convencida de que él la quería, que se creyó todo lo que él le dijo. No me malinterpretes, no le echo toda la culpa a él. Detesto que engañaran a tu madre y que naciéramos por esa traición.

—¿Y tú cuándo llegaste? ¿Cuántos años tienes?

—Veintiuno. Eres solo un año mayor que yo —respondí con un patético atisbo de sonrisa en los labios—. Yo fui el error. O al menos el error de Mark. Él quería que mi madre abortara, incluso le dio el dinero para que lo hiciera, pero creo que ahí fue cuando ella se dio cuenta de que él nunca dejaría a su esposa. En lugar de abortar, se fue a vivir a otra ciudad. —Solté una risa hueca y levanté las manos—. Por eso estoy aquí. Se casó con mi padre, aunque creo que siempre mantuvo la esperanza de que Mark volvería con ella. No teníamos la mejor relación del mundo, así que creo que solamente fui una especie de «que te den» para Mark, si es que eso tiene algún sentido.

Nos quedamos callados unos instantes.

—Creía que Mark no sabía nada de mi existencia; eso es lo que me dijo cuando lo conocí, y también lo que me dijo mi madre.

Pero resulta que sí lo sabía. Me he enterado hace poco de lo del aborto. Supongo que lo que no sabía era que ella no había seguido adelante con la interrupción del embarazo.

Cuando el silencio se volvió incómodo y Chris continuó mirándome con la mandíbula tensa, me miré las manos y tragué saliva antes de volver a hablar.

—Me siento tan egoísta ahora mismo. —Alcé la vista y me encontré con sus ojos clavados en mí, así que aparté la mirada—. Como te he dicho antes, no era así como quería contártelo.

—¿Y entonces cuál era el plan?

—¿Plan? Creo que nunca hubo un plan. Cuando me vine a Los Ángeles, me dijo que quería pasar tiempo a solas conmigo, conocerme antes de presentarnos. También le preocupaba cómo reaccionaría su mujer, tu madre, cuando supiera de mi existencia, cuando tú te enteraras de todo. Me pareció buena idea saber un poco más de ti y de él antes de… ya sabes… antes de que esto sucediera, pero pasó un año y quiso esperar más porque era importante que te centraras en tu carrera deportiva. Acepté porque no sabía cómo hacerlo sin él. Y luego llegó tu último año, y era más crucial todavía que te centraras en el fútbol. Sin embargo, la semana pasada todo se fue a la mierda y yo solo quería acabar con esto de una vez. —Hice una pausa para respirar—. Entiendo perfectamente que no quieras… Bueno, en realidad no entendería que no quieras saber nada de mí, pero no voy a suplicarte que tengamos una relación. Mi madre murió y yo estaba furiosa con ella porque fue justo después de descubrir que mi padre no era mi padre biológico. Él es lo único que tengo. Y como ni él ni mi madre tienen más familia cercana, solo éramos nosotros dos. Creí que podría tener más, que podría tener un hermano, llegar a conocerte.

Chris dejó escapar un largo suspiro y se echó el pelo hacia atrás con las manos. Seguía con la mandíbula apretada y una expresión tensa en el rostro, como si apenas pudiera mantener el control. La conversación en sí no había sido tan incómoda como me la había imaginado, pero nuestro comportamiento sí lo era.

Cada vez que nuestras miradas se encontraban, uno de nosotros apartaba la vista. No sabía qué más decir, ni qué quería él oír.

—Joder, es demasiado.

—Lo siento mucho —dije con sinceridad.

—Tú no tienes la culpa —repuso él, sorprendiéndome. Sacudió la cabeza, como si estuviera intentando despertarse de una pesadilla—. Debería haber sido él el que me lo contara, y no ahora. El momento de hacerlo fue cuando se enteró de tu existencia. En cuanto a mi madre... no se lo va a tomar bien. Lo siento, pero creo que no es buena idea decirle que me he enterado de todo, y mucho menos que mi padre siguió acostándose con tu... tu madre. Ya tiene bastantes problemas; esto sería demasiado para ella.

—No soy yo quien debe tomar esa decisión. En realidad, yo solo quería conocerte. Que supieras que existo. No vine aquí para dar problemas a tu familia. —Le sonreí con timidez y dejé caer las manos sobre mis muslos—. Solo quería conocerte, eso es todo.

Se aclaró la garganta y miró hacia otro lado. Se me encogió el corazón. Puede que él tampoco quisiera saber nada de mí. Había barajado esa posibilidad, pero después de aquella semana horrible, no había tenido tiempo de darle muchas vueltas al hecho de qué pasaría si no quería volverme a ver.

—El apartamento al que fui es de mi padre, ¿verdad?

Me humedecí los labios y asentí.

Fue frunciendo el ceño poco a poco.

—¿Dylan? Joder, ¿lo sabe Dylan? Él vivía allí contigo, ¿cómo es que...?

—No, no lo sabe. Tu padre le dio las llaves del apartamento porque creía que yo me había ido a vivir con una amiga, pero hubo un cambio de planes y Mark no lo sabía. Luego llegó Dylan y... da igual. No tenía ni idea, y sigue sin saberlo. Él cree que me acuesto con Mark, y Mark ni siquiera me dejó contarle... Ni siquiera pude... —De pronto, se me quebró la voz y no pude continuar.

«Dylan», pensé. «Dylan, Dylan, Dylan...»

Sentía un peso en el pecho desde que se había marchado del apartamento; era como una acidez en el estómago, pero peor, porque ni el vinagre de manzana, ni el zumo de limón ni el bicarbonato podían aliviarlo. Tenía el corazón roto y estaba muy cabreada, conmigo misma, con Mark, con mi madre... con todo y con todos.

Así que, cuando Chris me pidió que continuara, le conté todo lo que había sucedido en las últimas semanas, cómo había discutido con Mark porque quería contárselo a Dylan, todo lo que había sucedido en el apartamento esa noche y cómo Dylan se había marchado convencido de que sus suposiciones eran ciertas.

Mientras hablaba, no me sorprendió que las lágrimas corrieran por mis mejillas. Tenía la sensación de que mi corazón era un pozo sin fondo de lágrimas y me sentía muy sola. Sí, sin Dylan me sentía tremendamente sola. Ya no lo veía por las mañanas. No podía verlo hacer ejercicios disimuladamente (no tan disimuladamente). No lo veía por las noches, ni cuando estudiaba, tan concentrado en los libros. Se esforzaba mucho en todo lo que hacía, y estaba buenísimo mientras lo hacía. Ya no podía ver su sonrisa, cómo me miraba, cómo me sonreía, solo a mí. No podía ver su cara cuando llegaba a casa después de un largo día de entrenamiento y me encontraba sentada en el suelo, retocando fotos, ni lo contento que se ponía al verme allí. No podía sentir sus brazos alrededor de mí, abrazándome con fuerza. No podía oír su voz, y ni siquiera podía comer *pizza* con él o ver una película y quedarme dormida sobre él, con él.

Me sequé las lágrimas y me puse roja cuando la camarera me ofreció unas servilletas para limpiarme y me preguntó si necesitaba algo. Chris le dio las gracias por mí y pidió un café para él y un té para mí.

En cuanto dejé de ser un mar de sollozos y recobré la compostura, me disculpé con él.

—¿Te pegó? —preguntó en tono neutro.

Agarré la taza humeante y traté de restarle importancia.

—No pasa nada. —No le conté que ni mi padre ni mi madre jamás me habían puesto la mano encima.

Habían pasado dos horas y estaba exhausta. Me había quedado sin palabras, sin lágrimas, sin energía y sin emociones.

—Voy a ser sincero contigo, Zoe... No tengo ni puta idea de cómo lidiar con esto.

—¿Puedo pedirte un favor? Solo uno.

—Claro.

—Os queda solo un partido, ¿verdad? El del 26 de diciembre.

—Sí, el Cactus Bowl.

—¿Podrías no decirle nada a Mark, ni que se entere que lo sabes, hasta después del partido? No quiero que lo pague con Dylan. He querido contártelo todo porque estaba harta de esperar y él nunca haría nada para perjudicarte si se entera... Cuando se entere de esto. Ni siquiera estoy segura de si puede hacer algo para fastidiar a Dylan, pero no quiero ser la causa...

—Eso es algo que no te puedo prometer.

Lo miré a los ojos y asentí. Era comprensible, pero no creía que fuera a sacrificar a su amigo.

Nos quedamos allí sentados en silencio durante unos minutos, bebiendo un sorbo de café o de té de vez en cuando. Entonces le empezó a sonar el móvil en el bolsillo, lo sacó y me miró un instante antes de responder.

—Papá.

Me puse rígida.

—Sí, voy para allá.

Y así fue como terminó nuestra conversación.

—Tengo que irme —me dijo.

—Vale. Gracias por escucharme. No sé qué siento ahora mismo, pero espero que no tengas una mala opinión de mí. En cuanto pueda, después del partido, hablaré con Dylan y le explicaré todo. Me ha bloqueado, así que no puedo contactar con él, pero ya me las apañaré para hablar con él. He creído que debías saberlo antes que él.

Después de eso, la situación volvió a ponerse incómoda. Chris insistió en pagar la cuenta y luego se ofreció a llevarme a donde tuviera que ir. Le dije que no hacía falta y nos quedamos parados frente a su coche. Ninguno de los dos sabía qué hacer.

—Si quieres, puedo darte mi número de teléfono —le ofrecí, un poco insegura—. No tienes que llamarme ni nada por el estilo, pero si alguna vez te apetece hablar de nuevo… de otras cosas… o de lo que sea…

—Sí, claro.

No fue una respuesta de lo más entusiasta, pero me conformaba con lo que pudiera conseguir. Al fin y al cabo, sabía que no nos íbamos a hacer amigos del alma de la noche a la mañana, o tal vez nunca.

En cuanto se subió al coche y se fue, me detuve en una esquina y llamé a Jared.

—¿Has hablado con él? ¿Cómo ha ido? —preguntó nada más contestar.

—Sí, y no estoy segura. Al menos me ha escuchado. Hemos hablado durante un par de horas y ahora ya depende de él.

—¿Y tú cómo estás? Por fin ha pasado, Zoe. No me puedo creer que hayas hablado con tu hermano.

Sentí que me faltaba algo, pero no se lo dije a Jared. Suponía que me sentiría así durante algún tiempo. En lugar de eso le dije que me sentía liberada y que, pasara lo que pasara, me alegraba de habérselo contando, lo que era verdad hasta cierto punto.

—¿Vienes ya? Mi madre ha hecho espaguetis y te he guardado algunos. Le ha vuelto a tocar turno de noche en el hospital y Becky ya está en la cama. Así que, si quieres, podemos quedarnos a hablar toda la noche.

Se me llenaron los ojos de lágrimas y sollocé.

—Gracias por haber dejado que me quedara contigo esta semana, Jared. No sé ni cómo darle las gracias a tu madre y…

—Oh, venga, cariño, no me digas que estás llorando. Ya nos has dado las gracias mil veces. Becky te adora y tú la has estado cuidando y jugando con ella, así que créeme, mi madre está encantada de tenerte aquí. ¿Acaso ese hermano mayor tuyo tan malo te ha roto el corazón? Porque si lo ha hecho, mañana mismo le doy una paliza. Solo tienes que pedirlo por esa boquita. Eso sí, no le tocaré la cara. Ambos tenéis unos genes muy buenos.

Mis labios se curvaron en una sonrisa y me sentí un poco rara, como si no me hubiera reído o sonreído en días.

—No estoy llorando, solo estoy un poco sensible. Creo que voy a ir andando hasta tu casa para que me dé un poco el aire fresco. Me siento un poco rara después de haberle contado todo. Si no te importa, creo que voy a comprar una *pizza* de camino a casa. Lo siento, pero la comida de tu madre...

Jared se rio y el sonido hizo que mi sonrisa fuera aún mayor.

—Pilla dos —me pidió—. Me muero de hambre.

—Hecho.

Empecé a caminar con el teléfono pegado a la oreja.

—Estoy pensando que esta noche deberíamos celebrarlo y emborracharnos, ¿qué te parece?

—¿Celebrar qué? —pregunté.

—Que hemos sobrevivido a los exámenes finales. ¿Qué otra excusa necesitas para emborracharte? Además, has hablado con tu hermano. Yo diría que eso también es motivo de celebración. Nos emborracharemos y hablaremos de chicos.

—Mi pasatiempo favorito —murmuré—. Aunque podemos hablar de tus rollos. Eso siempre es divertido.

—Hablaremos de Dylan.

Suspiré y metí la mano libre en el bolsillo de la chaqueta. Aunque no hacía frío, cada vez que pensaba en Dylan, notaba un pequeño escalofrío por todo el cuerpo y el corazón se me aceleraba.

—Pues sí, me gusta hablar de Dylan —reconocí.

—Ya lo sé. Hablaremos de lo bueno que está, de los amigos tan guapos que tiene, y de cómo vas a tener que presentármelos cuando os reconciliéis. Y luego...

No sé cuánto duró el trayecto de vuelta, pero lo hice con la voz de mi mejor amigo al oído, y por fin, respirando aliviada.

Sin embargo, esa sensación solo duró unas horas, hasta que me metí en la cama improvisada en la habitación de Jared y soñé con Dylan.

27

Zoe

Chris: ¿Has hablado con Dylan?

Yo: No, me tiene bloqueada. ¿Por qué? ¿Te ha dicho algo?
¿Le has dicho algo?

Habían pasado poco más de dos semanas desde que le había contado a Chris la verdad, y aunque no se podía decir que me estuviera tratando como a su hermana recién encontrada, tampoco me había ignorado del todo.

Desde aquel día en la cafetería, solo habíamos hablado un par de veces; no mucho, pero algo era algo. La primera vez que me llamó fue para decirme que había tenido una charla con Mark, aunque no con su madre; no creo que pensara contárselo nunca. Había bloqueado a Mark mientras estaba en casa de la señora Hilda, pero me alegró saber qué estaba pasando. Fue una conversación de tres minutos (sí, lo comprobé), nada larga, pero eso no impidió que, después de colgar, estuviera sonriendo como una idiota durante una hora.

La segunda vez fue cuando le envié un mensaje corto de «Feliz Año Nuevo». Me respondió preguntándome qué estaba haciendo y acabamos enviándonos unos cuantos mensajes de texto. No era nada profundo, pero me hacía ilusión. Chris no parecía ser de los que hablaban mucho, o esa fue la impresión que me había dado el día que se presentó en el apartamento con JP, así que tampoco iba a esperar que, de repente, se pusiera a hablar conmigo por los codos. Ya hablaba yo lo suficiente por los dos. Incluso conseguí que me enviara una carita sonriente, que fue lo mejor que me pasó ese día. Qué patético, ¿verdad?

La culpa era de Dylan.

Vale, eso no era cierto, pero lo echaba muchísimo de menos; era como si no lo hubiera visto en años, cuando en realidad solo habían sido unas semanas, y me resultaba más fácil echarle la culpa de todo, ya que era él el que se había ido del apartamento en lugar de intentar llevarme con él. La idea había sido que mi padre viniera a Los Ángeles y pasar juntos el Año Nuevo, pero le surgió algo y no había podido venir; eso también era culpa de Dylan. Otro día no pude pedir nada en mi pizzería favorita porque no le funcionaba el horno. ¿Qué clase de pizzería tiene un horno roto? Culpa de Dylan. Lo vais pillando, ¿no? Lo único que sabía de él era que, justo después del Cactus Bowl, se había ido a su casa, a San Francisco, para pasar las fiestas con su familia.

> Chris: Hace una noche perfecta para salir. Igual te apetece tomar algo por ahí.

Leí el mensaje una vez. Luego una segunda vez, más despacio. ¿Me estaba preguntando si quería salir a tomar algo con él?

—Lee esto. —Le pasé mi teléfono a Jared, que estaba trabajando en un boceto en la mesa baja del salón—. Me está preguntando si quiero salir un rato, ¿verdad? No son imaginaciones mías, ¿no?

Jared me miró divertido y me devolvió el teléfono.

—No. Es una invitación en toda regla. Respóndele.

—¿Vienes tú también?

Volvió a concentrarse en el boceto.

—Claro. Voy, si no te importa que ligue con tu hermano.

Cuando me miró esperanzado, sonreí.

—Mejor en otra ocasión.

Se rio entre dientes y me tiró uno de sus rotuladores.

—Eres una aguafiestas.

Respondí al mensaje un poco emocionada y muy nerviosa.

> Yo: Me encantaría. ¿Dónde quedamos?

> Chris: Mmm... no conmigo. Creo que deberías salir sola.

Al principio no lo entendí y me sentí fatal, pero después de leerlo varias veces, se me empezó a acelerar el corazón y me levanté del sofá de un salto; no tiré el portátil al suelo de milagro.

—¿Qué pasa? —preguntó Jared cuando me puse a dar brincos como una loca, con una mano sobre la boca y la otra apretándome el teléfono contra el pecho.

—¡Creo que Dylan ha vuelto! —chillé, lo más bajo posible para no despertar a Becky—. Chris me acaba de decir que debería salir a tomar algo sola. ¡Creo que Dylan está en el bar! ¡Ha vuelto!

Casi incapaz de contener mis saltos, dejé que Jared me llevara a su habitación.

—Pero ¿no habías ido ya al bar a buscarlo?

—Sí, pero puede que ahora sí esté allí.

—Creía que estabas enfadada con él.

—Y lo estoy. Y mucho.

—Entonces, ¿por qué sigues dando saltos?

—Porque estoy deseando darle una buena.

Jared me agarró de los hombros y me detuvo. Aparte del rubor en la cara y la sonrisa de oreja a oreja que lucía, debía de tener un aspecto bastante normal.

—¿Seguro que estás bien? Sigues intentando saltar. Para ya. —Me apretó más los hombros.

—Estoy emocionada, déjame saltar un poco... Y ahora tengo que ir a hacer pis. Anda, búscame algo para ponerme, ¿vale? Tengo que irme ya mismo, porque no sé si está trabajando o solo ha ido allí con Chris. Tengo que llegar antes de que se vaya. —Me detuve en la puerta y me volví—. Ha vuelto, Jared.

La expresión de mi mejor amigo se suavizó y me sonrió.

—Ya lo sé, cariño. Ve a hacer pis y luego podrás darle su merecido.

Me quedé parada frente al bar de Jimmy, intentando controlar el torbellino de emociones que me embargaba. Entusiasmo, miedo, pánico, felicidad, esperanza, rabia... ¡De todo!

Después de dar un abrazo a Jared y prometerle que le avisaría si tenía que venir a por mí y recoger mis pedazos, me fui. A medida que el Uber se iba acercando al bar, más fuerte me latía el corazón. Al llegar, decidí quedarme allí un momento, como una idiota, para tranquilizarme un poco.

Mientras cruzaba la calle, una pareja salió del bar, de la mano, con las cabezas muy juntas y susurrándose algo. Durante un instante, se me cayó el alma a los pies porque creí que era Dylan con otra chica, pero entonces ella le sonrió y él se separó lo suficiente para darme cuenta de que no se parecía en nada a Dylan.

En ese momento un coche pitó y terminé de cruzar la calle a toda prisa.

Antes de empujar la puerta que pesaba una tonelada y entrar al local, cerré los ojos, respiré hondo y me armé de valor.

No os podéis imaginar cómo me retumbaban los latidos de mi corazón en los oídos; era incapaz de oír nada más que mi propio pánico. El lugar estaba lleno, como siempre, aunque fuera lunes. Un tipo chocó conmigo al salir, di unos cuantos pasos más y traté de localizar a Dylan o a Chris.

Llevaba una de mis camisetas blancas favoritas, vaqueros, botas negras y una chaqueta fina que Jared me había obligado a ponerme. Estaba que me moría de los nervios.

Cuando lo vi, me olvidé hasta de cómo respirar. Tragué saliva y me acerqué a la barra, donde Dylan estaba hablando con otro camarero. Tenía la cabeza inclinada hacia abajo y los labios curvados en una pequeña sonrisa. Estaba impresionante.

Mientras me acercaba a él, os juro que el corazón me dio un vuelco (o quizá dos). No sé cómo me las apañé para poner un pie delante del otro; bien podría haber estado levitando. Todos los taburetes estaban ocupados, así que esperé… y esperé, con paciencia, sin quitarle los ojos de encima. Si hubiera levantado un poco la cabeza y mirado hacia la izquierda, me habría visto allí mismo, pero no lo hizo, y así pude seguir observándolo mientras servía las bebidas.

Cuando una chica se levantó de uno de los taburetes, un poco lejos de Dylan, corrí a sentarme antes de que se me adelantara alguien. Me subí, puse las manos en la barra y luego las retiré. Cuadré los hombros, me senté más recta y me apreté el estómago para intentar calmar la revolución de mariposas que tenía dentro.

Todo era borroso a mi alrededor, solo tenía ojos para Dylan. En ese momento, aunque se hubiera producido un terremoto inmenso, no habría podido dejar de mirarlo. Había echado de menos que el corazón me latiera de esa forma; por él, solo por él.

—¿Te pongo algo?

Di un respingo y me obligué a centrarme en la camarera que me hablaba. Me sonaba de la última vez que había estado allí, pero no me acordaba de su nombre. ¿Me lo habrían dicho acaso? Fruncí el ceño y me incliné hacia delante.

—Mmm, sí. Gracias —susurré—. Una cerveza. La que sea de barril, por favor.

—Me vas a tener que enseñar el carné.

Lo saqué de mi bolsillo trasero y se lo entregué. Cuando volví a mirar en dirección a Dylan, nuestras miradas se encontraron y me quedé sin oxígeno en los pulmones.

Total, ¿para qué sirve en realidad el oxígeno? Está bastante sobrevalorado.

Vi cómo se le tensaba la mandíbula y apretaba los labios. Ninguno de los dos podía apartar la vista del otro. Parecía enfadado, y con razón, pero no tenía ni idea de qué veía cuando me miraba. Había pensado que estaría lista para irrumpir en el bar y echarle la bronca, pero en realidad, no estaba preparada para verlo.

Era un torbellino de emociones. Lo había echado mucho de menos, muchísimo, pero no podía hacer nada al respecto... No hasta que hablásemos, hasta que me diera la oportunidad de explicarme, aunque no iba a dejar que él decidiera cuándo.

Entonces Dylan empezó a acercarse a mí y me quedé paralizada.

En cuanto llegó a mi lado, extendió el brazo para agarrar la cerveza que la camarera había dejado delante de mí junto con mi carné; algo de lo que ni siquiera me había dado cuenta. Por su forma de andar y la cara de mala leche que traía, me imaginé lo que iba a hacer y cogí mi cerveza antes que él, salpicando un poco la barra.

Cuando puso las manos en la barra y se inclinó hacia delante, sentí cómo me temblaban las piernas. Durante un instante, no supe qué hacer: ¿abalanzarme sobre él y abrazarlo con fuerza, como si fuera un mono, con la esperanza de que le pareciera un gesto adorable, o apartarme de la rabia que veía en sus ojos? Al final opté por echarme hacia atrás, sosteniendo la cerveza contra mi pecho como si fuera una especie de escudo.

—Vete.

Una palabra, una sola palabra, que recibí como si me clavaran un cuchillo en el corazón. Lo único que fui capaz de hacer fue negar con la cabeza.

—Vete, Zoe.

Odié lo duro que sonó mi nombre en sus labios, pero aun así, logré decir:

—No.

Si algo tenía claro era que no iba a irme de allí sin hablar con él.

Me lanzó una mirada fría, penetrante, que me cortó el aliento. Luego se enderezó y se alejó sin decir ni una sola palabra, como si no mereciera la pena perder un segundo más de su tiempo conmigo.

Me pasé diez minutos bebiendo cerveza. Diez minutos en los que pasó absolutamente de mí, sin darme una oportunidad para hablar.

—¡Dylan! —gritó la camarera, sobresaltándome. Él miró por encima de mí como si no existiera—. Necesito un descanso. ¿Puedes cubrirme?

Dylan asintió con la cabeza y habló con otro chico que estaba sirviendo cañas. Unos segundos después, tenía a ese mismo chico atendiendo la zona de la barra en la que yo me encontraba, porque estaba claro que Dylan quería estar lo más lejos posible de mí.

Empecé a cabrearme más con cada segundo que pasaba. Me bebí lo que me quedaba de la cerveza al ritmo de Drake y pedí otra.

Pero en lugar de traerme una nueva, me sirvió un chupito de tequila con una rodaja de lima y un salero.

—Invita la casa —dijo con una sonrisa.

28

Dylan

Cuando vi cómo Brian le servía un chupito, tuve que agarrarme a algo para no ir allí y partirle la cara. Zoe agarró el vaso, le sonrió y se bebió el chupito de un trago. Luego torció el gesto y se llevó la rodaja de lima a la boca.

Aparté la mirada, porque era lo único que podía hacer, y observé la reacción de Brian. El muy cabrón le sonreía, inclinándose hacia ella, y no paraba de hablarle.

No parecía que Zoe le hiciera mucho caso, pero eso no impidió que Brian siguiera intentando ligar con ella. Durante un instante, me planteé ir allí y decirle a Brian que a ella le gustaban los hombres mayores, pero al final decidí pasar de ellos. Me dolía mirarla, un dolor físico, de verdad, y eso me jodía aún más. Me había pillado un buen cabreo cuando escuché su voz pidiendo una cerveza, y luego me enfadé aún más cuando vi la cara que puso cuando nos miramos.

Después de unos minutos (o tal vez solo unos segundos), tuve que volver a mirar. Ahora Brian le estaba sirviendo otra cerveza, ignorando a un cliente que esperaba para pedir.

Dejé con un sonoro golpe dos botellines de cerveza en la bandeja de pedidos y me acerqué a ellos. Si ella hubiera tonteado con él, le hubiera sonreído, se hubiera reído con él, lo hubiera mirado... Si hubiera hecho algo, no creo que me hubiera mosqueado tanto. Seguramente me habría sentido aliviado.

—Ya puedes volver a tu puesto, Brian —ordené con un tono de voz que daba miedo. En lugar de esperar a ver qué hacía, atendí a los clientes que aguardaban su turno. Brian se quedó callado y Zoe siguió cada uno de mis movimientos con la mirada.

—Puedo cubrir a Lindy, tío —insistió Brian, demostrando que no era el lápiz más afilado del estuche.

Brian solo llevaba dos semanas trabajando como camarero; se suponía que tenía que hacerme caso en todo lo que le dijera. Y si no lo hacía, ya me encargaría yo de que lo hiciera.

—Vuelve a tu sitio y ocúpate de los pedidos. —Como parecía que estaba a punto de protestar otra vez, perdí la paciencia y di un paso hacia él. Estábamos justo delante de Zoe, así que me incliné para que solo pudiera escucharme él—. Brian, ahora mismo hay mucho jaleo para que te pongas a perder el tiempo. Y aléjate de ella. Vuelve al trabajo o lárgate. —Retrocedí—. ¿Estamos?

Me miró sorprendido y levantó las manos en señal de rendición, dando un paso atrás.

Ignoré a Zoe, serví un *whisky* a un cliente y dos cervezas a otro. Aunque no quería, podía verla por el rabillo del ojo y notar lo rápido que estaba bebiendo su cerveza.

De pronto, no podía soportar tenerla cerca. No podía escapar de su olor, ese maldito y dulce aroma a frutos silvestres. No podía mirarla sin recordar lo increíble que era su piel suave, lo maravilloso que fue tenerla debajo de mí, cómo había respondido a mis caricias, la forma en que le habían brillado los ojos cuando corrí hacia ella después del partido en Tucson, lo bien que me sentí cuando me miró a los ojos durante más de unos segundos… Sus braguitas azules, su pelo mojado, sus ojos tristes… Sus brazos rodeándome, abrazándome fuerte… Cómo se le iluminaba la cara cuando comía *pizza*, la manera en que la había llamado un «círculo de amor», esa sonrisa tímida tan suya, sus orgasmos…

Todo pasó por mi cabeza como una puta película.

La rabia me consumía por dentro.

—Se acabó —le dije, acercándome a ella—. Quiero que te vayas.

La miré directamente a los ojos y ella me sostuvo la mirada sin inmutarse. No sabía si a esas alturas estaba borracha o no, ni qué juego se traía entre manos.

—No me voy a ningún lado, no hasta que hable contigo.

—¿Por qué crees que tenemos algo que decirnos? Si quieres que llame al entrenador para que te recoja, solo tienes que decirlo.

Sus ojos brillaron con una emoción que no pude identificar. Se irguió en el taburete.

—Si quieres que me vaya, vas a tener que sacarme de aquí a rastras.

Apoyé las manos en el borde de la barra y la miré.

—No me tientes. No tengo nada que decirte.

Ella entrecerró los ojos y se inclinó hacia mí.

—Entonces, solo escucha lo que tengo que decirte.

Enarqué una ceja.

—Eso tampoco me interesa, amiga.

Esta vez, sí hubo un destello de ira en sus ojos, y por alguna razón inexplicable, me emocioné. Se me aceleró el corazón y tuve que agarrarme al borde de madera para no besarla.

—No pienso moverme de este taburete hasta que me des cinco minutos, y me los vas a dar, *amigo* —masculló.

—Tú sabrás. —Me di la vuelta y me alejé de ella.

Un minuto después, Lindy regresó de su descanso y se hizo cargo.

Pasaron diez minutos.

Luego quince.

Luego treinta.

Cuanto más tiempo seguía en ese taburete, más cerca estaba de perder los estribos delante de todos. Cuando ya no pude soportarlo más, tiré el trapo que tenía en la mano y rodeé la barra para acércame a ella, que ya estaba de pie, esperándome.

—No me voy a ir, Dylan.

—Claro que sí. Voy a escuchar lo que tienes que decirme, pero solo para que te largues de una vez.

La agarré por encima del codo y la llevé detrás de la barra.

—¡Vuelvo en diez minutos! —le grité a Lindy mientras abría una puerta que daba a la pequeña cocina. Luego salimos al callejón trasero, apenas iluminado.

—Empieza a hablar para que acabemos con esto cuanto antes.

Se quedó callada, así que la miré. Parecía estar a punto de ponerse a llorar. Intenté ignorar mis sentimientos y no me moví ni un centímetro.

—Estoy muy enfadada contigo —dijo por fin en voz baja.

—¿Perdona?

—¡Que estoy muy enfadada contigo! —repitió, con voz alta y clara.

—¿Ah, sí? —Me crucé de brazos—. ¿Por qué? ¿Porque no quise participar en vuestro juego? ¿Por qué os interrumpí? ¡Qué falta de respeto por mi parte!

Entrecerró los ojos y se acercó más a mí.

—¡Estoy enfadada contigo porque me has bloqueado! ¡Porque ni siquiera has dejado que me explicara! —Se enderezó—. Creía que era tu amiga, Dylan. Aunque solo fuera eso.

Resoplé y me reí.

—¿Mi amiga? ¿Pensaste siquiera en tu amigo cuando te subiste a su coche y te fuiste con él? ¿O justo antes de que entrara y os viera juntos?

—¿De qué estás hablando? —Frunció el ceño—. ¿Qué coche?

—No intentes mentirme, Zoe. Si has venido aquí solo para decirme que él fue solo al apartamento y que todo fue un malentendido, ahórrate la charla. Te estaba esperando frente al piso de Jared. Estaba allí mismo cuando pasaste de mi mensaje y te subiste a su coche.

Se lamió los labios, me miró fijamente un instante, y dijo:

—Vas a sentirte como un completo imbécil y ni siquiera lo sabes.

—Lo dudo. Si ya has terminado, tengo que volver adentro.

Negó con la cabeza y se mordió el labio inferior, atrayendo mi atención hacia su boca. Luego metió la mano en el bolsillo trasero de los vaqueros y sacó algo. Desdobló un papel y se acercó.

Tres pasos, eso fue todo lo que necesitó.

—Toma. —Me golpeó el pecho con el papel, y lo vi caer al suelo.

Cuando alcé la vista, parecía insegura. Respiraba deprisa, alterada. Alguien dio un portazo en el edificio de al lado y el sonido retumbó en el callejón, sobresaltándola.

—Recógelo —exigió, pero no me moví. Hundió los hombros y pareció rendirse—. Léelo, Dylan.

Pasaron unos segundos. Cuando vi que se le llenaban los ojos de lágrimas, tuve que quedarme quieto.

—¡Eres un imbécil, Dylan Reed! —gritó, pero yo solo pude oír el sollozo en su voz. Solo pude ver su expresión desconsolada.

Se dio la vuelta para irse y yo me agaché para recoger el papel, que parecía haber conocido tiempos mejores. Lo desdoblé un par de veces y me incorporé. El corazón se me fue acelerando con cada palabra que leía. En el momento en que entendí lo que tenía delante de mis ojos, solté un gemido, dejé caer el papel al suelo otra vez y corrí tras Zoe.

Ni siquiera me había dado cuenta de que la puerta trasera se había abierto y cerrado, pero era el único que quedaba en el callejón. Abrí la puerta de un tirón y la alcancé mientras cruzaba la cocina. Tenía las manos cerradas en puños a los costados mientras se dirigía a la puerta que la llevaría de vuelta al bar y lejos de mí. Hice caso omiso de las tres personas que estaban en la cocina, la agarré del hombro y le di la vuelta.

Respiraba con dificultad, como si acabara de correr a toda velocidad para marcar un tanto. Cuando nos miramos y vi sus ojos llenos de lágrimas, casi tuve miedo de hablar. Se la veía tan esperanzada, tan triste y preciosa.

—Zoe —susurré.

Entonces las lágrimas empezaron a caer y ya no pude contenerme más. Tenía que tocarla, abrazarla, no podía dejarla ir. Me incliné lo suficiente para rodearla con los brazos y la atraje hacia mí. Cuando me rodeó el cuello con los brazos y apoyó la cabeza en mi hombro, sus sollozos se hicieron más fuertes. La agarré por debajo del trasero, la levanté y ella me envolvió la cintura con las piernas. Luego se aferró a mi cuello y ocultó su rostro en él, llorando.

La llevé de vuelta al callejón, sin prestar atención a las miradas, y en cuanto se cerró la puerta, la apoyé contra ella.

La estaba sujetando con tanta fuerza que no sentía los brazos. No tenía ni idea de cómo mis piernas nos sostenían a ambos, pero no me quejaba.

Cuando levantó la cara de mi cuello y me acunó las mejillas con las manos, me quedé mirándola atónito.

—¿Es cierto? —pregunté. Necesitaba oírlo de sus labios, no leerlo en un trozo de papel.

Asintió.

—Dímelo en voz alta.

—Es mi padre biológico. —Tragó saliva. Todavía me costaba creer que me estuviera diciendo la verdad.

—Todo este tiempo... ¿Has dejado que creyera...?

Me levantó la barbilla y me obligó a mirarla a los ojos, que todavía tenía llenos de lágrimas.

—Iba a contártelo, Dylan, te lo juro. Por eso Mark fue al apartamento, y por eso me recogió en casa de Jared. Quería hablar conmigo. Justo antes de entrar a la biblioteca le dije que te lo iba a contar, pero pasó todo aquello y no lo hice. Pero te lo iba a contar, te lo juro. Si quieres puedo enseñarte los mensajes que le envié. Puedo explicártelo todo.

Bajé la vista hasta sus labios temblorosos y ya no pude contenerme más.

El agua es esencial para la vida. El ser humano solo puede sobrevivir unos pocos días sin ella, y yo llevaba demasiado tiempo sin saciar mi sed de ella, sin saborearla. Apenas había sobrevivido.

Nuestros labios se encontraron. En cuanto mi lengua tocó la suya, Zoe soltó un gemido. Fue el beso más torpe de mi vida, y puede que uno de los mejores. Nos chocamos los dientes, entrelazamos nuestras lenguas y, aun así, seguía sin tener suficiente de ella. Le solté las piernas y me apreté más contra su cuerpo, aplastándola entre la puerta y yo.

Con las manos ya libres, tomé con suavidad su rostro y le ladeé la cabeza para seguir besándola a conciencia. Zoe se entregó sin reservas, metió los brazos entre los míos, me rodeó el cuello y se dejó llevar.

Cuando paramos, ambos estábamos respirando con dificultad, como si acabáramos de correr un maratón, y me encantaba. Esta chica me quitaba el aliento.

Apoyé la frente en la suya y me humedecí los labios. Estábamos tan cerca que también pude saborear los de ella.

—Te he echado mucho de menos —murmuró—. No te imaginas lo muchísimo que te he echado de menos.

—Te aseguro que me hago una idea —repuse, también en un susurro. El mundo entero había desaparecido. Solo estábamos nosotros dos—. Entonces, ¿eres solo mía? —pregunté, solo para que me lo confirmara una vez más.

Zoe echó un poco la cabeza hacia atrás para mirarme a los ojos.

—Eres mi mejor amigo, ¿de quién más iba a ser?

La besé de nuevo, esta vez más despacio, degustándola en vez de devorarla.

—Estaba muy enfadada contigo —susurró entre beso y beso—. Y sigo estándolo.

—¿Por qué? —le rocé la nariz con la mía y ella bajó la cabeza para besarme, lamiendo mis labios al terminar. Deslicé una mano hasta su trasero y luego la bajé un poco. Cuando sintió lo duro que estaba por ella, cerró los ojos, se mordió el labio y gimió, tratando de frotarse contra mí. La detuve y le besé el cuello, lamiendo y succionando mientras movía las caderas.

—¿Cómo pudiste irte así? —preguntó entre jadeos cuando fue capaz de encontrar las palabras.

Dejé de moverme contra ella y la abracé más fuerte. Recorrí con la mirada su cara sonrojada hasta encontrarme con sus ojos vidriosos.

—¿Cómo no viniste detrás de mí? —dije con la voz quebrada.

—Porque soy una imbécil. ¿Cuál es tu excusa?

Sonreí y apoyé la frente en su hombro.

—Me has llamado imbécil un par veces esta noche, así que supongo que soy tu media naranja, igual de imbécil, si no más.

—Entonces somos perfectos el uno para el otro, ¿no?

—Somos los mejores amigos, ¿verdad?

Su risa me sorprendió y, antes de darme cuenta, estaba perdido en otro beso, hasta que la puerta detrás de nosotros se abrió y tuve que sujetarla para que no se cayera.

Lindy asomó la cabeza por la puerta e hizo una mueca al vernos.

—Siento interrumpir, Dylan, pero necesito que me eches una mano ahí dentro. Brian no me está sirviendo de mucho, así que si…

Me aclaré la garganta.

—Sí. Dame solo otro minuto más, ¿vale? Ahora voy.

Ella asintió y sonrió.

—Sí, claro.

Cuando volvimos a quedarnos solos, bajé lentamente los pies de Zoe al suelo. Ella intentó arreglarse la ropa. Cuando levantó la vista, solté un suspiro y le acuné la cara para volver a besar esos labios enrojecidos e hinchados. Ella me sonrió y sentí una opresión en el pecho.

—Todavía tenemos que hablar, Zoe. Necesito saberlo todo.

Su sonrisa se apagó un poco, pero asintió.

—¿Dónde estás viviendo?

Se encogió de hombros.

—De momento estoy en casa de Jared, pero cuando empiece el semestre tendré que buscarme otro sitio o alguna habitación.

—Yo estoy con Benji. Se ha ido a vivir con otro compañero y estoy durmiendo en su sofá. Pero tú no vas a volver con tu amigo esta noche —señalé.

Zoe negó con la cabeza, con una sonrisa de oreja a oreja.

—No pienso hacerlo.

—Y vas a esperar hasta que cerremos. Hasta entonces, te vas a sentar justo enfrente de mí.

—Sí. Y no me voy a mover, ni siquiera apartaré la mirada.

29

Zoe

Cuando por fin se marchó el último cliente, junto con el personal de cocina y los camareros, Dylan y yo nos quedamos solos en el local. Las mesas vacías, con las sillas recogidas, hacían que el lugar pareciera inmenso. Dylan ya había apagado las luces, dejando solo las pequeñas bombillas que decoraban el espejo tras la barra, creando un ambiente muy romántico. Seguía sentada en el mismo taburete en el que Dylan me había dejado, completamente despierta. La única vez que había apartado la vista de él fue cuando le envíe un mensaje a Jared para decirle que no iba a volver esa noche y que todo estaba solucionado.

Cuando oí a Dylan bajar las escaleras que, según me había dicho, llevaban al despacho de su jefe, me quedé sin aliento y me dio un vuelco el corazón. Era el chico más guapo del mundo, al menos para mí, aunque seguro que habríais opinado lo mismo si lo hubierais visto. Sus ojos no se apartaban de los míos. Llevaba unos pantalones negros y una camiseta de manga larga gris oscura con el logo del bar en el pectoral derecho. Tenía un aspecto espectacular, estaba para comérselo. En resumen, que estaba más bueno que la *pizza*. Era uno de esos chicos que te dejaban embarazada con solo mirarte; de esos que nunca te imaginabas que podrían fijarse en ti. Al llegar junto a mí, me levantó en brazos como si no pesara nada y me sentó en la barra. Yo apoyé a toda prisa las manos para no caerme, él me separó las piernas y se sentó entre ellas en el taburete ahora vacío. Me acarició los muslos, dejándome la piel de gallina y provocándome escalofríos a su paso.

No me pude resistir, le puse las manos sobre los hombros y lo besé; un beso suave que él convirtió en algo más intenso, volviendo a dejarme sin aliento.

Cuando se separó de mí, me quedé mirándolo con una sonrisa enorme. Fue como verlo por primera vez y volví a enamorarme de él. Era un sueño hecho realidad, de esos con los que fantaseas, tu alma gemela, si creías en ese tipo de cosas. Estaba segura de que Dylan Reed cumplía con todos los requisitos que cualquier mujer pudiera desear, y aun así, ahí estaba, delante de mí, mirándome con una sonrisa de medio lado.

—¿Qué pasa? ¿Por qué me miras así? —preguntó, moviendo de nuevo las manos, ahora con más insistencia.

Me reí.

—¿Así cómo? —Él continuó mirándome a los ojos y yo me iba derritiendo con cada segundo que pasaba—. ¿Sabes? Nadie me ha mirado así antes —reconocí, apartando la vista un poco nerviosa.

Se acercó más, apoyó los brazos en mis muslos y me rodeó la cintura ellos. Yo cerré los ojos.

—¿Así cómo? —preguntó ahora él.

Sentí cómo me besaba la comisura de los labios y la mejilla.

—Como me estás mirando tú —murmuré contra sus labios.

Sonrió y me dio un beso justo al lado de la oreja.

—¿Puedes ser un poco más concreta?

—No.

No solo oí su risa, la noté en cada fibra de mi ser.

—Vale.

Volvió a besarme. Fue un beso tierno, apenas un roce de labios, como un susurro en la noche, hasta que habló:

—Entonces no me dejes. Nadie te va a mirar como yo te miro.

—Eso no es lo que he dicho, ¿verdad? —protesté con una pequeña sonrisa. Abrí los ojos para encontrármelo mirándome fijamente. Se me disparó el corazón—. Qué creído te lo tienes.

Me pasó el pulgar por el labio sin apartar los ojos de los míos.

—Quédate conmigo, Flash. Soy un buen partido.

Sonreí con el corazón dando brincos de alegría.

—¿Sabes qué? Creo que te voy a hacer caso.

Su sonrisa se ensanchó y yo me sentí la persona más feliz del planeta.

Se levantó, con las manos todavía alrededor de mi cintura. Le cogí la cara entre las manos y apoyé la frente en la suya.

—Vuelvo a ser feliz —confesé sin más.

—¿No eras feliz sin mí?

Creí que era una pregunta retórica, no pensé que esperara que le diera una respuesta honesta, porque volvió a buscar mi boca, pero me aparté antes de que me perdiera en él.

—Estaba fatal, Dylan. No podía dormir, no podía hablar contigo. Y luego, cuando por fin pude, después del último partido, habías desaparecido. Me bloqueaste —le reproché—. No te culpo. Bueno, un poco sí. Te he echado mucho de menos, más que a nadie en mi vida. —Me llevé la mano al corazón, intentando calmar el dolor—. Siento un dolor, justo aquí, y todas las mañanas al despertarme, lo primero que pensaba nada más abrir los ojos era: «Venga, Zoe, ve a ver a Dylan. Levántate y ve a su cama. Desayuna con él, te está esperando en la cocina». Y entonces me daba cuenta de que no podía hacer nada de eso.

Dylan me miró, sopesando mis palabras, o decidiendo cómo responder… o ambas cosas. ¿Me había pasado al abrirme tanto? ¿Le había revelado demasiado? Aunque si ese era el caso, no me importaba.

—Te he echado mucho de menos —dijo, rompiendo el silencio antes de que se volviera incómodo—. Más de lo que tenía derecho, y eso me estaba matando. Y también estaba furioso conmigo mismo porque ni siquiera podía odiarte. ¿Sabes lo duro que ha sido trabajar con él, sabiendo que te tenía y yo no? ¿Lo duro que sigue siendo? Tú pensabas en mí cada vez que te despertabas, y yo lo único que hacía era pensar en ti a todas horas. Odiaba que me hubieras hecho eso, que me hubieras mentido de esa forma. ¿Sabes? Cuando te vi subirte al coche con él, no me lo podía creer. Estaba convencido de que me lo ibas a explicar, pero cuando llegué a casa y os encontré a los dos... tan cerca, con él tocándote...

—¿Me dejas que te lo explique todo ahora?

—Sí, por favor, y no te dejes nada.

—No lo haré —prometí. Sabía que, pasara lo que pasara, él seguiría a mi lado. Así que le conté todo. Empecé por el principio, desde la primera vez que mi madre me habló de Mark y de Chris, hasta mi última conversación con Chris, pocos días después de que nos sorprendiera discutiendo a Mark y a mí.

»Quise hablar contigo al día siguiente, incluso te llamé, pero me habías bloqueado. Cuanto más lo pensaba, más miedo me daba que hiciera algo que te perjudicara en el campo. La amenaza estaba ahí, aunque no sabía si podría llevarla a cabo. No estaba renunciando a ti, pero no creía que ir corriendo a buscarte fuera una buena idea. Me di un tiempo, hasta el partido. Sabía que te lo contaría todo después del Cactus Bowl.

Estuvimos en la misma posición mientras le contaba todo; él entre mis piernas, tocándome constantemente. Cuando me costaba decir algo, me apretaba la cintura para recordarme que estaba ahí conmigo. En un momento dado, metió las manos debajo de mi camiseta y nos encontramos piel con piel. Me distrajo innumerables veces, pero me animaba a seguir porque estaba pendiente de cada una de mis palabras.

Agachaba la cabeza mientras me escuchaba, concentrado en sus manos, trazando círculos perezosos sobre mi piel bajo la camiseta, como si no pudiera controlarse.

—Por eso no quiero que vayas a verlo ni le cuentes nada de esto, Dylan.

Me miró.

—No puedes pedirme eso, Zoe.

—Pues es lo que acabo de hacer. Por eso he venido aquí hoy, no he podido contártelo antes, pero no quiero que toda esta espera haya sido para nada.

—No voy a mantenerme alejado de ti hasta el *draft*, Flash. Puedes ir quitándote esa idea de la cabeza. Ahora que lo sé todo, nada de lo que me digas va a separarme de ti.

Sonreí, me acerqué más a él, le di un beso rápido en los labios y me aparté.

—No tenía intención de hacer nada parecido, incluso aunque ya no me quisieras.

Ahora fue él el que se acercó y me besó. Su lengua hizo maravillas en mi boca. Cuando se apartó, me miró con determinación.

—Entonces, ¿qué quieres?

—Sé lo mucho que te ha costado llegar a donde estás. Solo con vivir contigo unos meses me he dado cuenta. Y no voy a ser yo la que te impida…

—¿Qué me estás pidiendo?

—Que intentes disimular que lo sabes, eso es todo.

Me apretó la cintura con las manos, haciéndome estremecer.

—No vas a dormir en otro sitio, Flash. No puedo pasar ni un día más sin despertarme contigo a mi lado. Buscaremos un apartamento pequeño y nos iremos a vivir allí. Sé que solo quedan unos meses para el *draft,* y que después de eso…

No pude evitar sonreír de oreja a oreja, y creo que grité mi respuesta un poco más alto de lo que pretendía.

—¡Sí, sí, sí!

Por mi reacción, cualquiera habría pensado que acababa de pedirme que me casara con él.

La preocupación en su rostro se esfumó al instante, como si en algún momento hubiera dudado que quisiera despertarme a su lado cada mañana, y se rio conmigo.

No podía dejar de tocarlo, no podía dejar de mirarlo a los ojos.

—De acuerdo, no te asustes, pero me estoy enamorando de ti, Dylan Reed, demasiado rápido. Voy cuesta abajo y sin frenos, y seguramente me estrelle en cualquier momento.

Esbozó una sonrisa traviesa y se puso de pie.

—¿Estrellarte dónde?

Le empujé el hombro mientras él empezaba a subir las manos por debajo de mi camiseta, haciéndome plenamente consciente de lo cerca que estábamos y de lo mucho que me afectaban sus caricias.

—Ya sabes a lo que me refiero. —Por primera vez en mucho tiempo, evité mirarlo a los ojos—. Y quiero que tú también te enamores de mí. No te imaginas cuánto lo deseo, Dylan. Quiero ser importante para ti, como tú lo eres para mí, alguien imprescindible. Y bueno, vale, puede que sea un poco rara... o bastante rara... pero quiero que... te guste mi rareza, que me quieras...

—Eso es fácil, Flash. Eres mi mejor amiga, como te dije que sucedería, y me encantan tus rarezas. ¿Cómo me voy a olvidar de esos M&M's apilados con tanto cuidado en la cocina y el amor que le tienes a la *pizza*? Eso es un nivel superior de rareza.

Gemí y escondí la cara en su cuello.

—A todo el mundo le gusta la *pizza*, eso no es nada raro.

—Ya, pero no tanto como a ti.

Dylan bajó poco a poco las manos, y cada centímetro de mi piel fue cobrando vida. Luego me agarró la cara y me obligó a mirarlo a los ojos.

—Voy a estar allí cuando te estrelles, Flash. Pero no tardes mucho, porque yo ya estoy al final de la cuesta, esperándote, impaciente.

Parpadeé.

—No te rías de algo tan serio, Dylan.

—¿Quién dice que me estoy riendo? Me enamoré de ti en un instante, Zoe, no tuve opción.

«Ay, Dios mío».

Antes de darme cuenta, tenía sus labios sobre los míos y nos estábamos besando como si nos fuera la vida en ello. Me soltó la cara mientras yo le rodeaba el cuello con los brazos para acercarme más a él y dejé escapar un chillido de sorpresa cuando me atrajo hacia su regazo.

—Mierda. —Me agarré al borde de la barra—. Dylan, peso mucho. No puedes...

—Ahora puedo hacer lo que quiera contigo.

¿Eso pretendía ser una amenaza?

Frunció el ceño.

—Un momento, ¿Chris? Nunca me ha dicho nada.

Apreté los labios y negué con la cabeza.

—Solo hemos hablado un par de veces desde que se lo dije, pero me ha enviado un mensaje para avisarme de que estabas en el bar, así que quizá… —Me encogí de hombros—. Quizá empecemos a hablar más. Depende de él.

—Así que me estoy tirando a la hermana de mi mejor amigo, ¿eh? Me gusta.

Sonrió y yo le devolví la sonrisa.

—No me parece que ahora mismo te estés tirando a nadie, pero si tú lo dices…

Me besó antes de que pudiera terminar la frase, y luego me llevó… a algún sitio.

Cuando una puerta se abrió y se cerró, y sentí una pared contra la espalda, abrí los ojos, con los labios todavía pegados a los de Dylan, para ver dónde estábamos. Podríamos haber caminado durante horas y no me habría dado cuenta. Pero, por lo visto, solo había subido las escaleras que había visto antes, conmigo en brazos, y estábamos en el despacho de Jimmy. Vi un escritorio de caoba prácticamente vacío, una pequeña caja fuerte antigua, un archivador y un sofá. No era muy grande, pero parecía bastante cómodo y yo estaba encantada de poder pasar la noche en él con Dylan. Al ser pequeño, podríamos estar más cerca el uno del otro.

Entonces Dylan me mordió suavemente los labios y perdí la noción de todo. Solo estábamos él y yo. Me apartó de la pared y, en lugar de llevarme al sofá, como esperaba, me llevó al escritorio y me sentó allí.

Antes de que pudiera abrir la boca o incluso recuperar el aliento, ya me estaba quitando la camiseta. Durante un instante, quise taparme, pero en vez de eso, lo agarré de su camiseta e hice lo mismo. Con un gruñido, observó mis pechos, que se asomaban por mi sujetador azul claro favorito, y me abrió las piernas, metiéndose entre ellas. Apoyó las manos sobre el escritorio, a ambos lados de mis caderas, atrapándome, y acercó el rostro al mío para besarme. Tuve que echarme hacia atrás y aferrarme a él para devolverle su beso desenfrenado. Solo se detuvo cuando mi espalda tocó la superficie del escritorio de madera.

—Ni siquiera he tenido la oportunidad de averiguar qué es lo que te excita —murmuró antes de succionar y besarme el cuello.

—No creo que tengas que averiguar mucho —solté con la voz entrecortada—. Me estás matando, así que creo que funciona, y solo con mirarme ya me pones cachonda, así que...

Se rio; un sonido que reverberó en mi piel.

—¿Me estás diciendo que ya estás mojada por mi culpa?

Con las manos alrededor de mi cintura, me deslizó hacia abajo en un movimiento rápido. Jadeé, reí y me agarré a sus hombros. Y entonces sentí su pene grueso y duro contra la costura de mis vaqueros y perdí el control. Le mordí el cuello y solté un gemido de puro placer. Me retorcí y empujé hacia abajo con todas mis fuerzas al tiempo que él me apretaba de la cintura para mantenerme quieta. Le solté los hombros, metí la mano entre nuestros cuerpos e intenté desabrocharle los vaqueros. Al no lograrlo, me aparté de sus labios y me di un buen golpe en la cabeza contra el escritorio.

—Joder. Joder. Joder.

Tuvo la osadía de reírse.

—Tranquila, cielo —susurró, mientras enredaba una mano en mi pelo y me frotaba la zona lastimada para aliviar el dolor—. ¿Me deseas?

No podía desearlo más, pero como en ese momento no creía que fuera capaz de hablar, solo asentí con la cabeza. Nos miramos a los ojos, sin movernos, y lo que vio en mi cara le hizo sacudir la cabeza y sonreír. Tenía las mejillas rojas y los labios hinchados... por mí. Respiró hondo. Yo contuve la respiración. El azul de sus ojos parecía más oscuro todavía, como el del cielo nocturno; no recordaba haber visto en mi vida algo tan perfecto.

—Ojala pudiera inmortalizar este momento —susurré—. Solo tú... mirándome de esa forma.

—Vas a tener todo el tiempo del mundo para hacer lo que quieras conmigo, Zoe. Confía en mí.

Me humedecí los labios. Dylan por fin empezó a quitarse los pantalones. Yo hice lo mismo, retorciéndome e intentando deshacerme de ellos lo más rápido posible. Tiré algunos archivos del escritorio, pero a ninguno de los dos pareció importarnos.

—Déjame a mí —dijo él, antes de quitarme los pantalones en un abrir y cerrar de ojos… y las bragas con ellos.

No creía que pudiera esperar más, así que me incorporé y busqué sus labios de nuevo. Él me ayudó, inclinándose y rodeándome con sus brazos. Tuve la sensación de que le estaba pasando lo mismo que a mí, como si nunca pudiera estar lo suficientemente cerca.

Volví a bajar la mano entre nuestros cuerpos y le rodeé el pene. Cuando una mano no fue suficiente, decidí usar la otra. En el momento en que le acaricié la punta hinchada con el pulgar, dejó de besarme y gimió en mi oreja.

—Quiero probarte —jadeé en voz baja.

—Me mata decirte esto, pero ahora no.

Al sentir sus dedos entre mis piernas, separándome los labios, entrando, se me olvidó por completo de qué estábamos hablando.

Debió de haberme desabrochado el sujetador en algún momento, porque cuando me pidió que me tumbara, solo sentí la fría superficie de madera contra mi piel. Me estremecí y lo vi quitarme la prenda suelta. Entonces se llevó un pezón a la boca, lo lamió, lo succionó, y como no supe qué hacer con las manos, las levanté por encima de mi cabeza y me agarré al borde del escritorio, arqueando la espalda y ofreciéndole más. Le dio el mismo tratamiento a mi otro pezón, haciendo que me retorciera y jadeara debajo de él.

Y por fin estaba donde quería tenerlo, empujando su pene dentro de mí, enderezándose y mirando el punto en el que estábamos conectados con una devoción indescriptible. Me zumbaban los oídos, la sangre rugía por mis venas, abrí la boca para dejar escapar un grito ahogado, pero estaba tan abrumada por su tamaño y por tenerlo de nuevo en mi interior, que no emití sonido alguno. Un momento después, solté un jadeo, y luego un gemido, sintiéndolo entrar lentamente y abriéndome de par de par.

—No te imaginas lo mucho que te he echado de menos, Flash. Cómo he añorado estar dentro de ti, sentirte alrededor de mi miembro. Follarte.

Volví a estremecerme y sonreí.

Pero de repente se detuvo, y tuve que abrir los ojos.

—¿Qué... pasa? No, no pares.

Sin haberme penetrado del todo, apoyó la frente justo en medio de mi pecho. Su aliento cálido sobre mi piel fría me provocó un escalofrío.

—Condón... me he olvidado de ponerme el condón.

—Mierda. Ve a por uno, por favor.

Me acarició el muslo, llevándome más allá de la locura.

—Joder, no tengo ninguno, Flash. —Movió las caderas como si no pudiera evitarlo, hundiéndose un poco más en mí. Ambos gemimos.

—¿Eres consciente de que estás fracasando en tu paso por la universidad? ¿Qué universitario no lleva condones encima?

—Eres una listilla —murmuró con una sonrisa. Luego volvimos a gemir.

Estaba a punto de decir: «Me da igual, fóllame ya», pero él se me adelantó.

—No he estado con nadie desde que nos acostamos —murmuró, antes de lamerme el pezón y trazar un círculo con la lengua alrededor de él—. Y jamás me he acostado con nadie sin preservativo. Estoy limpio, te lo juro.

Sentí un alivio enorme y lo atraje hacia mis labios.

—Estoy tomando la píldora —susurré contra sus labios entreabiertos, justo antes de respirar hondo y besarlo. Se movió apenas un centímetro y yo temblé de placer—. Por favor, Dylan, fóllame —jadeé, sin aliento—. Te lo ruego. —No me importaba suplicarle.

Gracias a Dios, no hizo falta más. Lentamente, introdujo los últimos centímetros que quedaban, tragándose mis gemidos con su boca.

—Eso es… solo un poco más.

Cuando moví las caderas contra él, intentando acomodarme a su tamaño, se enderezó, me sostuvo de la cintura y me miró con intensidad. Abrí más las piernas, apoyando los pies en el borde del escritorio. Al encontrarse con mi mirada, se retiró casi por completo y luego volvió a embestir, haciendo que me arqueara.

Puso la mano en mi abdomen y me fue acariciando el cuerpo hasta el delirio, hasta llegar a la garganta para bajar de nuevo. Eché la cabeza hacia atrás, solo podía sentir su plenitud en mi interior y tratar de no perder el control demasiado pronto.

Estaba muy mojada, pero tardé unos minutos en acostumbrarme a él. Lo miré con los ojos apenas abiertos y lo vi observando cómo entraba y salía de mi interior. Decidí contemplar sus abdominales, la forma en que se tensaban y relajaban; el vaivén de sus fuertes hombros al ritmo de sus estocadas, la flexión de sus brazos, su mirada fascinada, perdida, pero en comunión con nuestra unión.

Cuando levantó la vista y me encontró mirándolo, aceleró el ritmo. Tomó mi mano y me atrajo hacia a su pecho, antes de meterme la lengua en la boca. Abrí más las piernas y las envolví alrededor de su cintura, queriendo y necesitando más.

—Yo también estoy limpia —susurré sin aliento en cuanto me dejó respirar un segundo. Mi mente era un caos. ¿Era demasiado tarde para decir eso?

—Perfecto —murmuró. El sonido de su voz llegó a cada célula de mi cuerpo.

Deslizó las manos bajo mis nalgas y consiguió abrirme todavía más, manejando mi cuerpo de maneras para las que no estaba preparada. Me dolía el trasero por su agarre, pero me daba igual; ese dolor solo avivaba lo que estaba por llegar. De pronto, todo se esfumó y solo podía oír el latido de mi corazón y el rugido de mi sangre. Cada terminación nerviosa de mi cuerpo gritaba y todo era demasiado abrumador.

—Dylan —gemí, medio lloriqueando—. Sí… justo ahí… más rápido, sí. Por favor.

—¿Así? —preguntó, follándome con más fuerza—. ¿Te vas a correr en mi polla? ¿Quieres que te lo haga más fuerte?

Estaba a unos segundos del éxtasis y quería más. Respondí con un gemido y arqueé la espalda.

—Sí, eso es, cielo. Me voy a follar ese dulce coño que tienes todos los días hasta que me muera, Zoe —murmuró antes de morderme el cuello y lamerme la piel. Eso fue todo lo que necesité para correrme, invadida por un intenso orgasmo. Dylan continuó follándome, chocando los muslos con mis piernas abiertas mientras mi mundo se volvía del revés en sus brazos.

Cuando presionó dos dedos contra mi clítoris, me quedé sin respiración.

—Vamos, Zoe, dámelo todo.

Mientras el placer me atravesaba, curvé los dedos de los pies, puse los ojos en blanco y tensé cada músculo de mi cuerpo. No sé cuántos segundos estuve sin insuflar oxígeno a mis pulmones, pero cuando terminó, estaba jadeando por aire. Me agarré a sus duros bíceps y gemí tan fuerte como pude mientras el ralentizaba el ritmo y profundizaba más las embestidas.

—Joder, Zoe —murmuró.

Antes de que me diera tiempo a recuperarme, se retiró, me empujó hacia abajo con una mano en mi abdomen y se corrió sobre mí. Me fascinó cómo movía la mano sobre su pene, agarrándolo más fuerte de lo que yo me habría atrevido nunca, y extrajo hasta la última gota. Sentí un hilo húmedo deslizarse por mi cintura, haciéndome cosquillas.

Mi cuerpo se arqueó en respuesta, eché la cabeza hacia atrás y cerré los ojos.

—No puedo más, me rindo.

Oí una risa cansada y luego sentí sus manos acariciándome la parte superior de mis muslos.

—Tendrías que verte ahora mismo. —Pronunció esas palabras en un susurro, como una pluma deslizándose por mi piel desnuda.

Me estiré con los ojos aún cerrados.

—Hagámoslo otra vez —dije, con una sonrisa de felicidad—. No tengo fuerzas ni para abrir los ojos, pero estaré encantada de repetir.

Esta vez se rio con ganas y el sonido me hizo temblar de la cabeza a los pies.

Dylan me limpió y me besó durante un minuto completo. Estaba en una nube. Luego me ayudó a vestirme y, a continuación, vi cómo se ponía su ropa. Al final, hicimos un esfuerzo sobrehumano y conseguimos llegar hasta el sofá y acostarnos en él. Era mucho peor que la cama del apartamento, pero para mí no podía ser más perfecto.

—Estoy deseando follarte en una cama normal —dijo con voz sensual, somnolienta. No me da vergüenza reconocer que no le habría dicho que no a un segundo asalto, pero parecía tan cansado…

Lo besé; apenas fue un roce de labios. Dylan abrió los ojos y me miró.

—No quiero tener que volver a echarte tanto de menos nunca más. Aunque te burles de mí cuando te digo esto, eres mi mejor amigo. No quiero perderte por nada del mundo.

—No me vas a perder, cielo. A partir de ahora, somos solo nosotros dos.

—Solo nosotros dos. —Solté un suspiro. Esas palabras me daban la vida. Sin embargo, luego vacilé. Sabía que no era el mejor momento…—. Pero el año que viene no vas a estar aquí, y si…

—Ni se te ocurra terminar esa frase, Zoe. Ya veremos qué hacer cuando llegue el momento. Pero créeme cuando te digo que no pienso dejarte escapar. Ahora, déjame dormir abrazado a ti y mañana iremos paso a paso, ¿de acuerdo?

Me acurruqué más cerca de él y cerré los ojos, respirando su aroma.

Justo cuando estaba a punto de quedarme dormida, en ese espacio intermedio entre el sueño y la vigilia, oí su voz.

—Vas a odiarme por preguntarte esto, pero ¿cuál es tu número?

—¿Cómo? ¿Qué número?

—¿Con cuántos chicos te has acostado?

—Dylan… —me quejé—. No creo que sea…

—Dímelo.

Solté un suspiro.

—Tres.

—Tres —repitió. Noté cómo se tensaba.

—No son muchos, y desde luego no quiero saber con cuánt…

Se puso todavía más rígido.

—¿Que no son muchos? —preguntó con incredulidad. Me agarró de la muñeca—. Ya son tres de más. —Sentí cómo apoyaba la frente en mi nuca—. Ojalá hubiera podido ser el primero. Sé que en este momento debo de parecer un troglodita, pero me hierve la sangre solo de imaginarte con otra persona. —Me acercó más a él—. De ahora en adelante solo yo, ¿vale? Seré el único que te tocará, te besará, te abrazará y te follará.

—No oirás ninguna queja mía al respecto —respondí después de unos segundos en los que se fue relajando.

Después de las semanas tan horribles que había pasado, esa noche dormí a pierna suelta. Y estaba convencida de que a Dylan le pasó lo mismo.

30

Dylan

Unos meses después...

Había llegado el gran día. El día del *draft*. Me había despertado antes del amanecer, en la habitación del hotel en el que nos alojábamos en Arlington, Texas, la ciudad donde se celebraría el evento. Mi padre, mi madre, Amelia, Mason, mi agente... Todos se habían desplazado allí para apoyarme. Bueno, casi todos. La única persona que faltaba había aterrizado hacía quince minutos y yo estaba cada vez más nervioso e impaciente, esperándola en el aeropuerto.

Como no aparecía, fui a una tienda a comprar una botella de agua. No sabía si mis nervios se debían a que estaba a punto de ver a Zoe o al gran día (lo más seguro era que fuera por ambos), y aunque pareciera una tontería echarla tanto de menos, ya que solo habían pasado unos días desde que me había despedido de ella en el pequeño y destartalado apartamento que compartíamos con otro estudiante en Los Ángeles, ya había aceptado que con ella todo era distinto.

Nunca había sido alguien celoso, no como lo era con Zoe. A veces, la intensidad de lo que sentía por ella me acojonaba, pero no lo habría cambiado por nada. Si eso significaba que tenía que convertirme en un cavernícola para alejarla de cualquiera que tuviera un pene entre las piernas, que así fuera. Zoe no parecía quejarse, aunque quizá era porque la callaba a besos cada vez que iba a hacerlo, aunque nunca lo sabremos con certeza.

Mientras esperaba en la cola para pagar el agua, alguien me tocó el hombro. Me volví y allí estaba ella, sonriente, radiante y dando saltitos, tapándose la boca con las manos.

Sonreí de oreja a oreja.

—¿De dónde has salido?

En lugar de responder, soltó un pequeño chillido y me abrazó.

Le devolví el abrazo riendo y la apreté contra mí. Un buen rato después, me miró y sonrió.

—Te he echado de menos.

—¿Ah, sí?

—No te imaginas cuánto.

Al verla tan feliz, me sentí un poco menos nervioso.

—¿Dónde te habías metido? Me estaba volviendo loco sin ti —le susurré al oído y la besé hasta que me llegó el turno de pagar.

Agarré su equipaje de mano y entrelacé los dedos con los suyos. Salimos del aeropuerto, hablando sin parar. Mientras esperábamos a que llegara nuestro Uber, ella se recostó sobre mí y yo la abracé por debajo del pecho y apoyé la barbilla en su cabeza.

—Creo que estoy empezando a ponerme muy nerviosa, mira. —Levantó las palmas—. Me están sudando las manos.

—¿Por qué?

—Porque estoy a punto de conocer a tus padres, Dylan, y a tu hermano, y a tu hermana. ¿Y si no les caigo bien? ¿Y si no les gusta como voy vestida? ¿Y si piensan que no tengo derecho a estar aquí? Quiero estar allí contigo, pero si se van a sentir incómodos, tal vez debería esperar en el hotel con tus hermanos. Aunque tampoco quiero hacer eso…

La abracé más fuerte y suspiré.

—Zoe, no te vas a separar de mí ni un minuto y mis padres te van a adorar. De hecho, ya te adoran por todo lo que les he contado sobre ti. Amelia es incluso más tímida que tú, así que lo más seguro es que no hable mucho, pero es muy dulce. Te va a caer genial.

Refunfuñó un poco entre dientes pero no dijo nada más.

Para distraerla, y solo con ese fin, moví las caderas hacia delante para que notara lo mucho que la deseaba y le di un beso justo debajo de la oreja.

Se puso rígida y me apretó los antebrazos con fuerza.

—Eso no vale —susurró, antes de apoyar la cabeza en mi hombro.

Me humedecí los labios y le di otro beso en el cuello.

—¿El qué?

Movió el trasero y gimió. Llevábamos meses comportándonos como conejos en celo.

—Te he echado de menos —susurré.

—¿Tenemos tiempo para eso? —repuso, también en un susurro.

Solté un suspiro y me aparté.

—No creo, al menos no hasta después de esta noche.

—¿Ni siquiera cinco minutos?

Le di un ligero mordisco en el lóbulo de la oreja y noté cómo se estremecía.

—Eres adorable. ¿De verdad crees que te bastaría con cinco minutos?

Me dio una palmada en el brazo.

—*Tú* eres adorable.

Me reí. Después de varios días sin verla, por fin volvía a sentirme completo.

—Lo dices como si fuera un insulto. Pues claro que soy adorable.

Llegó nuestro coche y fuimos de la mano todo el trayecto de vuelta al hotel, donde nos esperaba mi familia. Nos habíamos convertido en una de esas parejas empalagosas que todo el mundo odia porque no pueden dejar de tocarse. Me encantaba.

—¿Tienes miedo? —preguntó ella cuando estábamos a unos minutos del hotel—. Por lo de esta noche.

—No tengo miedo, pero sí estoy un poco ansioso. Quiero terminar con esto para que sepamos dónde tenemos que mudarnos. —Intenté parecer tranquilo y me puse a juguetear con sus dedos. Aún no habíamos tenido esa charla. Pero para mí, no era necesaria.

La quería conmigo pasara lo que pasara. Sin embargo, no sabía lo que pensaba ella al respecto. Sabía que, como futura fotógrafa, quería irse a Nueva York, y uno de los equipos que había querido hablar conmigo y con mi agente eran los Gigantes (junto con otros muchos que no estaban ni remotamente cerca del noreste), pero no quería decirle nada hasta estar seguro. Por desgracia, en la NFL no había nada seguro. Podías estar convencido de que te iban a seleccionar en la primera ronda (incluso entre los diez primeros) y luego acabar en la tercera, si es que te elegían.

No tenía ni idea de dónde acabaría, ni cuánto tiempo tendría que esperar.

—Con que nosotros, ¿eh?

Me puse rígido en el asiento y dejé de juguetear con sus dedos. Ella continuó donde yo lo había dejado, entrelazando y separando nuestros dedos.

—¿Flash? —dije al ver que no decía nada más.

—¿Sí?

—No has respondido.

—Lo siento, ¿qué me has preguntado?

De repente, el coche aparcó delante del hotel y tuvimos que bajar. Saqué su maleta y esperé. Ella salió y se paró delante de mí.

—Zoe...

—¿Qué?

Ladeé la cabeza y esperé.

—¿Qué? Nunca me lo has preguntado. Primero estuvimos muy ocupados buscando un lugar donde vivir y luego llegaron las pruebas previas al *draft*. ¿Cómo iba a saber si quieres que esté contigo o no? Además, todavía me queda un año, y quizá tu...

Solté la maleta y le acuné el rostro entre las manos. Zoe seguía hablando cuando le metí la lengua en la boca y la besé hasta dejarla sin sentido, justo allí, frente a extraños, entrando y saliendo del hotel.

—Llevamos juntos meses. ¿Todavía no te has dado cuenta de que quiero estar contigo siempre? —susurré contra sus labios, con la respiración entrecortada y el corazón desbocado—. Siempre te he querido, Zoe Clarke.

—No estaba segura.

Apoyé la frente contra la suya y dejé que me abrazara.

—El día que me gradúe, iré contigo donde vayas, Dylan Reed. Eres el mejor compañero de piso que he tenido nunca, no te vas a librar de mí tan fácilmente.

Solté el aire que no sabía que estaba conteniendo y la estreché contra mi cuerpo.

De pronto, alguien se aclaró la garganta, pero a ninguno de los dos nos importó lo suficiente como para separarnos.

Entonces oí la voz de mi madre.

—Dylan, me gustaría conocer a tu novia. Por favor, deja de comértela a besos.

Antes de que mi madre acabara la frase, Zoe me estaba empujando con una fuerza inusitada y su rostro ya se estaba tiñendo de ese tono rosado que tanto me gustaba. Se pasó la lengua por los labios, y al no ser suficiente, se los frotó con el dorso de la mano varias veces, poniéndose aún más roja.

—Encantada de conocerla, señora Reed.

Mi madre vio mi sonrisa de oreja a oreja y sacudió la cabeza antes de acercarse a Zoe y abrazarla.

—Por favor, llámame Lauren. Estaba deseando conocerte. Me alegro de que hayas podido tomarte unos días libres para venir.

Cuando mi madre la soltó, todavía estaba roja, pero en lugar de tener una expresión mortificada, esbozaba una leve sonrisa.

—Y mírate —dijo mi madre con entusiasmo, tomando la cara de Zoe entre sus manos—. Eres guapísima. Qué ojos más bonitos, Dylan. Es preciosa.

Zoe me lanzó una mirada de auxilio y yo le agarré la mano y me reí.

—Ya lo sé, mamá. Por eso estoy con ella, así podré ver algo bonito todos los días de mi vida. ¿Qué haces aquí? ¿Dónde están los demás? ¿Siguen en el restaurante?

Por fin soltó a Zoe y se volvió hacia mí. Me agarró de la cara y me dio un beso en la mejilla.

—No podía quedarme sentada esperando. Y lo reconozco —Le guiñó un ojo a Zoe—, quería conocerla antes que nadie. Ahora ya está aquí y todo es maravilloso. Estoy tan orgullosa de ti, Dylan. Estamos muy emocionados.

Solté un gemido.

—Lauren Reed, como empieces a llorar otra vez, te juro que…

—No estoy llorando… todavía. Bueno, vale, igual un pelín. —Se secó a toda prisa las lágrimas—. Vamos, entremos con Zoe para que conozca a todo el mundo antes de que tengas que irte a todas esas entrevistas.

Como tenía una mano atrapada en el apretón mortal de Zoe, agarré la maleta con la otra y entré con dos de mis mujeres favoritas del mundo.

Las luces del estadio, las conversaciones en voz baja, los cámaras merodeando entre las mesas… Toda la gente que nos rodeaba estaba empezando a agobiarme. Noté la mano de Zoe en mi pierna para que dejara de moverla bajo la mesa.

El espectáculo iba a empezar en menos de diez minutos.

—¿Todo bien? —preguntó, acercándose a mí con una mirada preocupada.

Le agarré la mano debajo de la mesa y se la apreté.

—Sí.

No pareció muy convencida, pero tenerla de la mano me calmó un poco.

Mientras mis padres hablaban con mi agente, sentí una mano en el hombro.

—¿Qué pasa, colega? —me saludó Chris con una sonrisa enorme cuando me volví para mirarlo.

Me levanté y nos dimos un abrazo rápido.

—Te he llamado mientras venía, no sabía si llegarías a tiempo.

Soltó un suspiro y se arregló la corbata.

—Llego un poco tarde, eso es todo.

Zoe se levantó y se unió a nosotros, Chris la saludó con un beso en la mejilla.

Ella le sonrió, radiante.

—Hola, Zoe.

—Hola. Te he enviado un mensaje antes para desearte buena suerte. No sabría si podría hablar contigo cuando estuviéramos aquí.

—Te he estado llamando, aunque supongo que no has podido oírlo con todo este jaleo.

Zoe se puso a mi lado mientras miraba a su alrededor inquieta, sin duda buscando a Mark.

—No ha venido —comentó Chris antes de que yo pudiera decir nada.

Zoe frunció el ceño.

—Es el día más importante de tu vida, ¿cómo ha podido…?

Chris se volvió hacia mí.

—¿No se lo has dicho?

—No ha surgido el tema —respondí, evitando la mirada curiosa de Zoe, mientras le acariciaba la espalda sin pensar.

Su relación seguía siendo rara, muy lejos de una relación normal entre hermanos, aunque sabía que Chris quería arreglarlo… Quizá no tanto como Zoe, al menos de momento, pero lo estaba intentando.

Un cámara empezó a grabarnos al pasar y Zoe se acercó más a mí.

—¿Decirme qué?

Entonces Chris empezó a contarle cómo prácticamente había obligado a Mark a dejar el equipo y Zoe se agarró a mi antebrazo con más fuerza.

—Le dije que, o dimitía, o le contaba a mi madre que sabía lo de la adopción. Creo que la quiere… a su manera extraña y retorcida.

—Chris debió de ver la cara de Zoe, porque hizo un gesto de negación con la cabeza y continuó—: No ha sido solo por ti, Zoe. Se estaba acostando con alumnas… apenas unas adolescentes. Tarde o temprano, se habría metido problemas.

No le estábamos dando todos los detalles, pero Chris me había prometido que no le contaría cómo me abalancé sobre su padre y le rompí la nariz el día que dejó de ser nuestro entrenador. Resulta que a Zoe se le había olvidado mencionar lo que había pasado en el apartamento aquella noche, justo antes de que llegara. Me enteré por un comentario casual que hizo Chris, dando por hecho que Zoe me lo había dicho.

Rodeé a Zoe por la cintura y la atraje hacia mí justo cuando anunciaron que el evento estaba a punto de empezar.

Tras prometerle a Chris que nos veríamos cuando acabara la velada, nos despedimos de él para que pudiera ir a su mesa.

—Va a ser una noche larga —murmuró Zoe a mi lado, retorciéndose las manos en el regazo.

—¿Te ha afectado mucho? —le pregunté al oído.

Me miró.

—¿El qué?

—Lo de tu padre.

—No es mi padre —respondió sin dudarlo—. No siento nada por él. —Se encogió de hombros—. Es alguien que me da exactamente igual. Además, es de lo último que quiero hablar esta noche. —Me tocó la mejilla—. Es tu noche. —Sonrió, entusiasmada—. Lo has conseguido, Dylan. Todos los turnos en el bar, los madrugones para hacer ejercicio (algo que he disfrutado un montón, gracias), estudiar como un loco para graduarte antes… Todo el esfuerzo ha merecido la pena. Mira dónde estás. Estoy muy orgullosa de ti.

Me volví hacia ella y le di un beso en la palma de la mano.

—Aún no, Flash. No sabemos nada. No tengo ni idea de cómo va a terminar esto.

—Venga ya. He leído algunas predicciones. Te van a elegir en la primera ronda. Tu prueba física fue brutal.

Me reí.

—¿Ah, sí? ¿Y tú qué sabes de eso?

—Nada, pero sé que, sea cual sea el equipo que te seleccione, el año que viene tendrá una temporada increíble contigo en él.

Solté una carcajada, llamando la atención de mis padres. Le acaricié el cuello con la nariz.

—Me parto contigo, Flash.

Me apartó de un empujón.

—No te rías de mí, colega. Me apuesto lo que sea a que estás entre los cinco primeros.

La miré sorprendido. Luego le aparté un mechón de pelo de la oreja y sonreí.

—¿Entre los cinco primeros, dices?

Cuando el comisionado, el mandamás de la NFL, apareció en el escenario, todos los jugadores a nuestro alrededor se callaron.

—¡Bienvenidos al *draft* de la NFL!

El equipo al que ese año le tocaba elegir primero era los Browns de Cleveland. Cuando pusieron en marcha el reloj, comenzó la espera. En la mesa que compartíamos con otro jugador y su familia se hizo el silencio. Mi padre se cambió de sitio con mi agente, Scott, para sentarse a mi lado. Mi madre estaba hablando entre susurros con Zoe.

Los minutos pasaron y los Browns seleccionaron a un *quarterback* de Oklahoma.

—Los segundos en elegir van a ser los Gigantes de Nueva York. Ponemos en marcha el reloj.

Cerré los ojos y me pasé las manos por la cabeza. Estaba deseando saber qué me deparaba el futuro.

Zoe me tocó el brazo y la miré.

—Va a ir bien. Lo vas a conseguir —susurró, con nuestras cabezas inclinadas, una al lado de la otra.

Pasaron ocho minutos.

—¿Tienes alguna idea de qué equipo te va a fichar? —preguntó mi padre.

—No lo sé, papá. Si no me eligen… si empiezo a bajar demasiado en la calificación, cada vez tendré menos posibilidades.

Mi padre me dio dos palmaditas en la espalda y negó con la cabeza. Me di cuenta de lo nervioso que estaba, pero hacía todo lo posible por disimularlo. Vimos al comisionado regresar al escenario y todo el mundo enmudeció.

—En la segunda elección del *draft* de la NFL de 2018, los Gigantes de Nueva York han seleccionado a Dylan Reed, receptor de…

Tardé un par de segundos en asimilar lo que estaba oyendo, lo que veía en la pantalla. Mi padre, mi madre y Zoe se habían puesto de pie, pero yo solo oía un zumbido en mis oídos.

Me llevé las manos a la cabeza y me levanté despacio.

Mis padres estaban llorando, pero yo seguía sin poder creérmelo. Mi padre fue el primero en abrazarme. Todo el mundo aplaudía a nuestro alrededor y yo sentía el pecho de mi padre subir y bajar rítmicamente, mientras lloraba en silencio. Se apartó un poco, me miró y luego me sostuvo la cara con ambas manos antes de darme un par de palmaditas en la cara y soltarme. Mi madre estaba justo a su lado, con los ojos brillantes y tan bonitos como siempre.

—Mírate —dijo con la voz entrecortada, pero llena de orgullo—. Mi niño precioso.

Cuando me soltó, me di la vuelta.

Y ahí estaba ella, esperándome. En ese momento, sonreí. Y ahí fue cuando volví a oír todos los sonidos del estadio. Zoe seguía mirándome, con las lágrimas resbalando por sus mejillas. Fui hacia ella, porque no podía mirarla sin tocarla, sin abrazarla. Me agaché, le rodeé la cintura con los brazos y ella se puso de puntillas para devolverme el abrazo. Podía sentir los latidos de su corazón desbocado, su pulso frenético. De repente, los dos nos echamos a reír y se me llenaron los ojos de lágrimas.

Cuando me dijeron que tenía que subir al escenario, Zoe se separó de mí con una sonrisa.

—Ve, corre, ve.

Todo lo que pasó después fue como si sucediera a cámara lenta, pero aun así, me costó asimilarlo. Chris me detuvo a medio camino para abrazarme. Yo seguía estupefacto… eufórico, me sentía honrado y muy agradecido. Subí al escenario y me vi en la gran pantalla, bañado por los vítores de la multitud. Recibí mi nueva camiseta con mi nombre y sonreí a los fotógrafos. Lo había conseguido.

Joder, lo había logrado.

Tenía todo lo que siempre había soñado y mucho más.

En cuanto bajé del escenario, me sonó el móvil. Era mi nuevo entrenador, dándome la bienvenida al equipo. No recuerdo todo lo que me dijo, pero sí que repetí un montón de veces: «Sí, señor», «No lo voy a decepcionar, señor», «Se lo agradezco mucho, señor».

Fue de lo más surrealista, aunque también un poco agridulce. Nada más colgar, recibí la llamada de JP. Aún no se había recuperado del todo y los entrenadores no creían que pudiera volver a jugar, pero se lo había tomado mejor que yo si hubiera estado en su situación. No obstante, pensaba hacer todo lo posible por ayudarlo. Siempre íbamos a ser un equipo.

Cuando regresé a la mesa, me encontré a Chris y a Zoe juntos, sonriendo y hablando. Me senté, volví a abrazar a mis padres y los escuché hablar, igual de emocionado que cuando había hablado con el entrenador. Estaba deseando regresar al hotel y ver la cara de Mason y Amelia cuando se enteraran de que había sido elegido en segundo lugar. ¡Mason iba a alucinar!

Y entonces solo quedamos Zoe y yo, mirándonos frente a frente, respirando, mientras yo le sostenía la cara entre las manos. Intenté secarle las lágrimas con los pulgares, pero no daba abasto.

—Lo logramos.

Puso las manos en mi pecho.

—Tú lo has logrado, Dylan. El mérito es todo tuyo. Eres increíble.

—No, estos últimos meses… tú sí has estado increíble. ¡Y es Nueva York, cielo! ¡Donde querías vivir!

—Viviría contigo en cualquier parte, Dylan. Iré donde tú vayas.

—Ven conmigo. —La agarré de la mano y tiré de ella, esquivando más gente y cámaras. Corrió detrás de mí sin aliento. Si hubiera podido controlarme un poco más, nos habríamos enterado de que a Chris lo habían fichado los Osos de Chicago.

Me detuve cuando llegamos a los baños. Entré con ella y cerré la puerta de inmediato.

Tomé una profunda bocanada de aire, me volví y la miré. Estaba apoyada en el lavabo, con esa sonrisa tan bonita que tenía, suave y tentadora.

—Ahora puedo darte lo que quieras. Sé que hasta ahora no he podido hacer gran cosa, pero, Flash, confía en mí, te…

—Anda, cállate, Dylan. Solo te quiero a ti. Nada más importa. Somos un equipo. —Tragué saliva—. Aunque tengo que reconocer que me muero por verte usar ropa elegante. Estás guapísimo en traje.

—¿Te gusta? ¿Te gusto así vestido, Zoe?

Me acerqué a ella antes de que pudiera responder, la agarré de la cintura y la levanté. Me rodeó el cuello con los brazos y escondió la cara en mi garganta, pegándose a mí. Apoyé la cabeza en su sien y respiré hondo. Solo estábamos nosotros dos, lejos de todo ese ruido.

—Te quiero, Dylan. Te quiero desde hace tanto tiempo que ni siquiera me acuerdo de cuándo empecé a sentir esto por ti —musitó, con la voz cargada de emoción.

Me aparté y la miré a los ojos, brillantes por las lágrimas.

—¿No lo sabes? La primera vez que me viste le estabas sonriendo a mi pene.

Zoe soltó un bufido y luego trató de disimularlo con un gemido.

—No me enamoré de ti por tu pene, Dylan.

—Yo creo que sí, pero quedémonos con tu versión. De todos modos, forma parte del paquete completo. —Empecé a levantarle el vestido hasta los mulos y ella no opuso ninguna resistencia. Es más, movió el trasero y también me dejó quitarle las bragas. Le abrí las piernas y tiré de ella hacia mí hasta que estuvimos perfectamente alineados y pude sentir su calor a través de los pantalones. Me daba igual si me los manchaba. Zoe se acercó más y me atrajo hacia ella—. Apenas podías apartar la vista —le susurré en la boca, mientras nuestras respiraciones se fundían en una sola.

Se apoderó de mis labios con un beso ardiente, con su lengua empujando para abrirlos, exigiendo que le diera lo que quería. La besé y dejé que me desabrochara la bragueta con sus dedos hábiles.

—¿Crees en el amor a primera vista? —pregunté.

—No mucho —jadeó.

—Yo tampoco, pero entonces, ¿por qué te buscaba entre la multitud cuando ni siquiera sabía tu nombre? ¿Por qué se me aceleraba el corazón cuando te confundía con alguien?

Cerró los ojos con un gemido, y luego empezó a acariciarme el pene, provocándome un siseo de placer.

—¿Me quieres dentro de ti?

Asintió.

—Siempre.

Sostuve mi pene con una mano y le separé los labios con la otra antes de empujar lentamente. Estaba empapada, apretada y lista para mí, como siempre. Cuando la penetre por completo, respiraba entre jadeos y a ella le temblaban las piernas.

—¿Va a ser siempre así? —preguntó, con la mirada desenfocada y el cuerpo expectante.

—Siempre.

—Te quiero tanto —susurró—. No sé cómo lidiar con todo este amor.

—Yo también te quiero, Flash. En el campo y fuera de él. Eres el mejor pase que he logrado. Jamás ha habido nadie como tú y no lo habrá. Para mí, siempre serás tú.

Epílogo

Seis años después

—Oh. —Zoe dio un respingo y luego se relajó contra mi pecho. La abracé por la cintura, antes de que pudiera alejarse de mí—. Eres tú, no te he oído entrar.

—¿Esperabas a alguien más?

La observé apoyar la cabeza en mi pecho y mirarme desde abajo.

—No.

—Buena respuesta. —Me incliné y le di un beso rápido en la frente.

Cuando nuestras miradas se encontraron, me sonrió y yo, sin darme cuenta, la abracé con más fuerza. Habían pasado años desde la primera vez que me dijo que me quería, y yo seguía sintiendo la misma emoción al ver cómo sus ojos reflejaban ese amor sin necesidad de que lo dijera en voz alta.

—Esa sonrisa no va a funcionar conmigo —dije, aunque cada vez que veía esa expresión en su cara, se me derretía el corazón.

—¿Qué? ¿Por qué?

—Aún no me he olvidado de lo de John, Flash. Todavía no me lo has compensado.

Resopló y su sonrisa se hizo más amplia. Me encantaba ver cómo se le iluminaba la cara, cómo le brillaban los ojos cuando me miraba con un amor tan inmenso y puro.

—Me dio el número de teléfono de su mujer. Lo viste, estabas justo a mi lado.

—Y menos mal que estaba. Nunca te había visto sonreír así a nadie que no fuera yo o tu padre.

—Oh, cállate. —Empezó a rozarme los antebrazos con sus brazos, acariciándolos, seduciéndome sin ser consciente de ello—. Solo estaba intentando ser simpática.

—No tienes que ser simpática con mis compañeros. Sé simpática conmigo que soy tu marido.

—Siempre soy simpática con mi marido. Y ese compañero tuyo me acababa de dar el número de su mujer para que podamos hablar de una sesión de fotos que les voy a hacer cuando tengan a su bebé.

«Marido», cada vez que la oía decir esa palabra me sentía tremendamente feliz y orgulloso. Era mía, mi Flash. Y yo era el hombre más afortunado del planeta.

Me acerqué, le recorrí el cuello con la nariz e inhalé su aroma.

—Eso no cambia el hecho de que le sonrieras de ese modo. Confiesa, sé que también le miraste el trasero.

—¿Estás de coña? ¿Has visto el trasero que te hacen esos pantalones ajustados? Sí, claro que lo has visto, pero ya sabes a lo que me refiero, ¿no? Es muy difícil apartar la vista cuando alguien pasa justo delante de ti. No sabía a qué otro lado mirar.

Me detuve y aparté la cabeza de su cuello.

—Eso no tiene gracia, Zoe.

Se echo a reír, sacudiéndose entre mis brazos mientras se daba la vuelta y me atraía hacia ella para darme un beso.

—Entonces no me preguntes tonterías. Ahora vete y déjame terminar de cocinar. Y ni se te ocurra abrir el frigorífico porque no vas a ver las tartas.

No iba a dejar que se librara de mí con tanta facilidad. En vez de apartarme, la empujé contra la encimera de la cocina y la abracé.

—Estoy bien donde estoy.

Intenté darle otro beso, pero ella se apartó.

—Todos van a llegar en breve y todavía no hay nada listo.

—Tranquila. Ya está todo listo. Apenas he podido pasar por el salón con todos esos globos —murmuré en su cuello.

—¿Qué tal el entrenamiento?

Estábamos fuera de temporada, pero seguía entrenando. Me esforzaba a diario para mantenerme en la cima y ser el mejor. Tras lo de Nueva York, nos habíamos mudado una vez. Sin embargo, ya llevábamos tres años con el nuevo equipo y estaba contento con el cambio. Mientras jugara, sería feliz donde fuera, y esa era la verdad. Éramos felices.

Hice caso omiso de su pregunta y le succioné con suavidad el cuello para volverla loca.

—Dylan —gimió. Su voz me indicaba que estaba a punto de ceder, aunque, a decir verdad, siempre se rendía a mis encantos.

Le robé otro beso, este más largo y apasionado, y saboreé cada centímetro de su boca, dejándola sin aliento. Cuando por fin la solté para darle un respiro, ya estaba de puntillas en busca de más.

Con los ojos aún cerrados, tragó saliva y se lamió los labios. Metí las manos debajo de su blusa de seda y le acaricié la espalda. Cuando su piel se erizó bajo mis dedos, sonreí.

—¿Has comprado la Nutella? —murmuró.

Enterré la cara en su cuello y le mordisqueé la piel.

—Cuatro botes enteros.

—¿Y también todos los Reese's y M&M's?

Le acaricié toda la espalda y sonreí al notar cómo se estremecía e intentaba pegar su cuerpo al mío. Como siempre, le di lo que ambos deseábamos con desesperación y la levanté sobre la encimera, le subí la falda por los muslos y envolví sus piernas alrededor de mí hasta que sentí el calor de su sexo a través del tejido de los pantalones.

—Lo he comprado todo. ¿Tenemos tiempo?

—Van a…

Antes de que mi preciosa mujer pudiera darme una respuesta, oímos unos pasos apresurados y nuestra pequeña apareció de repente. Cuando me vio, sus ojos se abrieron por la sorpresa y corrió hacia mí.

—¡Papi! —chilló, con los brazos abiertos, lista para que la atrapara—. ¡Achuchón!

Zoe se bajó de mi espalda y me aparté un poco. Lo único capaz de distraerme de mi mujer, era ese pequeño terremoto.

Me puse de cuclillas y recibí a mi hija Sophia en mis brazos.

—Uf —resoplé cuando se estrelló contra mí y me rodeó el cuello.

—Papi —susurró, apoyando su cara en mi hombro. Me derretí por completo.

Cuando me enderecé, vi a Zoe observándonos con una sonrisa. Nunca me cansaría de ellas, ni en un millón de años. Las querría hasta el día de mi muerte. Me incliné hacia Zoe y le di un beso rápido en los labios mientras ella cruzaba las piernas y dirigía su atención a nuestra hija.

—Te he echado *muchisísimo* de menos —me susurró cuando terminó de abrazarme y me miró a la cara.

—Lo sé, yo también te he echado mucho de menos.

—Pero si solo han pasado unas horas —bromeó Zoe, interrumpiendo nuestro festival del amor antes de bajarse de un salto de la encimera. Iba a tener que esperar a que todo el mundo se fuera a la cama para poder dedicarle toda mi atención.

Unas manitas me giraron la cabeza y me encontré con la cara alegre de mi hija, con unos ojos azules idénticos a los míos.

—Mami está celosa —susurró en voz alta.

Zoe soltó un bufido.

Sophia asintió con entusiasmo y luego una sonrisa le iluminó la cara.

—Estás muy contento, papá. ¿Es porque es mi cumpleaños?

—También es el mío, lo sabes, ¿no? —respondí. Aunque mi hija era una versión en miniatura de Zoe, con sus mismas manías y aspecto, había nacido el día de mi cumpleaños. El mejor regalo que Zoe podría haberme hecho.

—Felicidades, papá. Pero estás contento porque es mi cumpleaños, ¿verdad?

Me reí.

—Sí, creo que es por eso.

—¿Lo ves? Te lo he dicho. ¿Me has comprado mis Reese's?

—Sí, te he comprado tus Reese's.

—¿Y mi Nutella?

—Eso también.

—Enséñamelos.

Era la más pequeña, pero la más mandona de la casa, y yo la adoraba.

—Vamos a echarles un vistazo. —Le guiñé un ojo a Zoe mientras removía descalza la salsa para la lasaña que estaba preparando. Ella negó con la cabeza, pero sabía que le encantaba verme con nuestra hija. El matrimonio no había apagado la pasión entre nosotros. Seguíamos sin poder quitarnos las manos de encima y esperaba que siguiéramos así cuando fuéramos viejos y estuviéramos arrugados.

Subí a Sophia a la encimera de la cocina y le enseñé todo lo que había comprado, uno por uno. Mi mujer y mi hija eran unas auténticas adictas al dulce.

—Muy bien. Lo has hecho muy bien, papá. Ahora ponlos todos en mi armario para poder mirarlos todos los días.

Solté una carcajada. Era muy graciosa, repetía todo lo que oía de los adultos y, al igual que a su madre, le encantaba contemplar sus preciadas posesiones.

—¿Dónde está el abuelo, Soph? —preguntó Zoe.

La niña miró a su madre.

—Fuera.

—¿Ah, sí? ¿Y qué hace fuera?

Se encogió tanto de hombros que se tocó las orejas con ellos.

—No lo sé.

—¿Sophia?

—He perdido mi pelota favorita y me está ayudando a buscarla.

Me tembló el labio de lo mucho que intenté contener la risa.

—¿La has escondido, Soph?

Me lanzó una mirada de inocencia con esos enormes ojos que tenía y volvió a encogerse de hombros.

—No lo sé.

La bajé de la encimera con cuidado y le arreglé el vestido blanco de volantes que se había puesto para celebrar su cumpleaños.

—Venga, ve a buscar al abuelo Ron, que todos van a llegar de un momento a otro.

—Por mi cumpleaños, ¿verdad?

—Sí, todo el mundo viene a verte. Ahora, ve a por él.

Encantada con todo lo que estaba escuchando, salió disparada de la cocina después de darle un abrazo rápido a la pierna de Zoe y un apresurado «Te quiero, mami», mientras llamaba a gritos a su abuelo.

—¡Abuelo, ya van a venir todos! ¡Vamos a comer tarta y me van a dar regalos!

Volví con Zoe y, cuando subí las manos hasta sus pechos, soltó un chillido, me dio un manotazo y me obligó a sacar las manos de su blusa.

—¿Qué haces? ¡Viene mi padre!

—Hace un momento no estabas tan preocupada por tu padre.

—Claro, porque sabía que estaban en el jardín. Y ahora Sophia va a entrar con él antes de que puedas darme un beso.

Ignoré sus protestas, la abracé y apoyé la barbilla en su cabeza.

—Podíamos haber pedido unas *pizzas*. ¿Por qué te has liado a hacer tanta comida?

—No menciones la *pizza*. Me muero por una, pero todo el mundo se va a quedar el fin de semana, así que mañana pediremos unas cuantas. Además, tu padre adora mi lasaña.

—Y tú lo adoras a él.

—Bueno… sí…

Le di un beso en la mejilla. Zoe quería mucho a mi familia y a ellos les pasaba lo mismo con ella. Mi madre se había puesto de su lado en más de una ocasión y yo no podría haber estado más orgulloso por la forma en que la acogieron mis padres.

—¿Han aterrizado ya? ¿Te han llamado? Amelia me envió un mensaje antes de embarcar, pero no he mirado el móvil desde entonces.

—Sí. He hablado con ellos justo antes de entrar a casa. Están esperando a JP y a su mujer para venir juntos. —Estiré el brazo y le robé un trozo de queso antes de que pudiera detenerme—. JP debe de estar a punto de aterrizar.

—Ahora está contento, ¿no? —preguntó Zoe, antes de apagar el fuego.

—Sí, está muy contento con el puesto de segundo entrenador en su antiguo instituto y tenemos más planes. Todo va a ir bien. —Mi mejor amigo lo había pasado mal con su lesión, pero no había tirado la toalla en su vida. No iba a hacerlo ahora por un cambio de profesión. «Es otro camino. Un sueño distinto», me había dicho—. ¿Cuándo viene Chris?

—Debería llegar en cualquier momento y a Kayla también le queda poco.

—Bien. —Le acaricié el cuello con la nariz—. ¿Te alegra vivir a solo una hora de tu amiga? Ahora está mejor, ¿verdad?

Ladeó la cabeza para que pudiera seguir besándola y dejó caer la cuchara de madera sobre la encimera.

—Sí —murmuró—. Después de aquel Tyron, no ha tenido nada serio con nadie, pero al menos está teniendo alguna que otra cita. ¡Dylan!, mi padre está a punto de entrar… ¡No hagas eso!

—Los estoy oyendo. Soph le está preguntando qué regalitos le ha traído. —Me reí entre dientes y volví a morderle el cuello mientras ella se derretía en mis brazos—. Que sepas que estamos criando a un monstruo. No quiero que crezca. Es perfecta tal y como está ahora.

—¿Y te has dado cuenta de eso ahora? Mmm… Eso me gusta mucho. Por cierto, Jared no va a poder venir. Está liado con el trabajo, pero me ha dicho que te llamará luego.

Asentí y continué besándola.

Sonó el timbre y ambos nos quedamos quietos. Un segundo después, oímos los gritos de Sophia corriendo a abrir la puerta.

—¡Ha llegado el tío Chrissy!

Zoe se rio.

—*Chrissy…* Se va a vengar por esto, ¿lo sabes, no? —murmuró, antes de separarnos de mala gana.

Solté un suspiro y grité.

—¡Soph, ya sabes que no debes abrir la puerta sola! ¡Espérame!

—¡Date prisa, papá! ¡Date prisa!

Vi a Ronald entrar a la cocina con una sonrisa y lo dejé con Zoe para poder abrir la puerta a mi otro mejor amigo, el tío Chrissy de Sophia.

La relación entre Zoe y Chris había cambiado mucho. Estaban mucho más unidos que hacía seis años, cuando él se enteró de todo, pero les había costado lo suyo llegar hasta aquí. Todavía había momentos en los que se notaba que se contenían el uno con el otro, pero Zoe estaba encantada de poder verlo a menudo. Jugábamos en el mismo equipo y éramos prácticamente imbatibles.

En cuanto a Sophia… bueno, Chris era su persona favorita del mundo, y estábamos convencidos de que el sentimiento era mutuo; lo que explicaba por qué venía a cenar a casa tres o cuatro veces por semana.

Caminé por el pasillo donde colgaban las fotos que había hecho mi mujer, una fotógrafa con un talento increíble. Al llegar a la puerta de entrada, vi a Sophia hablando con su tío favorito a través de la puerta.

—Te he echado mucho de menos, tío Chrissy. ¿Dónde has estado? ¿Me has traído regalitos? Hoy es mi cumple.

Abrí la puerta riendo y mi hija se arrojó a los brazos de Chris, gritando de alegría cuando él la levantó en el aire.

—Pero ¿quién es esta niña tan guapa? —preguntó Chris.

Mi hija le dedicó una sonrisa de oreja a oreja.

—Soy yo, tonto.

Chris la cubrió de besos y las risas de Sophia inundaron la casa, como haría durante el resto del día.

Cuando encontré a Zoe sentada en nuestra cama, eran las once de la noche y mis padres se habían ido a dormir.

—¿Dónde te habías metido? —le pregunté mientras abría la puerta y entraba en la habitación.

Se volvió para mirarme y sonrió.

—Bajo en un minuto. ¿Dónde está Sophia?

Sonreí.

—Durmiendo en el regazo de Chris. —Me senté a su lado y le agarré la mano—. ¿Va todo bien? ¿Te ha dicho Chris algo sobre...?

—¿Qué? Ah, no. Llevan años sin hablarse, si te refieres a eso. Que yo sepa, solo se habla con su madre y están divorciados. Pero no quiero hablar de ese hombre. No hace falta que preguntes más por él.

—De acuerdo, Flash, lo que tú quieras. ¿Estás cansada o qué? No has parado en todo el día.

Suspiró y apoyó el hombro en el mío, mirando nuestras manos entrelazadas.

—Estoy cansada, pero es un cansancio bueno. Hoy ha sido un día increíble. —Me miró a los ojos y susurró—: Felicidades, Dylan. No creas que me he olvidado. Te daré tu regalo cuando todo el mundo se haya ido a la cama.

—Gracias, Flash. —Sonreí y la besé, pero nos separamos demasiado pronto para mi gusto—. ¿Qué haces aquí?

—He subido a buscar el portátil. Quería enseñarle a Kayla la sesión de fotos que hice para esa pareja de la que hablé durante la cena. Y también las otras dos que decidí enviar a la galería de Nueva York. Solo me he sentado un momento.

—¿Estás bien?

Me tocó la mejilla y sonrió.

—Sí.

—¿Eres feliz, Zoe?

Se rio.

—Es tu cumpleaños. Debería ser yo la que te hiciera esa pregunta.

—¿Te hago feliz? —continué preguntándole—. ¿Eres feliz con nuestra vida?

Me miró perpleja y luego se sentó a horcajadas sobre mí y tomó mi cara entre sus manos.

—¿A qué viene todo esto?

—Solo quiero estar seguro.

Bajó las manos hasta mis hombros y se colocó mejor encima de mí, provocando que de mi pecho surgiera un sonido entre un gruñido y un gemido.

—Nunca creí que pudiera ser tan feliz —susurró.

—¿Te doy todo lo que quieres?

—Claro que sí, tonto, y mucho más. Habría sido feliz solo con tenerte a ti…

La interrumpí.

—¿Inmensamente feliz?

—Sí, inmensamente feliz, pero mira todo lo que me has dado. Adoro la familia que hemos formado. Te quiero muchísimo, Dylan Reed. No te imaginas lo contenta que estoy por haber irrumpido aquella noche en el baño y haber visto tu glorioso pene.

—Sí, glorioso. Buena elección de palabras. —Nos reímos juntos mientras le acariciaba la espalda—. Y la familia que hemos formado también te adora, sobre todo yo. Te quiero más que nadie, cielo. Soy tu mayor fan. Pero esta mañana te has perdido el desayuno y, como es normal, me he estado preocupando. Sin ti mirándome, apenas he podido hacer las flexiones. No te acostumbres, pequeña pervertida.

Mi pene ya se estaba endureciendo bajo ella, y al ver la sonrisa que me lanzó, perdí la batalla.

—Estaba vistiendo a nuestra hija.

—Y ese es el único motivo por el que no he ido a buscarte para que me miraras.

Me rodeó el cuello con las manos, apoyó la frente en la mía y nuestros labios casi se rozaron.

—¿Soy demasiado rara para ti? Siempre te estás riendo de mis pequeñas manías.

—¿Pequeñas manías? ¿Así las llamamos ahora?

Le sujeté el trasero y la atraje un poco hacia delante, y luego la empujé un poco hacia atrás. Gracias a la falda corta, podía sentirme por completo. Cerró los ojos y se mordió el labio inferior.

—Estoy atrapado contigo, así que supongo que tendré que aprender a vivir con ellas.

Sonreí y ella se rio.

Desde el día en que la conocí, Zoe nunca había visto lo extraordinaria que era, pero daba igual. Yo no tenía intención de ir a ninguna parte. Estaría a su lado siempre, demostrándole cada día el amor infinito que sentía por ella.

Es difícil explicar qué es lo que te atrae de una persona, qué es lo que la hace tan especial que decides entregarle tu corazón. Creo que en realidad se trata de cómo sois juntos, de quiénes sois juntos. Lo que sentía por ella era muy sencillo; sencillo y, a la vez, la fuerza más poderosa del universo.

Nos habíamos elegido el uno al otro y seguiríamos eligiéndonos mucho después de nuestro último aliento en esta tierra.

Zoe Clarke era mía para siempre, el amor de mi vida, y yo era el suyo.

Agradecimientos

Escribir una novela conlleva un esfuerzo enorme, y en esta hubo personas a las que nunca podré agradecer lo suficiente, porque sin su apoyo y ayuda, no creo que hubiera podido terminarla.

Erin... Has estado conmigo desde el principio y creo que vas a aparecer en todos mis futuros agradecimientos. No sé qué te parecerá eso, pero no me arrepiento. Eres mi pilar, una amiga excepcional y tengo muchísima suerte de tenerte. Soportas mis constantes divagaciones y, aun así, me ayudas cuando estoy bloqueada. No me imagino haciendo todo esto sin ti. Gracias por no abandonarme. Gracias por estar a mi lado en los momentos más complicados. ¿Estás lista para empezar con el siguiente proyecto? Espero que sí, porque no creo que pueda conseguirlo sin ti.

Beth y Shelly, mi escuadrón Delta Beta. Qué os puedo decir... En primer lugar, gracias por estar ahí cuando nadie más estaba. Este libro no sería lo que es sin vosotras. Escribir una nueva novela es como navegar en un barco, y vosotras sois toda mi tripulación. Además, seamos sinceras, ahora estáis ancladas conmigo en esta aventura, así que esto forma parte del viaje. Es probable que nunca encuentre las palabras adecuadas para expresar lo agradecida que por decidir que era buena idea ser mis amigas, así que no lo voy a intentar para no estropearlo. Tengo la certeza absoluta de que, si no me hubierais ayudado a perfeccionar la historia de amor de Dylan y Zoe, ahora mismo no estaría escribiendo esto. Y no solo porque fuisteis mis únicas lectoras beta (vuestros comentarios a lo largo de la novela me dieron la vida), sino por el apoyo diario que me brindáis, los ánimos, la amistad, los mensajes de voz, las sonrisas... Qué afortunada soy por teneros. Gracias por estar ahí cuando más lo necesitaba.

Muchas gracias a Caitlin Nelson. Haces que mis libros sean legibles e incluso consigues mejorarlos. No sé qué habría hecho si no hubieras aceptado volver a trabajar conmigo después de mi largo paréntesis. Gracias por ser la mejor editora.

Ellie McLove, gracias por hacerme hueco en el último minuto. Eres increíble.

Nina, gracias por todo lo que has hecho. Espero que esto sea solo el comienzo de nuestra colaboración. Prometo no acaparar todos los avances.

Y a mis lectores... ¿todavía os acordáis de mí? Os he echado mucho de menos. Por si no lo sabíais, he tenido algunos problemas de salud que me han impedido publicar una nueva novela durante casi dos años. Y aunque Dylan y Zoe me hicieron compañía durante esta etapa tan difícil, me daba mucha pena pensar que podríais olvidaros de mí. Espero que ese no haya sido el caso. Espero que os haya gustado. Espero que Dylan os haya compensado la espera. Para mí, sin duda ha sido así. Espero que ahora mismo tengáis una sonrisa en la cara.

Blogueros, sois INCREÍBLES. Gracias por todo el amor que le habéis dado a la portada de Dylan y Zoe. Espero que hayáis disfrutado de su historia y que también tengáis una sonrisa en la cara. Espero que Dylan y Zoe no os hayan decepcionado. Os agradezco todo lo que estáis haciendo por mí y por mi libro.

¿TE GUSTÓ ESTE LIBRO?

escríbenos y cuéntanos tu opinión en

f /Sellotitania   **🐦** /@Titania_ed

📷 /titania.ed

#SíSoyRomántica